Project: CASKET   Project No.

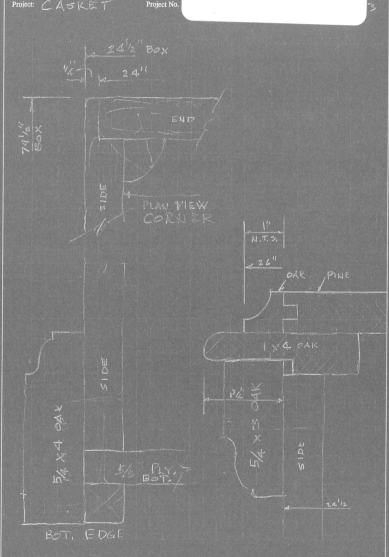

24½" BOX

¼"

24"

79½" BOX

END

SIDE

PLAN VIEW CORNER

1"
N.T.S.

26"

OAK   PINE

1 X 4 OAK

1¾"

SIDE

5/4 X 4 OAK

5/8" PLY. BOT.

5/4 X 3 OAK

SIDE

24½"

BOT. EDGE

어머니 도나 메이와 아버지 토머스 E.에게

이별의 순간, 아버지와 함께 만든 것

영혼의 집 짓기

데이비드 기펄스 지음 | 서창렬 옮김

FURNISHING

ETERNITY

DAVID GIFFELS

다신
책방

첫 페이지가 재미있어야 한단다.

_**어머니**(이 책의 집필 소식을 접하고)

차 례

1부   그냥 상자일 뿐

유전병 · 011

우리 각자의 방 · 031

논쟁 · 042

어른스러운 영혼 · 061

수호자 · 067

관 진열실 · 085

수녀 지망생 · 098

서서히 다시 일상으로 · 110

2부   슬픔을 나눈다는 것

두 번 재고 단번에 잘라라 · 121

목재: 사랑 이야기 · 131

삶은 장난이 아니야 · 146

인내 · 166

한순간 · 174

콜라주 · 177

앞으로 앞으로 · 190

그의 예언의 범위 · 195

3부 영혼이 잠시 머무는 곳

쉰의 나이에 들어서다 · 221

밥 딜런의 뇌 · 242

전환 · 250

결코 일을 멈추지 마라 · 264

기다란 집 · 272

시간의 이정표 · 285

골칫덩이 관 문제 · 297

가구처럼 보이다 · 305

200달러짜리 실수 · 312

창고 · 320

모든 것이 남아 있어 · 328

달이 집까지 우리를 따라오다 · 338

후기 · 352

옮긴이의 말 · 360

장례식에서 재생할 곡 목록 20 · 364

상실을 위로하는 곡 목록 20 · 366

1 부

그냥 상자일 뿐

it's just a fox

당신은 걷고 있어요. 늘 깨닫진 못하지만 당신은 늘 넘어지고 있어요. 한 걸음 한 걸음 옮길 때마다 조금씩 조금씩 앞으로 넘어져요. 그러다가 몸을 추스르죠. 당신은 다시 넘어지고 또 넘어져요. 그리고 몸을 추스르죠. 그런 식으로 당신은 걸으면서 동시에 넘어지죠.

_로리 앤더슨, 「걷고 넘어지고Walking & Falling」

유전병

내가 도착했을 때 아버지는 잠에 빠져 있었다. 현관 방충망 너머로 따스한 햇볕 아래 누워 있는 아버지의 모습이 반쯤 드러났다. 친숙하면서도 평온한 정경이었다. 오하이오는 늦봄이었고, 아버지를 둘러싼 마당에는 오후의 햇살을 받은 나뭇잎 그림자가 아롱거렸다. 빽빽하게 우거진 나무와 높은 방호벽 너머의 고속도로에서는 웅웅거리는 차바퀴 소리가 들려왔다. 새들이 재잘거렸다. 구름 한 조각이 라이너스의 담요처럼 하늘을 질질 끌고 있었다.

아버지는 잠들어 있었다. 진입로에 들어서서 속도를 줄인 뒤에 차를 세우고 주차를 하는 동안 아버지를 볼 수 있었다. 아버지의 배 위에 놓인 낡은 밀짚모자가 부드럽게 오르내렸다. 나는 한동안 시동을 끄지 않은 채 베이지색 가죽으로 된 운전석에 앉아 앞 유리창을 통해 아버지를 지켜보았다. 아버지의 잠을 깨워야 할지 말아야 할지 고민이었다.

평생 형편없는 차들만(대부분 건축 자재나 기타 앰프를 운반하기 위한 특별한 목적을 가진 차들이었다) 몰아왔던 나는 뜻밖에 생긴 약간의 불로소득을 7년 된 사브 터보 컨버터블을 장만하는 데 썼다. 중년의 나이를 핑계로 이 차를 구입했다는 것을 인정해야겠다. 이런 차를 몰다 보면 마치 생활이 여유로운 것 같은 착각이 은연중에 들기 마련이다. 적어도 중년의 위기를 숨김없이 보여주려는 경우가 아니라면 말이다. 나는 아버지를 깨우지 않고 내버려둔 채 차의 지붕을 열고 시골길로 드라이브를 떠날 수도 있었다.

하지만 나는 시골길 드라이브를 좋아하지는 않는다. 휴식은 우리 가족의 DNA와는 거리가 멀다. 우리 가족은 남보다 더 많이 일하려고 애쓰면서 대부분의 시간을 보낸다. 아버지가 낮잠을 자는 모습은 한가로이 여가를 즐긴다기보다는 나이가 여든하나인 아버지가 쓰러진 나무를 전기톱으로 자르느라 오전 내내 일했다는 사실과 관계가 있었다. 그래서 나는 시동을 끄고 차 열쇠를 뽑은 다음, 조수석으로 손을 뻗어 각종 메모와 스케치가 든 낡은 서류철을 집어 들었다. 그 안에는 최근에 인터넷에서 출력한, 《지구촌 소식Mother Earth News》의 옛 기사에 나오는 몇 가지 삽화도 들어 있었다. 기사 제목은 '내 손으로 직접 관 짜는

법'이었다.

아버지가 자고 있는 현관은 삼나무로 기둥과 대들보를 세운 작고 소박한 문간방으로, 안채 옆에 아버지가 손수 지은 공간이었다. 이곳은 날씨가 좋을 때면 아버지가 가장 즐겨 찾는 곳이 되었다. 그걸 짓는 데 1년이 걸렸으며, 손보고 다듬고 조명을 바꾸고 벤치 그네를 설치하는 데 다시 반년이 걸렸다. 내벽 기둥에는 이 건물의 건축 허가증이 아직도 붙어 있는데, 그것은 아버지의 창의성과 손재주와 공사의 진척 상황에 대한 인증서인 셈이었다. 아버지는 모든 것을 만들고(육군 공병대에서 복무할 때는 라인강을 가로지르는 다리를 건설하기도 했다) 직접 만들지 않은 것들은 개조한다. 아버지는 그렇게 하는 게 자신의 임무인 것처럼 수선하고 손을 보는데, 은퇴한 토목 기사로서 충분히 그럴 만하다고 생각된다. 아버지는 현관에서 링컨의 전기와 재미있는 탐정 소설을 읽는다. 특히 데이비드 매컬러프David McCullough[1]가 쓴 책들은 빠짐없이 다 챙겨 읽는다. 때때로 책을 다 읽은 뒤에 나도 그 책을 좋아할 것 같다는 생각이 들면 나에게 가져다준다. 나도 종종 그렇게 한다. 아버지는 이곳에 앉아 방충망 바깥에서 날쌔게 날아다니는 노란 새와 파란 새를 관찰하면서 내 기억이 미치지 못하는 오랜 옛날부터 항상 아버지의 수중에 있었

1 퓰리처상을 수상한 미국의 소설가 겸 시나리오 작가.

던 손때 묻은 휴대용 조류 도감을 뒤적이곤 한다. 그리고 매달아 놓은 새 모이통에 다람쥐와 너구리가 접근하지 못하게 하는 방법을 찾느라 조바심을 낸다. 아버지는 종종 이곳으로 요리 재료를 가지고 와 옆에 딸린 (역시 아버지가 지은) 바비큐장의 경사진 지붕 아래서 요리를 한다. 그리고 계절이 바뀌어 어쩔 수 없이 실내로 들어가야 하는 때가 오기 전까지는 매일 오후 이곳에서 낮잠을 잔다.

나는 금방이라도 망가질 것만 같은 벽돌 길을 걸어서 현관으로 다가갔다. 이 길은 아버지가 평생 모은 도로 포장용 벽돌을 꿰맞추어 만든 길인데, 각각의 벽돌에는 '클리블랜드 블록', '캔턴 벽돌', '빅 포' 같은 서로 다른 이름이 찍혀 있었다. 방충망을 통해 고리버들 소파의 꽃무늬 비닐 쿠션 위에 등을 대고 누워 자는 아버지의 모습을 볼 수 있었다. 양말을 신은 두 발은 발목 부분에서 서로 교차하고, 두 손은 팔짱을 낀 자세로 가슴 위에 놓여 있었다. 아버지는 타고난 이야기꾼이자 장난기 많은 사람으로, 입꼬리와 눈꼬리에는 늘 웃음기가 감돌았다. 아버지는 여기 이렇게 잠들어 있으면서도 무엇이 좋은지 환하게 웃는 얼굴이었다.

아버지는 몽당연필을 넣을 수 있는 호주머니가 달린 해진 파란색 티셔츠와 낡은 청바지를 입고 있었다. 키는 6피트가 약간 못 되었다. 엉덩이와 다리는 홀쭉해서 가슴이 잘 발달된 상체에 비해 약간 불균형해 보인다. 내 기억에 근육질로 남아 있는 아버지의 팔은 지금은 주름이 졌고 피부가 푸석푸석하다. 그렇지만 내가 있는 그대로 보려 할 때도 아버지의 팔은 여전히 예전 모습처럼 단단하고 튼튼해 보인다. 아버지의 머리카락은 하얗다. 하지만 그 머리털이 내 눈에서 내 마음으로 넘어갈 즈음에는 흰색으로 보이지 않는다. 아버지의 억센 팔, 곱슬곱슬한 밤색 머리털. 이것들이 내 마음속에 굳게 자리 잡은 기본적인 진실이고, 세월의 배신은 여전히 나를 놀라게 한다. 기억은 사실보다 강한 법이다.

훤히 드러난 아버지의 얼굴과 팔에는 피부암을 태워 없애려고 시도한 수많은 치료 과정에서 생긴 허연 상처들이 남아 있다. 의사들이 수년 동안 추적 관찰하고 치료해온 이 질환은 지금도 진행 중이다. 아버지는 피부암이 번지는 것을 막으려고 한쪽 귓불과 코끝을 잘라낸 다음 재생 시술을 받았으면서도 이를 불가피하지만 성가신 일로 여긴다.

아버지가 숨을 들이마셨다. 숨을 내쉬었다. 정수리 부분에 구멍이 난 낡은 밀짚모자가 부드럽게 위로 올랐다가 아래로 꺼졌다.

우리 아버지들이 잠을 잘 때는 아버지 주위에 우리가 암묵적으로 알고 있는 현상이 생긴다. 그것은 우리가 얼마나 아버지를 존경하느냐 하는 문제와는 크게 상관이 없다. 가장 문제 되는 건 냄새다. 아버지들은 자면서 방귀를 뀌기도 하는데, 그건 어쩔 도리가 없는 일이다. 숨을 쉴 때도 쉰내가 난다. 오래된 스튜에서 나는 비릿한 냄새가 은근하게 풍긴다. 더 일반적인 것은 평상시 몸에서 보편적으로 나는 동물 냄새다. 그것은 중력의 변화처럼 모르는 사이에 서서히 배어드는 듯싶다.

그렇지만 결국 그건 수수께끼다. 잠자는 아버지는 세속적인 동시에 초월적이기도 하니까 말이다. 최근까지만 해도, 내가 지금까지 살아오면서 아버지에게도 약해 보이는 구석이 있다는 생각이 들었던 때는 잠이 든 모습을 지켜볼 때뿐이었다. 잠자는 아버지의 모습에는 나를 화나게 만드는 어떤 것이, 심지어 괘씸한 생각이 들게 만드는 어떤 것이 있었다. 아버지가 저랬어? 천하무적이 아니었단 말이야? 하지만 이제 나는 아버지의 약한 구석들을 더 광범위하게 알고 있다. 잠든 아버지의 얇은 티셔츠 아래에는 2년 전 목구멍에 생긴 종양을 제거하는 수술로 생긴 상처가 있다는 걸 나는 알고 있다. 종양은 치료되었지만 상처는 평생 남아 있을 것이다. 이 암은 나를 죽일 정도의 암은 아니야. 아버지는 일부러 이런 농담을 하곤 했다.

그해 여름은 힘들었다. 겁먹은 아버지의 모습을 본 건 그때가 처음이었고, 그래서 그런 종류의 많은 농담들이 더욱 필요했던 여름이었다. 나는 그런 짤막한 농담들을 종종 은행 전표나 병원 주차 영수증의 뒷면에 갈겨써두었다가 의사가 하는 얘기들을 기록해두려고 가지고 다니던 공책에 옮겨 적곤 했다. 내가 그것들을 기록한 이유 가운데 일부는 그즈음의 일들을 기록해두어야 하는 건 아닐까, 그러한 농담들이 머잖아 더 심각하고 어두운 의미를 띠게 되는 건 아닐까 하는 생각 때문이었다. 아버지는 치료를 받는 내내 재치 있는 말과 엉뚱한 답변을 쏟아냈는데, 이 싱겁고 짤막한 농담들은 병원 가운이 핏기 없는 엉덩이를 감추어준 만큼이나 두려움이 깃든 아버지의 불안감을 잘 감추어주었다.

간호사가 환자에게 말을 건다. "그래, 기펄스 어르신. 어르신은 무슨 일을 하셨나요?"

마취 때문에 몸이 처지고 반쯤 정신이 나간 아버지가 말한다. "여자들을 쫓아다녔지."

아버지와 나는 때때로 클리블랜드 병원에서 치료를 받고 돌아온 뒤 바로 이 현관에 함께 앉아 이 세상의 한 구석, 이곳 오하이오의 8월이 내는 소리에 귀 기울이며 한가로이 얘기를 나누곤 했다. 이곳의 8월 소리는 낮게 윙윙거리는 소리다. 그것은 중서부에 사는 사람의 진정한 특권이랄 수 있는 가슴 벅찬 5월 한 달의 로코코적인 화사한 소리에 대비되는, 느리고 습하며 둔중한 소리다. 오하이오의 5월은 박하 향과 듣기 좋은 소리로 우리를 취하게 하는 시기다. 반면에 오하이오의 8월은 좋은 시절을 위해서는 대가를 치러야 한다는 사실을, 때로는 그 좋은 시절의 가치보다 더 많은 대가를 치러야 한다는 사실을 일깨워주는 불편하고 불쾌한 시기다. 그것이 바로 이곳의 삶의 방식이다. 8월은 클리블랜드 인디언스 야구팀의 팬이기에 겪어야 하는 실망스러운 현실로 인해 오하이오 사람들의 관심이 이제 막 여린 속살을 내비치며 도약을 준비하는 클리블랜드 브라운스 미식축구팀의 프리시즌으로 옮겨 가는 때다. 하지만 그들의 바람과는 달리 머잖아 상황은 참담하게 굴러갈 것이다.

아버지는 방사선치료를 받는 동안 의사의 지시에 고분고분 따랐지만, 한편으로는 하지 말라고 한 것들을 하며 반항적인 모습을 보이기도 했다. 의사들은 힘을 쓰는 일을 엄격하게 금지했는데, 아버지는 그 말을 듣지 않고 물뿌리개를 들어 올리거나 호스를 잡아당기곤 했다. 물뿌리개는 쓰면 쓸수록 더 가벼워진다는 게 아버지의 지론이었다. 시골 정원사에게 여름날의 암은 불편한 것일 수밖에 없다.

우리는 때때로 병원에 가거나 병원에서 돌아오는 30분 동안 차 안에서, 또는 집에 돌아온 후에 현관에서 우리가 구상해온 이 프로젝트(내 관을 만든다는 발상)에 관해 얘기를 나누었다. 이 생각은 그해 봄에 떠오른 것으로, 얼마 동안은 즉흥적이고 공상적인 엉뚱한 착상에 불과했다. 그러던 것이 시간이 지나면서 점차 '미쳤다는 말을 듣는다 해도 충분히 해볼 만한 일'로 자리를 잡아갔다. 내게 관이 시급히 필요했기 때문은 물론 아니었다. 나 또한 그런 일이 없기를 바랐다. 그렇지만 아버지는 이미 80대에 들어섰고, 따라서 아버지의 도움을 받고자 한다면 빨리 서두르는 게 최선일 터였다.

아버지가 병에 걸리기 전의 일이었다.

느릿느릿 이어지는 아버지의 들숨과 날숨이 계속되었다. 나는 문 가까이에서 아버지가 낮잠 자는 모습을 지켜보았다. 현관 바로 너머 뒷마당에 있는 새 모이통에서 새들이 지저귀는 소리가 들려왔고, 머리 위에서는 튤립처럼 생긴 키 큰 나무에서 휙 스치는 바람 소리가 났다. 나는 그 나무의 이름을 알고 싶었지만, 늘 그렇듯이 아버지에게 물어봐야만 알 수 있었다. 그런데 아버지는 자고 있었다.

나는 차로 돌아가서 서류를 좌석에 내려놓은 다음 마당으로 걸어갔다.

10년 전 부모님은 우리 사 남매를 키웠던 도시의 낡고 큰 집에서 규모를 줄여 시골 동네인 이 집으로 이사를 왔다. 도시의 집에 있던 아버지의 정원은 매우 오밀조밀했을 뿐 아니라 점점 발전하고 커졌다. 그러나 그 아름다움에도 불구하고 정원을 유지하기가 벅찰 것이라는 점 때문에 부동산업자가 집을 파는 과정에서 하나의 걸림돌로 작용했다. 그래서 아버지는 이곳 시골에서의 새로운 삶은 집 안팎 모두 별로 손보지 않고 지내는 삶이 될 것이라고 선언했다. 그렇지만 거의 4에이커나 되는 땅이 있는 데다 퇴직한 아버지는 평생을 휴식이라고는 모른 채 살아온 터라, 더구나 집 뒤편에 오랜 염원이었던 헛간까지 마련된 터라, 아버지가 약속을 깨뜨리는 데는 오랜 시간이 걸리지 않으리란 걸 우리는 잘 알고 있었다. 아니나 다를까, 이사 온 첫해 봄에 아버지는 텃밭을 일구고 출입문 입구에 화려하게 꾸민 석조 기둥을 세웠다. 이 기둥들은 아버지가 띠톱으로 손수 만든 두툼한 말뚝들로 이루어진(말뚝은 완만한 부채꼴 모양으로 이어졌다) 삼나무 울타리를 지탱해주었다. 아버지는 여기저기서 주워 모은 남북전쟁 당시의 조약돌로 산책로도 만들었다. 수련이 자라는 연못도 만들었다. 직접 제작한 나무 양동이에서 물이 쏟아져 나오는 분수도 만들었다. 느긋하게 살겠다는 아버지의 결심은 애초부터 실패할 운명이었던 것이다.

해마다 그런 식의 생활이 계속되었다. 아버지는 골짜기를 가로지르는 다리를 놓았고, 헛간 주위로 돌을 쌓고 그 안에 흙을 채워서 채소밭을 만들었다. 40피트 높이로 자란 나무들을 전기톱으로 잘랐으며, 끌어온 나무 몸통을 켜서 널빤지로 만들었다. 메마른 개울 위에 또 다른 다리를 놓았고(다리에는 손으로 새긴 '트롤 다리'라는 표지판까지 세웠다. 그것은 전혀 필요하지 않은 다리였다. 순전히 손자들의, 그리고 자신의 즐거움을 위해 만든 구조물이었다), 앞에서 언급한 널빤지(체리나무)를 이용해서 뻐꾸기시계를 만들었으며, 현관 설계도를 작성했고, 그 설계도에 따라 현관을 지었으며, 현관 여기저기를 손보면서 일부러 공사를 연장했다.

이 모든 과정은 아버지의 내부에서 벌어지는 전투 같은 것이었다. 선의의 전투이긴 하지만, 끝이 보이지 않는 치열한 전투였다. 나는 그것을 잘 안다. 왜냐하면 내가 그걸 물려받았기 때문이다. 내 형들도 마찬가지다. 나는 그것을 '유전병'이라고 불러왔는데, 전적으로 우스갯소리만은 아니다. 잠시도 가만히 있지 못하는 성격, 끊임없이 뭔가를 하려 드는 강박관념, 새로운 일을 하려 들고, 새로운 일을 하는 중에도 더욱더 새로운 일을 해야 한다고 생각하는 강박관념, 편안함을 불편해하는 성격….

그렇지만 그런 아버지, 잠시도 가만히 있지 못하는 성격에다 엄청난 능력을 지닌 탓에 자식들의 집수리와 주택 개량에까지 관여하는 아버지를 둔 사람들은 다음과 같은 암담하고 피할 수 없는 두려움에 맞닥뜨리게 된다. 아버지가 없으면 우린 어떡하지?

배관의 유속에 대해 누구한테 물어봐야 하지? 장선[2]의 하중에 대해서, 나무 이름에 대해서 누구한테 물어봐야 하지?

6월 초순이면 대지는 새로 심은 피튜니아와 봉선화의 분홍과 흰색 꽃으로, 성급하게 꽃을 피우는 칸나의 화려한 약속으로, 그리고 나에게 늘 영감을 주는 일종의 '영속하는 것'들로 가득했다. 세상 만물이 계획된 대로, 가꾸어진 대로, 그리고 햇볕을 갈구하면서 위로, 밖으로 뻗어 나갔다. 차고 옆에 놓인 몇 개의 플라스틱 양동이에는 튼실하게 자란 덩이줄기의 외설스러운 대머리(토란, 칼라, 그리고 아주 많은 칸나 알뿌리였는데, 이것들은 아버

---

2 마루청을 받치는 나무.

지가 10대 청소년 같은 열정으로 열심히 일군 이 땅에서 유난히 왕성하게 증식했다)가 가득했다. 주체 못 할 만큼 비옥한 대지가 주는 여분의 선물이었다.

아버지는 계획을 짜고 일을 벌이는 데는 선수였다. 아버지는 지하수가 필요 이상으로 많을 때 그 물을 흡수할 수 있는 나무와 풀로는 무엇이 있는지 조사한 다음, 해마다 물이 넘쳐서 늪처럼 변하는 마당 한복판에 그러한 나무와 풀들로 습지 정원을 조성했다. 이제 그것들은 마른 땅에서 무성하게 자라고 있다. 집 뒤편의 새 모이통 기둥 위에 설치한 넓은 PVC 관에 너구리들이 뒤뚱뒤뚱 기어오르자 아버지는 지름이 더 큰 관으로 교체함으로써 너구리가 못 오게 막았고, 그렇게 또 하나의 문제가 해결되었다.

그래, 맞다, 헛간이다. 이 모든 것을 수용하기에 헛간보다 더 좋은 곳이 어디 있겠는가? 이 모든 일을 해낼 수 있도록 공간과 형태와 기회와 가능성을 부여하기에 헛간보다 더 적당한 곳이 어디 있겠는가?

이 집으로 이사 오기 전까지 내가 알던 아버지의 작업장은 칸막이를 쳐서 공간을 나눈 지하실 한쪽 구석이었다. 작업장은 그런대로 쓸 만했지만 때때로 긴 널빤지를 켜기 위해 테이블 톱을 전략적으로 세밀하게 가동해야 했으며, 무뎌진 날로 단단한 목재를 끽끽거리며 자를 때 피어나는 매캐한 연기가 래커 냄새와 함께 주방으로 흘러드는 경우도 많았다. 머리 위쪽, 단열재를 두른 따뜻한 스팀관 위에서는 세상에서 가장 지저분한 고양이가 수시로 잠을 잤다. 녀석은 잠을 자지 않을 때는 선반 위에 놓인 나사와 볼트가 든 유리병을 찰싹 때려서 떨어뜨리곤 했다. 그곳은 그 고양이 말고도 어린 시절의 내가 가장 좋아한 곳이었다. 나는 거기 앉아서 아버지가 가구의 표면을 끝손질하고, 배관 수리 계획을 짜고, 집 뒤쪽으로 덧붙인 베란다에 난간을 만드는 모습을 지켜보았다. 때로는 아버지를 도왔으며, 때로는 그냥 거기 앉아만 있었다. 그러다가 마침내 나 자신이 직접 그 작업장을 사용하기 시작했다.

그 집에 살던 시절 내내 아버지가 정말로 원한 것은 헛간이었다. 그러나 헛간 대신 아버지가 갖게 된 것은 정원 창고였다. 아버지는 그곳을 적갈색 페인트로 칠하고, 크고 길쭉하며 고풍스러운 경첩이 달린 투박해 보이는 문을 달았다. 그러고 나서 아버지는 그곳을 '헛간'이라고 불렀다. 하지만 그것은 헛간과는 거리가 멀었다. 헛간처럼 꾸미고 치장을 한 조그만 창고일 뿐이었다.

따라서 아버지와 어머니가 이 새로운 집으로 이사 왔을 때에는 일종의 대관식 같은 분위기가, 오랫동안 고대했던 곳에 마침내 도착한 것 같은 분위기가 감돌았다. 1950년대에 지어진 이 안락한 시골집에는 뒷마당에 무질서한 형태로 세워진 널찍한 붉은색 헛간이 있었던 것이다. 아버지는 헛간 안에다 400제곱피트 정도의 작업장 골조를 세운 다음 시트록[3]을 붙이고 마무리 손질을 하면서 한 철을 몽땅 보냈다. 아버지는 도와주는 사람 없이도 12피트짜리 석고판을 혼자서 천장으로 들어 올릴 수 있도록 떠받쳐주는 장치를 고안하여 만들었다. 작업장에 정교한 먼지 흡입 장치를 설치했으며, 난방, 수도, 에어컨 시설도 갖추었다. 어떤 사람은 은퇴 후 플로리다로 가고, 어떤 사람은 골프장으로 간다. 중서부 출신의 토목 기사들은 이 같은 곳에 정착하기를 꿈꾼다.

이런 연유로 내가 여기 있게 된 것이다. 나는 아버지의 작업장에서 내 차례가 오기를 기다리고 있었다. 그해 봄, 아버지가 형의 지하실에 근사한 바를 만들어주는 작업이 마무리되고 있었다. 그 바는 버려진 물건들을 가져와서 헛간에 보관하고 있던 목재로 만든 복잡하고 멋진 실내 구조물로, 목재 가운데 일부는 내가 개인적으로 따로 보관해둘 만큼 아끼던 것이고, 일부는 아버지가, 일부는 형이 아끼던 것이었다. 우리 집안 남자들은 중서부 출신 남자들이 곧잘 그러하듯이 물건들을 주워 모으는 버릇이 있다. 우리는 퀼트를 만드는 사람들이 미식축구 유니폼이나 가보로 물려받은 스카프를 고이 간직하듯, 괜찮아 보이는 목재를 뒤지고 찾아서 보관해둔다. 바를 만드는 작업이 거의 끝나갈 때 우리는 다음 작업으로 (구체적인 계획이 있는 건 아니었지만)

3 종이 사이에 석고를 넣은 석고 보드.

이 관을 짜는 작업을 하기로 합의했다.

그것은 가벼운 얘기로 시작되었다. 집에서 손수 만든 관을 장례업자들이 받아줄까 하는 호기심에서 시작하여 정말 그걸 사용할 수 있을지도 모른다는 식으로 이야기가 이어졌다. 그렇게 해서 나는 지금 해답보다는 의문이 더 많은 구글 검색 결과를 들고 여기 서 있게 되었다.

솔직히 관 짜기는 내게는 여전히 현실적인 프로젝트라기보다는 섣부른 구상에 더 가까워 보였다. 약간 걱정스럽기도 했다. 나중에 자존심 때문에 발을 빼지 못하는 일들로 나 자신을 밀어 넣은 적이 한두 번이 아니었기 때문이다. 하지만 나는 이런 기회가 흐지부지되는 것을 원치 않았기 때문에 그런 걱정을 드러내지 않았다. 아버지와 내가 뭔가 거창한 것을 만들고자 한다면 하루라도 빨리 시작해야 한다는 것을 나는 알고 있었다. 사실 내가 진짜로 원했던 것은 아버지와 함께 뭔가를 만든다는 행위 자체였다. 분명한 상징성과 우주적 무게감을 지닌 관이기는커녕 그에 훨씬 못 미치는 새집이 되었든, 보이스카우트에서 개최하는 모형 자동차 경주 대회용 차가 되었든, 혹은 책꽂이가 되었든 간에 그런 것은 전혀 문제 될 게 없었다. 그러다 관을 만들면 어떨까 하는 생각이 갑자기 떠올랐고, 그 생각에 오랫동안 매달린 나머지 여기까지 오게 되었다.

내가 정말 원했던 것은 옛날 집 지하실의 그 낡은 작업장으로 돌아가게 해주는, 그 작업장의 달콤새큼한 톱밥 냄새, 윤활유 냄새의 추억으로 돌아가게 해주는 연결고리였다. 나는 나뭇결을 따라 번지는 건조 야자유가 만들어내는 무늬를 다시 보고 싶었다. 강철 죔쇠를 힘껏 조일 때 노란색 접착제가 흘러나오는 모습도 보고 싶었다. 나무에 바르는 착색 도료와 우레탄 냄새가 그리웠다. 아버지가 긴 널빤지를 날카롭게 응시하며 세로 방향으로 테이블 톱 사이를 통과시키는 동안 그 한쪽 끝을 잡아주던 일이 그리웠다. 나에게는 아버지의 작업장 먼지 속에 있어야 할 이유가 필요했다. 청바지에 달라붙은 먼지를 털고, 발을 차서 장화에 묻은 먼지를 털어내려다 더 많은 먼지를 일으키면서도 아버지와 함께 있어야 할 이유가 필요했던 것이다.

나는 앞마당을 돌아본 다음 돌아와서 현관문을 열고 잠시 문간에 서 있었다. 아버지가 잠에서 깼다. 잠에서 깰 때면 늘 그렇듯이 갑작스러우면서도 확실하게 깼다.

"아버지." 내가 말했다.

"왔니?" 아버지가 활짝 웃으며 일어나 앉았다. "내가 잠이 들었나 보구나."

"예, 저 왔어요. 일할 준비 되셨어요?"

"그럼."

아버지는 자세를 가다듬고 바닥에서 목공인을 위한 물품 목록을 집어 들었다. 그러고 나서 정원용 고무장화를 신었다. 우리는 유리를 깐 탁자에 앉았다. 아버지가 우리 두 사람 사이에 목록 책자를 놓았다. 그 책자의 중간쯤, '프로젝트용 장비'라는 제목이 달린 부분의 하단에 관 제작에 필요한 물품(경첩, 걸쇠, 손잡이 고정 장치, 그리고 선택 항목으로 관 내부에 부착할 수 있는 '추모함'이라는 기억상자)이 반 페이지에 걸쳐 소개되었다.

아버지는 책자와 함께 모눈종이 메모장도 가지고 있었다. 그 메모장은 아버지가 직장에 다니던 시절의 유물로, 맨 위에는 아버지의 회사 이름(GBC 디자인)과 함께 '프로젝트 이름 및 번호', '설계자', '날짜'를 적는 빈칸들이 인쇄되어 있었다. 퇴직한 지 이십 년 가까이 되었지만 아버지는 이 메모장을 무한정 가지고 있는 것처럼 보였고, 우리 가족 모두 그 메모장의 낱장들을 가지고 있었다. 각각의 낱장에는 이런저런 프로젝트를 위해 아버지가 구상한 여러 가지 계획과 그림들이 가득했다. 나도 집에 '안뜰 출입구'라고 이름 붙인 프로젝트 메모지와 '지나의 헛간'이라고 이름 붙인 메모지를 가지고 있었다. '지나의 헛간'은 아내 지나를 받드는 마음을 상징적으로 표현한 프로젝트 이름이었는데(아내는 내가 기대한 것만큼 좋아하는 눈치가 아니었다), 실제로 그걸 짓지는 않았다. 각 메모지에는 그 프로젝트에 딱 맞는 건축 자재가 나열되어 있었다. 그것들은 주로 내가 애정을 가지고 주워 모아 보관해온 자재였다.

아버지가 메모장에서 한 장을 뜯은 다음 모눈이 인쇄되지 않은 뒷면으로 뒤집어서 연필로 스케치를 하기 시작했다. 아버지의 아이디어는 몇 주에 걸쳐 숙성된 것이었다. 이제 아버지는 행동에 돌입할 준비가 되어 있었다.

"내 생각엔 5/4인치 두께의 2번 소나무나 포플러로 만드는 게 좋을 것 같다." 아버지가 말했다.

"매장에서 구입한 목재를 쓰자는 말인가요?" 내가 물었다.

"응, 그래."

나는 약간 기운이 빠졌다.

"헛간에 쓸 만한 자재들이 있을 것도 같은데요." 내가 말했다.

나는 아버지가 작업장 뒷벽을 따라 쟁여놓은 진귀한 목재들을 활용할 수 있기를 은근히 바랐다. 거기에는 내가 남몰래 눈독을 들이고 있던 벌레 먹은 밤나무 판자들이 있었다. 아버지가 작업하고 남은 체리나무 판자들도 있다는 것을 나는 알고 있었다. 그걸 알고 있는 것은 한편으로는 독특한 목재를 알아보는 감식가의 본능 때문이기도 했고, 다른 한편으로는 보상을 바라는 이기적 욕구 때문이기도 했다. 내가 가장 아끼던 판자 가운데 일부를 형의 바를 만드는 데 내주었으니까 말이다. 이젠 그 대가를 받아낼 차례였다.

"한 가지 종류의 나무만으로 관을 짜기엔 양이 충분치 않아." 아버지가 말했다. "그렇지만 재미있게 만들 수 있겠구나. 내가 생각해둔 게 있다."

아버지는 어떻게 하면 붉은오크를 끼워 넣어서 평범한 판자들을 이어 붙이고 경주용 자동차의 줄무늬처럼 측면에 시각적 효과를 줄 수 있는지를 보여주는 그림을 연필로 거칠게 쓱쓱 그렸다. 그런 다음 모서리를 어떻게 결합할 수 있는지 보여주려고 L자 모양으로 서로 엮인 형태를 스케치했다.

"모서리 이음매 부분은 열장이음[4]으로 하고 싶긴 한데…" 아버지가 그 모양을 재빨리 그려 보이며 말했다. "그렇지만 이 정도 크기의 널빤지들로는 좀 어려울 것 같다. 맞이음 butt joint[5] 방식으로 하면 아쉬운 대로 괜찮을 거야."

"버트 조인트라." 내가 '버트 butt[6]'를 힘주어 말하면서 심드렁하게 되뇌었다. 내 말에 아버지가 히죽 웃었다. 모든 남자들이 열세 살 소년 시절을 보낸 후에도 영원히 열세 살 소년으로 남는다는 것은 변치 않는 진실이다. 나는 50대 나이에 스케이트보드를 타려다가 골반이 부러진 남자를 알고 있었다. 머잖아 50대에 접어들게 되는 나는 이 이야기를 행동거지를 조심해야 한다는 교훈으로 받아들이는 대신, 내가 지향해야 할 행동의 기준점으로 삼았다.

아버지는 모서리에 장식물을 붙이는 등 계속해서 떠오르는 아이디어를 스케치했다. 그러다가 문득 종이 위를 움직이던 연필을 멈추더니 잠시 후 연필을 옆으로 치우고 거기에 그려진 형체를 들여다보았다. 그리고 마치 뜻밖의 새로운 사실을 발견한

---

4 서로 맞물리는 방식으로 결합하는 맞춤 방법.
5 두 재목의 평탄한 단면을 그냥 맞대어 잇는 맞춤 방법.
6 butt에는 '엉덩이'라는 뜻이 있다.

사람처럼 고개를 끄덕였다.

"이건 말이야," 아버지가 말했다. "그냥 상자일 뿐이야."

우리 각자의 방

나는 정말로 관을 만들고 싶어졌고, 그것은 사실 아버지 탓이라고 할 수 있다. 아버지와 어머니가 우리를 기른 그 집, 여러모로 '나'를 만든 그 집은 1930년대에 지어진 덩치만 크고 바람이 숭숭 통하는 허름한 곳이었다. 지하실에는 스팀 보일러가 있었는데, 아버지는 그 보일러의 기질과 성향을 '적당히' 익혔다. 이 말은 아버지가 보일러를 어느 정도 다룰 수는 있었지만 길들이지는 못했다는 얘기다. 적당히 안다는 것에는 얼마간의 위험이 있기 마련이니까 말이다.

뜨거운 쇠 파이프들이 벽 속에서 아기 허리케인처럼 격렬히 덜그럭거렸다. 라디에이터는 겨울 내내 쉭쉭거리고 휘파람 같은 소리를 내고 뜨거운 성흔(聖痕)[1]처럼 피를 흘렸다. 어머니가 보일러 온도조절기의 온도를 높게 설정했기 때문에 형의 침실 라디에이터와, 다른 형과 내가 함께 쓰는 다락방 라디에이터는 종종 살갗을 델 정도로 뜨거웠다. 우리 형제는 가끔 썰매를 타고 난 뒤 그 철 괴물 위에 옷을 걸어 말리곤 했는데, 다 말라 뻣뻣해진 옷에는 라디에이터의 파이프 모양이 정확히 눌리어 찍혀 있었다. 우리는 다시 운동복 상의를 걸치고 딱딱해진 소매를 몽둥이 삼아 서로 전투를 벌이곤 했다.

아버지는 그 집을 수선하고 개량하고 구상하고 계획을 짜고 전투를 벌이고 안타까워하면서 끊임없이 일했다. 아버지는 앞 현관을 둘러막아서 방을 하나 만들었다. 어머니는 그 방을 '더 솔라리움The Solarium'[2]이라 불렀는데, 정관사와 대문자가 별다른 대가 없이 얻은 왕권 같은 위엄을 드러내주었다. 양지바른 그 방의 환한 햇볕은 환각을 일으킬 것 같은 문양에 털이 복슬복슬한 양탄자와 너무 어울리지 않았고, 그 방의 가장 중요한 상주자라 할 수 있는 앵무새(날마다 새벽이면 고속도로에서 자동차가 연쇄 충돌한 것 같은 끼이익 하는 쇳소리를 내는, 완전히 길들여지진 않은 녹색의 아마존 앵무새였다)와도 어울리지 않았다. 언어 감각이 훌륭하고 십자말풀이에 깊이 빠지곤 했던 어머니는 모든 것에 이름을 붙였다. 어머니는 하나하나 신중하게 공들여 이름을 지었다.

1 예수의 몸에 난 상처.
2 일광욕실이라는 뜻.

어머니에게는 언어가 세상의 질서였다. 앵무새에게는 헨리 필
딩Henry Fielding[3]의 작품 『톰 존스』에 나오는 기만적인 악당의 이
름을 따서 '미스터 블리펄'이라는 이름을 지어주었다. 어머니가
자기 방이라고 소유권을 주장한 2층의 남는 방에는 '하얀 침실'
이라는 이름을 붙였는데, 그 방의 닫힌 문에는 으레 자물쇠가 채
워져 있었다. 어둑한 그 방을 잠깐 보았을 때 구두 상자 더미, 세
탁소 비닐봉지에 담긴 옷가지, 그리고 잔뜩 쌓여 있는 책들이 눈
에 들어왔다. 『래그타임』, 『일본 이기기』, 『인형의 골짜기』 같은
책들이 있었던 게 생각난다. 거의 모든 것이 어머니의 이름 붙이
기 작업의 대상이었다. 지하실 고양이에게는 킴 칸스Kim Carnes
의 노래 제목을 따서 '베티 데이비스 아이스'라는 이름을 지어
주었고, 부엌의 별도 조리대는 '자블리블라'라고 불렀는데, 지금
어머니가 그렇게 이름 지은 이유를 아는 사람은 없다. 아버지는
방을 만들고, 어머니는 그 방들의 명명식을 거행했다. 아버지는
거실을 천장부터 바닥까지 개조하고 부엌 내부를 뜯어고쳤다.
그런 다음 벽 하나를 완전히 뜯어내고는 집 뒤쪽으로 야심차게
공간 하나를 덧붙여 지었다. 그 방은 유리창이 가득한 아침 식
사용 방으로 문을 열면 2층으로 된 베란다로 통했다. 그 베란다
의 화려한 목재 난간도 아버지가 손수 설계하고 제작한 것이었
다. 난간을 이루는 막대는 둥근 장식들로 치장되어 꽤 두꺼웠는

---

3 18세기 영국의 소설가이자 극작가. 영국 소설 확립기의 대표 작가이며 씩씩
   한 남성의 종횡무진한 활약을 묘사하는 데 능했다.

데, 전체적으로 물결 모양을 이루었다. 빅토리아 양식이라 부를 만한 난간이었다. 이곳 밖으로 나오면 아버지가 원래 용도와 다르게 사용한 벽돌과 돌로 지은 옥외 테라스가 있고, 그 너머로는 불규칙한 모양으로 뻗어나간 정원이 펼쳐졌다.

나는 지하실 작업장을 통해 아버지를 가장 잘 이해할 수 있었다. 그곳은 방이라기보다는 아버지가 신중하게 자신의 권리를 주장하는 공간이었다. 어머니에게 '하얀 침실'이 자신의 공간이었던 것처럼 아버지에게는 작업장이 당신의 공간이었다.

지하실은 두 부분으로 나뉘었다. 한쪽은 1970년대를 산 미국인들에게는 군이 설명이 필요 없는 용어인 레크리에이션 룸이었다. 모조 나무판자로 마감한 벽, 도기로 만든 커다란 맥주잔과 '올드프로싱슬로시', '빌리비어' 등 색다른 맥주 캔을 진열하는 선반이 있는 어설픈 바, 알록달록한 리놀륨 바닥, 밑부분에 전투로봇 장난감들을 수납할 수 있는 서랍이 달린 벤치, 1970년대 특유의 '녹색' 계통으로 칠을 한 가장자리 마감 판재 등이 눈에 띄었다.

다른 한쪽이 이 지하실의 진짜 속 모습이었다. 이 오래된 집의 날것 느낌이 나는 지하실 실내 장식은 썰렁하기 짝이 없었다. 페인트가 흩뿌려진 콘크리트 바닥, 석면으로 둘러싸인 파이프들, 주로 유리블록업계에 영감을 주는 역할을 했을 뿐 제대로 작동하지도 않는, 금속 창틀에 끼워진 접는 방식의 유리창, 벽

안으로 짜 넣어 만든 철문이 달린 소각로, 바닥에 깐 축축하고 빨간 타일, 구석에 웅크리고 숨어 있는 고양이 베티 데이비스 아이스, 추수감사절에 먹고 남은 음식과 맥주를 보관하는 용도로만 쓰인 맨 안쪽 구석의 둥글납작한 녹슨 보조 냉장고… 아버지는 목이 긴 블라츠 병맥주를 박스째로 샀다.

어린 내 눈에는 이 지하실의 반쪽이 영원히 확장되는 것처럼 보였다. 저 안쪽 구석에는 그 맥주 냉장고와 세탁 설비, 그리고 검정색 수화기와 배배 꼬인 전화선이 달린 벽걸이형 다이얼 전화기가 있었다. 사적이고 은밀한 통화는 다 이곳에서 이루어졌다. 젊은 대학생 시절의 나는 지나에게 사랑을 속삭일 때면 으레 의류 건조기 위에 앉아 마벨 전화기의 검정색 전화선을 손가락으로 비비 꼬며 지나에게 최대한 재미있는 사람처럼 보이려 애쓰면서 통화를 하곤 했다.

세탁실에서 가장 멀리 떨어진 공간이 아버지의 연장과 작업대가 자리 잡고 있는 아버지의 방이었다. 소나무 제혀쪽매[4]로 만든 낡은 흰색 나무 문이 있는 방으로, 문에는 고풍스러운 서픽 걸쇠[5]가 달려 있었으며, 파란색 새틴 가운 차림으로 깊은 가슴골을 드러낸 셰릴 래드Cheryl Ladd[6]의 포스터가 붙어 있었다. 아

---

4 한쪽 널빤지에 길게 내민 돌기를 만들고 상대 널빤지에 홈을 파서 두 널빤지를 마주 잇는 방법.
5 영국 동남부 서픽주에서 유래한 예스러운 느낌의 걸쇠.
6 미국 ABC 방송국에서 방영한 드라마 「미녀 삼총사(Charlie's Angels)」에 나오는 여배우.

버지는 「미녀 삼총사」에 나오는 여배우 포스터를 작업장 문에
붙여놓고 싶어 할 정도의 남자는 아니었지만, 장난스러운 생일
선물로 그런 포스터를 받을 만한 부류의 사람은 되었으며, 받은
것은 무엇이든 버리지 못하는 사람이기도 했다. 아버지는 적절
해 보이는 곳에 그 포스터를 붙여놓았을 뿐이었다. 그곳은 은밀
한 욕망의 냄새를 풍기는 숨겨진 장소가 아니었다. 그렇다고 신
사답지 못한 태도로 보이기 십상인 공개적이고 공적인 장소도
아니었다. 무엇보다도 아버지는 신사였다.

　내가 알고 있는 아버지는 매우 질서 정연하고 기발한 사람이
었다. 당시 셰릴 래드는 아버지를 규정해주는 그 작업장의 종이
문지기 역할을 했다. 방에는 선반들이 엄청 많았다. 선반 위에
는 너트, 나사, 볼트, 코터 핀 등을 크기와 종류별로 분류하여 라
벨을 붙인 깡통과 병들이 놓여 있었다. 다양한 크기의 페인트 통
과 스프레이 페인트 통도 얼룩덜룩한 악당 패거리처럼 줄지어
놓여 있었다. 그 페인트 통 옆구리에 말라붙은 페인트 자국들이
방과 굽도리 널과 울타리와 의자에 페인트칠을 하던 당시의 무
지갯빛 추억을 떠올려주었다. 고슴도치 가시 세 개와 탄피 하나
가 담긴 젤리 병도 있었는데, 이것은 아버지의 젊은 시절 전설이
보관된 병이었다. 흰 가루가 담긴 커다란 병에는 '소석고Plaster of
Paris'7라고 손으로 쓴 라벨과 함께 에펠탑 캐리커처가 붙어 있

7　이름에 'Paris'가 붙은 이유는 석고의 원료가 과거 프랑스 파리에서 많이 생
　산되었기 때문이다.

었다. 중서부 사람들의 이국적 취미였다.

물론 그 방에는 온갖 종류의 연장들이 있었다. 상상할 수 있는 온갖 크기, 온갖 형태의 드라이버(옆으로 돌릴 수 있는 것까지 있었다!)와 톱(민담에 나오는 거인 폴 버니언의 건초 마차에서 떨어진 것 같은, 손잡이가 두 개인 가로톱까지 있었다)과 망치들이 있었다. 하지만 아버지가 정말로 좋아했던 연장 하나는 검은 손잡이의 장도리로, 우중충한 크로뮴 모가지에 상어 지느러미 모양으로 휘어진 발톱을 가진 것이었다.

아버지는 모루도 가지고 있었다. 도대체 누가 모루를 가지고 있을까? 와일 E. 코요테[8]와 마을 대장장이와 우리 아버지뿐일 것이다.

나는 이렇듯 도구를 통해 부모님을 더 잘 알게 되었다. 나는 어머니와 나누었던 어떤 대화보다도 어머니의 조그만 십자말풀이 표와 그를 위한 광범위한 참고 서적을 통해 어머니를 더 잘 이해하게 되었다고 생각한다. 아버지는 풍부한 증거를 통해 자신을 드러내 보였다. 아버지는 내게는 두려움을 모르는 스키 점프 선수였는데, 내가 그걸 안 것은 내 눈으로 트로피를 보았기 때문이다. 아버지는 한때 폭스바겐 카르만 기아 컨버터블을 소유했던 사람이었는데, 나는 사진을 보았기 때문에 그걸 알았다. 한때 '플레이보이 클럽'의 웨이트리스와 데이트를 한 남자였는

8 미국 애니메이션 「루니툰(Looney Tunes)」에 등장하는 캐릭터.

데, 그 역시 사진으로 알 수 있었다(와우!). 또한 아버지는 귀에서 담배 연기가 나오게 할 수 있었고, 항상 모자를 썼으며, 언젠가 고슴도치를 총으로 쏴서 잡은 적도 있는 사람이었다.

나는 온전히 아버지의 장소였던 공간에 들어가서, 예컨대 아버지가 사용하던 송곳을 집어 들고 가죽 조각에 구멍을 뚫었을 때와 같은 경우에 아버지를 가장 잘 이해할 수 있었다. 나는 거기에 오래 머물면서 뭔가 분주하게 몸을 움직일 방법을 찾거나 아버지의 작품을 자세히 살펴보는 것을 좋아했다. 그렇게 해서 나는 그 방의 도구들이 내게 허락해준 기술을 익히기 시작했다. 나는 나사산이 마멸된 볼트를 빼내고, 구리 파이프를 납땜하고, 절단용 기계 선반을 돌릴 수 있게 되었다. 드릴용 쇠에는 어떤 오일이 가장 좋고 자전거 체인에는 어떤 오일이 가장 적합하며 녹슨 너트를 해동하는 데는 어떤 오일이 가장 좋은지 따위를 배웠다. 나는 아버지의 제도용 빨간 연필을 사용하여 토목 기사의 또렷한 필체를 흉내 내기도 했다. 그리하여 정자체와 대문자로만 쓰는 것, 네모반듯하게 쓴 글자가 나의 필체가 되었다.

열 살 무렵, 나는 작업장에 임시 거처를 마련하고 어린이 경주용 조립 자동차와 '작은 악동들'[9]이 언덕 기슭에 늘 처박곤 했던 기묘한 기계 장치의 중간 정도에 해당하는 뭔가를 만들었다.

9 1950년대 미국 텔레비전 프로그램 「악동 클럽(The Little Rascals)」에 등장하는 아이들.

그것은 미세하게 불균형하도록 만든 것으로, 내가 직접 설계한 축 위에 기다란 판자를 얹고, 끈으로 만든 조종 장치를 장착하고, 좌석 뒤에는 걸쇠를 달아 조그만 수납공간까지 마련한 장치였다. 그것은 나의 상상력에 불을 지폈고, 나는 개선을 위한 아이디어를 짜고 문제를 해결하느라 꼭두새벽까지 잠을 설쳤다. 나는 축을 만드는 데 필요한 나사골의 길이를 스스로 계산해냈고, 두 대의 낡은 세발자전거에서 빼낸 짝짝이 바퀴들과 나사받이와 볼트의 너비를 알아냈다. 내가 잘 모른다고 생각했던 수학이 신기할 정도로 명료하게 머릿속에 떠올랐다.

열두 살 무렵의 어느 여름날, 나는 집 근처의 짧은 상가 거리 뒷골목을 탐험하다가 무더기로 버려진 합판 더미를 발견했다. 녹색 페인트칠이 지저분해진 합판들은 곳곳에 스테이플러 철사 심이 박히고 여기저기가 부서지고 망가진 모습으로 대형 폐기물 수거함에 기대어져 있었다. 길이가 약 4피트에 너비가 1피트 정도 되는 그 합판들은 내가 충분히 옮길 수 있을 만한 크기였다. 그 사실 하나만으로도 막 싹트기 시작한 내 공학적 열정을 행동으로 옮기기에 충분했다. 그날 밤 나는 늦게까지 잠자리에 들지 않은 채 다락방 창으로 스며든 달빛 속에서 48×12인치(판자의 전체 길이와 너비, 나의 판자의 크기)라는 계산에 꼭 맞는 완벽한 평면도를 열정적으로 구상했다. 나는 지하실에서 소나무 샛기둥들을 슬쩍 훔쳐올 수 있다는 것을 알았다. 그것이 나의 계획이었다. 내가 사용하고 싶은 문도 생각해두었다. 경사진 거울이 끼워진 묵직하고 고풍스러운 욕실 문으로, 빨래통 근처의 목재 더미에 기대어 세워져 있었다. 문의 표면은 현란하고 어지러운 페인트 자국으로 덮여 있었는데, 그 이유는 아버지가 페인트 붓을 씻기 전에 붓을 문질러 닦는 용도로 그 문을 이용했기 때문이다. 내게 필요한 것은 모두 갖추어졌다. 나는 나만의 방을 꾸밀 준비가 되었다. 내 귀에는 이미 내가 휘두르는 경쾌한 망치 소리가 들리는 듯했다.

다음 날 아침, 나는 다시 폐기물 수거함이 있는 곳으로 갔다. 판자들이 아직 거기 있으리라는 것을 잘 알고 있었는데, 아이들은 누구나 쓰레기 수거 트럭이 언제 오는지를 주변에서 들어서 알고 있기 때문이었다. 나는 계속 왔다 갔다 하며 판자를 날라서 이윽고 아버지의 방 반대편 끝에 있는 빨래통 근처에 판자들을 모두 다 쌓았다. 나는 낮 시간 내내 비밀스럽게 일하고, 부모님이 퇴근하여 집에 돌아오기 전에 일을 중단했다. 그 일은 일주일 안에 끝났다. 녹색 벽을 두르고 신중하게 측정해서 출입구를 낸, 얼기설기 지은 구조물이 만들어진 것이다. 그 내부에는 몇 가지 내 연장들을 거는 고리를 달 생각으로 널빤지 하나를 덧댔다. 문을 다는 방법을 정확히 알지 못했기 때문에 아직 문은 달지 않았지만 아버지는 말할 것도 없이 그 방법을 알 것이고, 따라서 그 부분은 아버지와 내가 함께 마무리할 수 있을 터였다.

나는 야심 찬 공개를 위해 부모님을 지하실로 초대했다. 하지만 부모님의 시각은 나와 딴판이었다. 내가 만든 방이 세탁실로 가는 통로를 막고 있으며, 세탁기가 있는 곳으로 가기 위해서는 내 작은 몸집조차 잔뜩 웅크려야만 녹색 합판과 낡은 납 피복 빨래통 사이를 겨우 지나갈 수 있을 정도이고, 따라서 빨래 바구니 하나도 들고 지나갈 수 없으리라는 게 부모님의 시각이었다. 부모님은 내가 보일러의 가장자리를 따라 한쪽 벽을 만들었으며, 그 때문에 표시등에 접근할 수 없게 되었다고 했다. 두 분은 내 계산의 한계를 조목조목 지적했다.

부모님은 내가 지은 것을 부수게 했다. 나는 상처받았다. 마음이 쓰라렸다. 그렇지만 그날 내 마음속에는 아버지의 작업장 같은 방을 나만의 방식으로 짓겠다는 결심이 확고해졌다.

논쟁

내가 처음부터 관을 원했던 것은 아니다.

관을 원하는 사람은 아무도 없을 것이다. 하지만 나는 오래전부터 미래의 어느 날 값비싼 천을 씌운 이튼 알렌Ethan Allen[1] 명품 장에 들어가 땅에 묻히고 싶지는 않다는 생각을 해왔다. 나는 이 문제에 대해 현실적인 입장이라 할 수 있는 생각을 발전시켰다. 내 나름대로 열정을 가지고 반대 의사를 밝혔다. 나는 전통적인 가톨릭 가정에서 자랐기에 내가 아는 유일한 전통은 (따라서 내가 저항할 수 있는 유일한 전통은) 표준적인 미국 장례식이었다. 철사 스탠드에 꽂힌 수많은 꽃다발과 라벤더 냄새, 예의 바

---

1 미국의 명품 가구 브랜드명.

른 조문객들이 이름을 갈겨쓴 방명록, 몸에 맞지 않은 양복 주머니에 꽂힌 성모마리아 기도 카드…. 내가 목격한 관은 늘, 뭐랄까… '나답지' 않아 보였다. 지나치게 형식적이었다. 지나치게 화려했다. 지나치게 구식이었다.

나는 주류를 이루는 이 같은 표준적인 '관'이란 것이 너무 오랫동안 아무런 비판 없이 지속된, 지나치게 부풀려진 관습의 시대착오적 상징이라고 결론지었다. 여섯 시간이나 계속되는 슈퍼볼 프리게임 쇼나 남성용 카키 바지에 잡아놓은 주름처럼 말이다. 나는 이 같은 관의 양식이 제이시페니JC Penney[2] 스타일처럼 너무 정형화되어서 어번아웃피터Urban Outfitters[3]처럼 단순하고 캐주얼하지 못하다는 결론을 내렸다. 그러니까 내가 내린 결론은 현재 판매되는 관들이 멋지지 않다는 것이었다.

"그렇다면 '멋진' 관은 정확이 어떤 것인데?"라는 노골적인 질문에 대해 그리 많이 생각해보지 않았다는 사실은 인정한다.

이 모든 얘기는 내가 자라오며 습득할 만한 전통이 거의 유일했다는 핑계라기보다는, 나 자신의 피상적인 생각과 태도에 대해 더 많은 것을 말하고 있는 게 분명하다. 또한 나라는 사람은 시대정신과의 연계성이 현저히 결여되었다는 점을 은근히 알려준다. 중년이 되면서 스타일에 대한 나의 본능은 코첼

---

2 미국 최대의 백화점 유통 업체.
3 미국의 의류 유통 업체.

라⁴에서 장례식장으로 내리막길을 치닫고 있는 듯했다.

이집트의 전통에서는 고인이 생전에 이루었던 업적과 모습을 담은 여러 이미지들로 석관을 섬세하게 장식한다. 일종의 시각적 회고록인 셈인데, 이것이 제대로 된 올바른 방식처럼 보이지만 전통적인 미국인의 감성에는 너무 노골적으로 여겨지는 듯도 싶다. 그래서 우리는 한결같이 고인의 한창때에 대해 얘기를 늘어놓는다. 겸허함, 사심 없음 같은 특성들을 미화하고 이상화하는 추도 연설, 세로로 길게 난 기사를 통해 천국으로 들어가는 건가 의문이 드는 터무니없이 비싼 신문 사망 기사…. 아버지날을 기념하는 자동차 쇼의 자동차보다도 더 반짝반짝 닦인 관은 또 어떤가. 이 관들은 정치 캠페인에 단골로 쓰이는 말 같은, '유산', '유물', '수호자' 등의 과장된 모델명으로 판매되지만, 한편으로는 너무 포괄적인 데다 특별한 개성이 없는 말이어서 결국 아무런 메시지도 전달하지 못한다.

내 관에 대한 이야기는 장인어른이 돌아가신 직후에 시작되었다. 나는 장례 절차를 거들기 위해 장인의 일곱 자식들 중 막내인 지나를 따라 장례식장으로 향했다. 지나의 아버지 오거스터스 오슬리 홀(장인의 켄터키 집안에는 현직 주지사가 민주당 출신일 경우 주지사의 이름을 따서 아들들의 이름을 지어주는 전

---

4 미국 캘리포니아주 코첼라 밸리에서 열리는 음악 축제.

통이 있었다[5])은 자랑스러운 제2차 세계대전 해군 참전 용사로서, 그가 4년 동안 고향이라고 불렀던 항공 모함 '미국 해군 에섹스 호' 퇴역 선원들의 정례 모임에는 빠지지 않고 참석하는 인물이었다. 노동자 계급의 삶이 주는 만족감과, 자신과 예순여섯 살의 아내가 함께 키운 일곱 자식들이 주는 그 모든 만족감에도 불구하고 장인의 이야기의 중심에는 언제나 에섹스 호가 있었다. 그러므로 우리가 썰렁하고 번지르르한 회의실에 함께 앉아 있을 때도 군대와 애국심 이야기가 앞자리를 차지했다. 이 특별한 장례식장에는 도요타 자동차 매장에 진열된 '코롤라'나 '툰드라' 자동차처럼 관 뚜껑을 열어젖힌 채 여러 관의 모델을 진열해놓은 전시실이 있었다. 우리는 안내를 받아 그곳을 둘러보았다.

오거스터스 오슬리는 소박한 사람이었다. 대공황 시대에 어린 시절을 보냈고, 사소한 일에 기뻐했으며, 매력적일 정도로 패션에 무감각했다. 그는 날마다 같은 모자를 썼다. '미국 해군 에섹스 호' 로고가 새겨진 파란색 야구 모자였다. 말년에 요양 시설에 입소한 뒤 구내식당에서 매일 오후에 아이스크림과 맥주를 제공한다는 사실을 알게 되자, 그는 자신이 행복하게 죽을 수 있으리라는 것을 곧바로 알아차렸다. 그가 원했던 것은, 혹은 필요로 했던 것은 그게 다였다.

---

5   오거스터스 오슬리 스탠리(Augustus Owsley Stanley)는 켄터키주의 38번째 주지사였다.

따라서 이 같은 우리의 노력을 장인은 어떻게 생각할 것인지 궁금하지 않을 수 없었다. 장인에게는 개인적 스타일이라는 게 없었다. 적어도 이런 목재나 강철로 만든 침대 혹은 상자 같은 것과 직접적으로 연결될 수 있는 스타일 같은 것은 없었다. 무엇보다도 장인은 검소한 사람이었다. 장인의 옷장에 걸린 옷들은 거의 전부가 염가 매장에서 산 스웨터이거나 아버지날에 선물로 받은 것들이었다. 장인에게는 나무의 품질이나 강철의 치수보다 가격표가 훨씬 중요한 관심사였을 것이다. 내가 어떤 것에 대한 장인의 의견을 구할 때마다 노상 들었던 대답은 "괜찮군"이었다. 한번은 어떤 맥주를 좋아하시느냐고 묻자, 장인은 "싼거"라고 답했다.

가족들이 직원의 설명을 열심히 듣는 동안 나는 무리에서 슬쩍 빠져나왔다. 내 안에서 호기심이 일었다. 무엇에 대한 호기심인지는 확실치 않았지만, 아무튼 호기심이 일었다. 나는 찾고 있었다. 뭔가를 찾고 있었다. 그러다 구석진 곳에서 시신만 한 크기의 판지 상자를 발견했다. 싼 물건을 노리는 내 레이더가 마구 요동쳤다. 75달러! 이상스럽게도 그 상자가 내 눈을 끌었다. 그것은 그 나름의 스타일을 가지고 있었다. 이 모든 품위와 과시 사이에서 그 판지 상자는 이곳에 있는 다른 어떤 관보다도 더 존재감이 있어 보였다. 그것은 소박했다. 친환경적이었다. 투박했다. 사실적이었다. 그것은 눈부시거나 영원하거나 완전하지 않았고, 그래서 더더욱 우리네 인생과 닮아 보였다. 그것은 톰

웨이츠Tom Waits⁶의 노래였다. 안도감을 주었다. 그 관에는 영혼이 있었다. 그리고 값이 쌌다. 무척 쌌다.

　나는 지나가 가족들과 함께 모여 있는 곳으로 걸음을 옮겼다. "이리 와봐." 나는 부부끼리 통하는 텔레파시인 가정 내 초능력을 발휘하여 소리가 아닌 표정으로 말했다.

　지나는 무심한 듯한 태도로 무리에서 나와 내 뒤를 따랐다.

　"저거 봐." 내가 말했다. "내가 들어가서 묻히고 싶은 관이 바로 저거야."

　"당신은. 절대로. 판지 상자에. 들어가. 묻히지. 않을. 거야. 그럴 일은 절대 없어."

　그것은 그녀가 해줄 수 있었던 말 가운데 최악의 말이었다. 많은 남편들처럼 나 역시 수동적으로 공격적 성향을 드러내는 반골 기질의 남자였기 때문이다. 내 확신은 반대하는 의견 앞에서 가장 강력하게 솟구친다. 내가 판지 상자에 들어가 묻히는 일은 절대로 없을 거라는 얘기를 듣자마자 나는 그거야말로 내가 원하는 것이라는 점을 전적으로 확신하게 되었다. 그 순간 나는 결코 흔들리지 않으리라는 것을 알았다. 나는 자연스럽게 마음속으로 '사후 독립선언서'를 작성했다.

　"나는 저기 저 상자에 들어가 묻힐 거야. 당신이 내 마지막 소

6　미국의 가수 겸 작곡가. 장르를 규정할 수 없는 독창적인 스타일로 자신만의 색깔을 인정받았다.

원을 거부할 순 없어."

"마지막 소원? 당신은 이제 겨우 마흔다섯이야. 어디 아픈 것 도 아니고."

"난 죽으면 저기 저 상자에 들어가 묻힐 거라고."

"당신은 그 문제에 대해선 참견할 권리가 없을걸."

"난 이미 당신한테 말했어. 그걸로 된 거야. 내가 원하는 게 정확히 뭔지 모르는 척 행동할 순 없겠지. 이미 당신한테 얘기했 으니까. 나는 판지 상자에 들어가 묻히고 싶어. 가격은 75달러로 군."

"좋아. 그렇다면 난 그 판지 상자를 내가 찾을 수 있는 범위 내에서 가장 크고 가장 비싼 황금 관실 안에 넣을 거야."

나는 망설였다. 굳이 따지자면 지나의 대꾸는 이 논쟁에서 내 가 이겼다는 걸 의미했지만, 나는 더 따지고 드는 게 전술적으로 현명한 일인지 의심스러웠다.

사실 확신에 대해 말하자면, 아내의 확신 강도가 나보다 훨씬 더 강했다. 그것은 세대에서 세대로 이어져온 기질이었다. 아내 는 시칠리아 사람의 피를 이어받았고, 외할머니 루치아가 이탈 리아에 있었다. 외할머니는 남편이 죽자 울며불며 남편의 관 속 으로 몸을 던졌으며, 1년 동안 검은 옷만 입었다. 그러므로 이 여인, 나의 아내는 죽음의 의식 전반에 걸쳐 섬세하고 고차원적 이고 다혈질적인 지중해식 접근법을 지니고 있다. 그리고 아내 에게 관은 결혼식에 사용되는 흰색 리무진 렌터카와 동일한 역할을 수행하는 존재다(우리 부부는 우리 아버지가 빌린 갈색 임팔라를 타고 결혼식장인 교회를 떠났다는 사실은 논외로 하자). 아내는 슬픔에 젖은 자신의 몸을 열심히 꾸민 냉장고 포장용 판지 상자 속으로 채신없이 던져 넣는 모습을 상상했을지도 모른다는 생각이 들었다.

우리는 다시 가족들과 합류했다. 그들은 은색 크레이프 천[7]으로 내부를 처리하고 닷지 램 자동차의 후드 장식처럼 보이는 멋들어진 크로뮴 장식 부품에 기다란 손잡이를 매단 회색 강철 관 주위에 모여 있었다. 그 관은 '스털링'이라는 모델로, 오하이오주 제인스빌에 있는 '제인 관 회사'에서 만든 것이었다. 가격은 2,020달러였다. 장의사는 그 관이 두께 약 18게이지의 강철로 만들어졌다고 말했는데, 나는 그 말이 특별히 신경 쓰였다. 그때까지 2,020달러가 넘는 차는 몰아본 적이 없다는 사실을 생각하면서, 이 관에 쓰인 강철의 품질이 바깥 주차장에서 활발하게 녹슬어가고 있는 내 폭스바겐의 품질보다 더 뛰어난 것은 아닐까 궁금해했다.

이 장례 준비에서 주도권을 쥐고 있던 지나의 오빠가 회색 강철이 전함을 연상시킨다는 점을 지적하자 모두 그 점에 매달렸다. 다들 아버지의 유산과 연결 짓기를 갈망했다. 그래, 맞아. 이

---

7 겉면에 오글오글한 잔주름이 있게 짠 천.

건 배처럼 보여. 아버지도 이런 걸 원하셨을 거야. 그리고 우리는 마치 구세주를 찾은 것처럼 고개를 끄덕였다.

이것이야말로 가장 힘든 부분이 아닐까? 자기 입장에서 '올바른' 선택을 했다기보다는 이미 돌아가신 분이 올바른 선택이었다고 생각하기를 바라면서 부모를 위한 결정을 내리는 일 말이다. 이 둘 사이의 차이는 누군가의 자식이 되는 것과 자기 자신이 되는 것 간의 차이다. 우리 대부분이 예민한 청소년기를 넘기고 나서 고심하게 되는 미묘한 문제다. 처음에는 나를 위해 모든 결정을 내려주고, 그러고 나서는 나 스스로 결정을 내리도록 가르쳐준 사람을 위해서 결정을 내린다는 것은 어떤 의미일까? '올바른' 선택의 척도는 무엇일까? 그리고 만약 그게 틀렸다면 어떻게 해야 할까?

게다가 그 모델은 중저가의 가격대에 속하는 관이었다. 그게 결정하는 데 도움이 됐다.

장례식은 며칠 뒤에 치렀다. 거의 정확히 1년 전에 치렀던 장모의 장례식 때와 마찬가지로 나에게 추도 연설이 맡겨졌다. 추도 연설을 할 만한 사람들은 하나같이 슬픔에 겨워 연단에서 쓰러질까 봐 두렵다는 이유로 거절했던 것이다. 혹시 그들은 내가 정서적으로 메말랐다는 생각에서 나를 지목한 게 아닐까? 어쨌든 나는 그 일을 수락했고, 적절한 추도사를 작성하는 고통스러운 작업에 착수했다.

작가가 공적인 헌사를 쓸 때 겪는 어려움은 모든 작가들이 은밀하게 알고 있는 글쓰기의 참된 실상 중 하나인 '자기 예찬'을 없애는 일이다. 우리는 글이 우리 안에 숨겨진 멋진 부분을 드러내 보여주기 때문에 글을 쓴다. 하지만 추도사는 완벽한 겸손을 요구하는 하나의 하위 장르다. 추도사를 쓸 때는 고인을 기릴 뿐 아니라 고인에 대한 다른 모든 이의 추억을 기리는 데에도 최선의 노력을 기울여야 한다. 그런데 고인이 일곱 명의 자식에 열일곱 명의 손자, 그리고 열네 명의 증손자를 두었을 경우, 추도사는 카오스에 이르는 공식이 되고 만다.

1년 전, 나는 가족 구성원들에게 장모님에 대한 추억을 알려달라는 단체 이메일을 보내는 실수를 저질렀다. 거의 모든 답신이 장모의 요리에 초점을 맞추었고, 나는 서로가 공유하는 의미를 지닌 하나의 구체적인 핵심 이미지를 확보했다는 생각에 횡재한 기분이 들었다. 멋진 착상, 좋은 주제였다!

하지만 거기서부터 모든 게 엉망으로 꼬여나갔다.

"할머니의 피자요." 손자 한 명이 답신을 보냈다. "정말 최고였어요."

"밤에 집에서 함께 영화 볼 때 언니가 튀겨준 팝콘." 장모의 동생이 알려왔다.

"할머니의 크림파이요." 다른 손자가 주장했다.

"어머니의 소스를 빼먹으면 안 되네." 손위 처남의 답신이었다.

"엄마가 만들어주시던 미드나잇샌드위치[8]." 지나도 거들었다. "난 엄마의 미드나잇샌드위치를 무척 좋아했어. 엄만 항상 그걸 나랑 나눠 먹었지."

그런 식으로 계속 도착한 이메일 답신들은 고인에 대한 찬사라기보다는 패밀리 레스토랑의 메뉴처럼 보이기 시작했다. 한 사람의 일생이 남긴 의미를 요약하려고 애를 쓰면 쓸수록 그 의미는 점점 더 흩어지고 누더기가 되는 듯했다. 고인이 남긴 유산이 샌드위치와 파이인 이 소박한 여인의 경우에도 그러했다.

오거스터스 오슬리 장인어른의 죽음에서도 같은 문제가 발생했다. 그분에 대한 기억을 어떻게 담아낼 것인가? 그저 단순히 논리 상자의 구석구석에 기억들을 신중히 배열하기만 하면 되는 문제일까? 그걸 담아내는 용기(容器)는 무슨 특별한 의미라도 있는 걸까, 아니면 의미를 조롱할 뿐일까?

그럼에도 불구하고 나는 양복과 넥타이를 착용하고서 (그런 복장 자체가 본래의 자연스러운 나 자신을 담기에 전혀 낯선 용기였다. 하지만 그것은 내가 죽으면 지나가 틀림없이 내게 입혀줄 복장이었다) 시간에 의해 미화된 일화와 이미지들을 모아 엮은 공식적인 추도 연설을 했다. 그런 다음 우리는 묘지로 향했고, 그곳에서 은색 크레이프 천으로 내부를 마감한 2,020달러짜리 두께 18게이지 강철 관이 이동 장치 위에 놓였다. 그리고 그 이동 장치

---

8 긴 빵에 햄, 치즈, 겨자 등을 넣어 먹는 쿠바식 샌드위치.

는 이 모든 거추장스러운 것들이 더 이상 문제 되지 않는 곳으로 장인의 관을 내려보냈다.

그 일이 있기 얼마 전, 나는 시내의 한 술집에서 친구들과 술을 마셨다. 꽤 늦은 시각이라 몇 시인지도 잘 몰랐다. 한 여자가 다가왔다. 그녀는 티슈 상자 정도 되는 크기의 조그마한 사각 판지 상자를 들고 있었다. 그녀가 상자를 탁자 위에 올려놓으며 내 맞은편에 앉아 있던 친구 보브에게 말을 건넸다.

"이봐요, 나 기억해요? 난 아무개예요… 아무개의 친구."

머뭇거리던 보브의 표정이 갑자기 생각이 났다는 표정으로 바뀌면서 그녀에게 인사를 했다. "아, 예! 안녕하세요?"

"네, 난 잘 지내고 있어요." 그녀가 말했다. "우린 지금 내 딸과 함께 술집을 순례하는 중이에요. 오늘이 딸아이의 스물한 번째 생일이거든요. 생일을 축하하는 중이죠."

그녀는 이 세상 단 하나의 손길, 엄마의 손길을 닮은 손길로 그 상자를 어루만졌고, 그 순간 우리는 모두 술집이 약간 기우뚱해지는 듯한 느낌을 받았다.

"자, 이제 우린 가볼게요." 그녀가 말했다. "그냥 인사를 하고 싶었을 뿐이에요."

그녀는 상자를 집어 들고 함께 온 일행을 따라 실내를 가로질러 문밖으로 나간 뒤 다음 장소로 향했다.

보브의 눈길이 나에게 고정되었다. "저게 그녀의 딸이라네."

보브가 말했다. 그런 다음 굳이 말할 필요가 없는 말을 덧붙였다. "저 상자 안에 든 거 말이야."

이 기이한 만남은 꽤 오랫동안 내 머릿속을 떠나지 않았다. 그러나 나는 그 일이 일어난 순간부터 그 의미는 내 것이 아니라는 사실을 알았다. 내 생각을 말할 수는 있지만 판단할 수는 없었다. 어머니는 딸에 대한 추억을 껴안고 기념하는 한 가지 방법을 선택한 것이었다. 나중에 안 일이지만, 그 딸은 10대 후반에 자살했다고 한다. 나는 딸을 기념하는 그 어머니의 사려 깊은 방식이 체리목과 마호가니 중에서 어느 것으로 관을 마감할 것인지 고민하는 것보다 훨씬 더 값진 결정이라는 것을 믿어 의심치 않는다. 내가 나의 마지막 길을 어떻게 준비할지 고민하기 시작한 시점이 바로 그때였던 것 같다.

그리고 솔직히 말해서 내가 죽은 뒤에 누가 나를 데리고 술집을 순례한다면 그것도 괜찮을 것 같다.

"난 판지 상자에 들어가 묻히고 싶어."

"당신은 판지 상자에 들어가 묻히지 않을 거야."

지나와 나는 25년 동안 결혼 생활을 해왔다. 서로가 나눈 말이나 생각은 우리가 공유하는 풍성하면서도 다채로운 역사를 되돌아보게 했고, 종종 꽤나 그럴듯한 농담으로 이어지기도 했다. 오랫동안 결혼 생활을 해온 부부의 낮 동안의 (그리고 밤 시간의) 대화가 보통 그러하듯이, 어떤 얘기에 심드렁하다고 해서 그게 꼭 재미없다는 것을 의미하지는 않는다. 그러므로 앞으로 사교 모임의 대화에서 장례식 얘기가 나올 때마다 지나는 거의 틀림없이 이 일화를 기계적으로 꺼낼 것이다.

"오, 관 얘기는 꺼내지도 마세요." 지나는 우리가 관 얘기를 시작할 수 있도록 누군가를 부추겨서 말을 꺼내게 할 것이다. "데이비드는 판지 상자에 묻히고 싶어 해요. 장례식장에서 그런 관을 판다는 거 아세요?"

왠지 모르겠지만 우리 사이의 균열을 나타내는 것처럼 보이는 이 주제는 실은 우리 둘을 더 돈독하게 맺어주는 듯싶다. 우리의 논쟁은 자석의 반대 극처럼 서로를 결속시킨다.

그래서 나는 앞으로 더 나아갈 것이다. 내 시신이 머물 곳에 대해 신경을 쓰는 지나의 쓸데없는 고민에 관해 얘기한 뒤, 이승에서의 임무를 마친 내 육신은 코요테들에게 던져주거나 하비로비Hobby Lobby[9] 뒤편의 대형 쓰레기 수거함에 던져 넣어도 된다고 우길 것이다. 나는 그런 재치 있는 말이 막 머리에 떠오른 것처럼 내뱉는다. 그런 대사가 어떻게 미리 연습되고 다듬어졌는지 아는 사람은 지나뿐이다. 말하자면 지나만이 진정으로 나를 알고 내가 그렇게 말하는 동기를 아는 유일한 사람인 것이다. 나는 다른 사람들에게 아내는 나를 이해하지 못하는 사람이라는 뜻을 넌지시 비치려 애쓰고 있다. 지나는 내가 그러고 있다

---

9 미국의 취미 용품 판매 매장.

는 것을 알고 있으며, 나는 내가 그러고 있다는 것을 지나는 다 안다는 사실을 안다.

반평생을 함께했다는 것은 바로 그런 것이다.

나는 마침내 그날 보았던 판지 상자는 실은 정식 관이 아니라는 사실을 알게 되었다. 장의사의 말에 따르면 그것은 시신을 화장터로 옮기는 데 쓰이는 '화장 용기'였다. 추측하건대 판지 상자의 주된 속성은 불에 타거나, 그게 아니라면 적어도 사용하고 나서 버릴 수 있어야 한다는 점인 것 같았다. 이 사실을 알고 나서 나는 좀 더 조사를 했고, 그리하여 보통 저렴한 프레스보드나 고급 판지로 제작되는 1,000달러 이하의 가난한 사람을 위한 값싼 관들이 존재한다는 사실을 알아냈으며, 이런 관들은 스털링은 물론이고 '제인 관 회사'의 목록에 있는 다른 어떤 관보다도 훨씬 싸다는 것도 알게 되었다. 덕분에 나는 내 입장을 고수할 수 있을 뿐 아니라 뭔가 연구 조사 결과물처럼 보이는 것으로 내 입장을 뒷받침할 수도 있게 되었다.

그것은 잘 만들어지고 세련되게 다듬어진 반항이 실은 내가 죽은 뒤 내 몸에 어떤 일이 일어날 것인지에 대해 엄청 신경을 쓰고 있다는 증거라는 사실을 명시적으로 보여준다. 사실, 나는 내 시신이 어떻게 처리되기를 원하는지 잘 모른다. 그리고 그 점에 대해서는 지나보나 더 잘 아는 사람은 없다.

그렇게 해서 일이 벌어지게 되었다. 3월 어느 날 밤, 우리 가족은 아버지의 일흔아홉 번째 생일을 축하하기 위해 형의 여자 친구 집에 모였다. 어머니, 아버지, 우리 네 남매와 각각의 배우자들, 그리고 손자들까지 가족 모두가 참석한 자리였다. 우리 가족 모임은 늘 시끌벅적하고 야단스러운데, 밤이 깊어질수록 점점 더 심해진다. 대형 텔레비전에서는 무슨 게임 방송인가가 방영되고 아이들은 부산하게 뛰어다니며 어른들은 큰 소리로 떠들어댄다. 그 모든 게 점점 더 소란스러워진다. 모임 장소에 따라서 위험한 개가 끼어들기도 하고, 확성기나 몹시 다급한 목소리로 날카롭게 소리 지르는 앵무새가 끼어드는 수도 있다. 우리는 그야말로 시끄러운 사람들이다. 여든이 거의 다 된 나이임에도 아버지의 건강이 놀랄 만큼 양호하다는 것을 부분적으로나마 인정하게 만드는 이런 모임의 메뉴가 기름진 프라이드치킨과 동맥 경화를 유발하는 피자, 그리고 거나하게 양껏 마실 수 있는 술이라는 아이러니는 주목할 만한 가치가 있다. 삶과 죽음, 양호한 건강 상태와 눈앞에 닥친 죽음의 그림자는 마치 웃다가 우는 것처럼 늘 뒤섞인 상태로 존재하며, 우리가 느끼는 것보다 더 가까이에 있다.

거의 전설적인 인물로 통하는 아버지의 큰 형님은 나이가 아흔이 넘었는데, 요양 시설에 입소한 뒤에도 운전면허증과 차를 포기하지 않았다. 차를 몰고 바깥 어딘가로 나가서 종일 시가를 태우기 위해서였다. 큰아버지의 건강을 해칠 거라고 여겼던 그것이 실은 큰아버지의 삶을 살 만한 것으로 만들었다.

나는 부엌 조리대를 사이에 두고 아버지와 마주보고 앉아 있었다. 주변에서는 대화가 어지러이 오갔다. 무슨 까닭에선지 문득 장례식이 주제로 등장했다.

"데이비드는 판지 상자에 들어가 묻힐 거래요." 지나가 말을 꺼냈다. "하지만 난 절대 이이가 판지 상자에 들어가 묻히게 하진 않을 거예요." 그러더니 이전의 대화 시작 패턴과는 약간 다르게 내 역공을 사전에 차단하면서 곧바로 질문을 던졌다. "아버님, 판지로 만든 관을 살 수 있다는 걸 아세요?"

아버지가 호기심을 드러냈다. "정말? 판지로 만든 거래? 장식도 할 수 있는 거야?"

나는 아버지를 쳐다보았다. 아버지의 호기심과 관련된 어떤 것이 낡은 방아쇠를 당겼다. 지금껏 살아오는 동안 아버지와 나를 연결시키는 뭔가가 있었다면, 그건 장식된 상자라는 아이디어였다. 새집, 헛간들, 그리고 무엇보다도 나와 지나가 쏟아지는 비난의 문턱에서 아버지의 도움으로 구해낼 수 있었던 노후한 튜더 리바이벌 양식의 저택…. 그 저택을 나는 좋게든 나쁘게든 주로 아버지의 도움에 힘입어 지금까지 계속 보수해오고 있다. 지나와 나는 우리 집안의 유전병을 보여주는 듯한 스무 개의 외풍이 심한 방 사이에서 두 아이를 키웠다.

아버지에 대한 가장 좋은 기억은 아버지를 지켜보았던 것, 아버지를 도와주었던 것, 아버지에게서 배웠던 것이다. 본가에서 이사를 나와 내 집에서 생활하기 전에 내가 마지막으로 했던 일은 섬세하게 제비촉이음[10]으로 모서리를 짜 맞춘 오크 서류 상자를 제작하는 것이었다. 그것은 A급 목재를 켜서 다듬은 짤막한 널빤지로 만들어졌는데, 그 널빤지들은 내가 고급 주택 건설 공사장에서 잡역부로 일할 당시 다람쥐처럼 열심히 주워 나른 부스러기들이었다. 상자의 고풍스러운 컵 모양 손잡이는 아버지가 건축 폐기물에서 수거한 특이하게 생긴 통에서 골라낸 것이고, 상자의 나사는 네모난 황동 대가리가 있는 것으로 수집 가치가 있는 예스러운 물건이었다. 나는 여러 차례 코팅을 하고 또 하면서 상자를 닦고 문질러 마무리했다. 아버지는 내가 상자를 만드는 과정을 지켜보면서 좀 더 민감하고 중요한 사항(접착제의 선택, 라우터[11] 설정, 나무 짜는 기술 등)에 대해서 조언을 해 주었다. 그 서류 상자는 내게는 더없이 소중한 의미를 지닌 상자였다. 그 상자는 이제 막 시작하는 내 인생에서 내가 앞으로 쓰려고 계획하고 있는 모든 글을 준비하고 정리하게 될 공간일 뿐 아니라, 내가 배웠던 모든 것을 입증하는 물건이기도 했다. 또한 내가 여전히 아버지의 도움을 필요로 한다는 증거이기도 했다. 그것은 나의 출발 의식이고 나의 출발점이었는데, 그 지점은 어쩔 수 없이 다시 아버지에게로 돌아갔다. 내가 그 부엌에서 조리대에 몸을 기대어 서 있을 때 그 상자는 그동안의 구상과 실패작과 희망적인 문구들을 가득 담고서 내 집 다락방 사무실에 놓

10 액자 모서리처럼 두 나무의 끝부분을 비스듬히 잘라 맞추는 이음 방식.
11 넓은 면적의 홈이나 긴 구멍을 팔 때 사용하는 목공 기계.

여 있었다.

"내가 묻힐 관을 아버지와 내가 만들어야 해요." 내가 말했다.

아버지의 입가에 예의 그 익숙한 미소가 번졌다. 나는 그게 무얼 의미하는지 정확히 알았다.

어른스러운 영혼

우리가 태어난 날은 석 달밖에 차이가 나지 않지만, 지나의 영혼은 늘 내 영혼보다 어른스러웠다. 일곱 남매의 막내 중 그녀는 부모님 못지않게 언니, 오빠들에 의해 길러졌다고 할 수 있다. 그녀가 태어났을 즈음 부모님은 이미 할아버지, 할머니가 되느라 정신없이 분주했다. 그런 까닭에 그녀는 1970년대 AM 라디오 영광의 시절과 더불어 성장했다. 즉 에어로스미스Aerosmith, 슬라이 앤드 더 패밀리스톤Sly & The Family Stone의 음악은 물론 비트가 강한 「브릭 하우스Brick House」1를 들으며 성장한 것이다. 스무 살 무렵에 결혼한 언니들은 그녀에게 포도주 냉각

---

1 펑크, 솔 음악 장르의 6인조 미국 그룹 코모도스(Commodores)의 노래.

기와 헌 옷을 물려주었고, 어렵게 터득한 남자, 일, 아이새도에 관한 교훈과 춤의 정치학을 전수해주었다. 그들은 욕실이 하나밖에 없는 낡고 좁은 집에서 생활했다. 삶의 지혜를 터득하는 게 당연했다.

그녀의 가족사는 고국에서의 고된 생활과 다소 괴기스러운 일화들이 직조된 태피스트리 같았다. 그녀의 할아버지는 시칠리아 출신으로, 어렸을 때 닭 농장에 팔려갔다. 할아버지는 그곳에서 가축의 사료를 먹으며 목숨을 부지했다. 그는 자라서 경찰이 되었으며, 미국 오하이오주 애크런에 공장 일자리가 있다는 소문을 듣고 마침내 무솔리니 독재 정권을 탈출하여 미국행 배에 올랐다. 타이어 공장에서 일자리를 얻은 그는 어눌한 발음과 뚱뚱한 몸집 때문에 무자비한 놀림의 대상이 되었다. 할아버지는 5년을 혼자 산 다음에야 가족과 다시 결합할 수 있었는데, 그때는 빈털터리 신세였다.

지나의 할머니 한 분은 켄터키주의 체로키 인디언족이었는데, 아직 젊은 나이에 어린 자식들을 두고 자살했다. 아내를 잃은 남편은 광산에서 일하며 세 아들을 키워야 했고, 마침내 공장 일자리를 찾아 애크런으로 이주했다. 그 할아버지의 나이가 아흔 몇 세였던 말년 무렵의 어느 일요일, 나는 장인 댁 거실에서 그분과 단둘이 앉아 있었다. 눈과 귀가 거의 먼 그분은 가구가 비치된 집을 임차했던 때의 이야기를 횡설수설 늘어놓는데, 침대 매트리스에 빈대가 득실거리는 것을 발견하고는 곧바로 매트리스를 앞마당으로 끌어내 석유를 붓고 불을 질렀다고 했다.

"그러니 넌 네가 다른 사람들보다 더 똑똑하다고 생각하면 안 돼." 할아버지가 얘기를 마무리했다.

솔직히 나는 그분이 무슨 뜻으로 그런 말을 했는지 정확히 알지 못했지만, 분명 할아버지는 내가 모르는 것을 알고 있었을 것이다.

처음부터 지나의 개인사는 나의 개인사와는 달리 죽음과 상실감으로 짜여 있었다. 나는 아내의 폴란드-러시아계 삼촌이 사랑하는 아내를 잃은 뒤, 조문객들이 찾아와 고인을 조문하는 시간에 말 그대로 슬픔을 껴안은 채 흐느끼면서 아내의 관 속으로 몸을 던지는 모습을 목격했다. 그런 광경을 본 적이 없었던 나는 불안스레 주변을 둘러보았는데, 그제야 거기 있는 사람 가운데 많은 이가 몇 년 전에도 루치아 할머니가 이와 동일한 발작적인 의식을 몸소 치르는 것을 지켜보았다는 사실을 깨달았다. 장모님은 양가 부모님들 중 맨 먼저 돌아가셨는데, 그날 밤에 어머니가 운명하는 모습을 지켜본 지나는 극도로 낙담한 나머지 계단을 손발로 기어 올라가야 했다. 나이가 마흔다섯이나 되었지만 그녀는 갓난아기나 노인네처럼 아무것도 할 수 없는 상태로 쪼그라져 있었다. 그녀는 어떻게든 안정을 취하려고 욕조로 기어 들어 갔고, 나는 와인 한 잔을 가져다 말없이 건네주었다. 그것

말고는 달리 뭘 어떻게 해야 할지 몰랐다.

나는 도움이 되고 싶었는데, 지나가 갑자기 해독할 수 없는 새로운 언어를 구사하는 것 같다는 느낌이 들었던 기억이 난다. 말을 하지 않고 의미를 전달하려 애쓰느라 과도하게 활짝 웃는 외국인처럼 나는 지나칠 정도로 배려하면서 내가 할 수 있는 일이라면 무엇이든 하고자 했다. 뼛속까지 싸구려 물건만 고집했던 장모님이지만 언젠가 백화점 세일 때 고급 나이트가운을 산 적이 있고, 장모님은 딸들에게 그 옷을 입고 묻히고 싶다는 얘기를 했었다. 우리는 장모님을 위해 수년 동안 그 옷을 우리 집 옷장에 보관해오고 있었다. 장례식이 가까워지자 지나의 자매들은 조문객을 맞이하기 위해 어머니의 시신을 함께 단장하기로 결정했다. 시신에 옷을 입히고 화장을 하고 머리 손질도 하기로 의견을 모았고(다른 사람들도 이럴까?) 장의사가 그 일을 준비했다. 지나에게 이 머리 손질은 특별히 의미 있는 행위였다. 장모님이 토요일에 우리 집에 놀러올 때면 늘 두툼한 헤어롤로 머리를 만 상태로 커피를 마셨기 때문이다.

시신의 몸단장을 준비하면서 지나는 나에게 가운을 다림질해서 가지고 와달라고 요청했고, 나는 막중한 책임을 느끼며 그렇게 했다. 장례식장으로 출발하던 날 아침, 나는 주름이 잡히지 않도록 가운을 아주 조심스럽게 조수석에 걸쳐놓았다. 하지만 아내는 마치 유령이 조수석에 타기라도 한 듯 어머니의 장례용 의상이 시신과 같은 모양으로 놓여 있는 것을 보고 충격에 몸을 떨었다.

아무튼 나는 노력했다.

나는 내가 세상에서 가장 잘 알고 있는 사람인 아내가 나로서는 오직 그녀를 통해서만 이해할 수 있는 새로운 지성을 가지고 있다는 것을 알아차렸다. 내가 그때까지 경험한 죽음은 조부모님의 죽음과 기르던 개와 고양이의 죽음뿐이었고, 따라서 슬픔에 대해서는 초보적인 훈련만 되어 있었다. 나는 언제나 늦되는 사람이었다. 그런 점에서 나는 늘 아내를 더 현명하고 더 사려 깊은 사람으로 여겼다.

우리가 대학에서 사귀던 무렵, 나는 수업이 끝나면 지나의 부모님 댁에 놀러 가곤 했다. 우리는 종종 부엌의 흑백 휴대용 텔레비전으로 그녀가 매일 챙겨 보는 「다크 섀도Dark Shadow」재방송을 함께 보았다. 그것이 당시 지나가 좋아했던 프로그램이었으니, 훗날 그녀가 가장 즐겨 보는 텔레비전 드라마가 「식스 피트 언더Six Feet Under」²였다는 사실은 전혀 놀랄 일이 못 된다. 그 두 프로그램 모두 섬뜩함을 주된 감정으로 내걸었으니까 말이다. 그녀가 모은 더 큐어The Cure³와 디페쉬 모드Depeche Mode⁴의 음반들, 스티븐 킹의 소설로 가득 찬 책장, 벽장 안에 있는 위저

2 한 장의사 집안에서 일어나는 이야기를 그린 미국 드라마.
3 1978년 결성된 영국의 고딕 록 밴드.
4 1980년 결성된 영국의 뉴 웨이브 밴드.

보드[5], 이따금 클럽 쇼를 보러 갈 때 쓰고 나가는 작은 베일이 달린 검은색 필박스 모자[6], 기다란 검정 물부리… 이런 것들이 그녀의 부드럽고 달콤한 행동거지를 가리기에 충분한 어둠을 드러내 보였다.

　지나는 내가 직접 관을 짜겠다는 생각에 빠져들기 훨씬 전부터 나의 관에 관심을 가지고 있었고, 따라서 내가 무엇을 하려고 하는지에 대해 나 자신보다도 더 잘 이해하고 있었다고 믿어야 하리라.

5　심령 대화를 위한 점술판.
6　위가 평평하고 얇은 원형 모양의 챙 없는 모자.

수호자

"전화 줘."

고향 오하이오에 있는 친구 존에게서 온 문자 메시지였다. 문자는 롱아일랜드 몬탁의 조그만 노천카페에 나와 마주 앉은 지나의 휴대전화에 떴다. 우리는 결혼식에 참석하러 롱아일랜드에 와 있었다. 지나가 그 두 단어를 내게 다시 읽어주었고, 우리는 늦은 아침의 햇살 속에서 어리둥절해하며 약간 걱정스러운 표정으로 서로를 쳐다보았다.

문자가 지나의 휴대전화로 온 것은 내가 휴대전화 사용을 고집스럽게 거부하기 때문이었다. 나는 미국에서 맨 나중까지 휴대전화를 사용하지 않고 버티는 사람이 될 심산이었다. 한 해 한해 지날수록 이 목표를 이룰 수 있을 거라는 확신이 짙어졌다.

이런 나의 저항에 점점 짜증이 난 지나는 어느 해 크리스마스에 내게 휴대전화를 하나 사주었다. 검은색의 얇은 삼성 인텐시티 2, '문자 전송에 특화된 폰'이었다. 몇 개월 동안 나는 그것의 전원을 켜지도 않았고 사용법을 배우려 하지도 않았다. 내가 정한 목표란 그런 식의 것으로, 스스로 만들어낸 원칙에 의거한 고집 불통의 문제들이기 일쑤다. (독기를 품고 자신의 관을 만들겠다고 결심하는 사람은 이런 유형의 인간이기 마련이다.)

이 뉴욕 여행은 지나와 내가 그해 봄에만 두 번째로 떠난 여행이었다. 늘 빈털터리 신세여서 오하이오 고향에 처박혀 있기 좋아하는 우리 부부에게는 흔치 않은 일이었다. 지난 3월, 아버지의 생일 파티 직전에 우리 부부는 내 마흔일곱 번째 생일을 웨스트빌리지에서 존과 그의 여자 친구 첼시와 함께 보냈다. 존은 지나를 제외하고는 대학 시절 이후 나와 가장 친한 친구인데, 그는 늘 내 생일을 특별한 의식으로 축하해주었다. 내 생일은 우연찮게도 '성 패트릭의 날'과 겹치기 때문에 특별히 의식적인 방식으로 기념하기가 매우 쉽다. 내 마흔 번째 생일을 며칠 앞둔 어느 날 저녁, 존은 콘서트를 보러 출발하기 전에 우리 집 부엌 탁자에서 이런 선언을 했다. 그와 나, 둘 다 무척 좋아하는 도시 뉴욕으로 나를 데려가서 그리니치빌리지를 구경하며 돌아다니다가, 바워리에 있는 그레이트존스 카페에서 점심을 먹고, 소호에서 쇼윈도를 들여다보며 운동화를 구경한 다음, 타임스

퀘어의 비비킹에서 블랙 47[1] 공연을 볼 거라고 했다. 존은 이미 티켓을 예매하고 호텔 예약을 마친 뒤였다. 너무 큰 선물이라고 내가 손사래를 치자, 그는 특유의 단조로운 어조로 대답했다.

"인생은 짧아."

존은 표현력이 특별히 뛰어나지는 않았지만 기발한 문구들을 지어내는 재주가 있었으며, 뻔하고 상투적으로 보이는 말에도 새로운 의미를 부여하는 능력이 있었다. 존은 꽤나 극적인 삶을 살아왔고, 그래서인지 그는 대개 B급 영화에 나오는 고독한 사람들이나 그루초 막스Groucho Marx[2] 같은 이들이 전매특허처럼 구사하는 짧막한 재담을 많이 터득했다. 나는 그의 인생사에 불운한 로레타 린Loretta Lynn[3] 같은 일들이 튀어나올까 봐 그의 인생 이야기를 절대 글로 쓰지 못할 거라고 종종 농담을 하곤 했다. 예를 들면, 몇 년 전 존과 그의 아내는 나락으로 치닫던 결혼 생활을 극복해보려는 헛된 시도로 애크런 외곽의 전원 마을에 두 사람이 꿈에 그리던 집을 지었다. 그런데 곧바로 집에 벼락이 떨어졌다. 그는 피해를 입은 부분을 알아보고 보수하려고 서둘러 직장에서 집으로 가던 중에 길가에 자신의 개가 죽어 있는 것을 발견했다.

그는 가끔 이 이야기를 회상하면서 고개를 옆으로 갸우뚱 기

---

1 미국 맨해튼에서 시작된 록 밴드.
2 미국의 희극 배우이자 영화 배우. 재치 있는 명언을 다수 남겼다.
3 미국의 컨트리 음악가 겸 작곡가. 가난한 광부의 딸이었으나 훗날 '그래미 평생 공로상'을 수상하여 '컨트리의 여왕'이라 불렸다.

울이고 읊조린다. "내 삶은 고해의 삶이야."

젊었을 때 존과 나는 서로의 '수호자'라고 불릴 만한 관계였다. 비록 우리는 그 단어를 반어적인 의미로만 사용했지만 말이다. 우리는 같은 해에 태어나고 같은 고등학교를 졸업하고 대학에서도 가장 친하게 지냈으며, 거의 모든 관심사를 공유했다. 그는 미술을 전공하고 나는 문예 창작을 전공했다. 우리는 1년 간격으로 각자 결혼했고, 서로의 결혼식에서 들러리를 섰다. 지나와 나는 애크런의 낡은 집을 샀고, 존과 그의 아내도 우리 집에서 몇 구역 안 되는 곳에 위치한 집을 샀다. 그들 부부는 아들을 낳았고, 뒤이어 우리도 아들을 낳았다. 그들은 둘째도 아들을 얻었고, 우리는 딸을 얻었다. 우리 두 부부 모두 고향에 영구히 뿌리를 내렸다. 존은 애크런의 상징적인 토종 기업 '로드웨이 익스프레스'에서 성공적으로 자리 잡았고, 나는 지역 신문인 《애크런 비컨 저널Akron Beacon Journal》에서 일자리를 얻었다.

중년에 접어들 즈음 존은 여전히 밴드 연주를 보러 가고 싶어 하고, 피츠버그나 클리블랜드까지 즐거이 장거리 자동차 여행을 떠나고, 새로 문을 연 갤러리에 나를 데려가고, 내가 빌려준 책들을 읽을 거라는 확신이 드는 유일한 친구가 되었다. 나는 계속 글을 썼고 그는 내가 쓴 글을 계속 읽었으며, 그는 계속해서 그림을 그렸고 나는 계속해서 그가 그린 그림들을 감상했다. 그는 이혼을 하고 혼자가 되었고, 두 10대 아들에 대한 양육권을 공동으로 행사했으며, 세계 각국을 돌아다니면서 회사 업무를 수행했고, 축제를 즐기듯이 연속해서 애인을 만들고 사귀었다. 나는 안정적인 결혼 생활을 유지했다. 우리는 바람직한 조화를 이루었다. 그는 끊임없이 내게 흥미로운 것들을 소개했고, 나는 그가 현실에 발을 디디며 살도록 도움을 주었던 것이다.

우리에게 뉴욕은 광휘를 잃지 않는 도시다. 일종의 공유된 역사를 상징하기 때문인지도 모른다. 어쩌면 가능성이란 것을, 살면 살수록 점점 더 소중해지는 무엇인가를 상징하기 때문인지도 모른다. 1980년대 초반에 10대였던 우리는 언더그라운드 음악과 문화에 함께 빠져들었는데, 인터넷이 도래하기 전의 애크런이라는 시골에서는 접하기가 쉽지 않았다. 존은 여행 가방 크기만 한 비디오테이프리코더로 USA 네트워크에서 방영하는 「나이트 플라이트Night Flight」[4] 에피소드를 열심히 녹화했다. 우리는 존의 부모님 집 지하실에서 영화 「이레이저 헤드Eraser Head」와 더 클래시The Clash[5]가 출연한 영화 「루드 보이Rude Boy: The Jamaican Don」를 보았다. 그것은 교육이었다. 대단한 발견만큼이나 흥미진진한 활동이었다. 우리는 뉴욕이 하루면 다녀올 수 있는 곳이라는 걸 너무도 잘 알고 있었다. 뉴욕, 특히 당시의 뉴욕은 우리가 사는 도시와는 딴판인 세상이었다. 쓰레

---

4 1981년부터 방영된 미국의 버라이어티 쇼 프로그램.
5 1976년 결성된 영국의 4인조 펑크 록 밴드. 인종차별, 인권 문제 등 사회 참여 운동에 앞장섰다.

기처럼 보이는 이국적이고 별난 물건들이 덕지덕지 널려 있던 CBGB[6], 첼시 호텔, 블리커 밥스Bleaker Bob's[7], 아프리카 밤바타 Africa Bambaataa[8]…. 이 모든 것들이 쉽게 갈 수 있는 거리 내에 있었다. 재즈 시대 이후의 오하이오 소년들처럼 사람들은 뉴욕을 낭만화했는데, 아마 그런 뉴욕은 존재하지 않을 것이다. 그것을 스스로 만들어낸 우리 오하이오 소년들만 있을 뿐.

고등학교 3학년 봄에 공연된 뮤지컬의 제목은 '내 동생 아일린'이었다. 꿈을 이루기 위해 오하이오에서 그리니치빌리지로 이주한, 예술가 기질이 있는 두 자매의 이야기였다. 그 연극이 실제로 애크런에서 뉴욕으로 이주한 루스 맥케니가 쓴 자전적인 일화들에 기초한 작품이라는 사실을 나는 가벼이 지나칠 수 없었다.

최근에 짐 자무시가 고향 애크런을 떠나 뉴욕으로 가서 언더그라운드의 아이콘이 되었다는 사실 역시 (어디로 튈지 모르는 8밀리 단편 영화의 열정적인 영화감독이었던) 존에게는 남의 얘기가 아니었다. 맨해튼의 로어이스트사이드와 인근의 클리블랜드에서 주로 촬영된 짐 자무시의 영화「천국보다 낯선」에 등장하는 풍경들은 우리 가운데 누구라도 어디가 어디인지 알 수 있었고, 심지어 지도로 그릴 수도 있을 정도였다. 그것은 뉴욕

6 펑크 록과 뉴 웨이브로 유명했던 클럽.
7 뉴욕의 음반 판매점.
8 뉴욕에서 활동한 유명한 디스크자키 겸 가수.

에 대한 동경이 아주 허황된 것만은 아닌 것처럼 보이게 했다. 애크런대학의 미술 학도였던 존은 뉴욕으로 단체 현장 학습을 갔다가 흥분에 휩싸인 채 많은 얘깃거리들을 안고 돌아왔다. 그는 초기 힙합과 그라피티와 채소를 얹은 초대형 조각 피자를 발견한 '정찰병'인 셈이었다.

존이랑 여행할 때 좋은 점은 모든 것을 그가 알아서 한다는 점이었다. 존이랑 여행을 해서 나쁜 점은 모든 것을 그가 알아서 한다는 점이었다. 존더러 만사를 자기 뜻대로 하려는 사람이라고 얘기하는 건 부당할지도 모르지만, 아무튼 그는 만사를 자기 마음먹은 대로 하려는 사람이었다. 그게 자동차 여행일 경우, 존은 으레 자신이 운전을 해야 한다고 생각했으며, 모든 방향과 수많은 우회로를 다 꿰고 있었다. 그게 콘서트일 경우, 그는 티켓을 사전에 예약했다가 우리가 줄을 서서 기다리고 있을 때 그걸 우리에게 나누어주었다. 함께 저녁을 먹고 계산할 때가 되었을 땐 이미 그가 웨이터에게 자기 카드를 내민 뒤였다. 그가 자주 방문한 뉴욕을 함께 여행할 때면 그는 우리가 어느 식당에서 식사를 할지, 어느 박물관을 방문할지 미리 알고 있었다. 사전에 예약을 해뒀기 때문이다. 그는 알파벳시티의 어디에 조 스트러머Joe Strummer[9]의 벽화가 있는지 알고 있었고, 그곳에서 내게 생일 기념사진 포즈를 취하게 하려는 생각도 미리 해두었다. 그

---

9 영국의 록 뮤지션. 록 그룹 더 클래시의 멤버로 펑크의 대중화에 기여했다.

는 새벽 3시에도 문을 여는 텍스멕스[10] 식당이 어디에 있는지도 알았다. 성 패트릭의 날 행진을 구경하기에 가장 좋은 곳도 알고 있었는데, 알고 보니 그의 생각은 실제 행사가 벌어지는 장소에서 몇 구역 떨어진 아일랜드식 술집에서 텔레비전으로 행사를 보는 것이었다. 그가 빨간 머리의 바텐더와 시시덕거리며 시간을 보낼 수 있는 곳이었다.

이번 뉴욕 방문에서도 존은 워싱턴스퀘어 호텔에 자신의 단골 할인율을 적용한 금액으로 방을 잡아주었다. 길고 묵직한 외투 차림의 카리스마 넘치는 현관 안내원과 존은 오랫동안 알고 지내는 사이였다. 존이 온다는 것을 안 현관 안내원이 존에게 줄 선물을 하나 가지고 왔다. 집에서 직접 만든 고추 소스 한 병이었는데, 그는 우리가 체크인을 하는 동안 존에게 그걸 건넸다. 존은 '터미널 5'에서 열리는 '성 패트릭의 밤 포그스[11] 콘서트' 티켓을 넉 장 예매해 놓았으며, 그랜드센트럴 역 어딘가에서 개최되는 사전 파티에 대한 소식을 알고 자리까지 확보해놓았다. (사람들은 그랜드센트럴 역에서 열리는 파티에도 가는 건가? 나로서는 금시초문이었다.) 그는 '프룬'에서 그럴싸하게 일요일 브런치를 먹는 계획까지 잡아놓았다. 프룬은 일요일 브런치 장소로 한창 인기몰이 중인 이스트빌리지의 식당이었다. 그 식당 주인 가브리엘 해밀턴은 최근 『피, 뼈, 버터Blood, Bones & Butter』라는 회고

---

10 멕시코 요리와 미국 요리가 결합한 퓨전 요리.
11 영국의 록 그룹 '더 포그스(The Pogues)'를 말한다.

록을 출간했는데, 우리가 방문하는 바로 그 일요일에 그녀의 책이 《뉴욕 타임스》 베스트셀러 목록에 올랐다. 오하이오주 애크런에서 온 중년의 사내가 어떻게 그 특별한 날 아침에 프룬에서 브런치를 먹는 게 좋겠다는 생각을 했는지, 그리고 바깥 보도에는 양다리를 벌린 자세로 기어 없는 자전거에 올라탄 채 식당 안에 들어갈 순서를 마냥 기다리고 있는, 정성껏 손질한 수염이 인상적인 이스트빌리지의 멋쟁이들이 득시글한데도 그가 그 주인에게 무슨 말을 하여 우리를 곧장 테이블로 안내하게 했는지(나는 아직도 그가 한 말이 무엇이었는지 알지 못한다), 나로서는 논리적으로 설명할 방법이 없다.

그는 으스대려고 이런 일을 하는 게 결코 아니었다. 사실은 그와 반대로 대부분의 경우, 눈에 띄지 않게 행동하려고 의도적으로 노력했다. 앞장서서 들쑤시는 사람이라기보다는 도와주는 사람에 훨씬 더 가까웠던 것이다. 그는 주목받는 것을 좋아하지 않았다. 그의 행동은 단지 인생의 어떤 부분들에 대한 이 같은 진지하고도 왕성한 흥미와 호기심에서 비롯되었을 뿐이다.

그렇게 해서 존과 첼시와 나와 지나는 그 일요일 아침에 프룬의 1층 구석에 자리를 잡게 되었다. 우리는 블러디메리[12]를 몇 잔씩 마셨다. 이 블러디메리는 멋지고 굉장했다. 우리를 뿅 가게

---

12 보드카와 토마토 주스를 섞은 칵테일.

만들었다. 만약 월트 휘트먼이 블러디메리에 대한 시를 썼다면 아마 이 집의 블러디메리에 대해 썼을 것이다. 블러디메리를 젓는 막대는 소고기 육포로 만들어졌는데, 끝에는 와사비가 도톰한 방울 모양으로 달려 있었다.

그 전날 밤 새벽 한시쯤 우리가 12번가를 걸으며 막 스트랜드 서점을 지나쳤을 때, 우리는 그때까지 한 번도 본 적이 없는 게 틀림없는 듯한 달과 맞닥뜨렸다. 흘러가는 구름 뒤에서 거대한 달이 나타났다. 아주 큰 컵에 담긴 우유처럼 가까이에 뜬 환한 달이었다. 그리고 봄의 첫날인 다음 날 아침 우리가 함께 그 식당으로 가서 블러디메리를 마실 때, 늘 모든 것을 맨 먼저 아는 존이, 우리가 몇 시간 전에 본 것은 우리의 첫 슈퍼문이었다는 사실을 알려주었다.

그로부터 3개월이 지난 지금, 지나와 나는 다시 뉴욕의 롱아일랜드 끄트머리에 있었다. 우리는 감자튀김 한 접시를 나누어 먹으며 한 구역 떨어진 곳에서 부드럽게 찰싹거리는 바닷물 소리를 들으면서 햇살 속에 앉아 있었다. 지나가 문자 메시지를 읽어주었다. "존이 왜 전화해달라는 걸까?"

나는 대답할 수 없었다. 나도 그 이유를 몰랐으니까.

나는 존의 번호를 눌렀다. 음성 메시지로 연결되었다. "이봐, 존, 문자 받았어. 우린 지금 뉴욕에 있어. 네가 나한테 전화해줄래?"

전화는 오지 않았다.

이틀 뒤 집에 도착하니 다른 메시지가 기다리고 있었다. 존이 암에 걸렸다는 소식이었다. 식도암이었다. 존은 그 얘기를 아무한테도 하지 않았다. 그는 우리에게 문자를 보낸 다음 날 종일 수술을 받았다. 의사들이 그의 식도를 떼어냈다. 존이 보낸 두 단어 문자 메시지, "전화 줘"는 그의 극기심이 마지막 순간에 약간 풀어졌다는 것을 의미했는데, 나는 그런 경우를 그때까지 두어 번밖에 보지 못했다. 그는 누구에게도 알릴 생각이 아니었다. 하지만 그러다가, 잠깐, 내가 알아주기를 바라는 생각이 들었던 것이다.

그날 오후 지나와 나는 병실을 찾았다. 존의 부모님과 형과 누나가 있었고, 두 아들과 전처도 있었다.

아무런 마음의 준비도 없이 전혀 상상하지 못했던 친구의 모습과 맞닥뜨렸다. 튜브와 선을 어지러이 몸에 부착한 채 핼쑥하고 얼빠진 얼굴을 하고 몸이 반쯤 뒤로 젖혀진 불안정한 자세로 누워 있는 이 사내, 늘 청춘이라고 생각했던 나와 동갑인 친구, 마지막 결과 따위는 전혀 신경 쓰지 않고서 인생의 수많은 자잘한 일들과 위험하고도 즐거운 일을 함께했던 사내, 압생트를 마시기로 함께 구체적인 계획을 세우기까지 했던 사내…. 나는 이 사내에게 무슨 말을 해야 할지 몰랐다. 갑자기 나도 모르게 거친 말이 튀어나왔다. "제길, 어떻게 된 거야?"

그는 웃기 시작했다. 내가 할 수 있는 것은 따라서 같이 웃는 것뿐이었다.

나는 이 사실을 비밀로 부친 그에게 몹시 화가 났지만, 그의 웃음은 나를 어리둥절하게 만들었다. 왜냐하면 다른 모든 상황에도 불구하고 그 웃음은 너무 익숙하고 변함없는 것이었기 때문이다. 그가 웃자 그다워 보였다. 이 같은 일이 전혀 일어나지 않은 것 같았다. 우리는 한동안 어정쩡하게 앉아 있었다. 잠시 후 우리 모두 이제는 존이 쉴 수 있게 해야 한다는 결정을 내렸고, 함께 병실을 나왔다. 병실을 걸어 나올 때 존의 전처가 이 일이 벌어진 이후 존이 웃은 것은 그때가 처음이었다고 말해주었다. 나는 그 어느 때보다도 분명하게 존과 나는 서로를 필요로 하는 존재라는 것을 깨달았다.

그렇게 해서 그해 여름은 암과 함께한 여름이 되었다. 아버지는 존보다 이주일쯤 앞서 인후암 진단을 받았다. 아버지는 식이요법 치료를 위해 클리블랜드 병원에 다니기 시작했다. 의료진은 알렉산더 뒤마의 철가면처럼 보이는 장치를 아버지의 얼굴에 씌웠는데, 그것은 목구멍에 방사선을 쬐는 동안 아버지의 머리가 움직이지 못하게 고정하는 물건이었다. 같은 시기에 존은 화학요법 치료를 받았다. 두 사람은 가끔 그 병원의 암 병동에서 조우했으며, 그럴 때면 비밀 클럽의 회원처럼 서로 인사를 나누었다. 내가 아버지의 진료 시간에 맞추어 아버지를 차에 태우고 병원으로 모시고 가는 날도 많았는데, 우리는 가끔 고속도로를 달리면서 내가 전에 언급했던 관에 대해 얘기를 나누곤 했다. 생각을 딴 데로 돌려보려는 의도도 있었지만, 다른 한편으로는 그해 여름에 너무 절실하게 다가온 인간의 숙명에 대해서 아버지와 일반적인 얘기를 나누어보는 한 가지 방편을 마련하고 싶기도 했다. 관 이야기는 새로운 의미를 띠게 되었지만, 나로서는 그 의미를 온전히 이해할 수 없었다.

병원에서 돌아온 어느 날 오후, 나는 방충망을 친 현관에 부모님과 함께 앉았다. 우리 세 사람은 '관'이라는 뜻으로 사용되는 'casket'과 'coffin'이라는 단어 사이에 어떤 차이점이 있는지 궁금해하며 얘기를 시작했다.

어머니는 단어 놀이를 무척 좋아했다. 아마 오대호 전 지역에서 『옥스퍼드 영어사전』한 질을 온전히 구비하고 있는 사람은 어머니가 유일할 것이다. 크고 두꺼운 파란색 책등이 퍽 인상적인, 무려 스무 권에 이르는 이 사전은 책장에서 거의 4피트에 이르는 공간을 차지했는데, 영어에 등장하는 모든 단어의 역사를 담고 있었다. 십자말풀이에 깊이 중독된 어머니는 끊임없이 참고 서적을 필요로 했고, 어머니는 생일 선물로 『옥스퍼드 영어사전』한 질을 사달라고 수년 동안 아버지를 들들 볶았다. 아버지는 (지당하게도) 그걸 비실용적이고 사치스러운 것으로 여겼고, 1,000달러가 넘는 금액이 말이 안 된다고 생각했다. 하지만 모든 어머니들이 저 나름의 귀여운 방식으로 어딘가에 미쳐 있듯이, 우리 어머니는 아버지의 저항을, 자신에게는 『옥스퍼드 영어사전』이 꼭 필요하고, 『옥스퍼드 영어사전』을 가질 자격이 있다는 철저한 확신의 연료로 사용했다. 그리하여 평생 이런 어머니의 집요함을 인내해온 아버지였지만 결국엔 굴복하고 말았다.

어느 날 아버지는 나에게 전화를 걸어 이 방대한 어휘집을 어디서 어떻게 구할 수 있는지 알아보라는 임무를 내렸다. 아무래도 영어 분야의 학위를 가진 내가 그 일에 적격이라고 생각했던 듯싶다. 나는 어찌어찌하다가 마침내 서점을 운영하는 친구와 연락이 닿게 되어 그 사전을 한 질 주문했고, 사전은 여러 개의 묵직한 상자에 담겨 집으로 배달되었다.

이 사전을 구입하는 절차에 들어간 지 얼마 안 되어 나는 은밀한, 약간은 병적인, 그렇지만 어쩔 수 없는 계산에 빠져들기 시작했다. 언젠가 어머니가 돌아가신다면 이 거추장스러운 사전 세트는 가족의 짐이 될 것이다. 남은 자식들은 이걸 버릴 장소를 찾을 것이다. 그러면 내가 수혜자가 될 가능성이 거의 확실한데, 축약하지 않은 완질본 『옥스퍼드 영어사전』 전질을 내 책장에 꽂아두는 것은 얼마나 멋진 일인가. 실제로 도서관조차 이 사전 세트를 구비하지 못한 곳이 수두룩하지 않은가.

이런 얘기를 하는 이유는 다른 모든 어머니들이 미쳐 있는 것과 마찬가지로 우리 어머니도 미쳐 있었으며, 나 역시 거북살스럽게도 그와 별로 다르지 않다는 점을 말하기 위해서다.

casket 〔ˈkaːskit, -ae-〕, caskytt 혹은 cascate 혹은 casqued로도
씀. 〔어원 불확실함: 형태상 CASK를 어렴풋이 연상시킴: 그
러나 실제로는 casket이 cask보다 더 일찍 등장함. 프랑스어나
기타 언어에서 그런 의미로 쓰인 전례가 없음.
1.a. 보석, 편지, 또는 기타 귀중품을 넣기 위한 작은 상자 혹
은 궤. 그 상자 자체로 귀중한 물건이거나 화려하게 장식된
경우가 많음.

　내가 부모님의 집 책장에서 파란색 장정의 사전 제3권을 펼
쳐서 이 단어의 의미를 처음 찾아보았을 때, 어머니는 당신의 암
주기에서 빠져나오는 중이었다. 인후암에서 힘들게 회복한 어
머니는 종양 전문의에게서 치료 후 5년 완치 단계를 막 마쳤다
는 판정을 받았다. 어머니의 몸을 심하게 유린했던 화학요법과
방사선치료는 그 지긋지긋한 임무를 끝냈다. 정확히 말하면 치
료되었다는 뜻이 아니라 어머니가 자신감을 가지고 살아갈 수
있게 되었다는 뜻이었다. 나와 가족들도 그렇게 살아갈 수 있다
는 뜻이었다. 암이 가져온 두려움과 고통에도 어머니의 시련이
내 마음속을 온통 죽음에 대한 생각으로 채우지는 않았다. 어머
니가 진료를 받는 동안 나는 의사들이 하는 말에 귀를 기울였
고, 가능한 한 많은 과학 자료를 찾아보았으며, 그런 고통스러운

사실과 화해할 수 있는 (그리고 화해해야 하는) 수많은 방식 중에서 다음과 같은 방식을 택했다. 즉, 어머니는 온갖 첨단 치료법이 개발된 21세기 초에 몇몇 세계 최고의 의사들이 있는 클리블랜드 병원에서 30마일밖에 떨어지지 않은 곳에서 암에 걸렸으니, 결국 최적의 시기와 장소에서 암에 걸리는 굉장한 행운을 얻은 것이다, 라고 생각했다.

어머니의 암이 죽음에 대해 생각하도록 나를 자극하지는 않았다. 오히려 삶을 연장하는 것에 대해 한결 직접적으로 생각해보도록 나를 자극했다. 어머니가 방사선치료를 받는 동안 나는 단번에 담배를 끊었다. 하루에 한 갑 반씩 피우던 10년 동안의 습관을 끝낸 것이다. 곧바로 더 건강해지고 더 활력이 솟는 느낌이 들었다. 동시에 나는 더디긴 하지만 회복 가능성을 높여가는 어머니의 상태에 놀랐다.

이 경험이 나로 하여금 젊은이처럼 생각하게 만들었다. 즉, 나는 이 세상의 모든 시간을 가졌으며 가능성이 무궁무진하다, 그리고 나는 이런 기분을 영원히 느끼게 될 것이다, 라는 생각이 찾아들었다.

아버지는 치료를 끝냈고, 존도 치료를 끝냈다. 두 사람 다 의사의 지시를 충실히 따르고, 음식을 조절하고, 성실하게 몸 관리를 하는 등 회복하기 위해 놀랄 만큼 열심히 노력했다.

7월 4일 독립기념일에는 두 사람 모두 우리 집에서 열리는 바비큐 파티에 참석할 수 있을 만큼 상태가 좋아졌지만, 존은 거실에 조용히 앉아 있을 수밖에 없었다. 존은 사실 자신이 할 수 있다는 사실을 입증하기 위해 파티에 참석하여 버티고 앉아 있는 것이었다. 존이 자신의 흉터를 내게 보여주었다. 이제는 뼈가 앙상하게 드러난 상체의 앞부분에 흉하게 들쭉날쭉 나 있는 보랏빛 흉터였다. 그는 읽을 책을 몇 권 가져다달라고 부탁했다. 요즘은 뉴올리언스에 관한 책을 여러 권 읽었다고 했다. 나는 이층으로 달려가서『바보들의 결탁』[13]과 내가 평소 그와 공유하고 싶었던, 패티 스미스가 쓴 뉴욕에 관한 책인『저스트 키즈』를 집어들었다. 그리고 그가 여자 친구와 프랑스 여행을 다녀온 직후에 나에게 빌려주었던『파리는 날마다 축제』[14]를 돌려주었다.

나는 존이 자신의 몸에 뭔가 이상이 있다는 것을 깨달은 시점이 최근에 우리가 뉴욕에서 주말을 함께 보내던 때였다는 것을 알게 되었다. 우리는 존이 무자비한 속쓰림으로 고생하는 것을 보며, 그 원인을 아침에 마셔댄 블러디메리, 오후에 마신 캄파리, 그리고 밤늦게까지 이어진 과식 탓으로 돌렸었다. 하지만 그 뒤 존은 곧 주치의를 찾아갔고, 진실을 알게 되었다.

존과 나는 오후의 그림자가 깃든 거실에서 조용히 이야기를 나누었다. 그는 할 수 있는 일이 많지 않았다. 우리 친구 케빈이 여름 한 철 동안 존의 집으로 들어와서 집안일을 돌보며 존을

---

13 존 케네디 툴의 소설로 퓰리처상 수상작이다.
14 헤밍웨이의 젊은 시절 파리 체류기를 담은 책.

도왔다. 케빈도 존의 간병인으로서 그 자리에 함께했다. 우리 셋은 소소한 이야기들을 나누었다. 존은 식습관을 완전히 바꿨다고 했다. 술은 전혀 마시지 않았다. 커피는 하루에 딱 한 잔만 마셨다. 여행을 다니며 오랜 기간에 걸쳐 기념품으로 수집해왔던 매운 소스들을 찬장에서 모조리 없애버렸다. 심지어 워싱턴스퀘어 호텔의 현관 안내원에게서 받은 소스 병도 사라지고 없었다. 존은 집중력이 강하고 단호했다. 그는 아마 호전될 것이다.

관 진 열 실

나는 무슨 옷을 입고 장례 회관에 가야 좋을지 몰랐다. 평범한 방문이 목적이었고, 사람들은 보통 평범한 일로 장례 회관을 찾지는 않기 때문이었다. 나는 그저 이야기를 하기 위해, 몇 가지 것들을 물어보기 위해, 아버지가 평생 친구로 지내온 분의 아들인 폴 허멜과 함께 관 진열실을 둘러보기 위해 거기에 가보려는 것뿐이었다. 4대째 대를 이어 장의사로 일하고 있는 폴 허멜은 존과 내가 함께 다닌 가톨릭계 고등학교의 몇 년 후배였다. 이번 방문은 몇 가지 사실 파악을 위한 평범한 방문이었다. 그럼에도 불구하고 '장례'라는 이름이 붙은 곳을 방문하면서 청바지를 입고 간다는 것은 적절치 않은 생각인 것 같았고, 그래서 나는 청바지 대신 면바지를 골랐다.

아버지와 나는 대충 계획을 세웠다. 우리는 관의 크기, 경첩의 배치, 우리가 사용할 나무의 종류에 대해 생각했었다. 몇 가지 이유로 아버지는 고집스럽게 향나무나 떡갈나무로 되돌아가곤 했는데, 특히 잘 썩지 않는다는 점 때문이었다.

"그런데 아버지?" 내가 말했다. "정작 내 몸은 잘 썩을 텐데 나무가 잘 썩지 않는 게 무슨 소용이 있어요?"

아버지는 또한 무슨 이유에선지 관 뚜껑에 자물쇠가 있어야 하는지에 관한 질문에 집착했다. 아버지는 자물쇠가 있어야 한다고 생각했다. 나는 그 이유가 궁금했다.

나는 관에 관한 실질적인 문제점들을 약간 조사했었다. 그 과정에서 나는 사람들이 어떻게 관을 구하게 되는지에 관해 이상한 사실을 알게 되었다. 그것은 확실히 의미 있는 일이다. 사실상 사람들은 누구나 결국엔 관이 필요하다. 대부분의 가족들은 극심한 압박감 속에서 촉박한 시간에 쫓겨 갑작스럽게 구매해야 한다. 하지만 관이라는 것은 일반적인 소비 시장 측면에서 생각되는 물건이 아니다.

그럼에도 관은 인터넷에 널려 있다. 월마트, 코스트코, 아마존, 그리고 오버스톡닷컴 등에서 관을 판매한다. 특화된 관들도 마찬가지다. '위풍당당 관', '운명 관', '백만장자 관', 그리고 텍사스주 얼리에 있는 '카우보이의 마지막 여행 관' 등이 다 그렇다. '캐스킷스토어닷컴'이라는 한 판매 회사는 특정한 주제의 벽화 디자인이 있는 다양한 관이나 중년의 권태를 겪는 사람들이 선호하는 고성능 자동차처럼 에어브러시로 착색한 관을 제안하기도 했다. 나는 그 사이트에서 골프 선수의 관('천국행 페어웨이'), 개조 자동차 경기 연맹의 관('경주는 끝났다'), 오토바이 운전자의 관('최후의 주행')을 발견했다. 죽은 트럭 운전사를 위한 '마지막 여정', 야외 활동을 좋아한 사람을 위한 '낚시하러 떠나다' 같은 관도 있었다.

심지어 아래와 같은 글로 베이컨 석관을 홍보하는 '제이앤드 디스 푸드'라는 회사도 발견했다.

> 베이컨에 대한 당신의 영원한 사랑을 보여주는 방법으로 베이컨에 감싸여 땅에 묻히는 것보다 더 좋은 방법이 있을까요? 우리는 없다고 생각합니다.
>
> 이 진정한 '베이컨 관'은 안팎을 고급 베이컨 무늬와 모양으로 꾸민, 개스킷[1]으로 밀봉된 18게이지 두께 강철로 만들어졌는데, 추모와 기록을 위한 보관함, 조절 가능한 바닥과 매트리스, 문구류, 좌우로 약간씩 움직이는 막대 손잡이 등을 갖추었습니다. 이 관은 또한 당신이 땅속에 묻힌 탓에 기분이 메스꺼울 때 베이컨 냄새를 맡을 수 있도록 베이컨 방향제도 갖추고 있습니다.

---

1 실린더의 이음매나 파이프의 접합부 따위를 메우는 데 쓰는 얇은 판 모양의 패킹.

그러나 그러한 정보에도 불구하고 나는 관 제작에 관한 교재를 한 권밖에 찾지 못했다. 게다가 그 책의 접근 방법이 너무 비전문적이고 초보적이어서(심지어 책 커버에 나오는 작가 사진조차도 핼러윈의 장의사처럼 높은 실크 모자에 검정색 정장 차림이었다) 나로서는 아버지의 전문 기술이 필요하다는 것을 새삼 느끼지 않을 수 없었다.

아버지는 그 기회를 놓치지 않고 그 프로젝트의 주도권을 장악했다. 이제 아버지의 작업용 모눈종이 위쪽에는 다음과 같은 글이 정자체로 또박또박 적혀 있었다.

프로젝트: 관
설계자: 나

그러나 스케치를 하고 계획을 세울수록 우리는 우리가 모르는 게 정말 많다는 것을 점점 더 절실히 깨닫게 되었다. 내가 '우리'라고 말할 때 그것이 우리 두 사람을 공통으로 의미하지는 않는다. 두 사람의 모르는 정도가 각기 별개의 의미를 지녔다는 말이다. 나의 모름은 철저한 무지였다. 나는 내가 무엇을 모르는지도 몰랐다. 그에 비해 아버지의 모름은 소크라테스의 역설 같은 지혜에 가까웠다. 아버지는 자신이 충분히 알지 못한다는 것을 알 정도는 되었다. 그래서 나는 아버지의 다음과 같은 질문 목록으로 무장하고서 도심 근처의 '허멜 장례 회관'을 찾아간 것이었다.

어떤 식으로 시신의 상체를 약간 높이는가?
손잡이는 어떻게 만들어서 부착해야 하는가?
표준 규격이 있는가?
자물쇠로 잠가야 하는가?

나 또한 질문거리가 많았다. 그 가운데서도 답할 수 없는 철학적이고 자기 회의적인 문제들이 점점 많아졌다. 이 프로젝트가 가장 심란하고 두려운 하나의 진실, 즉 아버지가 언젠가는 돌아가실 거라는 진실을 드러내기 시작했다. 아버지가 없다면 어떻게 내가 해낼 것인지, 나로서는 전혀 알 수 없는 노릇이었다.

내가 처음으로 관 문제를 상의하려고 아버지의 집을 찾아간지 얼마 지나지 않은 화창한 오후에 나는 장례 회관에 도착했다. 그곳은 고요했다. 장례 회관은 언제나 고요하겠지만, 그러나 그곳의 고요함에는 미묘하게 차이 나는 여러 부분들이 존재한다. 그곳에는 고인을 조문하는 시간에 잔잔한 배경음악 속에서 사람들이 커피 냄새 나는 입으로 조심스럽게 이야기를 나누는, 음울한 뮤지컬 같은 고요가 있다. 그곳에는 상담이 진행되는 동안의 숨 막히는 고요, 즉 몰려오는 죽음의 폭풍과 그 죽음을 맞이하기 위해 서 있는 사람 사이에 흐르는 불안한 적막감이 있다. 그리고 그곳에는 직원들이 일하러 외출했거나 사무실에서 업무를 보고 있을 때, 서류 작업을 하고 기도 카드를 점검하면서 전화벨이 울리기를 기다리는 평일 오후의 일상적인 고요가 있다.

폴과 함께 일하는 다른 장의사 가운데 한 사람이 문을 열어주고 나서 내게 폴이 올 때까지 폴의 사무실 의자에 앉아 있으라고 권해주었다. 벌꿀 색조의 구식 나무 장식 판자, 방음 타일을 바른 천장, 파란색 양탄자…. 사무실은 장례 회관 분위기가 나도록 일부러 수수하게 꾸민 듯했다. 나는 푹신하게 속을 채워 넣은 안락의자에 앉았다. 고모할머니의 거실에서나 볼 수 있을 법한 의자였다. 이곳에 있으니 참으로 편안한 느낌이 들었다. 나는 아, 이래서 장례 회관을 '장례의 집funeral home'이라고 부르나 보구나, 하고 짐작했다.

폴이 왔다. 감색 양복에 빳빳한 흰색 셔츠를 입고 파란색과 금색 줄무늬 넥타이를 맨 차림새였다. 나는 면바지를 입고 온 게 다행이라는 생각이 들었다. 폴은 나를 반갑게 맞아주었다. 검은 머리를 단정하게 빗은 그는 키가 크고 싹싹했다. 폴의 몸가짐에는 더 높은 정치적 야심이 없는 구의회 의원 같은 태도와 봉사와 성실의 자세가 배어 있었다. 폴의 아버지와 내 아버지처럼 폴도 어딘가 장난스러운 구석이 있었다. 그의 눈가에, 기회만 되면 언제든 생긋 웃는 그의 미소 속에 그런 면이 숨어 있었다. 어쩌면 그의 직업이 어조와 분위기를 즉시 파악하는 예민한 본능과 더불어 (겉으로 나타내지 않을 때조차도 항상 존재하는) 유머 감각을 절실히 필요로 하는지도 모른다. 그는 매일매일 손님들의 마음과 표정을 즉각적으로 읽고 무슨 말을 해야 하고 무슨 말을 하지 말아야 할지 알아야만 한다. 그는 매일매일 죽음의 나라를 대표하여 새로운 이주민에게 번역해주어야 한다. 잠시 후 폴이 내게 자신은 늘 죽음에 대해 생각한다고 말했다. 그런데 죽음을 무겁고 우울한 마음으로 생각하는 것이 아니라 단순히 업무적인 문제로, 그리고 뇌리를 떠나지 않는 문제로 여긴다는 것이었다. 그는 아내와 어린 두 딸과 함께 차를 몰고 가족 여행을 하던 중에 있었던 얘기를 들려주었다. 아내가 조용히 울고 있는 것을 보고 그가 왜 그러느냐고 묻자, 아내는 갑자기 자동차 사고에 대한 두려움이 생겼다고 말하고 나서 뒷좌석에 흘낏 시선을 던지며 물었다. "당신, 두 아이를 같은 관에 넣을 수 있어요?" 그는 그였기 때문에 답을 알고 있었다. 필요에 의해서 던진 질문은 그에겐 단순히 감정적인 질문일 수만은 없고, 현실적인 질문이기도 하다는 것이 그 답이었다. 내가 아는 가장 따뜻하고 편안한 사람 가운데 한 분인 폴의 아버지는 평생 이 일을 해왔지만, 친한 친구의 장례식에서 눈물을 흘리는 모습을 보일 만큼 그분의 마음은 메마르지 않았다.

우리가 관에 대해 이야기하기 시작했을 때 폴은 아버지와 내가 하려는 것을 다른 많은 사람들도 하고 싶어 한다고 말해주었다. 심지어 목공 일을 엄청 좋아하는 폴 자신도 그런 생각을 해

보았다고 했다. "관을 직접 만드는 것에 관해 얘기하는 사람들이 있어요." 그가 말했다. "하지만 생활이 방해가 되죠."

실제로 그가 이 일에 종사하는 동안 한 가족이 집에서 직접 만든 관을 가져왔던 경우가 한 번 있었다고 했다. 경제 사정이 너무 어려웠기 때문이었다. 그 가족은 전문 업체에서 제작한 관을 살 형편이 안 되어서 몇몇이 함께 모여 반 인치 두께의 합판에 급히 못질을 하여 조악한 상자를 만들었다.

"관이 허물어지지나 않을까, 정말 걱정되었어요." 폴이 털어놓았다.

그러나 법적, 규제적 측면에서는 집에서 만든 관도 전혀 문제될 게 없다고 했다. 최근 이 같은 조사에 뛰어들기 전까지 내가 매장(埋葬)에 관해 가지고 있었던 식견은 주로 다음과 같은 것들로부터 형성되었다. 1) 가톨릭과 개신교의 장례식에 참석한 것. 2) HBO[2]에서 방영한 「식스 피트 언더」에 나오는 고급스러운 관. 3) '투탕카멘의 보물' 전시회 관람. 그래서 나는 시신은 방부처리를 해야 하고, 관은 내부에 새틴 안감을 대고 장식적으로 만들어 당국의 승인을 받아야 하며, 상업적인 묘지에서 매장이 이루어져야 한다고 생각했다. 나는 많은 규칙이 있으리라고 생각했다. 그러나 알고 보니 규칙은 극히 적었다. 시신의 방부처리 역시 필수사항은 아니라고 폴이 말했다. 대부분의 묘지에서

---

2 미국의 영화, 스포츠 전문 케이블 TV 방송망.

관과 관련해 실제로 유일하게 제한하는 것은 관실에 알맞게 들어갈 수 있는 크기여야 한다는 점뿐이었다. 관실이란 보통 콘크리트로 만드는 용기로, 여기에 관을 담아서 땅속으로 내린다. 이 관실의 쓰임새는 주로 시신과 관이 부패될 때 그 잔해가 밑으로 내려앉지 않도록 방지하는 것이다. 폴이 말하기를, 가톨릭은 화장(火葬)에 점점 더 개방적인 태도를 취해오고 있으며 그에 맞추어 자신의 장례 회관도 최근 화장터를 짓는 데 큰돈을 투자했다고 했다. 장례 문화가 바뀌고 있었다. 몇 년 전에는 오하이오주 최초의 친환경 묘지가 지금 폴과 내가 앉아 있는 곳에서 45마일 정도 떨어진 곳에서 문을 열었다.

그렇지만 전통은 여전히 남아 있었다. 폴의 장례 회관은 대부분의 관을 오하이오 근처 아미시[3] 마을에 있는 한 가구 제조업체에서 구입한다. 실은 그날 관을 배달하는 아미시 사람을 만날 수도 있을 거라고 폴이 말해주었다. 그 사람은 커다란 화물차를 몰고 배달 중인데, 금방 여기 도착할 수도 있다고 했다.

폴이 책상 뒤쪽에서 일어나 나에게 따라오라고 했다. 우리는 복도를 지나 관 진열실로 들어갔다. 내가 예상했던 것과 별반 다르지 않았다. 조용하고 경건한 분위기였고, 조명은 밝았으며, 윤이 흐르는 관은 둔중해 보였다. 벽에는 내부가 보이도록 전시한 관의 견본품들이 놓여 있었다. 황토색, 계피색, 커피콩색 등과

---

3 기술 문명을 거부하고 소박한 생활을 추구하는 종교 집단.

같은 다양한 색조를 띤 윤택한 목재 관들이 늘어서 있었는데, 그
것들의 이름이 초등학교 6학년 사회 과목 쪽지시험 문제처럼 쓰
여 있었다.

애덤스
루스벨트
트루먼
매디슨
제퍼슨
윌슨
태프트
하딩
해리슨

허멜이 책정한 관의 가격의 범위는 1595달러에서 8995달러까
지 다양했다. 여기에 1075달러에서 1만 495달러 사이의 관실 비
용이 더 들어갈 터였다. 나는 전시된 관들의 가격을 듣는 것만으
로도 고무되었다. 내가 추구하는 바가 무엇이든 간에 돈을 아낄
수 있다는 것에는 의심의 여지가 없었기 때문이다. 내가 만들 관
은 그 가격대 근처에도 미치지 못할 것이 분명했다. 총비용이 천
달러대 수준이 아니라 기껏해야 몇백 달러일 것이라고 나는 생
각했다.

대통령 이름이 붙은 이 관들은 동일한 직사각형 모양과 동일한 크기의 기본 꼴에 비슷한 장식과 장치를 갖추고 있어서 균일하게 규격화된 느낌을 물씬 풍겼다. 폴이 사무실로 돌아가서 줄자를 가지고 돌아왔다. 우리는 표준 크기의 관을 쟀다.

폭 29인치, 길이 84인치, 높이 22인치였다. 관실 안에 알맞게 들어가는 관의 표준 치수는 다만 실제 관 크기의 제약 사항을 나타내는 것일 뿐이었다. 폴은 폭을 산출할 때 손잡이를 고려해야 한다고 일깨워주었다. 관을 제작하는 사람들은 관의 양옆과 관실 벽 사이에 얼마간의 간격이 있어야 한다는 점을 염두에 두고 폭을 계산한다고 했다. 폴은 관 속에 안치된 시신의 일반적인 자세에서 팔꿈치가 어떻게 놓이는지 보여주려고 자신의 두 팔을 허리께에서 교차하여 배에 얹었다. 가장 폭이 넓은 지점을 보여줌으로써 관의 내부 공간을 계획할 때 그 부분을 유념하게 하려는 것이었다.

이것은 모두 유익한 정보였다. 폴은 키가 매우 큰 사람을 표준 크기의 관에 맞추어야 할 때는 무슨 일이 벌어지는지 알려주었고(무릎을 구부린다고 했다), 관의 바닥에 보통 플라스틱 용기를 두는 이유도 말해주었다("시신의 체액이 누출되니까요"). 그리고 그는 내 아버지의 질문에도 답해주었다. "아니, 뚜껑에 자물쇠가 있을 필요는 없어요. 그러나 간단한 걸쇠를 설치하는 건 좋은 생각입니다. 열리면 안 되는 때에 관 뚜껑이 열리는 일은 없어야 하니까요."

우리가 윤이 나고 장식이 화려한 견본품들을 살펴보며 서 있는 동안, 진열실의 반대편 바닥에 놓인 번듯하면서도 다소 소박한 관 하나가 내 눈길을 끌었다.

"난 저게 마음에 드는데." 내가 말했다.

"가격도 마음에 들 거예요." 그가 말했다. "2,000달러."

"정말?"

"저건 화장할 때 사용하는 관이에요. 섬유판으로 만든 거죠. 저리 가서 더 자세히 살펴볼까요?"

그는 그 관이 있는 곳으로 가서 한쪽 무릎을 꿇고 앉았다. 그리고 뚜껑을 열기 시작했는데, 그러다가 갑자기 뚜껑을 닫고 다른 손으로 자신의 입을 막으며 말했다. "헉, 안에 누가 있어!"

나는 혼비백산하여 뒷걸음쳤다. 그가 나를 쳐다보며 잠시 가만히 있더니 이내 함박웃음을 지었다. 나는 고개를 저으며 장례 회관에서는 생각하지 말았어야 할 저주의 말을 속으로 중얼거렸다.

진열실에 있는 관들을 살펴본 뒤 그는 나를 인접한 방으로 데려갔다. 그 방에는 사람과 반려동물을 위한 유골함이 선반에 전시되어 있었다. 이곳 장례 회관에서 최근 급속히 늘어난 것이 반려동물의 화장인데, 장례업계에서 왕성하게 번창하는 추세라고 했다. 폴이 참으로 놀라운 사실이 하나 있다고 내게 얘기해주었다. 사람들은 부모의 장례를 치를 때보다 반려동물의 장례를 치를 때 훨씬 더 감정을 주체하지 못하는 경향이 있다는 것이었다.

"정말?" 내가 말했다. "이유가 뭔데?"

"내 생각엔 부모의 경우, 그분들은 오래 살았으며, 만약 병이 나서 앓아누우면 그분들은 전문 의료진의 손에 맡겨지지만, 반려동물의 경우엔 목숨을 끊는 결정을 하는 사람이 주인인 자신들이기 때문에 그러는 것 같아요."

우리가 관 진열실을 다 둘러보았을 때까지도 관을 배달하는 그 아미시 친구는 도착하지 않았다. 폴과 나는 한동안 로비에서 머무적거리며 서로의 자식들 이야기와 요즘은 어떻게 지내는지에 대한 이야기를 주고받았다. 우리는 각자의 아버지를 모시고 만나 함께 점심을 먹는 건 어떨까 하는 얘기를 나누었다. 이왕이면 아미시 마을에 갈 일이 있을 때 만나서 우리도 그 가구 공장을 방문했으면 좋겠다고 했다. 시간이 많이 흘렀다. 이윽고 폴은 그 아미시 친구가 가까운 곳에 와 있는지 알아보기로 작정했다. 그는 휴대전화로 전화를 걸어서 잠시 얘기를 나누고, 킬킬거리고 나서 그 친구에게 작별 인사를 했다.

"오늘은 그냥 돌아가는 게 좋을 것 같아요. 그 친구는 좀 늦을 거랍니다." 그가 말했다. "지금 애플 매장에 있대요."

수녀 지망생

어머니는 인생의 중요한 결정을 하기에는 너무 어린 나이였을 때 한 가지 결정을 했다. 수녀원에 들어간 것이었다. 비록 어머니는 한 철도 안 되는 두어 달 동안만 그곳에서 지냈지만, 이 사실은 숙명적으로 형성되었다고 할 수 있는 어머니의 자아 이야기에 없어서는 안 될 필수적인 부분이다. 그것은 아버지가 '플레이보이 클럽'의 웨이트리스와 데이트를 즐겼던 것과 유사한 것으로, 한순간의 인생 경험일 뿐이어서 결국 아무것도 규정짓지 못하지만, 그럼에도 불구하고 한 사람의 수수께끼 같은 면을 설명하는 부분이 된다. 어머니가 그곳에서 지낸 기간은 수녀원 생활이 자신의 삶이 아니라는 것을 깨닫기에 충분한 기간이었다. 어머니가 마침내 자신을 내보내달라고 요청했을 때 수녀원장은 어머니에게 만약 이곳을 나가면 다시는 돌아올 수 없다고 경고했는데, 그 말을 들은 어머니는 수녀원장이 의도한 것보다 한결 안도했던 듯싶다.

외할머니가 어머니를 데리러 차를 몰고 수녀원으로 갔다. 집으로 돌아가는 차 안에서 외할머니는 낮고 단조로운 목소리로 "잘 결정했다"라고 말한 다음, 더 이상의 언급 없이 어머니의 손가락에 옥 반지를 끼워주었다. 어머니가 수녀원에서는 착용할 수 없는 다른 모든 예쁘고 고운 것들과 함께 집에 두고 온 반지였다.

내가 보기에 어머니는 거의 평생을 이런저런 시도를 하며 보냈던 것 같다. 어느 해에는 머리를 백금발로 염색했다. 어느 해인가는 베스파 스쿠터를 샀다. 어머니에게는 디스코를 좋아한 시기가 있었고, 컨트리 음악에 심취한 시기가 있었고, 라이자 미넬리Liza Minnelli[1]를 좋아한 시기가 있었다. 어머니는 늘 "나는 나 자신을 잘 안다"라고 자랑했지만, 그 자신이란 것이 항상 변했다. 어머니의 연대기를 규정한 언어가 무엇이었든 간에, 그것은 어머니를 철저히, 완벽하게 나타냈다. 건강이 나빠져서 더 이상 그럴 수 없었을 때까지 말이다.

아버지와 존이 암 치료를 받을 무렵 어머니는 자신의 암 치료에서 완전히 벗어났지만, 그동안의 방사선치료 탓에 눈이 캥

---

1 미국의 배우이자 가수. 골든글러브와 아카데미 여우 주연상을 수상했다.

하게 꺼진 애처로운 모습이었다. 어머니는 음식물을 삼키는 데
애를 먹었다. 그래서 거의 아무것도 먹지 않은 채 체리브랜디
로 단맛을 낸 인슈어 칵테일과 맨해튼 칵테일을 마시며 겨우겨
우 살아갔다. 어머니는 피골이 상접했으며 허리도 구부정했다.
의사의 충고를 대부분 거절했으며, 약을 먹으려 하지도 않았
고, 모든 것을 하느님의 손에 맡겼다. 어머니는 전과 다름없이
자애로웠지만, 3년여 동안 고통을 안고 살아왔기 때문에 그 문
제에 관해 자신의 감정을 토로할 때면 자신은 하느님이 데려가
려고 부르시면 따라갈 준비가 되어 있다는 얘기를 꺼내기 일쑤
였다.

그러므로 어느 목요일 밤에 심근경색이 어머니를 덮쳤을 때,
그것은 처음에는 마치 어머니가 죽음이 자기한테 맞나 안 맞나
확인하려고 옷을 입듯이 한번 몸에 걸쳐본 자기 확인의 또 다른
모습인 것처럼 보였다. 어머니는 회복하는가 싶더니 다시 악화
되었고, 그렇게 좋아졌다 나빠졌다를 반복하며 3주 동안 병마와
싸웠다. 어느 시점에선가 약간 기분이 나아진 어머니가 병원 침
대에 누워 나의 형인 랠프에게 선웃음을 짓고는 쉰 목소리로 껄
껄거리며 말했다. "넌 내가 죽을 준비가 되어 있다고 말한 거 기
억하지? 그런데 아니야. 난 아직 준비되지 않았어."

그 말을 들으니 가슴이 미어졌다. 왜냐하면 그 말은 어머니의
의지력이 이제는 스러졌다는 것을 암시하기 때문이었다. 하지
만 그럼에도 나는 어머니를 존경할 것이다. 운명론, 변덕스러움,

유머가 담대하게 섞인 어머니의 태도를 존경할 것이다.

그러던 무렵에 갑자기, 우리 모두가 예상했던 것보다 더 일찍, 우리는 전화를 받고 어머니의 병원 침대 주위에 모이게 되었다. 우리는 죽음이 어머니를 쪼아대는 것을 느릿느릿 이어지는 어머니의 거칠고 고르지 않은 호흡 속에서 지켜보았다. 지금 내 마음속에서는 그날의 시간들이 거꾸로 흐르는 것만 같다. 밤에서 빛바랜 오후로, 이어 흐릿한 아침으로, 그리고 깜깜한 밤으로 뒤로 뒤로 돌아가는 것만 같다. 나의 형제와 누이, 그 배우자들, 자식들, 그리고 아버지…. 열 명이 넘는 사람이 이 인원을 수용하기엔 너무 비좁은 소독된 공간에 꽉 들어찼다. 우리는 밤새 거기 있었던 탓에 다들 지쳐 있었다. 작은 나뭇조각들로 이루어진 블라인드에 의해 조각조각 잘린 아침 햇빛 속에서 멍하니 서 있거나 앉은 자세로 이상한 예감에 짓눌린 채 헉하는 숨소리와 숨과 숨 사이의 간격을 분석하거나 그 시간을 재보곤 했다.

그러던 중에 문에서 노크 소리가 났다. 신부였다.

어머니에게는 신부가 익숙했고 기도도 익숙했다. 어머니의 삶에서 다른 모든 것이 그러했듯이 어머니는 기도 역시 극단적으로 치열하게 했다. 어머니는 아버지에게 아침 기도대를 만들어달라고 부탁했고, 아버지가 만든 그 기도대에 어머니는 날마다 애지중지 다루는 기도서와 그동안 모아온 수많은 묵주 가운데 하나를 올려놓았다. 묵주는 사방에서 눈에 띄었다. 색깔이 있는 불투명한 묵주알과 얇은 금속 십자가로 이루어진 묵주가 플라스틱 상자에 담겨 집 안 곳곳에 놓여 있었다. 묵주는 부엌 조리대 위에도 있었고, 거실의 조그만 탁자 위에도, 침실 화장대 위에도, 어머니가 십자말풀이를 하는 방에도 있었다. 파란색 계열을 비롯하여 분홍색, 녹색, 크림색, 흑단색, 빨간색 등 온갖 색상의 묵주가 다 있었다. 또한 묵주에는 온갖 수호성인이 있었다. 암브로시우스, 패트릭, 모니카, 요한 보스코, 프란체스코라는 이름의 모든 성인들, 온갖 좌절한 이들의 수호성인들, 온갖 성모들이 거기에 있었다. 물론 어디에서나 흔히 볼 수 있는, 어머니 자신의 수호성인인 성모마리아 묵주도 있었다. 어머니는 이름도 마돈나였다. 청빈서원 전도단이나 바티칸에 주문한 그 묵주들은 통신판매용 포장 상자나 보석 상자에 담겨 집으로 왔다. 실은 전날 밤에 간호사가 어머니의 상태를 점검하다가 어머니의 마지막 말이 될 말들을 들었다고 (아버지에게는 몹시 자랑스럽고 위안이 되는 일이었다) 알려주었는데, 그것은 묵주 기도였다. 어머니가 묵주 기도를 온전히 다 암송했다는 것이다. 어머니는 눈을 감은 채 귀에 익은 친숙한 '주님의 기도'와 '성모송'과 '영광송'과 '신비'를 기쁘게, 또렷이, 슬프게, 영광스럽게 외워나갔고, 그런 다음 마지막 잠에 스르르 빠져들었다. 어머니는 전날 낮에는 어머니와 아버지가 함께 알고 있는 친한 친구의 방문을 받았다. 마음이 너그럽고 따뜻한, 은퇴한 성직자인 그분은 어머니를 찾아와서 마지막으로 어머니를 축복해주었다.

"만나서 반가워요." 그가 말했다.

"만나서 반가워요." 어머니가 말했다.

그 여름에 어머니는, 우리 중 누구도 확실히 말할 수는 없었지만, 점점 더 의식이 더디게 깜박거려서 말을 할 때면 실제 대화에 참여하는 것이 아니라 앵무새처럼 흉내를 내고 있는 것처럼 보였다. 이 점은 아마 사실이겠지만, 나는 그걸 믿지 않으려한다. 왜냐하면 어머니와 마지막으로 나눈 대화에서 내가 마지막으로 한 말은 "사랑해요"였고, 그때 어머니가 눈을 뜨고 눈빛을 반짝이며 "사랑해"라고 대답했기 때문이다.

노크를 했던 신부는 문간에서 미적거렸다. 그는 마치 수수료를 받고 연금보험을 파는 사람처럼 결심을 단단히 하느라 긴장한 듯한 모습이었다.

나는 아버지의 얼굴을 보았다. 아버지가 원한 게 바로 이것이라는 걸 알 수 있었다. 그래서 아버지는 갑작스러운 신부의 등장에 기운이 나는 것처럼 보일 지경이었다.

"예. 들어오세요…."

그가 안으로 들어왔다.

"기도합시다." 신부가 진지하게 말했다.

랠프 형은 내 시선이 바로 향하는 곳에 있었다. 교회에 들어온 듯한 상황에서 형의 시선과 마주치자 이처럼 심각한 상황에서도 순간적으로 웃음이 나오려는 것을 참아야 했다. (어린 시절에 방을 함께 쓴 사람을 대할 때면 웃음을 억누르는 것이 기본적인 신체 반응이지 않은가.) 어머니의 꾸중하는 눈초리가 눈에 보이는 것만 같았다. 우리는 고개를 떨구었다. 그때 신부의 목소리가 어정쩡한 분위기를 다잡았고, 다시 엄숙함이 찾아들었다.

"이분 이름은 어떻게 되십니까?"

몹시 지친 모습으로 침대 옆 의자에 앉아 있던 아버지가 잠긴 목소리로 대답했다. "돈나입니다."

"선생님이 남편이신가요?"

"예."

신부가 아버지의 손을 잡았다. "다 같이 합시다, 은총이 가득하신 마리아님." 신부가 말했고, 우리는 다 함께 그 말을 따라 했다.

침대 발치 쪽에 서 있었던 나는 손이 닿는 거리 안에 어머니의 발이 있었기 때문에 손을 뻗어 그 발을 잡았다. 거친 담요 아래 어머니의 발은 부어 보였으며 딱딱했다. 어머니의 발은 내게는 늘 한결같았고, 앞으로도 한결같아야 했다. 닥터숄 나무 굽 샌들을 신은 굳은살 박인 태평스러운 발에 발톱에는 빨간 매니큐어를 칠한 모습이어야 했다. 그런데 지금 그 발은 바닥 면에 미끄럼 방지용 고무가 부착된, 아크릴 섬유로 만든 병원 양말을 신고 있었으며, 그 양말과 담요에도 불구하고 내게는 그 발이 차갑게 느껴졌다.

우리가 고개를 숙이고 서서 기도문을 읊조리고 있을 때 갑자기 요란한 소리가 방 안의 짙은 공기를 찢었다. 이어 카시오 키보드로 미리 설정해놓은 맘바 비트 같은 소리가 뒤따랐다. 푸르릅 푸르릅… 칫칫… 다다다다-칫… 푸르릅 푸르릅… 칫칫-다다다다-칫…

내 휴대전화에서 나는 소리였다.

열일곱 살 먹은 아들에게 전화하려고 휴대전화를 몇 개월 만에 처음으로 켜놓은 것이었다. 아들 녀석은 지금 이리로 오고 있었다. 내 휴대전화가… 메신저백에 들어 있을 텐데? 전화가 계속 울어댔다. 어디서? 그게 어디 있지? 어딘가 의자 밑에. 내 뒤쪽에 있는 어떤 의자 밑에. 뜨겁고 화끈거리는 기운이 내 몸을 훑고 지나갔다. 나는 급히 뒤쪽으로 뛰어들고자 했고, 비좁은 방이라 하는 수 없이 의자 하나를 넘어가야 했다. 모두 기도를 멈추고 고개를 들어 얼굴을 찌푸리며 당황해했다.

"얼른 꺼요." 아내가 비난하는 어조로 소리 죽여 말했다.

"알았어!"

나는 애당초 그 휴대전화를 내게 사준 아내를 탓하고 싶었지만, 지금은 그럴 때가 아니었다. 나는 몸을 숙이고 의자 밑으로 손을 뻗어 헐렁한 캔버스 가방 앞주머니를 더듬거렸다. 그러는 동안에도 그 경박한 드럼 소리 같은 통화 연결음은 안에서 계속 울렸다. 이윽고 휴대전화를 꺼낸 나는 얼른 통화 버튼을 눌러 전화를 받았다.

"아빠?"

"에번? 우린 지금 기도 중이다."

"병실을 못 찾겠어요."

나는 조금씩 조금씩 움직여서 문으로 다가간 다음, 사람들에게 기도를 계속하라는 뜻으로 어색하게 손을 흔들고 나서 조용히 복도로 나갔다. 정문 출입구에 도착한 아들이 어디로 가야 할지 몰라서 전화를 한 것이었다. 나는 아들에게 병실 번호를 말해준 뒤 어떤 색깔의 엘리베이터를 타야 하는지, 그리고 복도에서 내리면 어느 쪽으로 가야 하는지 알려주었다. 이어 서둘러 오라는 말을 덧붙였다.

나는 지금 당장은 자유롭다는 것을 깨달았다. 나는 병실 안에 있지 않았다. 병실로 돌아가지 않아도 되었다. 아무튼 지금은 말이다. 어쩌면 앞으로 계속 돌아가지 않아도 되는지도 몰랐다. 규칙은 없었다. 규약도 없고 전례도 없었다. 나는 기도하는 신부와 함께 병실 안에 있는 가족 모두를 떠나서 이곳 간호사실 옆에 계속 그대로 있을 수도 있을 것이다. 아들을 기다리고 있다고 둘러대면서 말이다. 늦은 아침이었다. 피곤했으며 신경이 곤두서 있었다. 이제 중천에 솟아오른 태양은 창문을 통해 내 앞의 대기 구역 안으로 햇살을 쏟으며 병실 바깥세상의 존재를 다시금 새롭게 알렸다. 아침이고, 여름이었다. 여름은 70대 어머니에게는 수영장의 시기였다. 어머니는 우리와 함께 수영장에 들어갈 수 없었을 때에는 비탄의 감정을 노래로 바꾸어놓았다. "내 머리가 염소에서는 녹색으로 변한다네!²" 어머니가 교사 학위를 마치고 대학을 떠났을 때, 여름은 빨은 귀리를 먹는 귀리의 계절이었다. 우리는 황혼 무렵 집 뒤편 테라스에 있었다. 어머니는 진마티니를 마셨고, 우리는 도시의 박쥐들이 우리 쪽으로 날아오는 것을 보려고 하늘을 향해 돌멩이를 던지곤 했다. 여름은 스콜라스틱 북클럽에서 그해 마지막으로 주문한 책이 오는 배달 우편물의 계절이었다. 내 책은 『환경 지킴이 대장: 오염과 싸우는 사람Captain Ecology: Pollution Fighter』이었고, 어머니의 책은 『앵무새 죽이기』였다. 여름은 오하이오의 달콤한 옥수수의 계절이었다. 어머니는 무척이나 신나고 맛있게 옥수수를 먹었고, 그래서 우리는 자기도 모르게 절로 어머니의 입 모양을 흉내 내어 입을 오물거리며 옥수수를 먹었다.

내가 거기서 머무적거리는 동안 에번이 왔다. 에번은 종종걸음으로 서둘러 복도를 걸어왔고, 나는 그 애와 함께 병실 안으로 들어갔다. 단체 기도가 끝나가고 있었다. 신부는 울고 있었다. 아버지도 울고 있었다. 우리는 함께 영광송을 바쳤고(영광이 성부와 성자와 성령께, 처음과 같이 이제와 항상 영원히, 아멘), 그러고 나자 신부는 한 걸음 뒤로 물러나 우리에게 축복을 빌어준 다음 병실을 떠났다. 문이 닫혔다.

---

2 수영장 소독을 위해 사용하는 염소는 금발 같은 연한 색깔의 머리카락을 녹색으로 변화시키는 경향이 있다.

어머니는 목구멍에 걸린 돌을 움켜쥐듯 숨을 쉬었다.

한 가지 일에 전력을 쏟는 고집스러운 성격을 어머니는 나에게 그대로 물려주었다. 어머니는 계속해서 자신의 운명과 씨름하고 있었는데, 이제는 어머니가 그 운명을 늦추고 있는 것인지, 아니면 빨리 오라고 재촉하고 있는 것인지 알기 어려웠다. 어머니는 자신의 모든 기도와 준비와 수용과 후회를 꼭 움켜쥐고 있다가 다음번 숨을 쉴 때 들이마셨다. 그러고 나면 그것들은 다시 거기에 걸렸다. 마치 겨울 바다의 둥근 파도 끝자락이 부서지기 직전에 얼어붙어 허공에 걸려 있듯이 그것들은 그렇게 목에 걸려 있곤 했다. 어쩌면 어머니는 이 끝을 향해 의지를 발휘해왔는지도 모른다. 어쩌면 이것은 어떤 조절의 방식인지도 모른다. 어머니는 우리 모두를 이곳에 모이게 했다. 에번이 도착했고, 그리하여 이제는 완전한 모임이 되었다. 내가 아는 한 어머니가 옆에 두고 싶어 했을 사람들이 다 모인 것이다. 어쩌면 어머니는 내가 생각한 것 이상으로 정말 잘 준비되었는지도 모른다. 전날 밤엔 묵주 기도를 했고 어머니의 사람들을 다 불러 모았다.

다음은 탁 트인 바깥 공간. 그리고 또 한 번의 애절한 슬픔의 기도. 그런 다음….

그게 우리들 사이에 걸려 있었다.

놀라운 것이 하나 있다면, 우리 한가운데에 있는 죽음을 함께 나누는 것의 묘한 아름다움이었다.

조용히 집중하고 있던 우리는 각자 조금씩 몸을 움직였다. 어깨를 늘어뜨리거나 고개를 떨구거나 괜히 손을 움직였다. 어머니 옆에서 약간 물러나기도 했다.

서서히 다시 일상으로

나는 외출복 차림의 그가 갈색 쇼핑백 두 개를 들고 거리를 가로질러 오는 것을 보았다. 그처럼 멀리서 보았어도, 여전히 그의 몸집이 낯설어 보일 만큼 홀쭉했음에도, 내가 보아온 그의 모습 중 아주 오랜만에 가장 멋있어 보였다. 가장 그다워 보였다. 아버지는 나와 지나와 함께 멋없이 널찍한 오래된 집의 선룸 sunroom에 앉아 있었다. 우리는 문과 프랑스식 창문들을 열어두었다. 후텁지근한 늦은 오후의 대기를 밀치며 더운 바람이 불어왔다. 하루 중 기온이 가장 높았던 장례 시간에는 온도가 35도 안팎을 오르내렸다. 우리는 장례미사 복장에서 평상복으로 갈아입었다. 가족들이 도착했다. 쟁반에 음식을 담아 부엌에 차려놓았고, 이곳 선룸의 둥근 유리 탁자에도 가져다 놓았다. 지치고 맥이 풀린 아버지는 내가 아버지에게 맥주를 따라 드릴 때 늘 사용하던 잔으로 차가운 맥주를 조금씩 마셨다. 오래된 독일제 맥주잔으로, 잔에는 BBK라는 푸른색 로고가 인쇄되어 있었다. BBK는 바이에리시 브라우어라이 카이저슬라우테른Bayerische Brauerei Kaiserslautern의 머리글자로, 독일인들이 '피스 브라우piss brau'¹라고 부르는 맥주였다.

그가 앞쪽 테라스로 이어지는 아치형 문으로 다가올 때 나는 그의 몸가짐새만 보고도 내가 너무도 잘 아는 존의 생각을 알 수 있었고, 또한 필요한 일들을 이미 다 처리했으며, 아직 일어나지 않은 문제도 미리 예견하고 해결해버린 그의 표정을 머리에 떠올릴 수 있었다. 어머니의 부고를 알렸을 때 맨 먼저 도움의 손길을 내민 사람은 그였다. '내가 도울 일이 있으면 도울게' 같은 일반적인 방법이 아니었다. 그는 우리에게 장례식에 사용할 일정표가 필요하다는 것을 알았고, 그래서 그의 질문은 '뭘 도울 수 있을까'가 아니라 자신이 이미 하고 있는 일에 관한 것이었다. 즉, 일정표가 몇 부 필요한지, 나에게 잘 나온 어머니 사진 파일이 있는지, 내가 언제 자기 사무실로 와서 이 모든 사항을 마무리 지을 계획인지에 관한 것이었다. 나는 일요일 오후에 여러 장의 연푸른색 종이를 가지고 그를 찾아갔다. 우리는 별스러운 잡동사니들이 여기저기 놓여 있는 그의 사무실에 앉았다.

---

1 piss는 오줌을 뜻한다. 오줌 맥주라고 얕잡아 부른다는 뜻이다.

벽은 골이 진 강판이었고, 책상 위에는 다양한 캐릭터 피규어와 고무 스탬프가 놓여 있었다. 우리는 거기 앉아서 이전에 둘이 함께 여러 번 했던 일, 즉 인쇄물을 수공으로 자체 제작하는 일을 했다. 장례 일정표란 결국 무엇이겠는가? 사망한 이의 추모객을 대상으로 한 일종의 잡지 아니겠는가?

나는 문을 열어주어 그를 맞았다. 그는 몇 시간 전에는 양복 차림으로 장례식장에 있었지만, 지금은 외출복 차림이었다. 존은 운동화와 튀는 손목시계에 일가견이 있었고, 그래서 그의 오렌지색 퓨마 운동화는 귤 색깔 스와치 시계와 교묘히 짝을 이루었다.

"뭘 좀 전해주려고 잠깐 들른 거야." 그가 말했다. "난 곧 가봐야 해."

나는 그에게 안으로 들어오라고 했다. 그가 와주어서 기뻤다. 나와 지나 둘 다에게 그는 언제나 가족이 아니면서도 가족처럼 가까운 사람이었다. 우리 딸 리아가 태어난 뒤 이른 아침에 나는 서너 시간이라도 눈을 붙이려고 집으로 돌아갔는데, 그가 우리 아기를 보려고 병원에 들렀다. 그가 아기를 안고 앉았을 때, 지나는 끈으로 묶는 가운을 입고 분만 후의 기진맥진한 몸으로 거기 누워 있었다. 지나의 머리는 엉망으로 엉클어지고, 손목에는 환자 인식 밴드가 채워져 있었다. 간호사가 그 방에 들어와서는 먼저 지나를 쳐다보고, 이어 그에게 눈을 돌렸다. "어젯밤에 아빠가 쉬시고 지금 온 거예요?"

지나와 존 둘 다 웃었다. 두 사람 모두 간호사의 말을 바로잡아주지 않았다. "예. 난 괜찮아요." 존이 말했다.

우리는 실내를 걸어서 부엌으로 갔다. 존이 가지고 온 쇼핑백을 조리대 위에 올려놓았다. 이어 한 쇼핑백에서 제임슨 위스키 한 병을 꺼냈고, 다른 쇼핑백에서는 레드 와인 두 병을 꺼냈다.

"여기서 뭘 좀 먹어." 내가 말했다. "음식이 엄청 많아. 이 많은 햄을 누가 다 먹겠어."

"난 됐어. 누굴 만나기로 했거든."

"여자?"

"응. 실은 두 명."

존은 자기에게 전혀 맞지 않은 여자를 고르는 묘한 재능이 있었고, 그의 타고난 관대함은 이러한 약점을 악화시킬 뿐이었다. 계획을 세우는 데는 그토록 신중한 그였지만 그런 문제에는 부주의했던 것이다. 몇 년 전, 그는 아름다운 이집트인 바텐더인 아미나라는 여자를 끈질기게 쫓아다녔다.

"성은 비즈니스야." 그가 말했다. "아미나 비즈니스."

그 이름은 어색하고 낯설었다. 한 번도 친숙하게 들린 적이 없었다. 그렇지만 그 이름은 우리 대화에 줄곧 등장하는 용어가 되었다.

"알았어. 오늘 밤 아미나랑 즐거운 시간을 보내겠군. 하지만 뭘 좀 먹고 가." 내가 우겼다.

"그럼 와인을 한 잔 할게. 네 어머니를 추모하면서."

"정말?" 내가 말했다.

존은 1년여 전에 암 진단을 받은 이후로 술을 입에 대지 않았다. 내가 병마개를 따고 잔에 와인을 따라주었다. 그런 다음 내 잔에도 와인을 따랐다. 우리는 아버지가 앉아 계신 선룸으로 돌아갔다.

존이 잔을 치켜들었다. "네 어머니에게," 그가 말했다. "경례."

그는 잠시 우리와 함께 앉아 있다가 이윽고 망사문을 통해 걸어 나가서 스러지는 빛 속으로, 우리가 아는 인생의 한 형태인 황혼 속으로 사라졌다.

아버지는 보통 다른 사람이 없는 데서 슬퍼했다. 아버지의 마음속에 휑뎅그렁한 허전함이 자리 잡고 있다는 것을 나는 알았다. 아버지의 허전함은 이제는 더 이상 이곳에 없는 여인에게 종종 말을 건다는 것을 우리에게 얘기할 정도로 컸다. 그러나 그 허전함은 어머니가 평생 모은 물건들로 가득한 집 안에서는 상대적인 것이었다. 어머니는 아버지에게 할 일을 남겼는데, 아버지에게 책임질 일이 있다는 것은 선물과도 같았다. 아버지는 어머니의 옷장을 비우고, 묵주를 분류하여 정리하고, 보석을 감정하는 것으로 일을 시작했다. 정장 외투와 구식 가운들은 내 아이들이 다니는 학교 연극부에 기증했다. 아버지는 복잡한 삶을 정리하려고 열심히 일했다. 예를 들어 어머니가 자급자족해서 먹고살 수 있다고 주장할 경우, 어머니는 단순한 삶에 관한 책을 거추장스러울 정도로 많이 구입할 것이다. 그렇지만 프로젝트는 아버지가 자신의 삶에서 의미를 만들고 앞으로 나아가는 방식이다. 아버지는 온 마음을 다해 노력을 기울이면서 다음으로, 그다음으로 한 걸음 한 걸음 나아간다. 그러한 과정, 즉 끊임없는 움직임은 내가 아버지를 알아온 이래로 아버지를 규정하는 것이었다.

이 일을 시작한 지 얼마 되지 않았을 때 아버지는 나에게 전화를 걸어 어머니의 스무 권짜리 파란색『옥스퍼드 영어사전』을 보관하겠냐고 물었다. 그 사전들을 내가 갖고 싶었을까? 두말하면 잔소리였다. 당연히 나는 그 사전들을 갖고 싶었다. 쌀쌀하고 을씨년스러운 어느 가을 일요일 오후에 나는 차를 몰고 달려서 아버지의 집으로 갔다. 그리고 그 무거운 사전들을 차 뒷자리에 싣고 내가 문예 창작을 가르치는 애크런대학의 내 사무실로 갔다. 나는 평소 헛간의 돌과 무거운 가구를 옮길 때 사용하곤 했던 바퀴 달린 짐수레를 이용하여 스무 권의 사전을 한꺼번에 엘리베이터로 옮긴 다음 영어과로 올라갔다. 이 사전 전질로 인해 나는 우리 과에서 진짜 학구적인 녀석이라는 자격을 얻게 될 터였다. (옆 사무실 선생은 두 권짜리『옥스퍼드 영어사전』축약판을 가지고 있을 뿐이었다. **셰익스피어 연구자인데도!**) 사전은 너무 커서 들어갈 수 있는 자리가 책장 맨 위쪽뿐이었다. 사전들을 거기에 꽂기 위해 나는 의자 위로 올라간 다음 다시 책상 위로 올라가야만 했다.

이제 그 사전들은 의장대 병사들처럼 거기에 줄지어 서서 내가 학생들을 가르치러 가는 날이면 매번 내게 인사하며 나를 반가이 맞아준다.

어느 날 오후, 이제는 아주 오래전 일처럼 여겨지는 대화를 떠올리고는 책상 위로 올라가 영어사전의 제3권을 꺼냈다. 나는 표제어들을 찾아보며 시간을 보내면서 '관casket'이라는 단어에 대한 여러 가지 재미있는 내용들을 발견했다. 특히 미국은 일반적으로 '매장을 위해 시체를 담는 상자 또는 궤'라는 의미의 '관'을 뜻하는 말로 훨씬 길고 한결 더 풍부한 의미를 지닌 'coffin' 대신에 'casket'을 쓰는 유일한 나라라는 내용이 눈길을 끌었다. 내 생각에는 'coffin'이라는 단어는 음산해 보이며 진실에 너무 가깝기 때문에 우리 미국인들은 그 단어를 회피하고, 대신 좀 더 부드러운 'casket'을 선호하는 것 같았다.

내가 발견한 것은 주로 어머니와 함께 나누고 싶은 정보들이었고, 어머니도 흥미로워할 사실들이었다. 언어와 독서는 어머니와 내가 공유한 가장 친근한 유대의 끈이었다. 내가 열두 살쯤 되었을 때 어머니는 자신이 읽은 J. D. 샐린저의 『아홉 가지 이야기』를 내게 주었다. 그리고 설명하기를, 어머니는 내가 그 책을 읽을 준비가 되어 있다고 생각하지 않으며 내가 그 책을 읽는 것을 꼭 찬성하는 것도 아니지만(나는 곧 그 이유가 부분적으로는 저속한 말들을 거리낌 없이 사용했기 때문이라는 것을 알게 되었다), 그럼에도 내가 그 책을 읽어야 한다고 생각한다고 했다. 어머니의 말은 나를 아주 특별한 사람으로 느끼게 해주었고, 동시에 어머니의 수수께끼 같은 태도에 약간 혼란을 느끼게 했다. 첫 번째로 수록된 단편 「바나나피시를 위한 완벽한 날」은 오늘까지도 나와 '하얀 침실'의 여인 사이의 비밀처럼 존재한다. 나는 그 책에 나온 이야기들을 내가 지금까지 읽은 다른 어떤 이야기보다도 더 좋아하지만, 내가 직접 그 책을 산 적은 없었다. 왜냐하면 나에게 그 이야기들이 지닌 진정한 가치는 여전히 어머니의 책장에 꽂혀 있는 그 책 안에서만 존재할 수 있기 때문이다. 그것이 내가 어머니를 이해한 방식이었다.

그러므로 어머니의 『옥스퍼드 영어사전』에 관한 (그리고 어머니 자신에 관한) 복잡한 이야기에서 적절한 결말은 그 사전들이 이곳 책장에, 내가 글에 의해 규정되는 이 사무실 책장에 자리 잡는 것인 듯했다. 이곳이 바로 그 사전들이 있어야 할 자리였다.

그러나 아니었다. 그것들은 집에, 어머니와 함께 있어야 했다.

슬픔을 나눈다는 것

sharing in your sorrow

나는 여러 원소와 천사의 영혼으로 교묘히 만들어진
하나의 작은 세계

_존 던, 「신성 소네트 Holy Sonnet」

두 번 재고 단번에 잘라라

나는 아버지의 집 테라스에 깔린 거친 양탄자 위에 등을 대고 누웠다. 두 다리를 쭉 뻗은 채 두 발을 모으고, 두 팔을 구부린 자세로 손목을 서로 교차시켜서 허리띠 버클 위에 올려놓았다.

아버지가 줄자를 들고 내 위에 서 있었다.

나는 내 어깨가 자연스럽게 느껴지고 팔꿈치를 옆으로 더 뻗을 필요가 없다는 느낌이 들 때까지 꼼지락거리며 상체를 조정했다. 이것은 중요했다. 시신이 관에 들어갔을 때 폭이 가장 넓은 지점은 팔꿈치에서 팔꿈치까지의 거리다. 최대 폭은 25인치다. 인형 안에 인형이 들어 있는 러시아 인형 마트료시카처럼 모든 것이 잘 맞아 들어가야 한다. 시신은 관에 맞아야 하고, 관은 관실에 맞아야 하고, 관실은 무덤 구멍에 맞아야 한다. 그러나 그에 앞서 내가 편안히 쉬는 듯한 느낌이 들어야 했다. 그래야 어느 날, 생명을 잃은 나의 몸이 마치 내가 편히 쉬고 있는 것처럼 보이도록 관 속에 놓일 수 있을 테니까. 비록 한 존재가 그 시점에 이르렀을 때는 편안하다는 개념이 부적절해 보이긴 하지만 말이다.

나는 가만히 있었다. 아버지는 줄자의 끝을 내 발바닥과 평행하게 둔 다음, 마치 새 2인용 안락의자를 놓기 위한 벽의 공간을 재듯이 조심스럽게 줄자를 빼면서 내 옆을 따라 뒷걸음질했다. 이윽고 아버지는 줄자가 내 머리 꼭대기와 일치하는 지점에 엄지손가락을 짚었다. "70인치 안팎이로군." 아버지는 그렇게 말하며 측정값을 연필로 화첩에 적어 넣었다.

그러고 나서 아버지는 다시 줄자를 잡아 빼며 내 오른쪽 팔꿈치에서부터 쟀다. 그 줄자를 중간 지점인 내 복장뼈에 꼭 댄 다음 집게손가락으로 내 왼쪽 팔꿈치까지 죽 그어보더니 눈을 크게 뜨고 그 측정치를 들여다보았다. "흠. 23인치 너비의 상자 안에 널 집어넣을 수 있겠어."

"정말이에요?" 내가 말했다. "그건 여유 공간이 거의 없는 최소치에 가까워요. 몸집이 거대한 시신은 어떻게 들어가겠어요?"

나는 체구가 그리 큰 편은 아니었다. 키는 5피트 9인치이고 몸집은 중간 정도였다. 하지만 몇 개월 전에 폴 허멜이 나를 도와주려고 표준적인 관의 치수를 쟀을 때 그가 알려준 숫자는 나보다 훨씬 더 비대한 사람은 수용할 수 없을 것 같은 공간을 암시하는 수치였다.

"23인치." 아버지가 거듭 말했다. "자로 잰 수치는 그거야."

나는 자세를 그대로 유지했다. "한 번 더 재봐요." 내가 목을 뻣뻣이 한 채 계속 위쪽을 응시하면서 말했다. "이거야말로 정말 '두 번 재고 단번에 잘라라Measure twice, cut once'1라는 말에 어울리는 상황이네요."

말 그대로 '관에 든 시신'처럼 뻣뻣하고 의례적인 자세로 누워 있으니 나는 어쩔 수 없이 낮에 잠깐 잠에 빠진 바나바스 콜린스Barnabas Collins2나 무대에 오른 스크리밍 제이 호킨스 Screamin' Jay Hawkins3가 된 것 같은 기분을 느끼지 않을 수 없었다. 한 옥타브 낮은 목소리로 말하고 싶었다. "안녀어어엉…." 아버지의 집 테라스 바닥에 죽은 시신의 자세로 누운 나는 나도 모르게 오싹함을 느끼게 되었다. 내가 나 자신의 관을 만들고 있다고 말할 때마다 사람들이 언급하곤 했던 그 오싹함을 나도 접하게 된 것이다. 이제 그 사람들을 비난할 수 없게 되었다. 나도 오싹한 기분을 느끼게 되었으니.

---

1 신중하라는 의미의 영어 격언.
2 미국 ABC 방송국에서 방영한 「다크 섀도우(Dark Shadows)」라는 연속극에 나오는 뱀파이어. 2012년에는 팀 버튼 감독, 조니 뎁 주연의 영화도 제작되었다.
3 음산하고 기괴한 소품들을 이용해 연극적인 분위기의 무대를 연출하는 미국의 록 가수.

최근 실물 크기의 디오라마처럼 시신을 공들여 꾸민 자세로 보여주는 특이한 장례 문화가 나타나고 있는데, 특히 푸에르토리코에서 유행하고 있지만 미국에서도 점점 늘어나고 있다. 한 《뉴욕 타임스》기사('앉아 죽기의 의식'이라는 멋진 제목을 달았다)는 실크 가운을 입고 글러브를 낀 채 복싱 링에 몸을 기대고 있는 죽은 권투 선수의 사진과 선글라스를 끼고 탁자에 앉아 있는 죽은 여인의 사진을 실었다. 사진 속 여인의 왼손 손가락 사이에는 담배 한 개비가 끼워져 있고, 오른손에는 와인 잔이 쥐여 있었다. 탁자 위에는 부시 캔 맥주 하나와 뉴올리언스 세인츠[4] 헬멧 모형 완구 두 개가 놓여 있고, 뒤쪽 선반에는 잭대니얼 위스키 한 병과 와이드 스크린 텔레비전 한 대가 놓여 있었다.

시신을 콘셉트에 맞게 꾸며서 보여주는 이 같은 작업을 몇 차례 진행한 푸에르토리코 산후안 장례 회관의 한 임원은 그 기사에서 이렇게 설명했다. "가족들은 실제로 고통을 덜 느낍니다. 왜냐하면 사랑하는 고인이 행복해할 듯싶은 방식으로 놓여 있으며, 여전히 살아 있는 것처럼 보이는 방식으로 꾸며져 있는 걸 볼 수 있기 때문이죠."

반면에 관에 누운 자세는 단 하나의 메시지만 전달한다.

어머니가 돌아가신 뒤로 여러 달을 보내는 동안 나는 많은 것들에 대해서, 특히 죽음에 대해서 완전히 새롭게 생각하게 되었

---

4 미국의 프로 미식축구팀 중 하나.

다. 어머니를 잃게 되자 죽음의 개념이 덜 추상적이고 한결 현실적인 개념이 된 것이었다. 날카로운 고통 역시 이 거대한 수수께끼에 관해 새로이 명료한 인식을 가져다주었다. 하지만 나는 그 명료한 인식을 나 자신을 향해 표출하는 대신 아버지를 향해 표출했다. 아버지의 죽음은 내게 촉박한 문제가 되었다. 내색하지 않았지만 나는 속으로 아버지의 죽음에 관한 강박관념에 사로잡혀 있었다. 전화벨이 울릴 때마다 덜컥 마음이 내려앉았다. 마음속으로 끊임없이 아버지의 나이를 떠올렸고, 어머니보다 일곱 살이 많다는 사실과 일간지 부고란에 실리는 사망자 대부분의 나이보다 아버지의 나이가 더 많다는 사실을 떠올렸다. 전에는 전혀 읽지 않았던 신문의 부고란을 이제는 매우 관심 있게 읽게 되었다. 하지만 나는 지금 관 속에 든 것 같은 자세를 취하고 있는데도 무슨 까닭인지 나 자신의 몸을 시체로 상상할 수가 없었다.

그럼에도 불구하고 아버지의 죽음에 대한 생각이 점점 더 커져서 아버지와 함께 보내는 시간을 더욱 절박하고 더욱 소중히 여기게 되었다. 그래서 나는 이 관 프로젝트의 진행을 채찍질하기 시작했다.

반면 아버지는 어머니가 없는 상황을 겉으로 보이는 것 이상으로 힘들어했다. 그렇지만 아버지는 어머니의 죽음에 따른 슬픔을 억누르고 서서히 가족의 일에, 그리고 가족들이 함께하는 바깥세상의 일에 더 부지런히 참여했다. 아버지는 자식들과 함께 천천히 걸어서 미식축구 경기를 보러 갔고, 저녁 식사를 제안한 사람과 함께 밖에서 저녁을 먹었으며, 루이스의 지하 바에 필요한 인테리어 작업을 마무리 지으면서 오랜 시간을 보냈다. 다시 예전의 모습을 되찾은 아버지는 내가 아는 사람 가운데 가장 활기찬 사람처럼 보이기 시작했다. 11월, 내가 졸업한 고등학교가 오하이오주 미식축구 선수권 대회에 출전했을 때 두 형과 아버지와 나는 차를 타고 그 경기를 보러 갔으며, 경기장 밖에서 벌어진 떠들썩한 테일게이트 파티[5]에 참여했다. 나중에 흥이 오른 나는 아버지를 업고 손가락으로 승리의 V자를 그리며 사람들 사이를 헤집고 돌아다니면서 맥주를 엎지르고 하이파이브를 하고 배가 아플 정도로 신나게 웃었다. 아버지가 정말로 즐거워하는 모습을 본 적은 여름 이후 처음이었다. 그다음 몇 주 동안 아버지는 야심만만하게, 음식 가짓수를 조금씩 늘려가며 연말 칵테일파티를 계획하고 준비했다. 아버지는 애피타이저, 소스, 구운 닭고기, 치즈, 디저트 등을 손수 다 준비했는데, 이 집에서 아버지의 그런 모습을 본 것은 처음이었다. 아버지는 의식적으로 자신에게는 허투루 낭비할 날이 하루도 없다는 사실을 직시하고 있는 것처럼 보였다. 아버지의 슬픔은 결코 가볍지 않았지만, 아버지는 나보다 슬픔을 훨씬 더 잘 다루었다.

---

5 트럭이나 스테이션왜건 등의 뒷문을 펼쳐서 음식을 차리고 즐기는 간단한 야외 파티.

이것은 아버지 삶의 제3막 같은 것이었다. 제1막은 총각 시절로, 그 시기에 아버지는 인생을 한껏 즐겼다. 요트와 스키를 즐겼으며, 독일식 비어 가든beer garden6을 열심히 찾아다녔다. 그런 다음 서른 살에 결혼을 한 뒤로는 어머니와 함께 오랫동안 충만한 가정생활을 즐겼다. 어머니는 건강이 나빠지자 결혼 50주년 기념일을 축하할 수 있을 만큼 오래 살고 싶다고 말하곤 했고, 실제로 그때까지 사셨다. 돌아가시기 두 달 전이 부모님의 결혼 50주년이었다. 이제 아버지는 혼자고, 자신의 길을 새롭게 찾고 계신다.

어머니가 돌아가시고 난 뒤 우리 가족은 아버지가 그동안 얼마나 많이 어머니를 보살펴왔는지 이내 깨닫게 되었다. 아버지는 암 치료를 받은 뒤로 건강이 현저히 회복되었으며 사교적이고 부지런한 성향도 그대로였지만, 어머니는 이제 잘 돌아다니지 못했으므로 아버지는 어머니 곁에 머물며 어머니를 보살폈다. 아버지는 하고 싶은 많은 것들, 그리고 어머니와 함께했던 많은 것들, 미식축구나 야구 경기 관람, 외식, 여행 등을 멀리했다. 언젠가 아버지가 갑자기 심한 현기증을 느꼈고, 그래서 운전을 거의 포기하다시피 했던 어머니가 아버지를 병원 응급실로 데려간 적이 있었다. 어머니는 풀이 많고 경사진 조그만 공간 맨 위쪽에 주차했다. 그곳에서 두 분이 함께 걸어 내려와야 했는데,

---

6 야외에 많은 탁자를 설치하여 맥주와 안주 등을 제공하는 술집.

2부 슬픔을 나눈다는 것

127

어머니는 넘어질까 봐 두려워서 아버지에게 꼭 달라붙었다. 아버지는 도중에 곁길로 들어가서 수풀 속에 토해야 했을 만큼 몸이 안 좋았는데도 말이다. 이 애처로워 보이는 노부부가 마침내 미닫이 유리문을 열고 응급실로 들어갔을 때, 두 사람의 상태를 본 그곳 간호사는 이렇게 물었다. "두 분 중 어느 분이 응급 처치가 필요한 환자인가요?"

아버지는 가능한 한 바쁘게 생활함으로써 어머니를 잃은 상실감에 대처하고, 끊임없이 일정한 상태를 유지함으로써 불안감을 이겨냈다. 아버지는 계속해서 어머니의 물건들이 엄청나게 쌓인 벽장을 비우고, 묵주를 정리하고, 신문과 잡지에서 오려낸 기사 스크랩을 훑어보고, 굉장한 높이로 아무렇게나 쌓인 책들을 살펴보곤 했다. 어머니의 오래된 '하얀 침실'이 안겨준, 쉬이 끝나지 않는 응보였다.

그러므로 아버지를 나와 함께 관을 만드는 일에 옭아매는 것은 어렵지 않았다. 오히려 내가 아버지의 일정에 맞추는 것이 어려웠다.

측정이 끝나자 나는 일어나서 탁자에 앉았다. 아버지는 수학과 더불어 일해야 하는 사람이었다. 수학은 아버지가 뛰어나게 잘하는 것이다. 아버지는 내가 종종 야한 생각을 하는 것처럼 힘들이지 않고 머릿속에서 삼차원으로 생각한다. 만약 내가 아버지에게 콘크리트로 어떤 구멍을 메워야 한다고 말하면, 아버지

는 내가 그 문제를 풀기 위한 작업에 착수하기도 전에 80파운드
짜리 레미콘 포대가 몇 개나 필요한지 (만약 80파운드짜리 대신
60파운드짜리 포대로 구입할 생각이라면 이때는 몇 개가 필요한지도
곁들여서) 내게 말해줄 수 있는 분이다.

"83인치 곱하기 27인치 곱하기 23인치." 아버지가 말했다. 아
버지는 이미 표준 길이와 폭이 어느 정도인 널빤지를 매장에서
구입해야 이 같은 치수의 관을 만드는 데 적합한지 속으로 결정
했으며, 관의 옆면과 끝 면에 사용할 오크 판자에 대해서도 정해
두었다.

아버지가 구입해야 할 품목을 적어서 내게 건네주는 데는 채
1~2분도 걸리지 않았다.

2번 소나무나 포플러… 1×8피트 여덟 장

붉은오크 1×6피트 다섯 장

3/4인치 두께 합판

"지금 갈 시간 있니?" 아버지가 말했다. "내 차 타고 가자꾸
나."

나는 갑자기 우리가 머릿속으로만 구상하는 범위 너머로 나
아가고 있다는 것을 깨닫고서 머뭇거렸다. 아버지가 모는 포드
엣지의 조수석에 앉아서 쇼핑몰에 있는 철물점에 가는 것과 같
은 평범한 일이 우리가 실제로 이 관 프로젝트를 진행하고 있

다는 사실을 확정 짓게 될 거라는 사실을 불현듯 깨닫자 망설
여졌다.

"예." 나는 다소 흐리멍덩하게 말했다. "예, 지금 가죠 뭐."

목재: 사랑 이야기

　　나는 대형 철물 양판점의 자동문을 지나갈 때마다 행복감이
차오르는 것을 느꼈다. 대량 상거래와 교외 지역의 균등화 현상
으로 인한 미국 정신의 고갈에 대해 사람들이 뭐라 말하든 간에
(나는 항상 그런 얘기를 한다) 나는 기대감, 자극적인 불확실성, 실
용적인 발견, 무한한 가능성 등에서 비롯된 친숙한 흥분과 전율
을 실감한다. 철물점의 물건들은 모두 규격화되고 표준화되고
미리 만들어지고 바코드로 관리될 테지만, 그럼에도 그 분위기
속으로 들어갈 때마다 내 유전자에 깃든 감각은 근처 철제 가스
파이프에서 희미하게 나는 비릿한 피 냄새와 값싼 소나무 샛기
등에서 나는 시큼한 바닐라 향 같은 중서부 지역 자원의 원초적
기운을 자동으로 탐지한다.

우리가 있는 곳 양옆에는 '베드 배스 앤드 비욘드Bed Bath & Beyond'[1]와 '후그레그Hhgregg'[2]가 자리 잡고 있었지만, 나는 그 같은 사실에 신경 쓰지 않았다. 그날 아버지와 나는 '홈디포Home Depot'[3]에 들렀으면서도 우리가 늘 함께 가곤 하는 '웨스트힐 철물점'을 다시 찾았다. 애크런의 도심 지역에 위치한 웨스트힐 철물점은 물건들이 어수선하게 놓여 있는 소매점으로, 아마도 내가 알고 있는 장소 가운데 가장 매혹적인 장소일 것이다. 그곳의 존재는 내 감각을 통해 떠오르는 기억의 맨 처음으로 나를 돌려보내곤 한다. 나는 키가 너무 작아서 카운터 위를 볼 수 없었던 것을 기억할 수 있고, 아버지가 이 철물점의 주인인 폴 챈츠 씨와 잡담을 나눌 때 아버지 다리에 기대어 서 있던 것을 기억할 수 있다. 키가 큰 폴 챈츠 씨는 정이 많지만 다소 퉁명스러운 백발 노인으로 얼룩진 카키색 작업 바지에 상의는 속셔츠 차림이었다. 고양이가 앞발로 내 신발 끈을 건드릴 때, 지름의 크기가 다양한 목재 장부촉이 놓인 선반을 쳐다보았던 것을 나는 기억할 수 있다. 웨스트힐 철물점은 집 안팎의 갖가지 잔일과 관련된 자질구레한 물건들을 파는 소매상만큼이나 잡동사니 물건들이 많았다. 그리고 그곳은 내가 아버지 이외에 '어떻게'라는 중요한 질문(어떻게 물건을 만드는지, 어떻게 물건을 수리하는지, 어떻게

---

1 침구, 주방용품, 인테리어 소품 등을 판매하는 미국의 생활용품 브랜드.
2 전자제품과 가전제품을 판매하는 미국의 유통 업체.
3 미국에 본사를 둔 건축 자재 및 인테리어 디자인 도구 판매 업체.

작동 방법을 알 수 있는지 등)을 던지며 자문을 구할 수 있는 유일한 정보처였다. 그곳의 넓은 뒷베란다와 움푹 팬 곳이 많은 주차장과 그 근처의 어수선한 차고에는 건축물에서 회수한 자재들이 가득했다. 폐품 수집자들을 안달하게 만드는 물건들이었다. 예컨대 갈고리 모양의 발이 달린 옛날 욕조, 건축용 불투명 유리 타일로 만든 상자, 겹겹이 쌓인 수십 개나 되는 중고 문짝, 오크 목재, 황(黃)소나무 목재, 건축용 철강 자재 따위와 같은 물건들이었다. 그 물건들 안팎으로 수상한 고양이들이 드나들었다. 내가 정말 어른이 되었다는 생각이 처음으로 확실히 들었던 것은 지나와 내가 처음으로 우리 집을 구입하고 나서 '우리'의 집수리 문제로 웨스트힐 철물점을 들락거리기 시작했을 때였다. 때때로 현금이 부족할 때면 나는 내가 구입한 물품 값을 항상 그곳에 있는 아버지의 거래 장부에 올리곤 했다. 카운터 밑에서 꺼낸 낡아빠진 장부책에는 연필로 외상 내역이 적혀 있었다. 폴 챈츠는 내가 현관문에서 빼낸 무거운 구식 놋쇠 잠금장치를 어떻게 분해하고 수리하는지 내게 인내심 있게 가르쳐주었고, 그 덕에 나는 돈을 아낄 수 있었을 뿐 아니라 저급한 새 잠금장치 때문에 체면이 깎일 뻔한 상황도 모면할 수 있었다. 3대째 가업을 이어오고 있는 그의 아들 리처드는 내가 현금 인출기 영수증의 뒷면에 그린 스케치에만 의존하여 새로운 가스관의 복잡한 연결 구조를 이해할 수 있도록 도와주었다. 웨스트힐 철물점에서는 고향의 냄새가 난다. 기계유 냄새, 오래된 먼지 냄새, 줄질할 때 생긴 쇳가루 냄새, 그리고 지난주의 신문 냄새. 그곳에서는 성당 냄새가 나고 할아버지의 음성 같은 소리가 난다. 실제 나의 집을 제외하고는 그 어느 곳보다도 더 내 집에 가까워 보인다. 그곳은 진정한 평안을 제공하며, 스스로 해낼 수 있는 방법을 알려준다.

지나와 내가 보건 당국의 규정에 위반되는 사항이 수두룩한 볼품없이 넓게 뻗은 낡아빠진 튜더 양식의 집을 샀을 때, 제 기능을 하는 설비는 하나도 없었다. 사용할 수 있는 배관 설비도 없고 안전한 전기 시설도 없었으며, 스팀 관 여기저기에서는 마치 만화 「뽀빠이」의 장면처럼 증기가 새어 나왔다. 지붕은 이끼가 끼고 썩었으며 여기저기 구멍이 나 있었다. 너구리, 다람쥐, 박쥐, 쥐, 목수개미, 고양이가 마구 집 안을 드나들었고, 야생 등나무는 막힘없이 쑥쑥 자라서 3층의 하인 주거 구역으로 침범해 들어왔다. 어느 날 집수리 초기 단계에서 배관 공사를 맡은 사람이 내게 제안하기를, 크고 무거운 도자기 욕조 스타일의 부엌 싱크대를 자기가 가져가고, 대신 스팀 라디에이터로 교체해주겠다고 했다. 나는 그게 필요했으므로 지나와 함께 열심히 따져본 뒤에 한결 더 실용적인 현대식 싱크대로 교체하는 데 마지못해 동의했다. 그 사람은 자신이 개조하고 있는 임대 건물에 우리 집 싱크대를 사용할 수 있을 거라고 말했다. 몇 달 뒤, 루이스가 내게 도움을 청했다. 그는 웨스트힐 철물점 뒤편에서 중고 도자기 싱크대 하나를 발견하여 낡은 농가의 빨래통으로 사용하려고 구입했다면서, 그걸 들어서 트레일러에 싣기 위해서는 내 도움이 필요하다고 했다.

그걸 본 순간 나는 즉시 알아차렸다. 루이스는 나의 옛 싱크대를 50달러를 주고 구입했다. 그것은 임대 건물의 부엌에는 어울리지 않으나, 그의 세탁실에는 아주 잘 어울렸던 것이다. 이것이 내가 웨스트힐 철물점의 '존재 이유'에 대해 할 수 있는 최선의 설명이다.

아버지는 이야기를 좋아하고, 이러한 장소는 이야기로 이루어져 있기 때문에 이곳에서 아버지는 생기가 돌았다. 아버지는 이야기책을 읽는 것을 좋아한다. 이야기를 듣는 것도 좋아한다. 이야기를 하는 것도 좋아한다. 아버지에게서 두 번 이상 들은 이야기들도 더러 있었는데, 아버지는 그런 이야기를 매번 세련되게 복선을 깔고, 급소를 찌르는 말을 던지고, 몇 마디 대화를 인용하면서 실감 나게 들려주었다. 내가 가장 좋아하는 일 가운데 하나는 웨스트힐 철물점과 비견되는 목재상인 '리브스 럼버'에서 일어난다. 리브스 럼버는 가족이 경영하는 소규모 목재 저장소인데, 관계자와도 같은 지위를 얻은 아버지는 어느 특별한 날에 갑자기 뭔가 만들고 싶은 열망에 사로잡혀서 특이한 목재를 찾아 여기저기를 뒤져보고 싶을 때면 언제나 리브스 럼버의 뒤쪽 헛간으로 들어갈 수 있었다.

어느 토요일, 목재 저장소가 정오에 문을 닫기 전에 그곳을 떠난 마지막 손님이 아버지였다. 이곳 소유주 가운데 한 사람인 카운터의 노인은 가지 않고 그곳에 남아서 뒤편 작업장에서 어떤 일을 좀 할 계획이었다. 아버지가 떠나자 노인은 문을 잠그고 넓게 트인 뒤편 작업장으로 들어가서 작업대를 준비하기 시작했다. 그러던 중에 노인은 실수로 못 박는 기계의 방아쇠를 당기게 되었고… 못은 노인의 왼손 한가운데를 똑바로 뚫고 들어갔다. 작업대에 손이 박힌 노인은 무언가 도움이 될 것을 찾으려고 미친 듯이 주위를 둘러보았다. 그러나 곧 도움이 될 수 있는 것들은 모두 손이 미치지 못하는 곳에 있다는 것을 깨달았다. 자신은 혼자이고, 월요일 아침까지는 아무도 이곳에 오지 않으리라는 것도 이내 깨달았다. 어떤 시대, 어떤 유형의 사람들은 공포에 사로잡히지 않듯이, 노인도 공황 상태에 빠지지는 않았다. 대신 노인은 작업장에 못이 박힌 채로 주말 동안의 긴긴 시간을 보낼 계획을 세우기 시작했다. 그런 상황에 빠지게 된 것을 가능한 한 편안한 마음으로 받아들였다. 아침을 든든히 먹어둘걸, 하는 생각을 해보기도 했다.

얼마 안 있어 노인의 귀에 어떤 소리가 들렸다. 정문에서 나는 소리. 발을 끄는 소리. 노인의 동업자가 깜박 잊어버린 게 있어서 돌아온 것이었다. 노인은 소리 질렀고, 그렇게 해서 구조되었다. 그리고 노인의 이야기는 곧바로 이 목재상 카운터에서 오가는 전설 중에서 최고의 이야깃거리가 되었다. 이 이야기가 원래의 사실과 얼마나 가까운지 누가 알겠는가, 그리고 누가 그걸 신경 쓰겠는가? 이 이야기는 수없이 많이 얘기되었고 계속해서 전설이 되어 퍼져나갔다. 몇 년 후 어느 날 밤 그곳에 불이 나서 검은 불길의 참혹한 종말을 보여주며 소실될 때까지 말이다.

그러므로 우리가 오늘날 오렌지색 강철 선반에 가지런히 쌓인 밝은 빛깔의 목재 속으로 들어가게 된 것은 톱밥 가득한 뒤편 작업장에 목재를 쌓아두었던 꽤나 야성적이었던 시절에서 생각보다 그리 멀지 않다.

아버지는 빨리 걷고, 뒤돌아보지 않는다. 늘 그랬다. 그러다 보니 아버지의 나이가 80대로 접어들었을 때는 그것이 아버지를 규정하는 특징이 되었다. 예를 들어, 우리 가족을 가득 태운 차가 어떤 식당 주차장에 도착하면 아버지는 다른 사람들이 차에서 내리기도 전에 이미 식당 문을 향해 절반쯤 가고 있었다. 그래서 아버지에게 새로운 별명이 생겼다. "저기 '후다닥 선생'이 가신다." 우리는 아버지의 뒷모습이 지평선 속으로 사라지는 것을 바라보면서 그렇게 말하곤 했다.

양쪽으로 선반들이 높게 쌓인 통로를 걸어가는, 점점 작아져 가는 아버지의 모습을 지켜보면서 나는 카트 보관 구역에서 낡은 강철 카트를 끌고 나와 급히 아버지를 뒤따랐다.

목재가 쌓인 구역에 이르렀을 때 우리는 걸음을 늦추었다. 이제 목재를 고르는 의식이 시작될 터였다.

내가 가장 최근에 새 목재를 구입했던 때는 차고 앞면의 썩은 판자를 교체할 때였다. 낭만적인 데라곤 없는, 순전히 실용적인 용도로 구입한 것이었다. 엉뚱한 생각을 바탕으로 한 프로젝트(나는 관을 만들려는 시도도 그런 것이라고 규정하고 있었다)를 위해서 가장 최근에 새 목재를 구입했던 때는 대리석에서 떼어낸 평판을 우연히 발견했을 때였다. 그 대리석 평판이 라디에이터를 가리기 위해 화장실에 설치하는 선반 모양의 설비와 크기가 딱 맞아 보였던 것이다. 갑자기 생각난 아이디어였다. 내가 그 작업을 시작하려고 할 때 아버지는 당연히 우리 집에 와서 나를 위해 자발적으로 그걸 설계해주었다. 노란색 메모장에 종합적인 계획을 작성하고, 내 머리에는 결코 떠오르지 않았을 일련의 세부 사항들을 적어 넣었다.

나는 이런 종류의 모든 에너지를 수리와 유지에 쏟아부어야 하는 집으로 이사하기 전에는 아버지의 길을 따르고 있었다. 점점 더 야심적인 가구를 만들거나, 다른 사람이 버린 물건을 가져와서 재활용하고 개조했다. 돌아가신 장모님은 사람들이 분해하여 집 밖에 내다버린 가구 중에서 좋은 물건을 찾아내는 특별한 안목이 있었다. 어느 날 장모님이 빅토리아풍의 흔들의자를 내게 보내주었다. 완전히 해체되어 판지 상자에 담겨 버려진 것이었다. 등받이에 쓰이는 기다란 둥근 막대 가운데 일부는 끝부분이 쪼개져 나갔고, 페인트는 담황색, 녹색, 노란색으로 층층이 칠해져 있었다. 나는 모든 페인트칠을 벗겨내서 원목이 벗나

무라는 것을 알아냈다. 둥근 막대를 다 수리한 다음, 루빅큐브를 맞추는 것만큼이나 복잡한 의자 조립 공식에 따라 그것들을 다시 조립하고 접착제로 붙였다. 그 과정은 손이 아주 많이 가는 일인 데다가 내가 실제로 가지고 있는 인내심보다도 훨씬 더 많은 인내를 요하는 작업이었다.

그 흔들의자는 지금 지나와 나의 침실 한쪽 구석에 놓여 있는데, 아주 멋져 보인다. 의자는 오른쪽 팔걸이를 무시한다면 조금밖에 근들거리지 않는다. 오른쪽 팔걸이는 많이 근들거리는 편이지만 눈감아줄 수 있는 정도다.

그러나 내가 사랑하는 것은 결과물이라기보다는 그 과정이다. 내가 그리워한 것도 과정이었다. 나는 집을 손보고 수리하는 것을 좋아한다. 그러나 배관 시설이 낡은 집에 사는 사람이라면 다 알겠지만, 그것은 가구를 만드는 것과는 다르다. 할 일은 많지만, 누수로 생긴 천장 구멍을 수리하는 것은 물론이고 새는 욕조 배수구를 수리하는 일 따위에 영예는 없다. 아버지는 언젠가 배관 작업에 대해 이런 말을 했다. "네가 그 일을 잘했다는 말을 듣는 유일한 길은 네가 그 일을 했다는 걸 누구한테서도 듣지 않는 것뿐이다."

아버지와 나는 천천히 걷다가 수직 방향으로 켜켜이 쌓인 널빤지가 있는 구역의 긴 통로 앞에서 걸음을 멈췄다. 익숙한 흥분감이, 탐구의 긴장감이 스멀스멀 피어올랐다. 목재는 기초 골조용 목재에서 가구 제작용 목재까지, 소나무에서 포플러와 오크에 이르기까지, 품질과 가격이 낮은 제품에서 높은 제품 순으로 진열되어 있었다.

우리는 중급 소나무를 사용할 생각이었다. 궁극적인 목적은 영원한 것과 일시적인 것 사이 어디쯤에 위치하기 마련이니까. 나는 수직 방향으로 쌓인 1×8 피트 크기의 진열품 앞에 멈춰 섰다. 맨 위에 놓인 목재를 빼냈다. 내가 선택할 것은 그게 아니라는 것을 나는 너무 잘 알고 있었다. 맨 위에 놓인 널빤지는 좋은 것일 리가 없다. 왜냐하면 그것은 언제나 가장 최근에 살펴본 사람이 마음에 들지 않아서 다시 올려놓은 상품이기 마련이고, 거기에는 언제나 이유가 있기 때문이다. 그걸 들고 빼내서 한쪽으로 치워두는 것은 크래커잭[4]의 뚜껑을 여는 것과 비슷하다. 사냥을 시작할 준비가 되었다는 뜻이다.

혹시 몰라서 나는 한쪽으로 치워둔 목재의 모서리를 죽 훑어보았는데, 아니나 다를까 그것은 휘었을 뿐만 아니라 한쪽 귀퉁이 부분이 패어 있었다.

다음 목재를 빼서 손으로 쓸어보았다. 앞면과 뒷면 양쪽에 옹이가 있었다. 나는 그것도 한쪽으로 치웠다.

휘어진 널빤지, 옹이가 있는 널빤지, 귀퉁이가 움푹 팬 널빤지 등이 계속 눈에 띄었다. 결국 나는 휘어진 부분은 귀퉁이와 가장

---

4 캐러멜이 코팅된 팝콘과 땅콩 스낵.

자리를 연결하는 과정에서 반듯하게 펴질 거라는 점을 지적해 준 아버지의 도움으로 선택의 폭을 좁혔다. 마침내 내 나름대로 확신을 가지고 고른 좋은 8피트짜리 널빤지 여덟 장을 오렌지색 강철 카트의 받침대에 실었다.

우리는 더 단단하고 더 때깔이 좋은 붉은오크가 있는 통로의 끝을 향해 걸어 내려갔다. 그 목재는 더 비싼 반면에 가격을 흥정하기가 더 수월했다. 나무의 결이 더 곱고 품질도 더 뛰어났다. 게다가 우리는 그걸 잘라서 3/4인치 조각들을 만들 예정이었다. 그러므로 어느 한 널빤지가 한 면의 전체를 다 차지하지는 않을 것이다. 내가 널빤지를 살펴보면서 하나씩 하나씩 더 깊이 파 내려감에 따라 우리는 여섯 장의 널빤지를 진열품의 앞면에 기대어 세워놓게 되었다.

나는 얼마간 유기적으로 연결된 느낌 같은 것을 가져보려고 최선을 다했지만, 마음속에서는 다소 김이 빠지는 기분이 들었다. 각 제품마다 바코드 스티커가 붙은 이 나무들은 영혼이 없는 조립 라인의 목재들이었다. 내가 알고 지내는 한 요리사가 언젠가 내게 코코뱅[5]을 준비하는 과정에 대해 얘기해주었다. 첫 번째 단계는 유기농으로 닭을 키우는 농장에 가서 신중하게 수탉을 고르고, 그 수탉에게 이름을 지어주고, 집으로 데리고 가서 며칠 동안 먹이를 주고, 달래는 목소리로 말을 건네는 것이라고

5 닭고기와 야채에 와인을 넣고 졸인 프랑스 요리.

했다. 그렇게 하면 나중에 닭의 머리를 자를 때 그 닭이 스트레스를 받지 않는다고 했고, 그것이 준비 과정에, 그리고 결국에는 요리 자체에까지 영향을 미친다고 했다. 그건 일종의 정서적 투자였다. 그 과정이 제대로만 수행된다면 그 닭과 (그 닭을 알프레드라고 부르기로 하자) 요리사 둘 다를 영예롭게 하는 일이 될 것이다. 그 요리는 음식을 만드는 간단하면서도 풍요로운 과정 중 대단히 훌륭한 행위를 나타내는 일이라고 했다.

나는 목재에 대해서도 늘 그와 같은 식으로 생각해왔다. 주로 아버지의 작업장과 나 자신의 작업장에서 셀 수 없을 정도로 자주 목재를 열심히 살펴보고 구분하고, 두드려보고 손으로 무게를 재보고, 냄새를 맡아보고 엄지손톱으로 밀도를 시험해보고, 심지어 가끔 혀로 맛을 보기도 했다. 의도한 목적에 아주 잘 맞는 목재를 찾아서 말이다. 영혼이 담긴 어떤 흠이나 특이함을 지닌 목재를 찾아서 말이다. 나는 나의 건축 재료와 의미 있는 관계를 형성한다.

한번은 준전문가로 활동하는 폐품 수집가의 저장 헛간에서 낡은 문짝의 가장자리에서 떼어 낸 단단한 오크 목재를 발견했다. 나는 그 목재에 구멍이 두 개나 있다는 점을 지적하며 그이에게 5달러를 주겠다고 제안했다.

그가 말했다. "나는 보통 그런 물건엔 돈을 조금 더 받는데요."

또 언젠가는 지나에게 줄 선물로 만들고 있었던 조그만 와인

스토퍼[6] 진열대에 적합한 어떤 특이한 형태의 목재를 찾아 아버지의 헛간에 들렀다. 나는 이론적으로는 내가 어떤 것을 원하는지 알고 있었지만, 그것(오크 흔들의자의 다리에서 나온 활처럼 굽은 나무토막)을 발견하기 전까지는 내가 뭘 찾고 있는지 알지 못했다. 한동안 아버지가 마음을 정하지 못하고 망설이는 불편한 시간이 흘렀다. 그 목재가 완벽하다는 것을 불현듯 알아차린 아버지는 그걸 그처럼 쉽게 내주어도 괜찮은지 확신하지 못했다. 결국 나는 그걸 얻었다. 나는 심지어 망가진 빗자루나 삽의 손잡이도 버리지 못한다.

할아버지가 돌아가신 뒤 나는 오래된 나무 상자 하나를 물려받았다. 그것은 『피노키오』에 나오는 제페토의 작업장을 꼭 닮은 할아버지의 작업장에 늘 놓여 있었다. 그 작업장은 할아버지의 담뱃불 자국이 듬성듬성 나 있는 두꺼운 양탄자가 깔린 무척이나 환상적인 곳이었으며, 마치 내가 그림 형제의 세계에 들어와 있는 것만 같은 느낌이 들게 하는 곳이었다.

그 상자가 이제 내 책상 옆 조그만 탁자 위에 놓여 있다. 각 모서리의 이음매 부분이 열장이음으로 깔끔하게 결합된, 약간 낡은 진갈색 상자다. 상자의 앞면에는 부드러운 목재에 흐릿해진 검은 글자로 라벨이 찍혀 있다.

---

6 마시고 남은 와인을 보관하는 데 쓰이는 병마개.

미합중국
목재
상품
워싱턴 D.C.
전미 목재업 협회
제작

상자 안에는 마흔여덟 개의 조그만 직사각형 나무 블록이 들어 있다. 각 블록에는 숫자가 적혀 있으며, 그와 함께 해당 목재의 산지, 특성, 용도를 적은 라벨이 붙어 있다.

예컨대, 45번은 니사나무로, '켄터키주 버지니아에서 시작하여 남쪽, 서쪽 방향으로 텍사스주에 이르는 지대'에서 생장하며, 특히 '공장식 목공 제품, 공장 바닥재, 담배 상자, 베니어판'에 적합하다.

32번 '미시건주'의 느릅나무는 멋진 자동차 몸체, 냉장고, 그리고 (지나치게 일반화해서 궁금증이 풀리지 않는 단어인) '목제품'을 만드는 데 쓰인다. 무게가 가볍고 부드러우며 쉽게 쪼개지는 3번 서양측백나무는 '말뚝, 철도 침목, 장대, 지붕널, 카누 늑재'에 제격이다. 47번 버드나무는 '바구니, 가구, 의수나 의족'에 적합하다.

그 가운데 많은 것들의 용도에 '관'이 적시되어 있다. 각각의 경우에서 관에 적합하다고 판단한 근거는 논리적인 동시에 서

정적인 듯싶다. 예를 들어 붉은사이프러스(사이프러스는 애도의 상징이다), 밤나무(너무 무겁지 않다), 흰 빛깔을 띤 검나무와 레드검나무(둘 다 유칼립투스의 일종으로, 잎이 약용으로 쓰인다), 미국삼나무와 붉은삼나무(둘 다 부식에 강하다) 등이 그런 경우다.

그러나 나의 커다란 관심에도 불구하고 홈디포에는 붉은사이프러스가 없었다. 밤나무도 없고 흰빛의 검나무도 없었다.

나는 이곳의 원목 냄새에 취해보고자 했지만 맥주로 치면 밀러라이트 같은, 순하고 밋밋한 목재와 더불어 일하고 있다는 느낌이 강해졌을 뿐이다. 진정한 맛은 일을 해나가면서 찾아야 하리라.

목재 통로에서의 볼일을 마친 우리는 매장의 환한 조명을 받으며 카트를 밀고 앞쪽으로 돌아갔다. 도중에 잠시 걸음을 멈추고 접착제 한 병과 접착제를 바르는 데 쓸 조그만 브러시 몇 개를 골랐다. 나는 할인 판매 중인 줄자를 발견하고 16피트짜리 줄자도 챙겼다. 우리는 계산대로 카트를 밀고 가서 257달러 3센트를 지불했다.

삶은 장난이 아니야

1년 전.

날씨는 쌀쌀했고, 날은 아직 어두웠다. 우리는 우리 셋 다 30년 전에 졸업한 고등학교의 주차장에 서 있었다.

우리가 거기 있으면 안 되는 이유들이 몇 가지 있었다.

토요일 아침이었기 때문이다. 달리기 행사였기 때문이다. 5킬로미터 달리기 행사였기 때문이다. 최근에 계산해보니, 당황스럽게도 5킬로미터는 3마일이 넘는 거리였다. '킬로미터'라는 단어는 나를 불안하게 했다. 그것은 세인트힐러리 초등학교가 우리에게 미터법을 가르치려는 시도를 포기했을 때 '밀리그램', '섭씨' 등을 포함한 모든 미터법 용어들과 함께 사용이 중단된 단어였다. 전 세계적으로 통용되는 표준을 배우려는 실험이 그

초등학교의 수녀들에 의해 사망 선고를 받은 것이었다.

3.1마일은 멀고도 힘들 것 같은 거리였다. 게다가 이 특별한 3.1마일에는 건조한 날씨에 차로 오를 때에도 불편하게 여겨졌던 언덕 오르막길이 포함되어 있었다. 그러니 3월 하순의 아주 쌀쌀한 이른 아침에 달리기를 하며 오르는 일은 한결 더 불편하고 힘들 터였다.

더구나 토요일이었다. 그리고 우리는 이 행사에 돈을 냈다. 이 행사는 우리 모교인 가톨릭 고등학교와 연고가 있는 교회의 창립 175주년을 기념하는 기금 모금 행사였다. 참가비는 17달러 50센트였다. 그 주초에 존에게 나와 지나가 참가하는 이 행사에 우리랑 함께하고 싶지 않느냐고 물었을 때, 그는 건조하게 대답했다. "달리는 건 공짜야. 난 달리기에 돈을 내진 않아."

그러나 우리는 여기에 함께 있다. 우리는 다 참가비를 냈다. 나는 휴대용 커피 머그잔을 두 손으로 감쌌다. 한편으로는 온기를 느끼고 싶어서 그랬고, 다른 한편으로는 내가 뭔가를 꼭 붙들고 있으면 그것이 내가 출발선으로 끌려가는 것을 막아줄 수 있을 거라는 헛된 희망 때문에 그랬다. 나는 보온 바지, 보온 내의, 긴소매 티셔츠, 지퍼 달린 운동복 상의에다 장갑을 끼고 꼭지에 술이 달린 원뿔 모양의 털모자를 쓴 차림새였다. 존은 운동복 바지에 큼지막한 앳더드라이브인At The Drive-In 후디와 밝은 녹색의 윈드브레이커를 입었고, 머리에는 다저스 야구 모자를 쓰고 있었다. 우리는 빨리 달리게 보이지 않았다. 우리는 빨리 달리지 못할 것이었다.

나는 지난해 여름부터 조금씩 달리기를 해왔다. 이걸 시작하는 대부분의 중년들처럼 나 또한 얼마간 그 어떤 것으로부터 달아나려고 달렸다. 이번 경우, 내가 달아나려는 것은 다른 사람의 암이었다. 처음에는 어머니의 암이었고, 지금은 존과 아버지의 암이었다. 아무리 달아나려 해도 한 가지 사실만은 피할 수 없었다. 나는 영원히 살지 못할 것이고, 따라서 내 몸을 더 잘 관리해야 하며, 그 같은 인식 아래 어떤 노력을 할 수 있는 선택지가 내게 있다는 사실을 깨달아야 한다는 것이었다. 나는 건강했다. 나는 불현듯, 어쩌면 평생 처음으로, 이 사실과 이에 내포된 나의 행운을 또렷이 알아차렸다. 나는 건강했다. 계속 그 상태를 유지하고 싶었다. 그래서 나는 달렸다. 조금씩. 힘들다고 느껴질 때까지 기꺼이 달리지만, 그 이상은 달리지 않는 게 내 철학이었다. 그러므로 얼마나 달렸는지 거리를 재지는 않았다. 대신 시간을 쟀다. 30분이 내 한계였다. 내 아이팟으로 노래를 여덟 곡에서 아홉 곡 정도 들을 수 있는 시간이었다. 그것이 나의 엄격한 운동 요법이었다. 나는 이전에 5킬로미터를 정해놓고 달려본 적이 한 번도 없었다. 따라서 내가 과연 3.1마일을 달릴 수 있을지, 나로서는 알 수 없었다.

반면에 존은 병이 심해지기 전까지 그가 하는 다른 많은 활동과 더불어 오랫동안 조깅을 하고 헬스클럽에 다녔다. 존은 지난해 여름의 수술에 대비하여 몸을 관리하려는 노력의 하나로 고집스럽고 뚝심 있게 운동을 했는데, 병원에 입원하기 전까지 몇 주 동안 거의 100마일을 달렸다.

그러므로 늘 경쟁하는 우리 둘(건강한 편인 나와 암에서 회복 중인 존)은 상당히 어슷비슷해졌다.

지나와 존과 나는 번호판과 안전핀을 나눠주는 부스가 설치된 미식축구 경기장 입구를 향해 걸음을 옮겼다. 나는 펜스의 기둥에 몸을 기대고 건성으로 햄스트링을 스트레칭했다. 장갑을 낀 두 손으로 커피 머그잔을 들고 있던 지나는 온기를 느껴보려고 머그잔을 얼굴 가까이로 가져갔다. 존은 몇몇 고등학교 친구들과 잡담을 했다. 존과 나는 이 고등학교에서 처음 만났지만, 그 만남은 실은 대학에서 깊이 맺어진 우정의 우연한 출발점이었을 뿐이다. 고등학교에서도 우리는 친구처럼 지내긴 했지만, 존은 학교 안의 거의 모든 아이들과 친구처럼 지냈다. 존은 이 문화와 저 문화 사이를 쉽게 이동했으며 새로운 문화를 발견하곤 했다. 그는 「오프비트Offbeat」[1]라는 언더그라운드 출판물을 직접 쓰고 배포했는데, 당연히 우리는 그걸 곧장 '비트오프Beatoff'[2]라고 부르기 시작했다. 존은 학교 근처의 철교 옆면에 분무 페인트로 '브이-너브즈V-Nervz'라고 쓴 그라피티를 발견했다. 그걸 조사한 존은 '브이-너브즈'란 것이 그 지역 하드코어 펑크 록 밴드라는 사실을 알아냈다. 그러자 그는 자신이 만드는 팬 잡지에

1 '색다른'이라는 뜻.
2 속어로 '자위하다'라는 뜻이 있다.

서 나이에 상관없이 누구나 입장할 수 있는 그 밴드의 다음 공연이 '클럽 헬'이라는 지하 공연장에서 열린다고 알렸다. 그리하여 우리는 곧 클럽 헬의 단골 입장객이 되었다. 존은 우리 지역 같은 매우 평범한 곳에서도 아방가르드를 추구하는 길을 찾아냈다.

문 닫힌 구내매점 가까이에 서 있는 지나와 나에게로 천천히 돌아온 존은 이런 때 종종 사용하는 그의 구호 하나를 외쳤다. 우리가 '미키스 빅 마우스Mickey's Big Mouth'³ 를 몰래 숨겨 가지고 경기장에 들어갔던 청소년 시절에 미식축구 경기 개회를 선언하던 장내 아나운서의 말을 흉내 낸 것이었다. "1982년의… 남은 승부… 멋지게 파이티이이잉!"

존은 가을 이후로 꾸준히 좋아졌다. 그는 다시 그림을 그리기 시작했다. 지하 작업실에는 싸구려 프로레슬러 피규어, 언더그라운드 록 공연 포스터들, 오래된 인쇄용 활자들이 어수선하게 잔뜩 널려 있었는데, 그는 그 속에서 커다란 모조 피지⁴ 위에 검은 잉크와 붉은 잉크로 작업을 계속해오고 있었다. 존은 여느 때와 달리 이 작업만큼은 혼자서 은밀히 했다. 오랫동안 나는 존이 그런 작업을 하고 있다는 걸 알지도 못했다. 우리 둘 사이에는 우리가 하고 있는 작업에 대해 서로를 신뢰하는 오랜 역사가 있

---

3 미국 맥주의 상표명으로, 상대적으로 알코올 도수가 높은 맥주다.
4 양피지처럼 만든 크림색 종이.

었다. 그는 내가 쓴 글을 편집자에게 보내기 전에 먼저 읽어주었다. 나는 언제나 그의 프로젝트가 세상에 알려지기 전에 여러 단계에서 그걸 미리 보았다. 우리는 오랜 세월을 함께해오면서 음악과 책도 함께 공유했다. 나는 그가 내게 추천해준 음악을 통해서 내가 새로이 발견한 음악을 그에게 추천해주곤 했다. 그가 내게 추천해준 음악은 내가 그에게 추천해준 음악을 통해서 그가 발견한 것이었다. 그런 식이었다. 존은 우리 동네 레코드 가게에서 시디를 한 무더기 사서 그걸 디지털화하여 듣는다. 그런 다음 그 시디들을 다시 그 가게에 파는데, 그러면 그것들은 가게의 중고 판매대에 놓이게 된다. 나는 그 레코드 가게에 들러 중고 시디를 한 무더기 고른 다음 돈을 지불하려 할 때마다 주인에게서 그중 대부분은 존이 최근에 되판 것이라는 우스갯말을 매번 듣게 되었다.

우리는 10대 때부터 이렇게 지내왔다. 그러나 존의 이 새로운 노력, 즉 그림 작업에 대한 이러한 몰입은 평소와 달라 보였다. 그것은 거의 감추어진 섬 같아 보였다. 나는 존이 잠을 많이 자지 못한다는 것을 알고 있었다. 배 속의 내용물이 차단 밸브가 없어진 식도를 통해 역류하면서, 부글거리는 것 같은 느낌을 주지 않는 자세를 찾는 것이 그에게는 어렵기 때문이었다. 나는 그의 새로운 작품에 야심적이고 절박한 어떤 면이, 어쩌면 필사적이기까지 한 어떤 면이 있다는 걸 알았다. 그는 잉크와 모조 피지를 사용해서 조그만 고무 공장에서 일하던 대학 시절의 경험이 얼마간 바탕에 깔린 39×28인치 그림 연작을 제작하고 있었다. 25년 전, 애크런이 아직 세계 고무의 수도로 알려져 있을 때 존은 이와 똑같은 주제로 졸업 작품 프로젝트를 수행했었다. 그때 나는 그를 도와서 그가 애크런 대학교 미술학과에서 특별 대여한 관리인실에 작품을 설치하는 것을 도와주었다. 그 관리인실을 설치 공간으로 바꾸어놓은 존은 거기에서 영화, 사진, 그림, 조각 등 공장 문화에 대한 모든 것이 담긴 멀티미디어 쇼를 연출했다. 방문객이 시간기록계[5]에 입장 시간을 찍고 들어서면 노동자의 생활을 노래한 미니트멘Minutemen[6]의 2분짜리 격렬한 펑크 록 「삶은 장난이 아니야This Ain't No Picnic」가 끊임없이 되풀이되어 흘러나왔고, 이미지와 소리가 서로 만나고 부딪치면서 존의 경험과 사상을 전부 아우르는 콜라주를 만들어냈다. 그가 지금 그리는 그림들은 배관공들이 일터인 지하 터널에서 남성용 영화를 보거나 불법 음주, 도박 같은 짓을 하는 어두운 문화에서 나온 것이었다. 또한 간이식당에서 거칠고 위협적인 남성 혹은 여성에게 모욕을 당한 일, 이상한 약물과 그 시절 이후로 존의 뇌리에 남아 있는 은어 같은 어두운 신화에서 나온 것이었다. 그 졸업 작품 프로젝트의 일환으로 그는 '수음'이라는 제목의 사진첩을 만들었다. 남자들

5   공장이나 회사 같은 곳에서 직원의 출근, 퇴근 시간을 자동으로 기록하는
    장치.
6   미국의 포스트, 하드코어 펑크 밴드. 「This Ain't No Picnic」이 실린 3집
    「Double Nickels On The Dime」은 대표작으로 꼽힌다.

이 노동의 지루함을 달래기 위해 거칠게 자위행위를 하며 외마디 소리를 내지르는 모습을 담은 사진첩이었다. 그리고 지금, 자아 형성에 큰 영향을 미친, 마음속에서 너울대던 그 같은 기억들이 원초적이고 어둡고 강렬한 그의 작품에 흘러들고 있었다. 그 그림들은 영화 포스터 정도의 크기였다. 잉크가 양피지와 비슷한 성질을 지닌 모조 피지에 스며들 때면 주름이 지는 효과가 나타났고, 그래서 작품 하나하나가 생생한 느낌을 자아냈다.

크리스마스이브에 존의 집에 들렀을 때 그는 나한테 하룻밤 묵고 가라고 강권했다. 다음 날 아침, 그는 우에보스 란체로스[7]와 감자를 요리하여 내게 대접한 다음, 그동안 그린 그림을 내게 보여주었다. 우리는 지하실로 내려갔고, 나는 그가 그려놓은 그림이 굉장히 많은 것을 보고 깜짝 놀랐다. 죽음에 대한 그의 두려움은 여기서도 분명했다. 이것은 수년 전 그가 지나와 나의 부엌에 앉아 내게 전해준 간단한 메시지 '인생은 짧다'가 가시적인 형태로 드러난 것에 다름 아니었다. 이제 그 증거가 여기 있었다.

우리는 안전핀으로 겉옷의 앞쪽에 번호판을 부착한 다음, 출발선을 향해 주차장을 가로지르며 걸음을 옮기는 사람들의 무

[7] 옥수수 토르티야에 달걀 프라이와 토마토소스를 얹어 먹는 멕시코 요리.

리에 합류했다. 존은 여전히 숨을 고르게 쉬는 걸 어려워했고, 그래서 자기는 달리기와 걷기를 적절히 번갈아가며 할 거라고 내게 말했다. 그것은 나에게도 좋은 일이었다. 나는 그의 페이스에 맞추겠다고 말했다.

우리는 납빛을 띤 이른 아침의 흐릿한 햇살 아래, 200여 명쯤 되는 무리의 가운데 어디쯤에 섰다. 앞쪽에는 좋은 위치에서 출발하려는 진지한 참가자들이 서 있었다. 그들 중 일부는 한 발을 어색하게 뒤로 빼서 허벅지 근육을 스트레칭했고, 일부는 이런저런 각도로 몸을 숙여 가볍게 팔짝팔짝 뛰어올랐으며, 일부는 제자리 달리기를 했다. 그런 준비운동을 하지 않으리라는 걸 알고 있는 우리는 그들로부터 안전한 거리를 유지한 채 투덜투덜 불평을 늘어놓는 뒤쪽 사람들과 커피를 마시는 사람들 사이에 다소 편안하게 자리 잡았다.

출발선 앞에서 누군가가 우리 귀에는 잘 들리지 않는 말을 했고, 교구 신부가 축복 기도를 했다. 이어 출발을 알리는 총소리가 났고, 우리는 출발했다. 나일론 옷감이 사각거리는 소리와 달리기 초반의 리드미컬한 호흡 소리 속에서 우리는 속도를 맞추어 달렸다.

첫 번째 구간은 우리 고향의 낡고 허름한 지역의 포장된 도로로, 언덕의 가파른 내리막길이었다. 인도에는 자갈과 깨진 유리병 조각, 그리고 제설기가 눈 더미를 치우며 남긴 이런저런 쓰레기들이 흩어져 있었다. 우리는 철로를 지난 다음, 오래된 오하이오-이리 운하를 따라 나 있는 그림같이 아름다운 국립공원 길로 접어들었다.

달리는 주자의 줄이 길어졌고, 발걸음은 더 조용해졌다. 천천히 흐르는 물소리와 앙상한 늦겨울 나무 사이에서 새어 나오는 새소리를 들을 수 있었다. 우리는 입김을 통해 우리의 호흡을 볼 수 있었다. 이제는 내 폐가 숨을 더 깊이 들이마셨으므로 숨이 가빠졌다. 평평한 코스가 이어지고 존의 걸음이 걷는 수준으로 느려지자 나도 그렇게 했다. 내가 존에게 말을 건넸을 때 존은 숨을 고르려 애를 쓰고 있었다. 잠시 후 그도 내게 말을 건넸다. 이 길은 병이 나기 전에는 그의 달리기 코스 중 일부였다고 그가 말했다. 점심시간을 이용하여 여기까지 달려온 다음, 다시 힘을 내서 엄청 가파른 공원 길을 달려 올라가곤 했다는 것이다. 나는 전혀 몰랐던 사실이었다. 그토록 많은 시간을 그와 함께 보냈지만, 그토록 오랫동안 친구로 지내왔지만, 존의 삶에는 언제나 내가 모르는 부분이 있었다. 그는 본질적으로 금욕주의자였다. 늘 마음을 억제하고 경계했다.

오랫동안 우리는 밴드 음악을 들으러 클럽에 가고, 미술 전시회에 가고, 그의 손에 이끌려 엉뚱하고 별난 행사를 구경하러 가는 등의 바깥나들이를 하면서 많은 시간을 함께 보냈다. 그의 결혼 생활이 특별히 힘들었던 시기의 어느 추운 영하의 밤에 그와 나는 엘비스를 흉내 내는 C급 연예인을 보러 클리블랜드에 갔었다. 그 연예인은 로큰롤의 제왕인 엘비스 프레슬리보다는 흔히 '더 빅 라구The Big Ragoo'라고 불리는 카민 라구사Carmine Ragusa[8]를 더 닮아 보였으며, 행동도 라구사와 더 비슷했다. 갈수록 데이비드 린치[9]의 단편 영화 같은 기분이 드는 밤이었는데, 결국 그 밤은 우리가 존의 픽업트럭으로 돌아갔을 때 트럭 바닥에서 얼어 죽은 비둘기 한 마리를 발견한 것으로 끝났다.

절제라는 존의 새로운 생활 습관은 우리 사이에 새로운 거리를 낳았다. 그는 술을 마시지 않았다. 바깥나들이도 하지 않았다. 전에는 우리가 자연스럽게 함께 시간을 보냈으나 그런 일은 이제 많이 줄어들었다. 우리의 우정은 그의 병에 관한 것이 되었고, 그 밖의 다른 것은 별로 많지 않았다. 우리 둘 다 이 점을 의식했다. 그래서 우리는 오래전부터 날짜를 정해서 주기적으로 아침 식사를 함께하자고 얘기해왔다. 중년의 우정은 흔히 이런 식이다. 우정이 빠져나가고 또 빠져나가서 결국 "우린 곧 만나야 해"라고 내뱉은 말이 그런 우정은 소멸된다는 진실을 가리는 불편한 장막이 되어버린다. 그것은 터무니없는 말 같았지만, 한편으론 분명해 보였다. 우리는 서로의 삶에 우리의 일정을 맞추어야 했다.

"전에 얘기한 아침 식사 모임을 확정하자." 달리지 않고 계속 걸어가면서 내가 말했다.

"화요일은 어때?"

---

8 미국의 시트콤 「래번 앤드 셜리(Laverne & Shirley)」에 나오는 인물.
9 컬트 문화를 대중의 유행으로 이끈 미국의 저명한 영화감독.

"화요일, 난 좋아."

"일곱시 반?"

내가 끙, 신음 소리를 냈다. "정말? 꼭 그래야 한다면 그렇게 해야지 뭐."

존이 호주머니 안으로 손을 넣어 휴대전화를 꺼내더니 자판에 뭔가를 입력했다. "됐어." 그가 말했다. "이제 우리의 아침 식사 날짜가 등록됐어. 매월 두 번째 화요일, 일곱시 반, '월리 와플'에서."

"지금 뭐 한 거야?"

"아웃룩 미리알림을 설정했어."

기계치인 나에게 그것은 마치 그가 일종의 디지털 연금술을 행한 것처럼 보였다. "나한테는 그게 효과가 없을 거야." 내가 존에게 말했다. "난 휴대전화를 사용하지 않거든."

"네 이메일에 뜰 거야."

"와. 마술 같은 일이구나. 좋아. 그럼 우린 이제 한 달에 한 번 만나서 아침을 먹는 거지?"

"응."

"노인네들처럼."

"응."

열흘 후, 내 컴퓨터 화면에 자동 생성된 아웃룩 익스프레스 미리알림이 울리고 알림창이 하나 떴다. "월리 와플 만남." 가장 친한 친구와의 약속 시간을 이런 식으로 정해놓으니 기분이 묘했다. 하지만 그것은 지난해에는 여의치 않았던 관계를 유지하는 한 가지 방법이었고, 술집에서 함께한 많은 밤, 파티를 계획했던 일, 그리고 안뜰에 있는 화덕에 둘러앉아 맥주를 마시던 무수한 오후 시간들을 대체하는 한 가지 방법이었다.

존은 다시 달릴 준비가 되었고, 우리는 속도를 올렸다. 우리 둘은 중간 지점인 반환점까지 달린 다음, 나무들 사이를 걸어서 되돌아갔다. 차가운 운하의 물이 우리와 같은 속도로 천천히 흘렀다. 다시 언덕에 이르렀을 때 우리 둘 다 끙, 신음 소리를 냈다. 이제는 오르막길이었다. 우리는 헐떡이며 힘겹게 오르기 시작했다. 마지막 구간은 학교 주차장을 통해 미식축구 경기장 안으로 들어가는 경로였는데, 주자는 결승선을 통과하기 전에 경기장 트랙을 반 바퀴 달려야 했다. 존과 나는 경기장에 들어선 뒤 다시 속도를 올려 달리기 시작했다.

그가 다시 아나운서의 목소리로 불쑥 말했다. "1982년의… 남은 승부… 멋지게 파이티이이잉!"

우리는 결승선을 향해 트랙을 돌았다. 나는 앞으로 치고 나가며 뒤돌아보고 씩 웃은 다음, 존보다 앞서 결승선을 통과하면서 승리의 표시로 두 팔을 들어 올렸다.

존과 나는 월리 와플에서 첫 아침 식사를 했고, 두 번째, 세 번째 아침 식사도 했다. 그는 우리 부부에게 라디오헤드 콘서트 티켓을 주었다. 우리는 우리 지역의 조그만 클럽에서 밴드 '텔레비전'의 기타리스트 리처드 로이드를 보러 갈 계획을 세웠다.

한편 아버지는 갈수록 더 아버지다워 보였고, 더 아버지답게 느껴졌다. 종양 수술로 인한 신경 손상 때문에 입술이 아래로 처지는 현상은 많이 완화되어서 거의 눈에 띄지 않았다. 아버지는 의사의 지시에 따라 근육 운동을 했고, 나날이 좋아지고 있었다. 봄이 무르익어 가는 동안 아버지의 건강이 회복되고 있는 것은 나이가 여든에 접어들었으며 결혼 50주년이 되었다는 인생의 새로운 이정표가 당신이 얼마나 늙어가고 있는지가 아니라 얼마나 많은 시간이 남아 있는지를 나타낸다는 사실을 때맞춰 증명하고 있는 것처럼 보일 정도였다.

그리고 7월에 어머니가 돌아가셨다.

"당신 어머니가 꿈에 나타나 당신한테 말을 할 거야." 어머니가 돌아가신 지 얼마 되지 않아서 여전히 정신이 멍하고 몸이 지쳐 있던 날에 지나가 말했다. 지나는 자신이 실제로 경험한 슬픔에서 우러나온 권위를 가지고 말했다. 아내는 최근 1년 간격으로 부모님을 잃었다. 사람들이 그런 일이 일어날 거라고 아내에게 얘기해주었는데, 정말 그렇게 되었다. 아내는 우리 어머니가 어떤 식으로든 나를 찾아올 거라고 말했다. 그것은 사실일 것이다.

그 시점에는 나 자신의 생각에만 너무 몰두해 있어서 내 상상 속에 어머니의 넋을 모실 어떤 공간도 마련하지 못했다. 어머니를 잃은 지 얼마 되지 않은 그 시기의 나에게는 어머니의 죽음은 어머니에 관한 문제가 아니라 나에 관한 문제였다. 나는 어머니의 죽음에 관해 나 자신에게 말을 너무 많이 했으므로 어머니가 내 말에 끼어들 틈을 내어주지 못했다. 시도 때도 없이 울고, 시도 때도 없이 루퍼스 웨인라이트Rufus Wainwright[10]의 구슬픈 노래들을 들은 탓에 심신이 피로했다. 머릿속으로 신경증에 걸린 것처럼 계속 숫자 계산을 하는 버릇도 나를 피곤하게 했다. 예를 들어, 어머니가 심근경색을 일으킨 지 3주하고도 하루가 지났구나, 또는 어머니가 "사랑해"라고 마지막으로 내게 말한 지 76시간이 지났구나, 또는 어머니가 마지막으로 우리 집에 와서 벽에서 네 번째에 놓인 저 마룻장에 서 있었던 날로부터 38일째 되는 날이구나, 등과 같은 숫자 계산을 계속 되풀이했던 것이다. 그러한 행위는 논리와 질서를 찾으려는, 의미를 이해하려는 내적인 강박 충동이었다. 그것은 전혀 효과가 없었다. 내가 그러한 숫자들을 아무리 복잡하게 계산을 하고 또 해도 그 끝에는 여전히 무한한 공허함이 있었다. 사실과 감정을 얼마나 신중하게 일치시켰는가 하는 것과는 상관없이 항상 결론은 똑같았다. 풀 수 없는 수수께끼라는 것.

   몇 주 동안 내가 한 일이라고는 슬퍼한 것뿐이었다. 내가 알게 된 것은 죽음에 대한 슬픔은 모든 것에 대해 슬퍼하게 만든다는 사실이었다. 죽음을 슬퍼하는 것은 내 아들이 야구 대회에

10 캐나다 출신의 싱어송라이터. 장르를 넘나드는 작곡 능력과 허스키한 목소리, 뛰어난 가창력으로 매니아 층이 많다.

서 상을 받은 것을 슬퍼하게 만들었다. 생일 케이크를 슬퍼하게 만들었다. 석양을 슬퍼하게 만들었다.

늙는다는 것은 일단 숫자 계산을 하기 시작하면 빠른 속도로 진행되는 경향이 있다. 죽음을 슬퍼하는 것은 늙어가는 모든 사람들을 슬퍼하게 만들었다. 그런데 그것 역시 얼마 동안의 이기적인 마음이었다. 나는 어머니의 죽음을 슬퍼하는 대신 어머니의 삶을 기려야 한다는 것을 알고 있었지만, 나로서는 그게 너무 힘들었다. 나는 줄곧 이 일이 내게 일어났다는 생각에 빠져 있었던 것이다.

그러므로 존이 어머니의 장례식 날 집에 와서 오랜만에 마시는 첫 와인으로 어머니를 추모하며 건배했을 때, 그것은 더 나은 새로운 깨달음을 암시해주었다. 그것은 존이 자신도 모르게 내게 준, 그리고 내가 알아차리지 못한 채로 그에게서 받은 작지만 귀중한 선물이었다.

어머니의 장례식을 치른 지 3주 후, 존은 애크런 갤러리에서 '배관공, 포르노, P.B.R.'이라는 제목의 단독 미술 전시회를 열었다. 갤러리의 주전시실에는 지난겨울과 봄 내내 지하실에서 작업했던 그의 그림들로 가득 찼다. 부전시실에는 오랫동안 그가 모아온 재료와 이미지를 활용하여 혼합 매체 콜라주 기법으로 동일한 주제를 표현한 소품들이 가득했다. 그가 평생 모아둔 모든 것을 사용하고 있는 게 분명했다. 작품들은 그가 직접 그 안에서, 혹은 그 주변에서 살았던 옛 공업 도시에서의 삶의 이야기를 담았다. 공장에서 화학물질을 몰래 빼낸 한 노동자에 관해서 들은 이야기를 바탕으로 한, '얼스 수은Earl's Mercury'이라는 라벨이 붙은 볼 유리병을 그린 그림. 어둠 속에서 오픈릴 방식의 도색 영화 영사기를 돌리며 히죽 웃고 있는 남자의 초상. 구겨진 '러키스트라이크' 담뱃갑. 이 전시는 그가 복귀했다는 것을 알리는 전시일 뿐 아니라 앞으로 해야 할 작업이 훨씬 더 많다는 것을 낙관적으로 예견하게 하는 전시였다. 그리고 사실이 그랬다.

작품 시리즈 중에는 애크런 출신의 전 헤비급 복싱 챔피언인 마이클 '다이너마이트' 독스의 초상화도 있었다. 존은 그해 초에 시내에 있는 한 식당의 바에서 우연히 독스를 만났다. 두 사람은 얘기를 나누기 시작했는데 이야기는 몇 시간 뒤에도 끝나지 않았고, 이윽고 존은 독스에게 그의 집까지 차로 데려다주겠다고 말했다. 독스는 에너지가 넘치고 남과 어울리기 좋아하는 사람으로, 기이한 일화가 차고 넘쳤다. 그는 술과 안주를 계속 주문했으며, 포크와 나이프를 사용하지 않고 손으로 끊임없이 먹어대며 자신의 이야기를 했다. 그는 큰 성공과 큰 몰락을 경험했다. 1983년 애크런 외곽의 한 경기장에서 열린 타이틀 매치에서 전설로 남을 만큼 인상적인 케이오 패를 당했는데, 승리한 선수의 마지막 펀치는 그 선수의 손이 부러질 만큼 무지막지했다. 독스는 마약을 한 탓에 어려움을 겪었고, 여자 친구에게 폭력을 행사한 탓에 옥살이를 했으며, 벌어놓은 돈을 많이 까먹었다. 이제는 그도 암에 걸려 암과 싸우고 있었다. 그에게 매력을 느낀 존은 그의 삶을 다큐멘터리로 만들고 싶어 했다. 둘은 친구가 되었다. 하지만 독스의 암이 급격히 진행됨에 따라 그들의 우정도 빠르게 변했다. 독스는 '배관공' 전시회가 열린 지 2주도 안 되어서 죽었다.

존은 작품 활동에 더 열심히 몰두했다. 3개월 동안 치열하게 활동하여 같은 크기의 모조 피지에 잉크로 작업한 또 하나의 시리즈를 만들어냈다. 모두 독스에 관한 것이었다. 그는 두 번째 시리즈로 '다이너마이트와 그의 상대'라는 제목의 혼합 매체 콜라주 소품들도 만들었다. 각각의 작품은 독스와 싸운 상대를 그렸는데, 경기가 열린 날짜와 경기 결과에 대한 짤막한 기록을 적은 표가 붙어 있었다. "다이너마이트 대 존 루이스 가드너… 1981년 6월 12일… 미시건주 디트로이트 조 루이스 경기장… 독스가 영국의 존 가드너를 4라운드에 녹아웃시킴." 흑백 사진에는 복싱 경기 프로그램에서 잘라낸 텍스트가 입혀져 있었다. 금방이라도 튀어나올 기세로 뒤로 물러나 있는 둥근 어깨와 둥근 글로브만 남기고 잘라낸 독스의 사진은 가장자리에 자리 잡고 있었는데, 그의 눈 위에 겹겹이 그려 넣은 격자무늬가 눈의 강렬함을 짙게 해주었다. 뒤로 넘어진 상대 선수는 머리털이 산발이 되고, 무릎이 꺾였다. 상대의 육중한 몸이 털썩 내려앉았다.

독스를 주제로 한 전람회는 추수감사절 주말이었던 토요일 저녁의 초겨울 눈보라 속에서, 길을 사이에 두고 서로 마주 보고 있는 우리 동네의 두 개의 공간에서 열렸다. 한 곳은 옷 가게 였고, 다른 한 곳은 전시 공간을 갖춘 독립적인 레코드 가게였 다. 온갖 재료를 한꺼번에 넣고 요리하듯이 전람회를 여는 존의 평소 방식대로 그날 저녁의 전람회에는 사운드트랙과 디스크자 키, 수작업으로 만든 잡지, 스티커, 광고지, 아이스박스에 담아 내놓은 맥주, 이 전시회에 참석한 독스 가족, 두 전시 공간 사이 의 눈길을 느릿느릿 걸어서 오고 가는 수십 명의 사람 등과 같 은 여러 가지 것들이 한데 뒤섞여 있었다. 그러한 것들이 그 밤 을 소리와 열기와 빛으로 채웠다.

나는 해마다 크리스마스이브 때면 누군가의 집을 방문하는 데, 이번에는 존의 집을 찾아가서 수프얀 스티븐스Sufjan Stevens 의 새 크리스마스 앨범인 「실버 앤드 골드Silver & Gold」를 선물로 주었다. 그것은 순전히 존이 내게 얘기해주었기 때문에 알게 된 앨범이었다. 존은 나에게 그 공장에 관한 작품 한 점을 주었다. 부리가 휘고 다리에는 띠를 둘렀으며 어둑한 모서리 쪽에 '짐' 이라는 단어가 쓰인 비둘기 그림이었다. 존의 설명에 의하면 그 것은 공장의 애완 비둘기이고, 따라서 짐의 비둘기라는 것이었 다. 존은 또 그가 구운 새 시디를 여러 장 주었다. 나는 그 시디 를 차의 중앙 콘솔에 넣어두었고, 그 음악들은 내 겨울과 봄의 배경 음악이 되었다.

존과 나는 1월에 다시 고정적인 아침 식사 모임을 가졌다. 우리는 월리 와플에 앉아서 4월에 블랙 키스Black Keys 공연을 보러 피츠버그로 자동차 여행을 떠나기로 계획을 세웠다. 블랙 키스는 애크런의 밴드로, 존과 나는 그들이 시내의 한 클럽에서 첫 공연을 했을 때부터 줄곧 함께 가서 보았는데, 이제 그들의 공연은 경기장을 인파로 가득 채우게 되었다. 우리는 다시 예전의 모습으로 돌아갔고, 나는 그게 기뻤다.

내 생일에 우리는 여느 해와 마찬가지로 술집에서 축하주를 마셨다. 존은 그의 왼편에 앉은 나와, 그의 오른편에 앉은 아주 젊고 아주 예쁜 여인과 번갈아가면서 이야기를 했다.

존이 내게 고개를 돌렸다.

"내가 보기엔 그 아가씨, 아직 대학생인 것 같은데." 내가 말했다.

존이 여자에게 고개를 돌리더니 잠시 후 다시 내게 고개를 돌리며 붉은 와인 잔을 치켜들었다. 그가 싱긋 웃으면서 나와 은밀히 잔을 부딪치며 나지막이 말했다. "인생은 실수의 연속이야…. 1964년[11] 이래로."

11 저자와 존이 태어난 해.

인내

나는 피로감이 밴 듯한 흰색 무명천 빛깔의 아침 하늘을 바라
보며 아버지 집을 향해 차를 몰고 출발했다. 8피트 크기의 오크
널빤지를 차에 싣기 위해 차의 지붕을 접어야 했는데, 널빤지는
집에서 출발할 때부터 빗방울을 만나 약간 얼룩이 진 상태였다.
나는 아버지 집으로 가는 도중 널빤지가 비에 젖을까 봐 걱정스
러웠다. 오하이오주 여름 하늘 특유의 날씨였다. 정직하게 비를
쏟아부을 것 같지는 않지만, 비를 잔뜩 머금고 있어 너무 버거워
보이는 하늘이었다. 그러다 건성으로 물총을 쏘듯 무작위로 이
따금씩 빗방울을 후두두 떨구곤 했다. 나는 널빤지가 비에 젖기
전에 아버지 집에 도착하려고 불안한 마음으로 좀 더 빠르게 운
전을 했다. 널빤지를 운반하기엔 전혀 적합하지 않은 차에 그걸

신고 달리는 나 자신이 다소 한심해 보이기도 했다.

별 탈 없이 아버지 집 진입로에 도착한 나는 널빤지를 어깨에 들쳐 메고 헛간으로 들어갔다. 적갈색 티셔츠에 빛바랜 청바지 차림의 아버지는 늘 그렇듯이 이미 자리를 잡고 서서 뭔가를 손보고 있었다. 연장들이 흩어져 있고 톱밥이 가득한 어수선한 작업장에서 아버지는 내가 가져올 널빤지에 제혀쪽매 작업을 할 수 있도록 날이 있는 라우터를 라우터 테이블에 장착하고 있었다. 도구에 대한 나의 높은 관심과 참견에도 불구하고 그 라우터는 내가 실제로 사용해볼 수 있는 물건이 결코 아니었다. 나의 라우터는 아버지의 것과 다르게 값싸고 동력이 약했다. 나는 라우터로 작업하면서 라우터의 날을 적잖이 망가뜨렸으며 널빤지도 적잖이 망쳤으므로 이 특별한 목공 작업에 대해서는 얼마간 포기한 상태였다.

그러나 내 노력의 목표 가운데 하나는 아버지에게서 배우는 것이었다. 실용적인 기술뿐 아니라 그 이상의 것도 배우고 싶었다. 아버지에게서 배울 수 있는 것이라면 뭐든 말이다. 그리고 아버지와 함께 여분의 시간을 보내는 이유를 만들고 싶었다. 아버지가 이 일을 떠맡아줄 거라는 것을 알았음에도 나는 의도적으로 아버지가 하고 있는 것들을 이해하고자 했다. 나는 각 단계를 따라 하고 싶었다. 가능한 한 많은 것을 내가 직접 해볼 수 있도록 허락해주기를 바랐다.

하지만 이 라우터는 정말 감당이 안 되었다. 30분이 지나자 내 마음속에서 아버지가 영원히 사시기를 바라는 까닭이 제혀 쪽매를 위해 날을 장착하는 지루함을 면해보고자 하는 이기심에서 비롯된 게 아닐까 하는 생각이 들기 시작했다. 두 널빤지를 마주 잇는 이런 종류의 작업은 꽤 까다로웠다. 기다란 널빤지에 작업할 때는 특히 더 그러했다. 그렇지만 그 작업이 다 끝났을 때는 하나의 넓은 판자를 짜 맞추는 퍼즐처럼 세 장의 널빤지(좀 더 넓은 두 장의 하얀 소나무와 더 짙은 빛깔의 띠 같은 중앙의 붉은오크)가 이론상 서로 맞물릴 것이다. 우리는 이 단순한 상자를 가능한 한 복잡하게 만들기 위해 우리가 할 수 있는 뭔가를 하고 있다는 느낌이 들기 시작했다. 여기서 내가 말하는 우리는 아버지를 의미한다.

나는 철제 다리가 달린 테이블의 한쪽에 섰다. 아버지 맞은편 자리였다. 아버지는 라우터 위에 허리를 구부리고 서서 테이블 중앙에 있는 라우터 받침대에서 라우터를 끌어당겼다. 아버지는 눈을 가늘게 뜨고 입을 오므린 채 다시 조절 손잡이를 돌렸는데, 아주 조금만 돌려서 겨우 머리카락 한 올 정도의 높이만큼만 올렸다. 아버지는 다시 한번 가이드 판을 딱 맞아떨어지게 잠그고 나서 받침대를 조절하며 라우터를 테이블 중앙의 원위치로 돌려놓았다. 배기 팬이 쉭쉭거리는 소리로 실내 공기를 채웠다. 벽시계의 시곗바늘이 똑딱똑딱 소리를 내며 돌아갔다. 내 뒤편 문설주에 접착테이프로 붙여진, 빛이 바래서 누레진 비둘기 모양 카드에 성경 로마서 8장 25절의 다음과 같은 구절이 인쇄

되어 있는 게 결코 우연이 아니었다. "만일 우리가 보지 못하는 것을 바라면 인내로 기다릴지니라."

마침내 아버지가 스위치를 올렸다. 윙윙거리며 돌아가는 전동 공구의 요란한 소리가 방 안 가득 울려 퍼졌다. 아버지는 조심스럽게 페더보드[1]를 따라 소나무 토막을 천천히 밀었다. 이어 아버지는 그 소나무 토막을 회전하는 예리한 날에 밀어 넣었고, 회전 날은 굉음을 지르며 1만 2,000rpm으로 회전하면서 홈을 파나갔다. 귀리를 굽는 것 같은 희미한 냄새가 피어올랐다. 10인치쯤 밀어 넣어 길쭉한 홈을 판 아버지는 그 시험용 나무토막을 다시 자기 쪽으로 끌고 와서 날에서 떼어놓은 다음 모터의 스위치를 껐다.

아버지가 눈을 동그랗게 뜨고 그걸 쳐다보면서 홈에 묻은 톱밥을 입으로 불어 날렸다. 그런 다음 조그만 노란색 플라스틱 게이지로 그 깊이를 쟀다. 잠시 후 아버지가 정확해, 라고 위엄 있게 말했다.

아버지가 몸을 돌리더니 벽 쪽에 쌓인 판자 더미에서 기다란 소나무 널빤지 하나를 빼냈다. 그걸 나에게 건네며 말했다. "내가 꽤 어려운 부분을 했다. 너도 해봐." 아버지는 그렇게 말하며 라우터 모터의 스위치를 켰다.

---

1 45도 각도로 기울어진 커다란 빗살 모양의 신축성 있는 플라스틱 살들이 있는 목공 도구. 목재를 안정적으로 지지해서 안전하게 사용할 수 있게 해준다.

나는 널빤지를 앞으로 밀었다. 널빤지가 회전하는 강철 날을 만났을 때 진동이 느껴졌다.

"좀 더 천천히 밀어." 아버지의 목소리가 모터 소리를 뚫고 들려왔다. "넌 지금 너무 세게 밀고 있어."

나는 천천히 밀었다. 아버지가 작업장을 나갔다가 삼각대처럼 보이는 것을 가지고 돌아왔다. 한 짝의 빨간색 다리가 기울어진 각도로 서 있고, 그 위에 반들반들한 강철 롤러가 놓인 물건이었다.

나는 널빤지를 내 쪽으로 끌어왔고, 아버지가 그 밑에 삼각대처럼 생긴 물건을 받쳤다. 그 물건은 테이블을 지나 허공에 떠 있는 널빤지의 끝을 지탱해주었으며, 그 덕에 나는 두 손을 다 사용하여 널빤지의 움직임을 조절하면서 라우터 작업을 할 수 있었다.

"내가 이런 물건을 발명한 천재였다면 얼마나 좋겠니." 아버지가 말했다.

아버지는 그걸 발명한 천재는 아닐지라도 그 같은 물건을 알아보고 소유할 줄 아는 현명한 사람이었다. 아버지는 우리가 상상할 수 있는 온갖 연장을 다 가지고 있었고, 이 롤러 스탠드 모탕[2]처럼 우리가 상상할 수 없는 연장도 많이 가지고 있었지만, 그럼에도 아버지가 불필요한 도구를 가지고 있다는 생각은 들

---

2 나무를 패거나 자를 때에 받쳐 놓는 나무토막.

지 않는다. (어쨌든 많지는 않았다. 아버지에게는 당신의 이니셜을 새겨 낙인을 찍을 수 있는 쇠로 된 도장도 있었다.)

나의 자신감과 솜씨가 천천히 늘었다. 널빤지 하나의 라우터 작업을 마쳤다. 그 작업은 아버지의 검사를 통과했다. 아버지는 고개를 끄덕여서 승인해주었고, 나는 다음 널빤지로 넘어갔다. 페더보드를 이용해서 작업했다. 뜨뜻한 톱밥이 튀어 올라 내 손바닥에 달라붙었다. 한 시간이 흘렀고, 또 한 시간이 흘렀다. 마침내 나는 내가 곧잘 맛보곤 했던 변화의 과정을 겪는 사람이 되었다. 처음에는 사람이 일에 들어가고, 그러고 나면 나중에는 일이 사람에게 들어가는 경험을 맛본 것이었다.

나는 마치 나 스스로 해낼 수 있을 만큼 배운 것처럼 한결 기분이 좋아졌고 한결 독립심이 강해진 느낌이었다. 적어도 지금은 말이다. 나는 오크 조각들을 배열했다. 아버지가 새로운 날을 장착하고 페더보드를 적당한 위치에 맞추어놓았을 때, 내가 다시 나서서 일을 넘겨받았다. 나는 더 단단한 나무의 더 가는 널빤지를 기계에 밀어 넣기 시작했고, 곧바로 뚜렷한 차이를 느꼈다. 나무는 더 빽빽했고 결은 덜 순응적이었으며, 폭이 줄어든 탓에 테이블 표면에서의 안정감이 떨어졌다. 날이 갑자기 움찔거리며 널빤지를, 그리고 나를 홱 잡아당겼다. 내 왼손 손가락 마디가 페더보드 안으로 밀려 들어갔다. 충격과 두려움으로 심장이 두근거렸고 피부가 얼얼해졌다. 장벽 역할을 해준 페더보드의 플라스틱 살들이 제자리에 없었다면 내 손가락은 조각조각 잘려 나갔을 것이다.

나는 전원을 껐다. 날의 회전이 멈췄다. 내 왼손 셋째, 넷째 손가락 마디 두 개가 찢어져 피가 났다. 굵은 핏방울이 내가 밀어 넣고 있던 널빤지를 붉게 물들였다. 나는 상처 입은 손을 옆으로 내린 다음 청바지 다리 쪽에 피를 닦고 손을 흔들었다. 아버지가 그 모습을 지켜보았다.

"저건 순식간에 사고가 날 수 있는 물건이야." 아버지가 말했다. "괜찮아?"

"예." 내가 말했다. 나는 방금 전에 내 피를 스스로 내 관에 흘렸다는 사실을 깨닫고 지나치게 예민해졌다. 나는 사포질과 마무리 작업 과정에서 이 얼룩을 보존하고, 또한 이 얼룩이 보이도록 널빤지를 배치하려는 계획을 즉흥적으로 짜기 시작했다. 자신의 관에 자신의 피를 묻혔다고 말할 수 있는 사람은 많지 않다. 어쩌면 한 사람도 없을지 모른다. 나를 제외하고는. 어쩌면 나와 닉 케이브Nick Cave [3] 를 제외하고는.

나는 빨래통용 수도꼭지 밑에서 손을 씻은 다음 상처가 난 손가락 마디를 피가 멈출 때까지 종이 타월로 꽉 눌렀다. 그러고 나서 널빤지를 집어 들고 흠집이 생긴 곳은 없는지 살펴보았다. 아버지도 함께 보았다. 우리는 크게 흠이 난 곳은 없다는 결론을 내렸다. 거친 부분이 조금 있기는 했지만, 그것은 라우터로 조심

---

3 호주 출신의 음악가, 작가, 극작가 겸 배우. 록 음악계에서 어둠의 제왕이라는 평가를 받는다.

스럽게 얼마간 손보면 바로잡을 수 있을 터였다. 여기서도 내가 말하는 우리는 아버지를 의미한다. 의견도 없이, 논의도 없이 아버지가 두말없이 그 일을 맡았다. 아버지는 라우터를 켜고 부드럽게 손을 움직이며 작업하기 시작했다. 그 부분이 매끄러워질 때까지 전체적으로, 직관적으로 다듬었다.

한순간

나는 잠자는 습관이 좋지 못하다. 때로는 연달아 몇 주 동안이나 잠을 잘 이루지 못하기도 하는데, 그래서 꿈을 꾸는 경우가 드물고, 꿈을 꿀 때도 보통 아무렇게나 무작정 꿈에 빠졌다가 아무렇게나 꿈에서 빠져나오곤 한다. 꿈을 꾸는 도중에 깨어나 비몽사몽의 상태에서 뒤척이면서 중단된 이야기의 끝부분을 붙잡으려 애쓴다. 이 모든 것이 결국 나의 의식과 잠재의식의 혼란스러운 상호작용이다. 나는 침대 옆 탁자 위에 공책 한 권을 놓아두었다. 그 공책에 쓰인 글들은 종종 『앨저넌에게 꽃을』의 중간 구절들처럼 전혀 의미가 통하지 않았고, 글자를 읽을 수 없는 경우도 많았다. 한번은 자다 깨다 하면서 잠을 자다가 도중에 눈을 뜨고는 '바다 신발'이라고 여겨지는 단어를 슬쩍 갈겨썼다. 꿈결에 잠간 나타난 어떤 중요한 계시나 통찰을 잃어버리지 않으려고 쓴 것이었지만, 나는 지금까지도 그 말이 무슨 의미인지 모른다.

이 꿈은 달랐다. 한밤중이었고, 나는 이불을 뒤집어쓴 채 침대에 누워 있었지만 잠을 자지는 않았다. 나는 강박적으로 수학에 매달려 있는 사람처럼 매우 예민해진 신경으로 어머니는 바로 지금 이 순간의 나와 똑같은 나이였을 때, 그러니까 마흔여덟하고도 7개월 1일째 되던 날 꼭두새벽에 어디에서 어떤 모습으로 있었을까, 궁금해하기 시작했다. 나는 자연스럽게 동료 불면증 환자라면 이해할 수 있을 것 같은 방법으로 그때가 언제였을지 계산했다. 아마 1987년 10월 6일 동트기 전이었을 것이다. 그때가 바로 어머니의 인생에서 지금 이 순간의 나와 똑같은 세월을 살아온 시점이었을 것이다.

나는 어머니에게 질문하기 시작했다. 그날 아침 기분은 어땠어요? 몸이 좀 안 좋았나요? 아니면 하루를 시작할 마음에 행복한 기분이었나요?

어머니가 대답하기 시작했다. 직접 대답한 것은 아니고 유령과 얘기하는 인위적인 시나리오에 나오는 것처럼 대답한 것도 아니었다. 그러나 완전히 상상의 산물인 것도 아니었다. 그것은 내가 지금껏 경험한 것과는 다른 어떤 강렬한 연결이었다. 그런 일이 일어나고 있었던 것이다. 지나가 전에 말한 것처럼 어머니가 나와 얘기를 나누고 있었다.

어머니는 아침에 기분이 아주 좋았던 적은 없었고, 자신은 그런 식으로 행복에 대해 너무 많이 생각한 적도 없었다고 대답했다. 이처럼 말 없는 이상한 대화 속에서 어머니는 당신이 어떤 사람인지, 인생이란 어떤 것인지 보여주었다. 그때 나는 병원에서 내가 느꼈던 것과 똑같이 어머니의 눈이 나의 눈과 연결되어 있는 느낌을 받았다. 어머니와 내가 같은 파장을 공유하고 있지만 어머니는 곧 떠나리라는 것을 확실히 알았던 그 마지막 순간처럼 말이다. 어머니는 내게 한마디 말을 건넸고, 그런 다음 사라졌다.

외로워지지 마.

콜 라 주

내가 도착했을 때 그는 그의 집 조그만 마당 뒤편에서 늦은 아침의 그늘 속을 걷고 있었다. 나는 조깅을 하려고 나왔다가 자연스럽게 우리 집에서 1.5마일 떨어진 그의 집을 향해 방향을 틀었다. 나무들이 늘어선 언덕을 내려가고, 방갈로와 케이프코드 주택[1]을 지나고, 한때 우리 아이들이 밤에 불꽃놀이 막대를 들고 달리기 경주를 하곤 했던 길게 뻗은 보도를 가로질렀다. 아스팔트로 포장된 진입로에 들어서면서 나는 속도를 줄이고 천천히 뛰었는데, 그때 그의 모습이 눈에 들어왔다. 그는 조심스럽게 작은 보폭으로 한 걸음 떼고, 다시 한 걸음 떼는 식으로 걸었다.

---

1 지붕의 물매가 가파르고 굴뚝이 하나인 목조 단층집.

그는 몹시 여위고 창백했다. 옷은 흘러내리지 않도록 바짝 졸라맸다. 체중은 아프기 전에 비해 25킬로그램이나 빠졌다. 우리 아버지보다 더 늙어 보였다. 그의 두툼한 투명 뿔테안경은 이제는 너무 커 보여서 그의 얼굴이 캐리커처처럼 보이게 하는 효과를 냈다. 그는 벌레처럼 보였다. 비록 그를 자주 만나기는 하지만, 그를 새로 만날 때마다 그를 보는 새로운 방식이 필요했다. 내가 말하고 싶은 것, 내가 말해야 하는 것, 내가 말할 수 있는 것을 다시 바로잡아야 했다. 산울타리 너머에서 나를 본 그가 숨을 들이마시면서 마치 "기다려"라고 말하는 것처럼 손을 들어 올렸다.

이 같은 일이 참으로 빨리 일어났다는 사실이, 계속해서 엄청 빨리 진행되고 있다는 사실이 내게는 여전히 충격적이었다. 생일 축하주를 마신 지 6주가 채 안 되었을 때 존과 나는 피츠버그에서 열리는 블랙 키스 공연을 보러 두 시간 거리의 자동차 여행을 떠났다. 평소처럼 존이 운전했다. 그렇지만 그는 가슴이 무척 답답하고 불편하다고 했고, 그래서 도중에 급히 이부프로펜²을 복용했다. 그는 계속 안전띠를 잡아당겨 느슨하게 했다. 나는 그에게, 원한다면 내가 집까지 운전하겠다고 말했다. "그러는 게 좋겠다." 그가 말했다.

여행 중에 그가 다른 사람에게 운전대를 맡긴 경우는 이번이

---

2 소염 진통제의 한 종류.

평생 처음이었다. 그가 피츠버그에서 가장 좋아하는 음식점 가운데 한 곳(양배추 샐러드를 듬뿍 넣은 샌드위치와 감자튀김을 먹으러 간, 앨러게니 강 옆에 자리 잡은 낡고 멋들어진 프리맨티브로스 식당)으로 나를 데리고 갔을 때, 그리고 콘서트가 열리는 엄청 크고 반짝반짝 윤이 나는 컨솔 에너지센터로 갔을 때, 나는 존이 계속해서 나보다 뒤처지고 있다는 것을 알아차렸다. 나와의 거리가 점점 더 멀어졌다. 그가 암에서 회복 중인 이래로 나는 처음으로 나아지고 있는 게 아니라는 징후를 보았다. 그도 뭔가 이상이 있다는 것을 알았다. 천성이 부지런한 그는 애크런의 의사와 클리브랜드의 의사에게서 정보를 모아 그걸 비교하여 자신의 몸속에 있는 수수께끼를 풀고자 애썼고, 그 자신이 어떤 중요한 열쇠를 찾을 수 있을지 알아보려 했다. 투우에서 최후의 일격 같은 순간이 찾아왔다. 2년 전의 "전화 줘"라는 문자 메시지에서처럼 그는 그날 밤 달리는 차 안에서 경계를 풀고 그 사실을 내게 털어놓았다. 뭔가 이상이 있다는 것이었다. 그는 다음 주 월요일에 진찰을 받기로 예약해놓았다고 했다.

진찰을 받고 돌아온 존이 전화해서 나에게 비밀을 지킬 것을 맹세하게 했다. '세포'(그는 그걸 다른 이름으로 부르려 하지 않았다)가 폐 내벽에 자리 잡고 있다는 것이었다.

"내가 고개를 똑바로 들고 다닐 수 있게 해줘." 그가 말했다.

나는 그러겠다고 약속했다.

나는 그를 사랑했다. 나는 내가 그에게 의지할 수 있는 게 무엇인지 모두 알았다. 늘 그랬다. 나는 그가 지나를 얼마나 사랑하는지 알았다. 우리 세 사람은 한 가족이었다. 우리는 이벌 크니벌Evel Knievel[3]에 관한 문제, 윌코Wilco[4]의 직업 이력, 테킬라, 사랑하기 쉽지 않은 척박한 곳이지만 셋 모두가 엄청나게 사랑한 우리 고향의 역사, 그리고 클리블랜드에서 허스커 두Hüsker Dü[5]와 가이디드 바이 보이시스Guided By Voices[6]의 공연을 보았던 장쾌한 밤들과 우리 아이들이 태어나는 것을 보았던 날들 등등에 대한 서로의 생각을 완성해줄 수 있었다. 우리는 온갖 고비와 기쁨의 순간에 서로에게 눈을 돌리고 의지했다. 우리는 성장이라는 이상한 지도에 함께 흔적을 남기고 표시를 했다. 우리는 서로를 더 나은 모습으로 발전시켰다.

존이 다시 한 걸음을 뗐다.

나는 뒷문 바로 바깥에 있는 옥외 테라스에 서서 그를 기다렸다. 움직임을 멈추고 서 있으니 머리에 두른 스카프 아래에, 그리고 티셔츠 한가운데에 땀이 고였다. 나는 존이 젊은지 나이가 많은지 알지 못했다. 나 자신은 젊은지 나이가 많은지, 그것도 알지 못했다. 그가 또 한 걸음 떼고, 또 한 걸음을 떼었다. 나는

---

3 미국 스턴트 배우. 1990년 '오토바이 명예의 전당'에 올랐다.
4 미국의 얼터너티브 록 밴드. 4집「Yankee Hotel Foxtrot」은 2000년대 최고의 명반으로 선정되었다.
5 1979년 미네소타주에서 결성된 록 밴드.
6 1938년 오하이오주에서 결성된 미국의 인디 록 밴드.

자리에 앉았다. 이윽고 그도 와서 앉았다. 그는 팔꿈치를 무릎에 댄 채 몸을 앞으로 기울였다.

"너, 달리기 코스를 돈 거니?" 내가 농담을 했다.

그가 싱긋 웃으며 힘을 내서 대답했다. "10피트 걸었어. 난 계속 움직여야 해. 그게 내 운동이야."

그는 의자에 등을 기대고 앉아 가쁘게 숨을 쉬며 말했다. 이 옥외 테라스는 15년 동안 우리 우정의 중심지였다. 한쪽 끝에 장작을 때서 불을 지피는 치머네이어[7]가 있는 이곳은 우리의 모임 장소였다. 그동안 꽤 많은 진흙 치머네이어가 있다가 없어지곤 했는데, 그중에는 존이 '사라지지 않는 노장'이라고 이름 붙인, 여러 차례 망가지고 수리되기를 되풀이한 것도 있었다. 그 치머네이어가 마침내 폐기되었을 때 존의 뒤뜰 모임의 고정 참가자였던 우리 패거리들은 그에게 검은색 알루미늄 모델의 멋진 치머네이어를 사주기 위해 모금을 했다. 그것은 지금 재가 가득 든 채로 이곳 옥외 테라스 가장자리에 놓여 있다.

우리 앞에는 뒷문 근처의 전기 계량기함 위에 자리 잡은, 그의 집에서 유일한 붙박이 설치물이 있었다. 40온스짜리 킹코브라 맥주병이 그것이었는데, 존이 이혼 서류에 사인한 것을 축하하기 위해 모였던 밤에 누군가가 가져온 것이었다. 그 병은 그때부터 기념물로 거기 놓여 있었다. 존이 플라스틱 벽 판자를 설

---

[7] 진흙으로 만든 항아리처럼 작은 난로.

치하기 위해 일꾼들을 고용했을 때, 그는 그 사람들에게 그 병에 관한 이야기를 들려준 뒤 병을 움직이면 절대 안 된다는 엄격한 지침을 내렸다. 일꾼들은 그 요청을 존중하여 그 부분의 공사를 할 때 경건한 태도로 조심스럽게 병 뒤로 플라스틱 판자를 밀어 넣었다.

"오늘은 말하기가 힘들어." 존이 말했다. "어제 화학요법을 받았어."

"괜찮아." 내가 말했다. "존, 내가 중고품 할인 상점에서 뭘 발견했게? 조이 디비전Joy Division[8]의 첫 음반 석 장을 발견했어. 한 장에 30센트야."

"굉장하다. 그거 샀니?"

"물론 샀지. 그렇지만 조이 디비전이 누군가를 행복하게 해주는 것이 옳은 일인지 모르겠어."

잠시 후 우리는 존이 쪼글쪼글한 '캡틴 아메리카 침낭'[9]에 감싸인 채로 밤낮으로 안락의자에 앉아 시간을 보내는 거실로 들어갔다. 거실은 몹시 추웠다. 존이 에어컨을 줄곧 세게 켜두고 있었던 것이다. 텍사스에서 간호사로 일한 도너리 폴락이라는 여자는 존의 가족과 친한 친구로 천사 같은 사람인데, 존을 돌보기 위해 이곳 오하이오에 왔다. 그 둘은 허접한 텔레비전 시리즈물

---

8 영국의 포스트 펑크 록 밴드. 보컬인 이언 커티스의 자살로 단명했다.
9 옷처럼 생긴, 입는 침낭.

「덕 다이너스티Duck Dynasty」[10]와 「늪지의 사람들Swamp People」[11]
과 도서관에서 대출한 영화들을 한꺼번에 몰아서 보았다.

도너리는 심부름을 가고 없었다. 나는 그녀의 담요를 한쪽으
로 치운 다음 소파에 앉았다. 존과 나는 잡담을 나눴다.

우리는 내 관에 대해 한 번도 얘기를 나누지 않았다. 다른 때,
다른 상황이었다면 함께 논의했을 얘깃거리였다. 하지만 우리
는 그러지 않았다. 존은 내 관에 대해 전혀 알지 못했다. 그러나
나는 만약 존이 이 논의에 참여했다면 (그는 틀림없이 참여했을
것이다) 어떤 일이 일어났을 것인지 생각해보았다. 존과 내가 관
을 만든다면 우리는 아마 관에 엉뚱한 장식을 할 것이다. 뚜껑에
창을 달거나, 어쩌면 거울을 달거나, 또는 호텔 방문에 있는 것
처럼 밖을 내다보는 구멍을 낼지도 모른다. 우리는 손바닥에 물
감을 묻혀 관에 찍을 것이다. 관 내부에 시구를 적어 넣거나 음
악 밴드의 스티커를 죽 붙일 것이다. 우리는 관 뚜껑이 열릴 때
마다 음악이 흘러나오도록 만들 것이다. 관이 무언가의 신전이
되도록 만들지도 모른다. 우리가 관을 어떻게 만들 것인지 누가
알겠는가? 우린 터무니없는 아이디어를 많이 내서 우리 식으로
관을 꾸밀 것이다.

10 미국 리얼리티 텔레비전 프로그램.
11 늪지에 살면서 악어 사냥을 하는 루이지애나 원주민의 생활을 담은 리얼리
    티 시리즈.

존은 호주머니에 들어가는 크기의 일기장을 늘 가지고 다니면서 날마다 머리에 떠오르는 생각들을 꼬박꼬박 적었다. 그 생각이 무엇인지는 중요하지 않았다. 그 생각이 좋은 것인지의 여부 역시 중요하지 않았다. 어느 날은 단순히 선을 스케치하기만 했다. 어느 날은 어떤 프로젝트에 대한 개요를 낱낱이 적었다. 그는 꾸준히 일하고 모색했다. 언제나, 날마다. 거트루드 스타인의 시 「피카소」에서 인용한, 그가 좋아하는 문구인 "결코 일을 멈추지 마라"는 그의 홈페이지 제목이 되었다.

그로부터 한 달하고 이틀 뒤에 그가 세상을 떠났다. 그를 잃게 된 때가 왔을 때 나는 어찌해야 할지 몰랐다. 그는 갔지만 여전히 곳곳에 있었다. 나는 차 안에서 시디를 틀기 위해 무심히 앞좌석 콘솔을 뒤적거리다가 존이 12월에 내게 구워준 시디 뭉치를 꺼내서 아직 들어보지 못한 라디오헤드의 「더 킹 오브 림스The King of Limbs」를 골랐다. 그때 그는 거기에 있었다. 내게 시디를 건네면서 말이다. 책상 앞에 앉은 내가 어느 방향으로 고개를 돌려도 그곳에 존이 있었다. 그의 그림과 평온을 비는 기도문이 인쇄된 장례식 추모 카드가 있었다. 싸구려 세미프로 레슬링 포스터(부시웨커스 2인조 팀 대 세븐자이언트 T와 졸탄 그리고 도잉크 더 클라운 대 미스터리 슈퍼스타)도 있었는데, 존의 집에도 이와 똑같은 포스터가 있었다. 서류 캐비닛 옆 바닥에 놓인 메가폰은 생일 선물이었는데, 나중에 그는 그걸 내게 준 것을 후회

했을 것이다. '코르키스 토머스타운 레스터란트 앤드 라운지' 성냥첩도 있었다. 액자에 끼워진 그의 암스테르담 여행 사진도 있었다. 흰색 무광의 액자 여백은 그 여행에 관한 그의 이야기로 덮여 있었는데, 손으로 쓴 그의 글이 빽빽하게 부단히 이어지면서 사진 주위의 여백을 돌고 돌고 또 돌았다. 이윽고 나는 손으로 액자를 들고 돌리면서 얼굴을 액자 가까이 가져간 다음, 계속 액자를 돌려가며 그의 글을 읽으면서 그 이해하기 쉽지 않은 언어를 해독했다. "…암스텔, 미카, 마르타(오스트리아) 마시다, 감브리누스 선술집, 콩 수프와 팬케이크(토르티야)로 싼 닭고기, 건다, 가장 높은 건물이 내 호텔, 브리짓에게 줄 초콜릿, 솔티에게 줄 신발, 여기 이 녀석들 중에는 공항 비행기 납치 영화에 나오는 악당들처럼 생긴 녀석들이 많아…."

슬픔은 콜라주다. 명확한 순서 없이 한꺼번에 던져진 생생한 이미지, 그것을 해독하는 일이 보는 사람에게 맡겨진 이미지다. 하지만 그걸 보는 사람은 각각의 이미지가 새로운 이미지를 낳고 새로운 이미지가 또 다른 이미지를 낳으면서 끝없이 잡히지 않고 빠져나간다는 것을 발견할 뿐이다.

미래는 현재를 뚫고 나가는 과거다. 그리고 과거는 그런 일을 결코 멈추지 않는다.

나는 평생 가톨릭 신자였으므로 성찬식 빵이 다른 것들과는 뚜렷이 구별될 정도로 건조하다는 것을 잘 알고 있었다. 그렇지만 성체를 모시고 나서 내 자리로 돌아왔을 때만큼 건조했던 경우는 여태껏 한 번도 없었다. 성찬을 받으려는 이들의 줄이 끝나면 나는 높다란 성서대가 있는 곳으로 걸어가서 추도 연설을 해야 한다는 것을 알기 때문이었다. (추도 연설은 왜 항상 내 곁을 떠나지 않고 머무는 것일까?) 슬픔을 달래려고 마신 전날 밤의 술(존은 그것을 '캡틴 제임슨[12]과의 고위급 회담'이라고 불렀다)로 인한 탈수 현상과 그날 아침에 복용한 코 막힘 완화제, 그리고 후텁지근한 여름 더위 탓에 내 입속에 있는 이 성찬 전병이 마치 내가 지금 고구마를 삼키려고 애쓰고 있는 것처럼 느껴졌다. 나는 침을 꿀꺽 삼킨 뒤 혀를 사용하여 입천장에 달라붙은 얇은 밀전병을 떼어내려 했다. 가슴이 두근거렸다. 성찬식이 끝났다. 성체를 나눠주는 한 사람은 눈물을 흘렸다. 끔찍했다. 우리는 서 있었다.

　사제가 성찬식을 마무리하는 기도를 하고 나서 회중들에게 자리에 앉으라고 말했다. 서 있는 사람은 나밖에 없었다. 나는 앉아 있는 사람들의 무릎을 지나가며 중앙 통로로 나갔다. 이어 존의 푸른 관을 향해 느릿느릿, 조심조심 나아갔다. 내가 가는 길은 전적으로 제단 앞에 놓인 관의 존재에 의해 규정되었다. 나는 관의 옆면과 앞쪽 신도석 사이를 천천히 걸어간 다음 계단을 올라 성서대 앞으로 갔다. 상의 호주머니에서 준비한 원고를 꺼내 펼친 뒤, 추도 연설을 시작할 준비가 되었다는 확신이 들 때

12　아이리시 위스키 브랜드.

까지 기다리면서 한참 동안 예배당에 가득 모인 낯익거나 낯선 얼굴들을 바라보았다. 이윽고 내가 입을 열었다.

내 목소리가 떨렸다. 그럴 거라고 생각하고 있었다. 목소리가 떨리자 나는 친구가 누워 있는 연푸른 강철 관을 향해 시선을 돌렸다. 그 행위가 그에게 권위를 부여하고, 질문과 의문으로 가득했던 한 주를 보낸 나에게 일종의 논리와 질서 그리고 이해할 수 있는 어떤 것을 제공해주는 것만 같았다. 내 연설이 안정돼가는 듯했다.

연설을 마친 나는 신도석 앞쪽, 본당과 좌우의 익당(翼堂)이 교차되는 곳으로 걸어가서 관 앞에 멈추어 선 다음 본능적으로 무릎을 꿇고 성호를 그었다. 허튼짓을 용납하지 않는 70대 노인 사제가 나를 지켜보고 있었다. 내 왼쪽 어깨 위쪽에 있는 예배당의 커다란 나무 십자가상을 향해 성호를 긋는 대신에 이 강철 관을 향해 성호를 그은 나의 행동이 불경스러워 보이진 않을까 하는 의문이 들었다. 하지만 나는 신경 쓰지 않았다.

도시는 덥고 후텁지근한 날씨에 빠져 허우적거렸다. 모든 사물, 모든 사람이 34도나 되는 7월 오후 날씨에 흠뻑 젖어 있었다. 장례식이 끝난 뒤 사람들은 우리 집에 모여 친구들과 가족들이 가져온 라자냐, 닭고기, 샐러드, 그리고 집에서 만든 피젤[13]

13 이탈리아의 전통 쿠키.

등이 놓인 음식의 줄을 통과했다. 넘치도록 입증된 것처럼, 존의 이탈리아적 뿌리는 깊었다. 어떤 사람이 죽어야 한다면 고국의 사람들에 둘러싸여 죽어야 한다.

커다란 흰 천막이 우리 집 뒷마당을 덮었다. 아이러니하게도 그 천막은 몇 주 전에 열린 우리 아들의 고등학교 졸업 파티 때 있었던 천막과 대단히 비슷해 보였다. 나는 그 주초에 존의 노트북 컴퓨터를 빌려서 그의 장례식에 찾아오는 조문객들을 위한 음악 재생 목록을 만들기 위해 그의 아이튠즈에 접속했고 지금 나는 그 음악들을 스테레오로 재생해놓았다. (80곡을 만들었는데, 그 음악들은 의례적인 소품처럼 여겨졌으나 다른 한편으로는 인생 이야기를 추적한 것이기도 했다.) 배리 드 보존Barry De Vorzon의 「워리어The Warriors」 주제곡… 더 잼The Jam의 「아트 스쿨Art School」… 스티브 얼Steve Earle의 「오버 욘더Over Yonder」. 그것은 존과 나의 마지막 공동 작업물처럼 느껴졌다.

존의 조카들이 진입로에 있는 낡아빠진 농구대에서 농구 놀이를 하거나 마당에서 막대기로 노란 풍선들을 치면서 뛰놀고 있었다. 존의 나이 많은 이탈리아인 친척들은 자리에 앉아 레드와인을 홀짝였다. 오후가 깊어지자 나는 아버지 맞은편 의자 깊숙이 지친 몸을 묻었다. 아버지는 장례식에 갈 때 입었던 옷을 입고 있었다. 연노란색 여름 셔츠에 카키색 바지, 캐주얼슈즈 차림이었는데, 셔츠의 옷깃은 풀려 있었다.

"짐이 세상을 뜬 것은 슬픈 일이었어." 아버지는 바로 일주일 전에 돌아가신 아버지의 형에 관해 얘기했다. "그러나 짐은 여든아홉이었잖아. 올해 돌아가시지 않았다 해도 내년이나 내후년에는 돌아가셨을 거야…. 내 형은 행복하게 장수하신 거지. 하지만 존은… 존의 죽음은 받아들이기가 훨씬 힘들어."

아버지가 한 말은 그게 전부였다. 그 말은 분명 그날 사람들이 쏟아낸 말 가운데 가장 과장되지 않은 말이었고, 또한 가장 진실된 말이었다.

끝이 가까워졌을 무렵, 존과 나의 관계는 마치 우리 자신이 만든 단정한 기호로 정돈된 것처럼 이메일로, 혹은 집으로 찾아가서 짧게 줄인 말을 교환하는 것으로 축소되었다. 특히나 그의 반응은 그에게 남아 있는 몇 마디 말을 조금씩 내게 할당하는 것처럼 보였다. 어느 날 저녁 나는 중화요리를 주문한 뒤에 존에게 메모를 보냈다. 우리의 마지막 메모 교환이 되고 만 글은 이러했다.

　　나: "오늘 저녁 하우스오브후난 식당의 포춘 쿠키, '오랜 친구가 가장 좋은 친구다'는 근본적이고 경구적이면서도 딱 맞는 말이구나."
　　존: "정말 그렇군, 친구."

앞으로 앞으로

아버지가 열흘간의 독일과 프랑스 여행을 시작하려고 프랑크
푸르트로 떠나려는 날 아침, 아버지의 집 마당에서 자라던 커다
란 벚나무가 쓰러졌다. 아버지는 이메일을 보내서 내게 그 사실
을 알렸다. "지금 당장은 그에 관해 아무것도 할 수 없구나. 내
가 집에 없는 동안 나무가 거기 그대로 있었으면 한다. 내가 돌
아왔을 때 할 일을 남겨두렴."

아버지가 두 조카딸의 초대에 응하여 얼마간 자발적으로 모
험을 떠난 것은 지금 보면 죽음의 수학적 계산에 집착하는 나의
태도를 시의적절한 때에 두드러져 보이게 하는 사건(어쩌면 일
종의 모욕)이었던 듯싶다. 아버지 일행이 프랑크푸르트에 도착
한 날은 어머니의 1주기 14일 전이었고, 존이 죽기 17일 전이었

다. 일행이 비행기에서 내렸을 때 전언 하나가 기다리고 있었다. 아버지의 형이자 아버지와 함께 여행을 떠난 두 조카딸의 아버지인 짐이 심한 뇌졸중으로 쓰러졌다는 전언이었다. 큰아버지는 그로부터 9일 뒤에 돌아가셨다.

오하이오에서 날아든 큰어머니의 전언은 두 딸에게 보낸 것으로, 간단명료하고 단호했다. 내 아버지는 어떤 상황에서도 자신의 계획을 바꾸려들지 않았다. 큰어머니의 딸들은 어떻게 할 것인지 스스로 결정할 수 있었다. 두 딸은 집으로 돌아가는 비행기 편을 서둘러 구했다. 아버지는 여행을 계속했다. 아버지는 나중에 말하기를, 만약 형과 자신의 입장이 바뀌었더라도 자신은 형이 자기 인생을 사는 시간을 갖기를 원했을 거라고 했다.

그래서 아버지는 그렇게 했다. 아버지는 거의 소년처럼 이 여행을 준비했다. 새 신발을 샀고, 아버지가 '남성용 지갑'[1]이라 부른, 들고 다닐 새 손가방도 샀다. '피피'[2]를 찾으러 간다고 했으며, 만약 피피를 찾으면 돌아오지 않을지도 모른다고 말하기도 했다. 실은 아버지에게는 구체적인 목적지가 두 곳 있었다. 첫 번째는 트루아 대성당이었다. 프랑스에서 두 번째로 오래된 성당인 그곳은 석조 부분이 캔버스 천에 자수를 놓은 것처럼 꼼꼼하고, 멀리 12세기로 거슬러 올라가는 놀라운 스테인드글라스가 인상적인 뾰족뾰족해 보이는 커다란 건축물이었다. 스테인

---

1 murse. man(남성)과 purse(지갑)를 합친 말.
2 만화 「피너츠(Peanuts)」에서 스누피가 좋아하는 여자 캐릭터.

드글라스는 그곳 수도원에 거주하고 있는 한 무리의 수녀들에 의해 복원되고 있었다. 아버지는 고향에서 소규모 모금 운동을 하며 그들을 돕고 있었다. 두 번째는 아버지가 근무했던 옛 육군 기지인 덱스하임에 있는 앤더슨 병영이었는데, 아버지는 그곳을 50년이 다 되도록 가보지 못했다.

아버지는 여행의 순간을 온전히 누릴 셈으로 휴대전화를 집에 두고 떠났다. 다음 열흘 동안 아버지의 안내를 맡은 사람은 조카딸의 젊은 아들과 그의 아내였는데, 둘은 프랑크푸르트에 주둔 중인 군인 부부였다. 그들 세 사람은 지칠 줄 모르고 함께 줄곧 조약돌을 깐 길과 산비탈을 하이킹하며 독일을 넘어 프랑스로 들어갔으며, 그렇게 여행을 하는 동안 함께 먹고 마시고, 성과 성당들을 관람하고, 노변 카페와 비어 가든을 찾아다니면서 화창하고 쾌적한 나날을 보냈다. 아버지는 매일 저녁 당신이 묵는 호텔로 돌아갔다. 조카딸의 아들네 집에서 걸어서 얼마 안 걸리는 곳에 있는 호텔이었다. 그는 그곳의 유일한 손님이었다. 아버지는 잠자리에 들기 전 메모용 카드에 그날 있었던 주요 일정의 항목을 적었다. 그날 보고 그날 했던 것들, 그날 먹은 음식과 간략하게 관찰했던 것들을 엔지니어처럼 간단히 기록했다.

금요일. 칼과 니콜의 집에 감
세인트파울리쇼프 호텔 체크인
노이라이닝겐에 감

목공 작업장에서 일하는 노인네들 방문

와인 마시며 거짓말을 함

오이벨리우스 슈니첼에서 저녁 식사

아침이면 아버지는 객실 청소 매니저와 잡담을 했다. 그녀는 사실상 영어를 하지 못했고 아버지는 독일어를 더듬더듬 말하는 수준이었음에도 아버지는 그녀와 친구가 되었던 것이다. 그러고 나서 아버지는 그날의 모험을 위해 길을 나섰다.

아버지는 베르둔에 있는 제1차 세계대전 전쟁터를 방문했다. 트루아에서 코냑을 마셨다. 트리어에서는 엄청나게 큰 인간의 발 조각 옆에서 포즈를 취했다. 앤더슨 병영을 방문하여 구경했다. 바이너 슈니첼[3]을 너무 많이 먹어서 집에 돌아왔을 때는 여행을 떠났을 때보다 5파운드나 더 살이 쪘다. 아주 오래된 한 가톨릭 성당에 가서 두 시간 동안 미사에 참석했다. 수녀원장과 함께 트루아 수도원을 방문하여 그 수도원 계단에서 수녀원장과 함께 포즈를 취하고 스냅 사진을 찍었다.

아버지가 오하이오로 돌아오기 이틀 전에 큰아버지가 돌아가셨다. 아버지는 짐의 장례식에 때맞춰 집에 돌아왔다. 그러고 나서 엿새 후에 존의 장례식이 있었다. 나는 그해 온 여름을 어머니의 죽음, 큰아버지의 죽음, 친구의 죽음을 기준으로 모든 중요

---

3 송아지 고기 커틀릿.

한 판단을 내리며 보냈다. 그러나 아버지는 전혀 죽음에 얽매이지 않았다고 생각한다.

그의 예언의 범위

지나와 나는 우리가 교대로 서로를 울리고 있다는 것을 알아차렸다. 그건 우리 둘이서 하는 게임 같은 것이 되었다. 우리는 그 놀이를 정말 잘했다.

어느 날 아침 부엌에서 지나는 내가 조리대 위에 놓여 있던 기다란 프랑스빵을 즉흥적으로 존에게 건넸던 밤을 기억하는지 물었다. 존이 배가 고파 보여서 그런 것인데, 존은 자전거를 탄 채 그 빵을 우적우적 씹으며 집을 향해 어둠 속으로 멀어져갔었다. 물론 나는 기억했다. 지나와 나는 둘 다 엉엉 울기 시작했다.

나는 어떤 노래가 두 마디 안에 지나를 허물어뜨릴 것인지 알고 있었고(윌코의 「지저스, 엣세트러 Jejus, etc」는 바이올린의 첫 음만으로 지나를 허물어뜨렸다), 그래서 일부러 그런 음악들을 틀곤 했다.

자동 응답기에서 전화 메시지를 지울 때, 우리는 언제나 존이 마지막으로 남긴 메시지 하나를 저장해야 했다. 그러면 필연적으로 우리 둘 중 한 사람이 그 메시지를 재생하게 될 터였다. "어이. 나한테 오늘 밤 피츠버그에서 열리는 더 내셔널The National[1] 공연 티켓이 넉 장 있다는 걸 알려주고 싶어 전화한 거야. 더티 프로젝터스Dirty Projectors[2]도 함께 공연해. 원하면 네가 넉 장 다 가져가도 돼. 나한테 전화해줘. 난 그 공연에 가지 못할 것 같아. 대신 이 티켓을 이용할 수 있는 사람을 찾고 있는 중이야."

우리는 이 메시지를 다시 틀게 될 것이다.

슬픔을 함께 나누는 것이 예상치 못한 방식으로 고조되었다. 지나도 그를 잃었다. 많은 사람들이 그를 잃었지만, 지나와 나는 우리 둘만의 독특한 방식으로 그를 잃어버린 유일한 사람이었다. 그의 부재를 함께 나누는 것은 우리 둘의 유대를 강화해주었다. 지나는 존이 음식을 거의 삼키지 못하는 시점에 이탈리아식 웨딩 수프[3]를 커다란 냄비에 가득 차게 만들어 두 개의 용기에 나누어 담았다. 하나는 존에게 주고, 하나는 우리가 먹을 것이었다. 우리는 똑같은 플라스틱 용기에 똑같이 절반씩 든 수프가 지

---

1 미국의 포스트 펑크 밴드. 미국 특유의 정서를 잘 표현한 작품 스타일로 알려져 있다.
2 뉴욕을 중심으로 활동한 미국의 인디 록 밴드.
3 녹색 야채와 고기가 맛깔스럽게 조화를 이룬 수프. 결혼식과는 무관하다.

금 각자의 집 냉동실에 들어 있다는 사실을 깨달았고, 무슨 이유에서인지 그 사실이 위안이 되었다. 하지만 동시에 그 사실은 우리를 무척 슬프게 했다. 언제 울음이 터질지 알게 되자 웃음이 나왔다. 그리고 우리는 여전히 울었다.

그해 여름은 모든 게 어중간하고 불확실한 상태로 흘러갔다. 8월 말께 아버지와 나는 관의 옆면에 쓰일 널빤지의 라우터 작업을 한 뒤 처음으로 아버지의 작업장에서 만날 약속을 했다. 나는 기분 전환이 될 그 일이 반가웠다. 쓸모없는 내 손으로 할 일이 있다는 게 기뻤다. 우리의 다음 단계는 널빤지를 접합하는 것이었다. 브러시를 이용하여 접착제를 홈과 돌기에 바르고 모든 부분을 다 짜 맞추어 단단히 고정하는 일이었다.

그날 아버지의 작업장에 들어갔을 때 아침나절의 여름 햇빛이 그곳에 하나밖에 없는 창문으로 쏟아져 들어왔고, 밝은 햇빛은 하늘을 환하게 드러냈다. 하얀 구름들이 섬처럼 고즈넉이 떠 있는, 유약을 바른 것처럼 윤이 나는 파란 하늘이었다. 햇빛은 아버지가 서 있는 곳에 놓인 작업대 위로 쏟아졌다. 작업대에는 아버지가 한 친구에게 주려고 만드는 새집이 놓여 있었는데, 작업이 반쯤 끝난 새집은 헬멧을 쓴 야구 선수의 머리 모양과 닮아 보였다.

"왔니?" 아버지가 고개를 들지 않고 말했다.

"예, 저 왔어요." 내가 대답했다.

아버지는 방금 전에 접착제를 바른 새집의 모자 부분을 들고 있었다. 새집의 이마 부분을 만나서 부착될 부분이었다. 아버지가 작업대의 끝을 향해 고갯짓을 했다. "내가 도면을 몇 장 그려 두었다."

아버지 앞에는 새로운 모눈종이 두 장이 얼룩진 시험용 오크 목재 조각에 마스킹 테이프로 부착되어 있었다. '설계자: 나' 작업 용지였다. 나는 봉지에 넣은 샌드위치와 물병을 라우터 테이블에 내려놓았다. 아버지는 새집을 조심스럽게 옆으로 치우더니 연필을 집어 들고 도면 스케치로 눈을 돌렸다. 그리고 그 연필을 지시봉으로 사용하며 계획을 설명하기 시작했다. 첫 번째 종이에는 각기 다른 도면 세 개가 그려져 있었다. 그 하나에는 네 모서리가 어떻게 겹이음으로 마무리될 것인지를 보여주는 '평면도/모서리'라는 제목이 쓰여 있었다. 다음 도면은 가장자리가 어떻게 맞추어지고 다듬어질 것인지를 보여주는 '바닥, 가장자리'였다. 마지막 것은 모든 모서리를 둘러싸게 될 오크 장식 테두리에 관한 내용이 자세히 설명된 도면이었다.

"잘 이해되지 않아요." 한참 아버지의 설명을 듣다가 도중에 내가 말했다.

아버지가 싱긋 웃었다. "그래? 우리가 너무 앞서 나갔나 보구나. 하지만 걱정할 필요 없다. 너도 알게 될 테니."

나는 이것은 과연 누구의 프로젝트인가, 라는 물음에 답변하기 어려운 지경에 이르렀다. 이 작업은 깔끔한 협동 작업이 아니었다. 늘 아버지가 작업을 주도했으므로 아버지와 함께한 작업이 협동 작업인 적은 없었다. 나는 아버지에게서 셀 수 없이 많은 것을 배웠지만, 아버지가 능동적으로 내게 가르쳐준 경우는 아주 적었다. 내가 아버지에게서 배울 수 있었던 까닭은 아버지와 아버지가 일하는 방식에 매료되었기 때문이다. 나는 아버지를 지켜보고 흉내 내며 배웠고, 아버지에게 물어보며 배웠고, 어떻게 물어볼지 생각하면서 배웠다. 이제 내 나이도 쉰에 가까웠고, 그래서인지 나는 아버지를 결코 따라갈 수 없을 것이며, 이러한 일에 대한 안내자로 언제나 아버지를 필요로 하게 되리라는 것을 편안한 마음으로 받아들이게 되었다. 하지만 다른 한편으로는 어느 날엔가는 그럴 수 없을 것이라는 불안한 인식이 늘 마음 한구석에 자리 잡고 있었다.

수년 전, 나는 지하 휴게실의 썩은 나무 바닥을 철거 중인 가옥에서 회수해온 벽돌로 교체하는 작업에 착수했다. 나는 내 계획이 꽤 훌륭하다고 생각했다. 이 휴게실은 우스꽝스러운 튜더 양식 주택인 우리 집의 아직 복원하지 않은 당구실로 이어졌는데, 나는 벽돌 바닥으로 교체하면 나무가 썩는 문제를 해결할 수 있을 뿐만 아니라 체리목으로 꾸민 넓은 복도에 우아한 시골풍 분위기를 자아낼 수도 있을 거라고 믿었다. 내가 힘겹게 벽돌을 나르면서 콘크리트를 부어 기초 패드를 만드는 방법을 생각하는 동안 아버지는 벽돌 패턴을 스케치한 것을 들고 우리 집에 들렀다. 그 패턴은 아버지가 본 스페인의 와인 저장실 사진을 참고하여 개선한 것이었는데, 내가 상상할 수 있는 그 어떤 패턴 보다도 훨씬 더 복잡하고 멋있었다. 나는 초보적인 길이쌓기 패 턴으로 벽돌을 바닥에 깔 계획이었는데, 그것이 양손의 집게손 가락으로만 피아노를 연주하는 것이라고 한다면 아버지의 계획 은 모달 재즈[4]를 연주하는 것에 가까웠다. 이 말은 지하 휴게실 의 바닥이 내가 만들어낼 수 있는 그 어떤 바닥보다 더 나을 테 지만, 그러나 그것은 한편으로는 더 이상 나의 것이 아니라는 것 을 의미했다. 내가 콘크리트 기초 패드를 만들기 위해 콘크리트 를 부은 날에 아버지는 목이 긴 고무장화를 신고 삽을 든 채 나 와 함께 그곳에 있었다. 그리고 나는 아버지에게서 여러 가지 것 들을 배웠다. 1년 후, 내가 혼자서 벽돌 계단을 다시 쌓으면서 재료를 섞어 모르타르를 만들고 양방향 수준기로 기울기를 측 정하고 연결 부위에 간격을 두는 것과 같은 심오한 기술을 적용 했을 때, 나는 이 모든 것들을 아버지에게서 배웠다는 사실을 깨 달았다.

아버지는 라우터 작업을 마친 널빤지들을 지정된 순서대로 한 쌍의 작업대에 걸쳐놓았다. 8피트 길이에 폭이 8인치인 소나 무 널빤지 두 장 사이에 3/4인치 크기의 때깔 나는 붉은오크 조 각 하나가 놓였다.

---

4 수시로 바뀌는 코드 진행을 사용하는 대신 하나 혹은 두 개의 코드만을 사용 하여 즉흥 연주를 하는 스타일의 재즈.

"사소한 문제가 하나 있다." 아버지가 그 널빤지들로 내 주의를 끌며 말했다. "이제 보니 우리가 널빤지 하나를 0.8인치 더 잘라버렸어."

"어쩌다 그런 거죠?"

"모르겠어. 우리가 뭔가 혼동을 했나 봐."

"그럼 어떡해야 해요?" 내가 물었다.

"음, 다행스러운 것은 이것의 앞과 뒤를 동시에 볼 수 있는 사람은 없다는 점이야." 아버지가 말했다. "최선을 다해 보완한 뒤, 약간의 결함은 그냥 인정하고 받아들여야지."

이 작업장에는 십여 종류가 넘는 죔쇠를 보관해두는 긴 벽걸이 선반이 있었다. 아버지가 기다란 검은 쇠 파이프로 만든 선반이었다. 선반 위에 놓인 죔쇠의 종류는 다양했다. 짤막한 C자형 강철 죔쇠, 양 끝에 오렌지색 고무 보호 덮개를 씌운, 주철 또는 강철로 만들어진 길쭉한 가구용 죔쇠, 손으로 돌리는 나사식 크랭크가 있는 것들, 양 끝이 꽉 조이도록 유도하는 장치가 있는 것들…. 우리의 첫 번째 과제는 길쭉한 가구용 죔쇠를 전부 꺼내어 첫 번째 작업에 쓰이는 널빤지들을 따라 죽 배치해두었다가, 널빤지에 접착제를 바른 다음 재빨리 그 죔쇠들을 사용하는 것이었다. 나는 커다란 목공 접착제 병을 집어 들고는 점성 있는 노란 액체가 주둥이 쪽으로 흘러가게 하려고 병을 거꾸로 세워 흔들었다. 아버지는 깨끗한 접착제 브러시 두 개를 쥐고 있다가 그중 하나를 나에게 건넸다.

"준비됐니?" 아버지가 말했다.

"예." 내가 말했다.

"신속하게 움직여야 해. 금세 굳기 시작하니까."

아버지가 소나무 널빤지를 세워서 붙잡았고, 나는 접착제를 거칠게 발랐다. 이어 아버지가 자신의 브러시를 죽 따라 그으며 내가 바른 접착제를 고르게 폈다. 우리는 계속해서 상쾌한 기분으로 일하면서 각각의 널빤지에 길이 방향으로 접착제를 발랐다. 발라야 할 모든 곳에 접착제를 고르게 바른 다음, 그 세 개의 널빤지를 함께 죔쇠로 고정했다. 모서리의 연결 부위에서 과도하게 바른 접착제가 새어 나왔다.

"아직은 너무 꽉 조이지 마." 아버지가 말했다. "일단 모든 죔쇠를 제자리에 끼우자꾸나. 그런 다음 균일하게 조이는 거야."

이런저런 여러 가지 종류의 죔쇠가 자기 자리를 찾아갔다. 이들 죔쇠 가운데 몇몇은 내가 기억하는 한 아버지의 창고에도 있었던 것들이었다. 그중 하나는 오렌지색 슬라이딩 테일과 검은색 둥근 크랭크가 있는 묵직한 쇠 파이프로 만들어진 죔쇠였다. 다른 죔쇠들은 그보다 훨씬 더 새것이었다. 멋진 플라스틱 방아쇠가 달린 반짝반짝 빛나는 강철로 된 것들도 있었다. 아버지는 오랜 세월에 걸쳐 연장을 모았는데, 다양한 일자리를 가졌던 경험이 연장을 모으는 데 큰 도움이 되었다. 현재 아버지가 가장 좋아하는 죔쇠는 형인 짐에게서 물려받은 것이었다.

어린 시절부터 가지고 있던 도구들로 꾸며진 우리 집의 내 작업장도 비슷한 내력을 지녔다. 도구의 태반은 마구 쌓이고 뒤섞여 있는데, 그중에는 보이 스카우트 시절의 손도끼, 나의 첫 곱자, 그리고 특별한 일을 하기 위해 구입했던 도구들(잘 안 맞는 문을 고칠 때 꽤 많이 사용한 전동 대패, 벽돌을 깔 때 사용한 고무망치)이 있었다. 아버지가 물려준 연장(묵직한 강철 파이프 렌치, 수평선을 표시하는 실)과 할아버지가 물려준 연장(마체테,[5] 미트 소[6])도 있고, 아버지와 형들에게 빌린 뒤 아직 돌려주지 않은 몇 가지 연장들도 있었다.

널빤지들이 서서히 붙어감에 따라 최종 모습이 나타났고, 결함이 있는 부분도 드러났다. 기다란 널빤지 하나에 연결 부위가 깨끗이 결합되지 않은 간극이 있었던 것이다.

"목재 충전재를 쓸까요?" 내가 농담을 했다.

아버지가 인상을 찌푸렸다. "거기 내 이름이 오른다면 안 돼."

우리는 간극이 있는 그 부분의 크랭크를 더욱 세게 돌려서 꽉 조였고, 그러자 간극이 사라지기 시작했다. 그러나 그와 동시에 우리는 강한 압력 탓에 전체 형태가 약간 휘기 시작하는 것을 보았다.

"튼튼한 널빤지를 댄 후 끈으로 가로질러 묶고 죔쇠로 조여두어야겠다. 저게 반듯해지도록 말이야." 아버지가 말했다.

우리는 여러 가지 측면에서 내 관과 씨름하며 평평하고 사실

5 날이 넓은 긴 칼.
6 언 고기나 뼈를 자를 때 사용하는 도구.

감이 나게 만들려고 애썼다. 그럼에도 관은 우리의 의지에 저항하듯이 약간 볼록해지고 한쪽이 휘어 보였다. 아버지는 관의 널빤지를 평평하고 반듯하게 펴려고 곧장 폐품 목재 상자를 뒤져서 관을 꽉 누르고 있기에 적합한 길고 튼튼한 널빤지들을 찾았다. 그것들을 필요한 자리에 대고 작업하기 전에 아버지와 나는 물에 적신 종이 수건을 한 줌씩 쥐고, 너무 많이 발라서 새어 나온 접착제를 가능한 한 깨끗이 닦아냈다. 그런 다음 그 널빤지들을 연결 부위에 직각으로 세우고 C자형 죔쇠로 단단히 조였다. 우리가 원하는 방식으로 움직이도록 나무에 힘을 가할 때, 나무는 그에 항의하며 신음을 토해냈다.

우리는 죔쇠와 작업 공간에서 한 걸음 뒤로 물러났다. 지금은 더 이상 할 수 있는 일이 없었다.

"자질구레하게 신경 쓰기 전에 이건 그냥 놔두고 여기서 나가자꾸나." 아버지가 말했다. "내일 또 나머지 것을 할 수 있을 테니까."

다음 날 다시 그곳으로 갔다. 아침에 작업장에 온 아버지가 이미 죔쇠를 제거했다. 쇠 파이프는 우리가 접착제를 닦아내는 과정에서 물에 적신 탓에 부드러워진 나무에 회색 줄무늬 얼룩을 남겼다. 또한 우리가 닦아내지 못하고 놓친 접착제가 말라붙어서 생긴 황갈색 부분이 두어 군데 있었다. 나는 그 부분은 괜찮은지 물었다. 아버지가 고개를 끄덕였다.

"사포질을 많이 하면 될 거야."

우리가 작업한 결과물은 거칠었지만, 그러나 그 사이에 의미심장한 변화가 일어났다. 그것은 더 이상 막대기와 널빤지가 아니었다. 하나의 생각의 뼈였다. 관의 옆면이 어떻게 생겼을지 넌지시 보여주고, 일이 진행되고 있다는 느낌이 들게 해주었다.

다음 날 아침 나는 예전에 하인들이 주거하던 공간이었던 우리 집 3층에 있는 내 책상 앞에 앉아 이메일을 확인했다. 아웃룩을 열었을 때 조그만 차임벨 소리가 울렸다. 화면의 오른쪽 위 모서리에 알림창이 떴다.

월리 와플 만남
2시간 12분 지남

그날은 존이 죽고 난 뒤 첫 번째 달의 두 번째 화요일이었다. 우리가 날짜와 시간을 정해놓고 만나기로 한 아침 식사 모임 알림 프로그램이 아직 작동하고 있었다.
나는 '해제' 단추를 누를 수도 있었지만, 그러지 않고 그냥 그대로 두었다. 그 알림에는 존과 나 사이의 사적이고 기이한 대화가 담겨 있었고, 그래서 나는 그 기능을 보존하고 싶은 욕망 외에 다른 생각은 들지 않았다. 그것은 기계의 유령인 디지털 메모리의 사소한 결함일 수도 있겠지만, 또한 그건 바로 16개월 전 날씨가 추웠던 3월의 어느 아침에 우리 둘이 운하를 따라 난 길을 나란히 걸어갈 때 그가 손가락으로 자신의 스마트폰 버튼을 누른 직접적인 결과물이기도 했다.

나는 여느 때와 마찬가지로 이메일을 마구 훑어보기 시작했다. 내가 아웃룩 창으로 돌아갈 때마다 그 알림 메시지가 차임벨 소리를 내며 화면 위쪽에 새로이 다시 떴다. 지나는 돌아가신 분은 꿈에 나타나 우리에게 말을 한다고 얘기했는데, 이것이 그 얘기의 한 가지 변형이 아닐까 하는 생각이 들었다. 나는 또다시 '해제'를 선택하지 않기로 작정했다.

받은 편지함을 정리할 때 우연히 '구글 알림'을 발견했다. 내 이름이 어느 게시물엔가 나온 모양이었다. 링크를 따라간 나는 존이 죽은 주에 《애크런 비컨 저널》에 실렸던 긴 분량의 사망 기사가 이상한 형태로 변형된 글을 발견했다.

원래의 머리글은 이랬다.

존 M. 풀리아는 어디서나 아름다움을 보았고, 자신이 본 것에서 예술을 창조했다.

오래된 공장에서부터 뒷골목의 술집이나 권투 선수에 이르기까지 풀리아 씨는 언제나 그의 시야에 들어온 모든 것에 마음이 움직였으며, 자신의 예술로 끊임없이 남들에게 영감을 불어넣었다.

그런데 그 글이 인공지능의 어떤 기이한 돌연변이를 통해(자동 교정 프로그램을 거친 듯했다) 또 다른 뉴스 피드에 나타났는데, 그렇게 나타난 글은 중국어로 번역되었다가 다시 영어로 번역된 것처럼 보일 정도였다. 내용은 이랬다.

존 M. 풀리아는 자신이 본 것에서 종합 예술을 한 뒤에 어디서나 아름다움을 보았다.
노후한 공장에서부터 뒷골목의 술집이나 권투 선수에 이르기까지 풀리아 씨는 언제나 그의 예언의 범위 안에 들어온 모든 것에 의해 변화했으며, 자신의 예술로 변함없이 남들을 열망케 했다.

나는 원래의 기사에서는 다음과 같은 사람으로 인용되었다. 《애크런 비컨 저널》의 전 칼럼니스트였으며 현재는 애크런 대학의 영어학 조교수인 그의 오랜 친구 데이비드 기펄스….

지금 그 글에서 나는 이런 사람이었다. 《애크런 비컨 저널》의 전 칼럼니스트였으며 현재는 애크런 대학에 재임 중인 영어학 파트너 지식인인 그의 오랜 벗 데이비드 기펄스…. 그리고 나는 존을 '많이 쓸 수 있는 힘을 지닌 의장(議長)'으로 여긴다고 했다.
나는 다음과 같이 말한 것으로 인용되었다.

존은 바라는 삶을 살았다. 그는 자신과 나란히 그렇게 사는 우리 모두가 바란다. 그의 소유한 끊임없는 기이함과 독창성은 우리를 우리가 절대 가보지 않았을 곳으로 이끌었다. 그는 나를 사람이 없는 공장과 허름한 술집과 도시의 특이한 구석들로 데려갔고, 우리는 함께 탐험했다. 그는 나에게 그렇지 않았다면 우리가 찾지 못했을 예술과 노래와 소설을 소개해주었고…

그는 인생의 무지 많은 것—예술과 영화와 노래와 소설과 술과 톡 쏘는 음식과 커다란 생각과 바보 같은 농담—을 몰두하게 했고, 똑같은 정도로 뒤에서 주었다. 그는 자기가 가진 모든 것을 공통했다.

만약 존이 무덤에서 나에게 말을 한다면 바로 위와 같이 말했으리라는 것을 나는 전혀 의심하지 않는다. 우리는 이런 종류의 장난에 죽이 잘 맞았다. 언젠가 존은 전에는 알지 못했던 딕 태펀이라는 원시 예술가의 예술 세계를 발견한 것을 기념하기 위해 정성스럽게 뒷마당 파티를 열었다. 존은 빅랏츠 매장에 가서 빨간 사과 크리스마스 장식 여러 개와 꽃이 그려진 값싼 장식 목재 상자 여러 개를 사 온 다음, 빨간 사과 장식을 하나씩 넣은 상자 하나하나에 빠짐없이 은색 마커 펜으로 '딕 태펀'이라는 서명을 했다. 존은 태펀을 민중의 영웅으로 묘사하는 영웅담을 만들어냈고, 파티장에서 모든 손님들에게 그 사람의 오리지널 작품을 하나씩 주겠노라고 선언했다. 이윽고 그가 나에게 확성기를 건네며 발언하게 했을 때에야 그의 장난과 농담이 제 모습을 드러내기 시작했다.

"모두들 여러분의 딕 태편[7]이 있는지 확인해보세요…."

"이것이 여러분 자신의 딕 태편을 가질 수 있는 유일한 기회일 겁니다…."

"잊지 마세요, 여러분 모두 딕 태편을 가질 때까지는 진짜 파티가 아니라는 것을요…."

등등.

한때 열세 살 소년이었던 모든 남자들은 그 이후로도 영원히 열세 살 소년일 것이다.

나는 그 주 후반에 다시 아버지의 작업장으로 갔다. 아버지는 그날 밖에서 몇 가지 약속이 있어서 외출을 해야 했고, 그래서 나를 위해 헛간을 열어두었다.

우리가 접착제를 발라 붙인 널빤지들은 수직으로 함께 쌓여서 벽에 기대어져 있었다. 그것들은 고르지 않고, 죔쇠에 눌려 흠이 생기고, 접착제 흔적으로 얼룩져 있었다. 조그만 결함들은 작업을 완성하기 위해 해야 할 일의 규모를 알려주었다.

집에서 나오면서 전동 대패를 가지고 왔는데, 그걸 작업대에 내려놓은 다음 봉지에 담아온 점심을 그 옆에 나란히 두었다. 할

---

7 딕(dick)에 음경이라는 뜻이 있음을 이용한 농담.

일을 가지고서 여기 혼자 있는 게 기뻤다. 그곳이 어디든 일을 가지고 혼자 있는 게 나는 좋았다. 나는 머리를 깨끗이 비우고 싶었다. 잡생각 없이 할 수 있는 노동의 느린 리듬에 몸을 맡기고 싶었다. 아버지가 없는 작업장은 완전히 다른 느낌이었다. 이곳에 나 혼자 있었던 적이 거의 없었다. 어쩌면 전혀 없었을지도 모른다. 그래서인지 내가 이곳에 있는 것이 아버지의 사적 공간을 침해한 것만 같았다. 하지만 그와 동시에 암묵적인 신뢰감을, 특권을 누리는 듯한 기분도 들었다.

나는 관의 옆면을 이루게 될 기다란 널빤지 두 개 가운데 하나를 톱질 모탕이 있는 곳으로 옮겨서 모탕에 적당히 내려놓았다. 이어 전동 대패의 플러그를 꽂고 방아쇠를 시험해본 뒤, 뒤로 물러나서 전체 모습을 주의 깊게 바라보았다. 넓은 소나무 널빤지와 얇은 오크 레이싱 스트라이프[8](나는 오크 조각을 그렇게 불렀다) 사이의 이음매가 매끄럽지 않았다. 그리고 소나무 널빤지에 약간 오목하게 들어간 부분이 있었는데, 그곳을 평평하게 잡아주어야 할 터였다.

전동 대패의 방아쇠를 당기자 대패의 돌림힘이 내 손에 가볍게 전달되었다. 대패의 날이 목재의 결을 파고들었다. 속도가 올라갔다. 표면의 일부를 다듬자 그 자리에 깨끗하고 하얀 자국이 생겼다. 나는 널빤지의 길이만큼 천천히 걸음을 옮기며 대패 작

---

8 경주용 자동차에 관중들이 식별하게 쉽도록 그려 넣은 줄무늬.

업을 했다. 젊은 목재의 달콤한 향이 피어올랐다. 목재가 안에서 붙잡고 있던 모든 것이 풀려나면서 발산하는 향이었다.

내 마음은 조그만 모터가 고음으로 윙윙거리는 소리에 시나브로 스며들다가 이윽고 완전히 빠져들었다. 나는 그 일에 온전히 정신이 팔렸다. 더 큰 공격이 필요하다는 것을 알았을 때 나는 구식 손 대패로 바꿔서 높은 지점을 밀며 다듬었다. 예리한 대팻날 뒤쪽의 날입[9]에서 대팻밥이 몽글몽글 솟아 나왔다. 이어 다시 전동 대패로 돌아갔다. 두세 시간 뒤, 나는 아버지의 연마기로 바꾸어서 더욱 곱고 매끄럽게 다듬기 시작했다. 조각가들은, 자기들은 돌이나 목재에게 무엇이 되고 싶은지 넌지시 말할 수 있게 해준다고 얘기할 것이다. 그렇지만 상업용 기성품 목재의 경우에도 얼마든지 이런 의사소통이 일어난다. 나무의 결은 어느 면이 안쪽이 되고 어느 면이 바깥쪽이 될 것인지 말해준다. 서로 가까이에 위치한 여러 나뭇조각들은 어떤 것들과 조화롭게 어울리고 싶은지를 넌지시 내비친다. 한 시간이 다음 한 시간으로 이어질 무렵에 나는 존의 작업 역시 그가 채택한 작품 재료와 그 자신을 이와 동일한 종류의 관계로 이끌었다는 사실을 상기해냈다. 존은 모조 피지가 잉크에 반응을 하고 나면 자신 역시 재료에 영감을 받아 스스로의 생각을 재료의 물성에 맞추어 작업하는 방법을 익혔던 것이다.

9 대팻밥이 빠져나오도록 대패의 등 쪽으로 파인 틈.

그날 오후 내 일이 시들해질 무렵, 열여섯 살 먹은 건장한 젊은이인 조카 에드워드가 이 집에 왔다. 밀짚 중절모에 버뮤다 반바지 차림의 조카는 낡은 녹색 트랙터로 할아버지의 집 잔디를 깎아주러 여기 온 것이었다. 곁눈으로 조카를 본 나는 연마기를 멈춰 세웠다.

"작은아버지의 관을 만들고 계신다면서요?" 조카가 목재를 쳐다보고 끄덕 고갯짓을 하며 말했다. "멋져요."

"그런 걸 만들고 있긴 하다만…" 그런 질문에 어떻게 대답해야 할지 아직도 확신이 서지 않은 내가 어정쩡하게 말했다. 에드워드는 헛간의 다른 쪽으로 사라졌고, 나는 마지막 사포질 작업에 들어갔다.

잠시 후에 내가 늦은 오후의 밝은 햇살 속으로 나왔을 때 에드워드는 커다란 마당 한가운데 있는 트랙터 옆에 서서 한 손의 엄지와 검지로 턱을 만지며 그 기계를 뚫어지게 쳐다보고 있었다. 내가 다가가는 것을 본 에드워드가 말했다. "내가 좀 전에 이걸 껐는데, 이젠 작동을 하지 않네요."

"흠." 내가 말했다.

나는 트랙터에 올라가 앉은 다음, 왼발로 클러치를 밟고 시동 키를 돌렸다.

아무 일도 일어나지 않았다.

나도 에드워드와 똑같이 당황한 표정으로 트랙터를 노려보았다. 아버지가 암에 걸린 이후로 수없이 많이 들었던 생각이 다시 떠올랐다. 아버지가 안 계시면 난 이 일들을 다 어떻게 해결하지? 우리 중 누가 해결할 수 있을까?

다시 시동 키를 돌렸다. 아무 반응이 없었다. 그때 한 가지 생각이 떠올랐다. "이 기계, 작동하고 있었던 거지?"

"예, 그랬어요."

나는 손을 뻗어 검은색 플라스틱 손잡이를 잡고 레버를 내 쪽으로 당겨서 날을 떼어냈다.

그런 다음 다시 클러치를 밟고 초크를 약간 뽑은 다음 시동을 걸었다. 부르르르릉.

에드워드가 안도의 미소를 지었다.

"나도 그 비슷한 생각을 했어요." 그가 말했다.

"그래. 나도 그럴 것 같았어."

여름이 끝나가고 있었다. 어떤 면에서 이번 여름은 내 인생 최악의 계절인 것 같았다. 그렇지만 다른 한편으로 이번 여름엔 지나와 나의 결혼 25주년 기념일도 있었다. 우리는 그걸 기념하여 뉴욕 여행을 떠났고, 아마 우리가 함께 먹은 식사 가운데 가장 좋았던 듯싶은(그리고 분명 가장 비쌌던) 요리를 저녁으로 먹었다. 그 식당은 마리오 바탈리Mario Batali[10]가 운영하는 식당 가운데 하나(존이 애용한 호텔인 워싱턴스퀘어 호텔 맞은편에 있는 '밥보')였는데, 그곳에서 흘러나오는 하우스 뮤직이 우리가 함께한 지난 세월(지나와 내가 함께한 세월, 존과 내가 함께한 세월, 그리고 지나와 존과 내가 함께한 세월)을 주제로 한 사적인 사운드트랙인 것만 같았다. 긴 코스 요리 식사 시간 동안 석 장의 앨범에 수록된 전곡이 빠짐없이 흘러나왔다. 앨범 한 장 한 장에 담긴 10년 세월이 우리에겐 참으로 의미 있는 시간들이었다. (첫 번째는 픽시스Pixies의 「둘리틀Doolitle」로 1980년대 노래였고, 두 번째 앨범은 윌코의 「서머티스Summerteeth」로 1990년대 노래였으며, 세 번째는 화이트 스트라입스White Stripes의 「화이트 블러드 셀스White Blood Cells」로 2000년대 노래였다.) 그리고 또 이번 여름에는 에번이 고등학교를 졸업해서 소년에서 어른으로 성장한 것을 축하하는 자리도 있었고, 아버지의 유럽 여행으로 어른이 다시 청춘으로 돌아간 이야기를 들으며 간접 경험하기도 했고, 우리의 슬픔을 아는 사람들로부터 엄청 많은 호의와 친절을 받기도 했다.

새 학기가 시작되기 전인 8월의 마지막 토요일에 지나와 나는 시내에서 열린 1924년의 소련 SF 무성 영화 「아엘리타: 화성의 여왕」[11]의 시사회에 갔다. 그 영화의 사운드트랙을 만들어 넣기 위해 이 지역의 여러 음악가들이 집단으로 작곡에 참여한 영화였다. 나는 한 친구와 함께 한 부분을 녹음했었다. (그 친구는 실질적인 음악적 기교를 발휘하여 멜로디를 작곡하고 동시 녹음을 하고

---

10 미국의 유명한 요리사.

11 알렉세이 톨스토이의 소설 『아엘리타』를 바탕으로 야코프 프로타자노프 감독이 만든 소련 최초의 SF 무성 영화.

루핑[12]을 했다. 나는 내가 아는 유일한 영화 사운드트랙 기타 기법인 현을 튕겨 비브라토와 에코가 가득한 반복 악절을 만드는, 기타의 효과를 풍성하게 살린 기법으로 그의 작업에 동참했을 뿐이다.) 각 참여자들에게 자신의 작품을 3분 분량으로 발췌하여 연주하게 하는 기회가 주어졌고, 그리하여 흑백 영화를 배경으로 한 조각 음악 작품이 펼쳐지고, 이어 다음 작품이 이어받고, 다시 다음 작품이 전개되면서 즉흥적인 연주회를 만들어나갔다. 전체적으로 보아 그 즉흥 연주회는 매혹적이었으며 예상 밖으로 일관성이 있었다. 특히 그 음악가들 중에 많은 이들이 서로 한 번도 만난 적이 없는 사이라는 점을 감안하면 더욱더 그랬다. 지나와 나는 어둠 속에서 함께 앉아 눈과 귀를 기울이며 그 우연한 콜라주의 아름다움을 감상했다.

그 행사가 끝난 뒤 우리는 꽤 큰 규모의 뒤풀이 옥외 파티에 참석했다. 주최 측은 웨스트힐 철물점의 주인에게서 가게 뒤편의 주차장을 모닥불을 피워놓고 진행하는 파티 장소로 사용해도 좋다는 허락을 받았으며, 아울러 이런저런 물건들로 어수선한 가게의 뒷베란다를 디스크자키 무대로 이용해도 된다는 허락도 받았다. 누군가가 철물점 뒷면과 주차장 주위에 긴 줄로 이어진 크리스마스 전등을 아무렇게나 걸쳐놓았다. 무성 영화를 위해 멜로디를 작곡한 음악가 가운데 일부는 이제 전자 악기에

---

12 영상이나 사운드 필름을 원형으로 둥글게 맞붙여 연속적인 영상 혹은 같은 소리를 반복할 수 있게 만든 것.

사용할 곡들을 다른 작품들에서 빌려와 모방하며 즉석에서 만들어냈다. 지나와 나는 철물점 주인이 차고 옆에 보관해두고 있던 한 쌍의 중고 변기 겸용 의자에 나란히 앉아서 와인 병을 앞뒤로 전달했다. 그러면서 우리는 레게 머리에 집시 복장을 한 아이들이 모닥불 불빛 속에서 춤을 추는 것을 구경했다.

이 모습을 오래된 철물점의 주차장에서 보고 있다는 게 이상했다. 그 파티는 너무 현대적이거나, 아니면 너무 원시적인 것처럼 여겨졌다. 이 같은 장소에는 너무 생뚱맞은 느낌이 드는 파티였다. 그럼에도 불구하고 나는 이곳에서 이런 파티가 열리는 게 좋았다. 내가 여기 있다는 사실이 좋았다. 약간 행복한 기분으로, 약간 취한 채로, 집에 있는 것 같은 기분이 드는 이곳의 변기 겸용 의자에 앉은 채 지나와 함께 여기 있다는 사실이 좋았다.

나는 하늘을 쳐다보았다. 하늘은 까맸다. 오렌지 조각 같은 달이 하늘 한쪽에 초연히 떠 있을 뿐, 별은 없었다. 오래전, 형들과 누나와 함께 이슬에 젖은 풀밭에 아무렇게나 누워 있곤 했던 여름밤이 생각났다. 그럴 때면 아버지는 합성수지를 가로 세로로 직조하여 만든 접이식 의자에 비스듬히 누운 채 하늘을 바라보며 곰자리와 화살자리와 은하수의 가장자리를 알려주면서 우리에게 별자리 이야기를 들려주었다. 아버지는 모든 별자리의 모양과 이름을 알고 있었다.

바로 우리 머리 위, 까만 어둠 속 저 높은 곳에 끊임없이 선회하는 것이 있었다. 아랫부분이 하얀 새들이 빙빙 돌다가 급강하했다가 위로 솟아오르곤 했다. 느슨한 회오리바람을 연상케 하는 새들의 비행이었다. 이것들은 박쥐처럼 무질서한 형태로 날았다. 하지만 박쥐는 아니었다. 하얀 새였다. 우리 집은 여기서 1마일 정도밖에 떨어지지 않았지만, 우리 집 바로 위 좁은 범위의 밤하늘에선 이런 새를 본 적이 없었다. 이 새들은 우아했으며 끊임없이 바삐 움직였다. 그날 밤 나머지 시간 동안 나는 이 새들에 대한 생각에 잠겼다. 이것들은 왜 여기 있는 걸까, 어떻게 여기 있게 된 걸까? 모닥불 불빛에 끌린 걸까, 혹은 크리스마스 전등에 끌린 걸까, 아니면 음악에 끌린 걸까? 혹은 이 새들은 항상 이곳에 있었는데, 내가 이런 식으로 하늘을 쳐다본 적이 없었기 때문에 몰랐던 것일까?

"존이 보고 싶어." 지나가 말했다.

나는 그 생각을 하고 있지 않았지만 즉시 그 생각에 동의했으며, 지금은 오직 그 생각뿐이었다. "나도 그래. 존이 살아 있다면 그도 지금 여기 있을 텐데."

"맞아."

3 부

영혼이 잠시 머무는 곳

where the soul stays

살아가기로 운명 지어진 나는,
그가 살아 숨 쉬고 있음을 증명하는
그 고요한 침묵의 소리를 가만히 듣고 있었다.

_패티 스미스, 『저스트 키즈Just Kids』

쉰의 나이에 들어서다

나에겐 언제나 나이에 대한 강박관념이 있었다. 꼭 헛되이 그런 것만은 아니었다. 나는 몸이 늙어가는 것은 개의치 않았다. 오히려 나이가 들수록 내 나이 듦에 더욱더 감사했다. 하지만 내 기억력이 미치는 한 나는 내 나이가 어떻게 되었든 간에 항상 어떤 사람을 정해놓고 숫자를 기준으로 그와 나 자신을 비교하곤 했다. 내가 열아홉이었을 때 나는 다소 엉뚱하게도 리플레이스먼츠Replacements[1]의 베이스 기타 연주자인 토미 스틴슨Tommy Stinson이 나보다 두 살 아래이고, 이미 3년 동안 적법한 (또는 적어도 불법적으로나마) 록 스타였다는 점을 의식했다. 그뿐 아니라

---

1 미네소타에서 결성된 미국의 록 밴드. 얼터너티브 록의 선구자로 평가받는다.

그는 내가 이미 키스한 적이 있는 두 여자애와 깊은 관계를 맺었으며, 나는 다소 애처로운 내 삶의 그 시점에서 제대로 키스해 본 여자애가 딱 네 명뿐이었다는 사실도 자각했다. 내 통계 분석은 다음과 같은 두 가지 사실을 말해주었다. 1) 토미 스틴슨의 활동을 50개 주로 확대 추정해보면 그는 이보다 훨씬 더 많은 행위를 하고 있다. 2) 나는 록 스타가 되기에는 이미 나이가 너무 많다.

내 나이 스물여섯에 문예 창작 석사 학위를 마쳤을 때 나는 엉뚱하게도 마이클 셰이본Michael Chabon의 생일이 나보다 겨우 10개월 빠른데도 (실은 9개월 3주 빨랐지만 누가 그런 걸 세어보겠는가?) 그를 문학계의 총아로 떠오르게 한 『피츠버그의 마지막 여름』이 2년 전에 출간됐으며, 그의 글은 마무리 짓지도 못한 내 석사 학위 논문의 모든 것들을 부끄럽게 만들었고, 따라서 나는 시작도 하기 전에 패배의 길을 걸어야 할 운명이라는 사실을 자각했다. 그해에 있었던 더욱 심란한 문제는 교수님 중 한 분이 뉴올리언스 여행에서 돌아오면서 존 케네디 툴John Kennedy Toole의 『네온 바이블』한 권을 내게 선물로 사주었다는 사실이다. 그 책은 저자가 자살하고 나서 20년의 세월이 흐른 뒤인 그때 막 출판된 책이었다. 나를 젊은 작가로 여기는 이 교수님은 내가 또 한 명의 젊은 작가의 작품을 읽는 것을 좋아할 거라고 생각한다고 하셨다. 그러나 툴은 열여섯 살 때 그 책을 썼으며 서른 살에 죽었다. 나는 열여섯에 책을 쓰는 것보다는 서른 살에 죽는 것에 훨씬 더 가까운 인간이라는 걸 뼈저리게 자각했다.

내 나이 서른에 접어들 무렵, 나는 카타 폴릿Katha Pollitt의 시 「서른에 들어서며Turning Thirty」를 복사하여 내 책상 위의 벽에 붙여놓았고(나는 이런 고지식함을 빼면 시체다), 따라서 나는 날마다 그 나이에 들어섰다는 사실을 떠올리곤 했다.

갑자기 '선택'이
'무한한 가능성'을 뜻하지 않게 되었을 때

이 시는 그녀의 시집 『남극 여행자Antarctic Traveller』에 실린 시였고, 나는 그 부분을 표시해두기 위해 내가 앵커리지의 '북녘별' 상공 회의소에 부탁하여 얻은 소책자를 책갈피에 끼워두었다. 최근 나의 무한한 가능성 가운데 하나는 알래스카로 이주하는 계획과 관련이 있었다. 계획은 순조롭게 진행되었다. 그 계획을 몰랐던 지나가 그 소책자를 발견하고 아니, 우린 알래스카로 이주하지 않을 거야, 라고 내게 통보하기 전까지는 말이다. 나는 알래스카에서 애완용 원숭이를 키울 수도 있지 않겠느냐는 물음으로 지나의 말에 응수했다. 안 돼, 그녀가 말했다.

나의 무한한 가능성은 끊임없이 줄어들었다.

우연하게도 내가 대학원을 마친 후에 즐거움을 위해 읽은 첫 책은 더글러스 코플런드Douglas Coupland의 『X 세대』였다. (여담: 즐거움을 위한 독서를 좋아해서 영어 전공자가 된 사람이 전공에 들어가자마자 갑자기 독서가 전혀 즐겁지 않은 일이 된 것은 영어 전공자를 위해 맞춤 제작된 것 같은 역설 아닌가?) 책을 읽으며 내 세대의 다른 사람들의 나이와 내 나이가 비교되면서 점점 더 매력적으로 다가왔다. 나는 우리의 생각과 우리의 말에서 우리가 해낸 것, 우리가 실패한 것, 그리고 끝이 없는 영원한 세계 등등에 대해 숙고하게 되었다.

강박관념은 계속되었다. 내가 페이스북을 사용한 초기에는 여전히 모든 사람들이 게시물의 시작 글에 자기 이름을 적었다. 어느 날 나는 '데이비드 기펄스는 조니 뎁보다 더 젊지만 더 나이 든 느낌이 들고, 브렛 파브Brett Favre[2]보다 더 나이 들었지만 더 젊은 것처럼 느낀다'고 선언했다. 나는 어쩔 수 없이 중년의 나이에 들어섰다는 것을 알았지만, 정확히 그게 무얼 의미하는지 차분히 이해하지 못한 채 갈팡질팡 어쩔 줄 몰라 했다. 나는 이제 젊지 않은 것인가? 나이 많은 축에 속하는 것인가? 나는 내가 해야 할 행동들을 온당하게 행하고 있는 걸까? 다른 사람들은 어떻지?

나는 내가 명확히 어른스럽다는 느낌이 들 때가 오리라고 생각했다. 어떤 날카로운 통찰력을 터득하여 이를 바탕으로 결정을 내리고, 알 수 없는 상황에서도 무엇을 어떻게 해야 할지 아는 그런 때가 오리라고 생각했다. 어른으로서의 실제 생활에서

2 1969년생 미국의 유명한 미식축구 선수. NFL 역사상 최고의 쿼터백 중 한 명으로 평가받는다.

(이사회에서, 와인을 주문할 때, 추도 연설을 할 때 등) 불안을 느끼지 않을 때가 오리라고 생각했다. 그렇지만 생각과는 달리 나는 여전히 아이 같은 느낌이었다. 아니, 그보다는 끊임없이 순환하는 젊음의 고리에 자신을 맡겨버린 어른처럼 여겨졌다. 어느 날엔가 쇼핑몰에서 10대 초반인 우리 아이들과 함께 운동화를 골랐는데, '척 테일러' 운동화에 끌려 뭉그적대는 나의 모습을 보고 아이들이 공공연히 경멸적인 반응을 보이는 것에 의아해하는 마흔네 살의 나 자신을 발견하기도 했다.

아빠, 아빠는 나이에 초연하지 못해요.

이게 내가 늘 신는, 또는 늘 신어왔던 유일한 운동화라는 것걸 아이들은 모른단 말인가? 그리하여 나의 일관성과 연속성은 내가 세련되어 보이려 한다거나 맵시 있게 보이려 애쓴다는 비난을 누그러뜨릴 수 있었다. 나는 단지 가치 있는 것을 유지하기 위해 애썼을 뿐이다. 구체적으로 말하면 모든 색 중에서 가장 순수하고 꾸밈없는 흰색의 운동화를 골랐으며, 그 점을 아이들에게 납득시켰다.

스물네 살 때 척 테일러를 산다면 그것은 굉장한 사람처럼 보이려고 애쓰는 것이다. 마흔네 살 때 척 테일러를 산다면 그것은 신뢰할 수 있는 사람처럼 보이려고 애쓰는 것이다.

이것은 지나치게 억지스러운 믿음일까?

나는 언제나 다른 무엇보다도 음악을 좋아했으며, 특히 새로운 음악을 발견하는 것을 좋아했다. 한결같이 그랬다. 그것은 보통 존과 함께한 내 삶의 영광스러운 시금석이었다. 그렇지만 직업을 갖는다면 다른 무엇보다도 록 음악 비평가가 되고 싶었던 20대 때에도 나는 서른 살이 넘으면 누구도 록 음악 비평가가 되어서는 안 된다는 융통성 없는 이론을 세워두기까지 했다. 그런 까닭에 서른네 살에 실제로 내가 일하던 신문사에서 록 음악 비평가 자리를 제안받았을 때, 나는 그 제안을 거절했다. 그렇지만 동시에 나는 최신 음악뿐 아니라 대단히 모호한 오래전의 음악에 대해서도 게걸스럽게 계속해서 추구하고 소비하고 얘기하는 것이 전혀 불편하지 않았는데, 이 점은 정확히 록 음악 비평가가 하는 일이었다. 비록 그 사실에 나는 별다른 주의를 기울이지 않았지만.

이 같은 불확실성이 지속되고 있던 중인 스물아홉 살 때 나는 다소 우연히 마이크 저지와 연줄이 닿았다. 마이크 저지와 관련하여 이 대목에서 가장 중요한 것은 그의 나이가 서른이었다는 점이다. 그는 또한 「비비스와 버트헤드Beavis and Butt-Head」의 제작자이기도 했다. 이 만화 영화는 문화 의식을 담아내는 데 성과를 냈고, MTV는 그걸 적극적으로 밀어붙여 대량 생산 체제를 갖추고 싶어 했다. 우리의 만남은 순전히 우연하게 이루어졌다. 나는 오하이오주에 있는 조그만 신문사의 칼럼니스트였다. 「비비스와 버트헤드」가 갑자기 (커다란) 논란거리가 되었다. 오하이오주에서 다섯 살배기 아이가 불을 질러 어린 여동생이 죽게 된 사건이 있었는데, 아이들의 엄마가 사고의 원인을 비비스의 병적인 방화 습관 탓으로 돌린 것이었다. 그것은 비극적인 일이었지만, 내가 보기엔 그녀가 책임을 잘못 전가한 듯했다. 나는 이 문제와 관련하여 기사를 하나 썼다. 그리고 마이크 저지의 TV 프로그램에 관해 쓴 또 다른 글과 함께 그 기사를 충동적으로 보냈는데, 신문사의 연예부장 앞으로 온 홍보용 우편물의 라벨에서 찾아낸 MTV 네트워크의 주소를 통해서 마이크 저지에게 전달되도록 부쳤다. 메시지를 병에 넣어서 물에 띄워 보내는 것처럼 어설픈 느낌이 들었다.

며칠 뒤, 나는 손으로 쓴 짤막한 답신을 받았다.

친애하는 데이비드,

기사를 보내주셔서 대단히 감사합니다. 나는 모든 사람에게 '뉴스에 나오는 만화 영화'를 보여주었습니다. 끔찍하게 재미있네요. 지난 몇 주 동안은 꽤 힘들었는데, 그 와중에 귀하의 기사 같은 것을 읽을 수 있어서 무척 좋았습니다. 혹시 귀하가 「비비스와 버트헤드」에 관한 에피소드를 쓰고 싶다면 제게 알려주세요. 그걸 쓰면 500달러를 벌 수 있으니까요. 하하하.

_마이크 저지

그는 자신의 전화번호도 적어 보냈다. 나는 그에게 전화하여 얘기를 나누었고, 곧 그가 보내준 샘플을 본떠서 TV 프로그램 대본 쓰는 법을 배웠다. 그는 내가 투고한 첫 번째 아이디어인 「강매」라는 에피소드를 채택했다. 나는 1990년대 중반까지 계속해서 가끔씩이나마 대본을 기고했다. 콘홀리오[3] 에피소드를 썼고, 크리스마스 특집물 가운데 하나를 썼고, 그 밖에 다른 것들도 몇 편 썼다. 나는 결코 주요 기고가가 아니었다. 그보다는 바삐 돌아가는 커다란 기계 속 톱니바퀴의 한 톱니에 가까웠다. 나로서는 거의 재미로 한 일이었다. 나는 주기적으로 투고했고, 저지와 크리스토퍼 브라운(수석 작가이자 프로듀서로, 그의 유머, 성실, 조직화 능력이 이 프로그램의 성공을 뒷받침한 비밀 병기였다)과 계속 대화를 이어갔다.

그 경험에서 가장 오랫동안 개인적인 영향을 끼친 부분은 가장 사소하고 가장 평범한 것이기도 했다. 그것은 바로 우리 삶의 다른 부분에 관해서, 무난하게 좋은 남자로 성장해가는 것과 관련된 부분에 관해서 종종 저지와 전화로 얘기를 나눈 일이었다.

우리는 둘 다 결혼했다. 그는 최근에 두 아이의 아빠가 되었고, 내 아내는 첫째 아이를 임신했다. 우리는 둘 다 끊임없이 결혼반지를 만지작거리는 버릇이 있었고, 결혼반지가 땅에 떨어졌을 때 반지의 뒤를 쫓다가 생긴 황당한 이야기들을 공유했다. 나는 내 고향 오하이오에서 살았고, 그는 뉴욕을 벗어나 그가 고

---

3 비비스의 또 다른 자아.

향 같은 편안함을 느끼는 텍사스로 돌아갈 수 있기를 바랐다. 우리는 둘 다 음악 밴드에서 활동했고, 초기에 가졌던 직업을 부자연스럽게 전환한 경험도 있었다. 그는 사무실에서 일했었는데, 그걸 몹시 싫어했다. 이 경험은 저지가 처음으로 시도한 애니메이션에 나오는 인물인 비좁은 사무실에서 웅웅거리듯이 중얼거리는 캐릭터 밀턴을 만들어내는 데 영감을 주었고, 영화 「사무실 공간Office Space」[4]의 씨앗이 되었다. 돌이켜 생각해보면 그 영화는 그의 반자전적(半自傳的)인 이야기 이상이었던 듯싶다.

저지와 내가 잡담을 할 때면 우리는 비비스와 버트헤드보다는 행크 힐과 붐하우어[5]랑 훨씬 더 유사할 거라고 확신한다. 언젠가 우리는 울타리 기둥을 세우는 가장 좋은 방법에 대해 대화를 나누었다.

그리고 나는 이제 그 애니메이션에 나오는 인물들의 우정과 우리의 실제 삶에서 이루어지는 우정 사이에 큰 차이가 없다는 것을 깨닫는다. 중년의 나이는 여전히 구리고, 여전히 멋지고, 삶은 계속되고, 그러나 계속되지 않고, 그런데 계속된다.

이 경험은 서른 살이 되는 것에 관한 통상적인 느낌을 이해하는 데 도움이 되었으며, 다른 한편으로는 미국에서 성인이 된다는 것의 독특하고 현대적인 복잡성을 일깨워주기도 했다. 저지가 언제나 자신의 인물에 관해 가장 잘 이해하고, 따라서 능숙하

4 국내 개봉 제목은 '뛰는 백수 나는 건달'이다.
5 성인 애니메이션 「킹 오브 더 힐(King of The Hill)」에 나오는 인물들.

게 처리했던 것은 그가 10대 소년들을 위한 글을 쓰지 않았다는 점이다. 그는 그 10대 소년들이 자라서 된 어른들을 위해 글을 썼다. 그 어른들은 언제나 '우리'였다.

약 15년 후, MTV는 저지에게 새로운 에피소드로 꾸민 프로그램을 만들 것을 요청했다. 비비스와 버트헤드는 여전히 열다섯 살 정도였다. 우리는 점점 더 나이 들어갔지만, 한편으로는 줄곧 똑같았다. 나는 그 새로운 에피소드를 내 열여섯 살 아들과 함께 보았다. 아들과 나는 각각 거실 소파의 한쪽 끝을 차지한 채 구부정하게 앉아서 말없이 낄낄거렸다. 흐흐흐.

단순한 숫자는 중년의 미국 중산층 남자가 속한 이 세대를 판단하는 데 적합한 수단이 아닐 것이다. 나는 나 자신이 제1세계 남자의 제1의 물결 속에 있다는 것을 깨닫는다. 이 세대의 문화는 언제나 구린 것과 멋진 것에 의해 규정되어왔다. 이들 제1세계 남자들에게는 '중년의 위기'라는 개념이 무의미한데, 왜냐하면 우리는 사실 우리가 얼마나 나이 들었는지 모르기 때문이다. 블랙 사바스Black Sabbath[6]의 1세대 팬들이 머리에 「워 피그스War Pigs」[7]를 가득 담고서 요양원으로 들어가고 있다. 그것은 우리가 발육 정지나 심리적 거부 상태에 있다는 뜻이 아니라, 어느 정도는 타당하다고 할 수 있는 일시적 방향감각 상실 상태에 있다는

---

6 영국의 하드 록 헤비메탈 밴드. 사람이 무서워하는 음악을 만들자는 의지 아래 결성된 밴드라고 한다. 어둡고 침울한 성향의 곡이 많다.

7 블랙 사바스의 2집 앨범 「Paranoid」에 수록된 곡.

의미다.

만약 아버지가 내가 10대 때 듣던 음악과 똑같은 음악을 듣고 싶어 했다면 아버지는 내가 했던 것과 똑같이 행동했어야 할 것이다. 즉, 먼 곳에 위치한 대학교 록 음악 방송국의 신호를 잡기 위해서 옷걸이를 개조하여 만든 대형 카세트 라디오 안테나를 클리블랜드 쪽으로 맞추는 수고를 했어야 할 것이고, 나아가 예컨대 미트 퍼피츠Meat Puppets[8]가 손수 만든 지하 클럽에서 모든 연령층을 대상으로 하는 공연을 한다는 것을 알게 되면 곧장 그 공연장으로 달려가야 했을 것이다. 왜냐하면 그곳이 그들의 음반을 살 수 있는 유일한 장소였기 때문이다.

지금은 이러한 경험들이 내가 매일 출근할 때 출근 카드를 찍는 것과 똑같은 기계를 통해 전달된다. 그러한 방법에 불합리하거나 무모한 면은 없어 보인다. 새 밴드인 베스트 코스트Best Coast[9]의 앨범은 로그인만 하면 그곳에 있다. 내가 그걸 찾든 말든 상관없이 말이다. 만약 벨벳 언더그라운드의 음악이 1968년에 중서부의 기계 공장에서 드릴 프레스를 통해 자동으로 전달되었다고 한다면, 우리의 세계는 정말 매우 다른 곳이 되었을 것이다.

현대 세계에서 내 동료들과 나는 목표 퇴직 날짜를 토대로 한 직장 생활 기간을 측정할 수 없는데, 왜냐하면 우리는 실은 우

---

8 1980년 애리조나에서 결성된 미국의 록 밴드.
9 2009년 결성된 미국의 인디 록 듀오.

리가 은퇴할 거라고 믿지 않기 때문이다. 우리는 기술로부터 실제적으로 소외되었다고 주장할 수 없다. 왜냐하면 그것은 우리의 존재와 뗄 수 없는 관계에 있기 때문이다. 우리는 과학이 우리 몸을 더 이상 놓아주려 하지 않기 때문에 우리 몸이 망가지고 있다고 불평할 수는 없다. 우리는 하루하루의 삶이 아니라 하루하루의 라이프스타일을 살아가도록 길러져왔다.

알이엠R.E.M.은 자신들의 문화적 신뢰성을 지키기 위해(이와 똑같은 이유로 롤링 스톤스가 새로운 순회공연 날짜를 발표한 것처럼), 그리고 늘 옳다고 느끼는 대신 패러독스를 나타내야 한다는 신조를 지키기 위해 2011년에 해산했다.

서른 살이 되었을 때 나는 내가 과연 서른 살이 되었다고 느끼는지 알아내려고 애썼다. 그러나 알 수 없었다. 마흔 살이 되었을 때 나는 서른 살보다 열 살 더 먹었다고도 느끼지 않았고 쉰 살보다 열 살 덜 먹었다고도 느끼지 않았다. 그 대신 수학이라는 것이 잘못된 응용 프로그램이기나 한 것처럼 어떤 시간의 공백을 느꼈다. 내 마흔 살 생일이었던 바로 그날, 존과 함께 뉴욕에 있었던 나는 펑크 록의 수원지라 할 수 있는 CBGB의 여자 바텐더로부터 신분증을 제시해달라는 요구를 받았다. 나는 기쁜 마음으로 응했다.

그리하여 내 쉰 번째 생일이 다가왔을 때 나는 가장 중요한 사실에 휩싸이게 되었다. 존과 내가 함께 왔어야 했으나 결코 그럴 수 없는 지금, 당혹스러우면서도 매력적인 도시에 도착했다는 사실이었다. 그리고 우리는 이제 더 이상 서로를 거울삼아서 자신을 바라보고 판단할 수 없다는 사실이었다.

그래서 나는 이전과는 다르게 신중하고 차분한 태도로 축하하기 시작했다. 내 생일을 축하한다기보다는 내 삶에 주어진 것, 내가 아직 가지고 있는 것을 축하했다. 슬픔은 일상의 모든 것에 스며 있다가 불쑥불쑥 나타날 수 있다. 그게 바로 지난 8개월 동안 나와 지나에게 일어난 일이었다. 모든 것이 상실의 슬픔에 잠겼다. 이 경험이 처음인 우리 같은 사람들은 휴일이 견디기 힘들다는 경고의 말을 듣는다. 나도 그럴 거라고 예상했지만, 그럼에도 그 감정이 들이닥칠 때는 전혀 예기치 못한 방식으로 찾아왔다. 크리스마스를 며칠 앞둔 어느 날 밤, 나는 공처럼 둥그렇게 몸을 웅크린 채 거실 소파에 앉아 슬픔을 가누지 못하고 두 시간 동안이나 울었다. 나와 존이 우리 집 뒷베란다에 함께 앉아 카메라를 향해 미소를 짓고 있는, 맞은편에 놓인 사진 한 장에 느닷없이 슬픔의 보따리가 터져버린 것이었다. 그날 밤 너무 심하게 울어서 다음 날엔 마치 운동을 한 것처럼 실제로 몸이 뻐근했다. 그런데 그런 상태에서 나는 조그만 카타르시스를 느꼈다. 마치 내 안에 있는 커다란 슬픔의 돌에게 어려운 글을 넘겨줘버린 듯한 기분이었다.

이처럼 뜬금없고 이해하기 어려운 상황이 벌어진 데에는 또 다른 중요한 사태가 갑작스럽게 발생한 것이 한몫했다. 추수감사절에 아버지가 폐종양 진단을 받았다고 털어놓았다. 이 사실은 처음엔 나를 죽음의 강박관념이라는 나락으로 몰아넣었다. 내가 어느 날 아버지를 데리고 클리블랜드 병원으로 가서 오랜 시간 동안 검사를 받고 의사들과 상담을 하기 전까지는 말이다. 그곳 병원에서 들은 한 가지 전언은 여러 사람의 공통된 의견이 었으며, 무시할 수 없는 굉장한 것이었다. 아버지가 여든한 살의 나이에 이토록 활기차고 건강하다니 얼마나 다행스러운가, 하는 얘기를 그곳 사람들로부터 듣고 또 들었던 것이다. 그날 간호사와 인턴과 안내원들 모두 아버지가 "생년월일은 어떻게 되십니까?"라는 일반적인 질문에 여러 차례 되풀이하여 대답했을 때 그 말을 믿지 않았다. 아버지는 특별한 시대(건강한 몸에 생긴 종양은 놀라운 현대 의학 기술과 회복할 수 있다는 대단한 낙관주의로 과감히 치료하는 시대)에 특별한 장소(세계 최고 수준에 속하는 병원에서 30분도 안 걸리는 거리에 있는 곳)에서 살고 있었으며, 특별히 건강한 몸을 가지고 있었다. 내 친구로부터 '아이언 맨'이라는 별명을 얻은 아버지의 몸은 가능한 한도 내에서 가장 강력한 방사선치료를 받을 수 있었다.

내가 젊다고 생각한 존은 나에게 인간의 취약성이라는 우울한 수심을 남겨준 반면, 내가 아는 사람 가운데 가장 나이 많은 축에 속하는 아버지는 희망적이고 대조적인 감정을 심어주었다. 아버지는 이 이상한 새해를 내가 아는 한 가장 활기찬 사람으로 시작했다.

그해 겨울 어느 날 저녁에 우리 집에서 가족 식사를 하는 동안 아버지는 죽는 게 두렵지 않다고 말했다. 아버지는 이 말을 철학적이거나 감상적이거나 체념적이거나 호기로운 태도로 말하지 않았다. 그저 자기는 평생 하고 싶은 일을 하면서 살아왔고, 지금은 여분의 나날을 선물로 받은 기분이라고 말했을 뿐이었다. 그래서 최선을 다해 선물을 활용함으로써 그 선물에 보답할 생각이라고 했다. 아버지는 자신의 과거에 대해 (자기가 쫓아다닌 여자들과 자기를 쫓아다닌 여자들에 대해, 자기가 빠져든 장난질과 자기가 일으킨 장난질에 대해) 점점 더 많은 이야기를 점점 더 솔직하게 얘기하기 시작했다. 나는 아버지가 플레이보이 클럽의 웨이트리스와 데이트를 했다는 것을 늘 알고 있었지만, 그 이야기를 온전히 들은 적은 한 번도 없었다. 그런데 솔직히 말해서 앞부분이 지나면 그리 대수롭지 않은 이야기였다.

그리고 아버지가 복무한 육군 공병대에서 라인강을 가로지르는 다리를 건설한 이야기를 나는 반세기가 지난 후인 그해 겨울에야 알게 되었다. 어떻게 아들이라는 사람이 자기 아버지가 라인강을 가로지르는 다리를 놓았다는 사실을 이토록 오랫동안 모르고 지내왔을 수 있을까?

늘 다리에 큰 매력을 느꼈던 아버지는 실제로 수많은 다리를 설계하고 건설했는데, 그중 많은 다리가 그 다리보다 더 인상적이고 훨씬 더 오래갈 다리였으므로 아버지 자신은 라인강 다리를 특별히 주목할 가치가 있다고 생각한 적이 한 번도 없었을지 모른다. 그렇지만 지나와 나와 우리 아이들과 함께 앉아 있는 동안 우리는 아버지의 얼굴이 점차 환해지는 것을 보았다. 아버지는 이것이 들려줄 가치가 있는 이야기라는 것을 깨달은 것이다.

1957년 제17 공병대는 라인강에 약 4분의 1마일에 걸치는 임시 부교를 건설했다. 토요일 오후에 천 명이 넘는 병사들이 공기 압축기를 사용하여 수많은 캔버스 폰툰[10]에 공기를 넣어 부풀리는 일을 해야 했다. 그런 다음 금속제 새들[11] 작업과 갑판 작업이 이어졌다. 자정이 되자 라인강의 수상 교통이 차단되었고, 병사들은 계속 일해야 했다. 사전 준비대가 강 맞은편까지 케이블을 팽팽히 쳤으며, 병사들은 불도저를 이용하여 물속에서 한 폰툰이 다른 폰툰 뒤에 맞물리도록 연결하는 작업을 시작했다. 각각의 폰툰은 커다란 쇠망치로 때려 박은 육중한 핀에 의해서 옆 폰툰에 부착되었다. 병사들은 다음 날 아침까지 밤새워 일하며 이쪽 강가에서 저쪽 강가까지 긴 거리를 천천히 작업해나갔다. 마침내 일이 끝났을 때 공병대 요리사들이 아침 식사를 만들었다. "그걸 철모에 담아서 먹었어." 아버지가 말했다.

한낮에 제2기갑사단의 사령관(별명이 '지옥의 사나이'였다)이 운전병이 모는 차를 타고 다리를 건너와 라인강의 한가운데 지점에 멈춰 섰다. 사령관이 차에서 내려 미국 국기를 치켜들고 사진을 찍기 위해 포즈를 취했다.

"그러고 나서," 아버지가 말했다. "사령관은 차를 타고 돌아갔

고, 우린 그 모든 과정을 역으로 진행했지."

자정 무렵에 그 다리는 해체되어 사라졌다.

여든두 번째 생일이 다가올 무렵에도 아버지는 바쁜 생활을 이어갈 수 있는 새로운 방법을 계속 찾았다. 진단 결과를 듣고 치료 일정을 받아들인 뒤, 아버지는 야심차게 ('신성한 연기의 향연'이라는 이름을 붙인) 뒷마당 바비큐 파티 계획을 세웠다. 6월 초의 그 파티는 아버지 자신에게 앞을 내다보게 하는 여유를 제공하고 에너지를 충전시키는 자리가 될 터였다. 2년 사이에 두 번이나 몸에서 악성 종양이 발견되었지만, 이것이 아버지의 삶을 좌우하는 가장 중요한 사실인 것처럼 보이지는 않았다. 두 번의 암은 그 사실을 바탕으로 아버지의 삶이 평가되는 기준점처럼 보였을 뿐이다. 아버지는 의사의 예후에서 자신감을 느꼈고, 이 모든 것을 현실적으로 받아들여 한 번에 한 걸음씩 전진해나가겠다는 자신의 결심을 확고히 믿었다. '종양 위원회'로 알려진 클리블랜드 병원 클리닉팀 의사들은 협의를 통해 아버지는 가장 철저한 치료를 받아야 하며 그걸 이겨낼 수 있을 거라고 결론지었다. 그 방법이 계속해서 양질의 삶을 살 수 있는 최선의 전망을 제공한다는 것이었다.

아버지는 내가 무척이나 궁금해하고 호기심을 가졌던, 운명적이고 심지어 우화적으로 보이기까지 한 모든 치료 계획과 시기에 관해 나와 공유하지 않았다. 닷새간의 방사선치료는 내 쉰 번째 생일에, 월요일에, '성 패트릭의 날'에 시작되었다.

아버지는 자신의 치료보다 지나가 그 전주 토요일에 나를 위해서 마련한 파티에 훨씬 더 관심이 있었다.

아버지는 녹색 판지로 만든 레프러콘[12] 모자를 쓰고 나타났다. 손에는 포장지에 싸인 커다랗고 묵직한 상자가 들려 있었는데, 아버지는 그걸 사람들이 함께 나누어 마실 수 있도록 일찍 열어보라고 내게 말했다. 동네 양조업자에게 의뢰하여 '데이비드 기펄스 아이리시 스타우트' 한 상자를 맞춤 제작한 것이었다. 아버지는 자신의 컴퓨터로 라벨을 직접 디자인했다. 내 사진을 넣고 사진 위에 필기체 도안 글자를 두른 라벨이었다. 그 라벨들이 지금 20온스짜리 갈색 병 열두 개를 장식하고 있었다. 나는 포장을 풀고 첫 번째 병을 따서 각자의 잔에 부었다.

집 안은 사람과 음악과 냄새로 가득했다. 가스레인지 위에서 뭉게뭉게 피어 감도는 파스타 냄새, 음식점에서 사 가지고 온 닭고기 냄새, 마늘과 향신료 냄새…. 사람들의 목소리와 웃음소리가 아래층을 가득 채웠다. 큰 파티였다. 한 지붕 아래에서 조그만 파티가 여러 군데서 열린다면 큰 파티라 할 수 있는데, 그런 의미에서의 큰 파티였다. 거실 모임, 부엌에서의 모임, 오디오 근처에서의 모임, 뒷문 밖 연기 자욱한 정자에서의 또 다른 모임…. 지나는 모든 사람이 넘치도록 먹을 수 있도록 음식을 준비

---

12 아일랜드 민화에 나오는 남자 모습의 작은 요정.

했다. 사람들은 아무리 먹어도 충분치 않다는 게 지나의 타고난 믿음이기 때문이었다. 잠시도 가만히 있지 못하는 것이 우리 집안의 병이라면, 병적인 환대는 그녀 집안의 병이었다.

파티의 중심에는 우스꽝스러운 녹색 레프러콘 모자를 쓴 아버지가 있었다. 우리 친구들 모임에 낀 아버지는 우리와 함께 존을 위해 잔을 치켜들었다. 한 친구가 아일랜드식 건배사를 읊었다.

우리를 사랑하는 이들은 우리를 사랑하게 하소서
우리를 사랑하지 않는 이들은
신이시여, 그들의 심장을 돌려놓으소서
그들의 심장을 돌려놓지 않으려거든
신이시여, 그들의 발목을 돌려놓으소서
절뚝거리는 것을 보고 우리가 그들을 알아보도록

파티는 일요일 새벽까지 이어졌다. 그때까지 남은 몇 명의 친구들은 내 음반 보관함을 뒤지기 시작했고, 우리는 고고 음악을 꺼리거나 비꼬는 일 없이 순수하게 즐거운 기분으로 쾅쾅 울리도록 틀었다. 그다음에는 애덤 앤드 디 앤츠Adam & The Ants[13]와 슈퍼트램프Supertramp[14]의 음악이 이어졌다. 그날 밤에 있었던 일 가운데 두고두고 잊히지 않을 장면은 한 친구의 모습(그 모습

13 리드 보컬 애덤 앤트(Adam Ant)가 이끄는 영국의 록 밴드.
14 1970년대 인기를 끌었던 영국의 록 밴드.

은 휴대전화 동영상에 고스란히 찍혔다)인데, 그 친구의 이름은 기록에 남기지 않을 작정이다. 그는 새벽 네시에 술에 취해 곤드라진 채로 내 다락방에서 등을 대고 뻗었다. 두 팔은 십자가에 매달린 자세였고, 기타가 그의 몸 위에 놓여 있었는데, 손가락은 E 코드를 짚은 모양으로 기타의 목 부분의 위쪽을 단단히 누르고 있었다. 방 안에서는 더 카스The Cars의 「굿 타임스 롤Good Times Roll」이 최대한의 볼륨으로 흘러나와서 그 소리가 두 층 아래의 방에까지 울려 퍼졌다.

월요일에 아버지는 첫 번째 방사선치료를 받았다. 방사선치료사가 종양을 겨냥한 다음 강도 높은 방사선을 쬐는 동안 아버지는 등을 대고 누워서 두 팔을 머리 위로 올린 자세로 숨을 참은 채 꼼짝 않고 가만히 있어야 했다.

그날 밤 아버지는 우리 집에 와서 저녁 식사를 했다. 아버지는 몸 상태가 괜찮다고, 정상이라고 말했다.

화요일에도 아버지는 병원에 가서 가슴에 또 다른 방사선치료를 받았다. 그날 저녁에는 내 형과 함께 농구 경기를 구경하러 갔다.

목요일에 시내 도서관에서 열린 행사에 아버지가 참석했다. 그 행사에서 나는 존에게 헌정한 나의 새 책 출간을 기념하여 내용의 일부를 낭독했다. 질의응답 시간에 사람이 가득 찬 강당의 맨 앞줄에서 손 하나가 불쑥 올라갔다. 아버지였다.

"당신은 그 책을 존 풀리아에게 헌정했어요. 그 이유를 말해 줄 수 있습니까?"

아버지에게 허를 찔린 나는 그에 대한 반응으로 아버지를 똑바로 쳐다보았다. '아버지, 정말 그렇게 하기예요?'

나는 시간을 끌면서 천천히 플라스틱 물병의 물을 마셨다. 첫마디를 말할 때 목이 막혔으나, 이내 내 목소리를 되찾고서 내가 방금 전에 읽은 책의 내용의 많은 부분을 '우정'이라 규정했다는 것을 가능한 한 최선을 다해 설명했다. 나는 대답을 끝내고 나서 아버지를 쏘아보았다. '됐나요, 아버지?'

아버지가 싱긋 웃었다.

금요일에 아버지는 다시 병원에 가서 다섯 번째이자 마지막으로 방사선치료를 받았다.

토요일에 아버지에게 전화해서 건강은 어떤지 물어보았다.

"괜찮아." 아버지가 질문이 뜬금없다는 듯한 어투로 말했다. "조금 피곤한 것 같기도 하다만. 그렇지만 정말 아무렇지도 않다."

밥 딜런의 뇌

"관 말이야." 어느 날 아침 부엌 식탁에 앉아 커피를 마실 때 지나가 천천히 신문을 오리면서 말했다. "그걸 어디에 보관해둘 생각인데?"

"생각이 있어."

실은 아무 생각도 없었다.

나는 내가 할 일을 하기 시작했다. 문제가 제 스스로 사라지기를 열심히 바라면서 문제를 내버려두는 것이 그것이다. 이 방법은 배관 작업에 종종 효과가 있다. 가벼운 우울증에도 자주 효과를 보인다. 그러나 재산세 문제에는 전혀 효과가 없다.

관이 서서히 형태를 갖추어감에 따라 관의 물리적, 정신적 면모가 내가 전혀 생각지 못했던 크기와 모양을 띠었다. 그것은 사람들이 "젠장, 이젠 장난이 아니고 현실이네"라고 말할 때의 그 '현실'처럼 이제는 빼도 박도 못할 현실이 되어버렸다. 나의 시신은 길이가 69인치에다가 (관에 누운 자세의 팔꿈치 길이를 감안한) 폭이 23인치인 관에 들어가게 될 거라고 종이 위에서 결정하는 것과 나의 사후 육신이 누워 쉬게 될 목재의 표면을 보고 느끼는 것은 별개의 문제인 것이다.

이 관은 크고 무거웠다. 하지만 아직은 상자의 꼴도 갖추지 못했다.

그것은 여전히 아버지의 작업장 뒷벽에 쌓아놓은 널빤지 세트일 뿐이었다. 널빤지 앞면에는 이 작업으로 다시 돌아갈 때마다 우리의 기억을 되살릴 수 있도록 모눈종이에 그린 도면이 테이프로 부착되어 있었다. 내가 마지막으로 사포질을 하고 작업장을 나왔던 8월 말 무렵의 그날 이후로 인생이 반복적으로 그 일을 끝내는 것을 방해하는 방향으로 흘렀다. 아버지는 대개 가을이면 크리스마스 선물을 만들기 위해 자신의 작업장의 영토권을 회수해갔다. 나는 학기 중의 바쁜 일과와 내 책 홍보 행사로 분주했다. 그 무렵에 아버지는 폐종양이라는 것에 붙들려 다른 데 신경 쓸 여력이 없었고, 나는 아버지의 시간을 침범할까 두려워 관 작업에 신경 쓰지 못했다.

그러다 늦겨울이 된 어느 날, 나는 아버지 집에 들렀고 아버지는 헛간에 가보자고 했다. 우리는 눈밭을 터벅터벅 걸어서 커다란 붉은색 별채 건물로 갔다. 문간에 들어서면서 우리는 발을 쿵쿵 굴러 신발의 눈을 털어냈다. 유리문 너머의 방은 따뜻했으며 벽에 설치된 가스히터 냄새와 함께 계피 냄새가 났다. 우리는 모든 것을 덮어씌운 먼지를 피해 작업장 바깥에 외투를 걸었다. 그 커다란 작업장은 가장 깨끗할 때도 예스러운 느낌의 누런빛을 띠었고, 속살을 드러낸 목재에서 스며 나오는 고소한 냄새가 떠돌아다녔다.

널빤지들은 우리가 두고 온 모습 그대로 놓여 있었다. 그것들의 불완전함이 새삼 눈에 띄었다. 거친 나뭇결과 베인 자국이 전에 없이 눈길을 끌었다. 핏자국을 찾아보았으나 찾을 수 없었다. 우리는 그 널빤지들을 톱질 모탕이 있는 곳으로 옮겨서 모탕 위에 평평하게 내려놓았다. 아버지가 손바닥으로 표면을 죽 훑고 나서 무릎을 꿇고 그동안 휘거나 오그라든 곳은 없는지 눈을 동그랗게 뜨고 살펴보았다. "썩 괜찮아 보인다." 아버지가 말했다. "나쁘지 않아."

이 작업을 해오는 과정에서 떠올랐던 모든 질문 가운데 맨 처음 내가 이 프로젝트를 시작하게 된 이유가 생각났다. 그것은 아버지와 함께 시간을 보내기 위한 한 가지 방법이었다. 아버지가 처음 암과 씨름하던 해 어느 날, 나는 내 다락방 창가에 섰다. 11월 중반이었다. 나는 뒷마당에 나란히 서 있는, 밝은 노란색 넓은 잎을 가진 나무 세 그루를 내다보고 있었다. 우리 집 마당에서 자라는 스무 그루가 넘는 나무 중에서 이들 세 그루만이 아직 낙엽을 떨구지 않았다. 해마다 그랬다. 이 나무들은 다른 모든 나무들이 헐벗고 나서도 족히 2주일 뒤까지 푸르게 남아 있다가 맨 마지막에야 단풍이 들었다. 그제야 마침내 황금빛 노란색으로 물이 드는 것이었다. 나는 거기에 대해서 많은 생각을 해본 적이 없었다. 그저 그런가 보다 하고 막연히 생각했을 뿐이다.

며칠 뒤 나는 아버지의 집에 있었고, 아버지는 마당의 낙엽을 쓰는 일에 관해 얘기했다. "물론 저 나무는 항상 기다렸다가 쓸어야 해." 아버지가 우리 집에 있는 것과 똑같은, 밝은 노란색의 넓은 잎을 가진 커다란 나무를 가리키며 말했다. "왜냐하면 저건 노르웨이단풍이기 때문이야. 저 나무는 된서리가 내릴 때까지 잎을 떨구지 않아. 알다시피 저건 노르웨이 원산이니까."

물어볼 생각도 거의 하지 못했고 대답을 부탁한 적도 없는 것에 대한 대답은 일종의 질문이었다. 아버지는 평생 그런 식으로 나를 가르쳤다. 자연스럽게 이야기하고 대화하는 중에 자발적으로 지식을 전달했다.

나는 내 관을 만드는 것이 죽음의 당혹스러움을 이겨내는 한 가지 방법일 수 있다고 믿었다. 그러나 내가 아버지와 단둘이 시간을 보내는 것의 진정한 의미는 인생의 다른 일들에 너무 압도되어서 이 일을 시급하고도 의미심장한 일로 여길 수 없는 우리가 각자 자기 자신을 찾는 것이었다. 우리는 여러 가지 방법으로 많은 시간을 함께 보내고 있었다. 동시에 각자 자신의 삶을 바쁘게 꾸려가면서 많은 시간을 따로 보내고 있었다. 우리가 종종 '관의 시간'이라고 부르는 관 짜기 작업의 일정을 세우는 것이 흔히 서로의 시간을 방해하는 것으로 여겨질 정도였다. 지나와 나는 매주 일요일에 아버지를 모시고 저녁 식사를 하기 시작했고, 이 새로운 의식은 한 주의 가장 중요한 일이 되었다. 우리가 함께 보내는 가장 귀중한 시간은 엄밀히 말하면 관 만들기 작업을 하지 않는 시간인 것 같았다. 사실, 아버지는 우리 둘 다 이 작업을 마무리 짓기 위해 계속해서 많은 시간을 들여 일할 준비가 되어 있기 전에는 이 관을 영구적인 상태로 조립하고 싶지 않아 했다. 왜냐하면 그 시점이 되면 관이 작업장 바닥 공간을 많이 차지하게 될 것이고, 그러면 아버지가 그곳에서 하고자 하는 다른 작업을 하는 데 방해가 될 터이기 때문이었다.

한편 나는 기대했던 것만큼 아버지에게서 많은 것을 배우지 못하고 있었다. 주로 독특한 통찰력과 경험에 바탕을 둔 아버지의 설계는 나로서는 감당하기 힘들었다. 그것은 내 자동차의 작동 방식이나 밥 딜런의 뇌 같은 것이었다. 즉, 나로서는 완전히 이해하지는 못하지만 전적으로 신뢰한다는 뜻이다.

이 계획에 착수하면 내가 아직 터득하지 못한 목공과 설계에 관한 많은 기술과 기법을 배울 수 있을 거라고 믿었다. 끊임없이 우리 집을 개조하는 과정에서 나 역시 어떤 기술(벽돌 쌓기, 나무 베기, 바닥 사포질, 석고 보드 시공, 힘들고 재미없는 하수 처리 시설 설치 등)에는 충분히 능숙해졌다. 나는 몇 가지 가구를 만들기도 했으나 이 분야에서 나의 주요 성과(내가 벤 나무를 가지고 통

나무를 아버지의 지도 아래 벗기고 켜고 자르면서 전통적인 소목 가구를 프리 재즈 식으로 자유롭게 해석하며 한 조각 한 조각 짜 맞추어 만든 촌스러운 원목 가구)는 시시하고 보잘것없었다. 마무리된 결과물은 친구들로부터 「길리건의 섬」[1]에 등장하는 가구라는, 전적으로 칭찬은 아닌 별명을 얻었다. 나는 아버지가 지닌 기술과 같은 훌륭한 고급 목공 기술을 익히고 싶었다. 그러나 지금까지 내가 의미 있게 발전한 결과라곤 라우터 사고에 손가락을 잃지 않은 것뿐이었다.

나는 아버지의 작업장에서 우리가 오랜 시간 함께하면 아버지의 삶의 지혜를 어느 정도 흡수하게 될 거라고 믿었다. 문제는 아버지가 삶의 지혜를 전수하는 부류의 사람이 아니라는 점이었다. 아버지는 그런 사람이 아니었다(나는 이 점을 아주 잘 알고 있었다). 그런 사람이었던 적이 없다. 아버지에게 조언을 구한 적이 많지 않았지만, 한번은 아버지에게 직접적으로 조언을 구한 적이 있었다. 나는 커다란 모험이랄 수 있는 직장을 옮기는 문제에 관해 아버지와 얘기를 나누었다. 경청하는 자세로 오랫동안 앉아서 나의 장광설에 조용히 귀 기울이던 아버지가 이윽고 한마디 했다. 아버지는 자신의 직장 생활에서 모험을 택할 때마다 아주 좋은 결과를 낳았다고 했다. 그게 끝이었다. 모눈종이 위 아버지가 쓴 정자체처럼 듬직하고 꾸밈없는 말이었다. 그것

---

1 미국의 1960년대 시트콤. 난파선이 지도에도 없는 무인도에 도착하면서 벌어지는 내용으로, 길리건은 1등 항해사 이름이다.

은 올바른 조언이었고 내게 필요했던 자신감을 주는 말이었다. 그러나 그것은 아버지 자신을 자연스럽게 쏟아내는 그런 말은 아니었다. (이에 반하여 나는 아포리즘을 쏟아내는 장난감 물총 같은 사람이어서 내 아이들에게 충고와 조언을 마구 쏘아댄다. 아이들은 나를 고루한 사람을 형상화한 마스코트처럼 여기지 않을까.)

나의 모든 추론이 틀렸을지도 모른다.

그 가운데 최악은 죽음을 이해할 수 있다고 믿은 오만함이었다. 관은 이 문제에 거의 도움이 되지 못했다. 나는 여전히 죽음이 가까이 다가왔을 무렵의 어머니의 고집과 숙명론적 태도, 의사의 지시에 따르기를 완강하게 거부한 것, 음식을 제대로 잘 먹지 않으려 한(내가 보기에는 그랬다) 것, 모든 게 하느님의 손안에 있다는 수동적인 자세 등을 '용서'하려 애쓰고 있었다. 나는 어머니가 얼마나 많은 고통을 겪었는지 알지 못했다는 사실을 인정하기 시작했다. 어머니가 나보다 더 강한 믿음을 가졌다는 것을 인정하기 시작했다. 나는 이기심에 빠져 어머니의 죽음을, 마치 그것이 내게 일어난 일인 것처럼 사사로이 받아들였다. 나는 어머니가 죽고 싶어 하지 않기를 바랐다. 왜냐하면 어머니가 죽는 것을 내가 바라지 않았기 때문이다. 나는 여전히 나의 여인이었던 어머니를 원했기 때문이다. 마구 기뻐하는 전염성 있는 웃음을 가진 여인, 좋은 음식을 먹을 때는 너무도 맛있고 신나게 먹어서 남들이 무의식적으로 그 모습을 흉내 내며 입술을 움직이게 만드는 여인, 나에게 『아홉 가지 이야기』 책을 준 여인, 『옥스퍼드 영어사전』을 뒤적이며 십자말풀이를 하던 여인을 여전히 원했기 때문이다. 어머니가 죽음을 받아들이기를 원했을 수도 있다는 가능성을 나는 인정하지 않았다. 어머니의 갈망이 아버지가 밝힌 죽음의 수용, 즉 죽는다는 것을 두려워하지 않고 담담히 받아들이는 태도(그것을 나는 건강한, 어쩌면 숭고하기까지 한 태도라고 생각했다)와 크게 다르지 않으리라는 것을 인정하지 않았던 것이다.

나는 존을 잃은 혼돈을 차분히 정리할 수 있을 만큼 그 혼돈으로부터 충분한 거리를 유지하지 못한 게 분명했다. 그나마 내가 한 거라곤 페이스북에 잃어버린 내 친구에 관한 매우 감상적인 글을 이따금 올린 것뿐이었는데, 그것은 페이스북의 세계에서는 특별한 감정이 아니다. 페이스북을 하는 모든 사람들은 자기 집 고양이를 좋아하거나 떠난 이를 그리워한다. 존의 죽음을 이해하려는 나의 노력은 내가 참 어설프다는 느낌과 혼란스러운 느낌을 남겨주었을 뿐이다.

전환

나는 자주 그러하듯이 다른 일을 했다. 할 일을 다른 일로 바꾼 것이었다. 이것이 일반적인 일 중독자의 방식이다.

지난여름 존의 장례식 날 오후에 나는 뒷마당의 흰 천막 아래 후텁지근한 공기 속에 앉아서 내 친구 아니 턴스톨과 이야기를 나누었다. 우리 둘은 짝이 맞지 않은 접이식 의자에 비스듬한 각도로 마주 보며 자리 잡고 앉았다. 근처에서는 아이들이 뒷마당을 이리저리 달리며 서로를 쫓아다녔고, 농구대 주위에서는 농구공을 링에 던지고 공이 빗나가고 다시 던지는 동작이 이어졌으며, 10대 아이들은 자신들만의 탁자에서 몸을 앞으로 기울이고 앉아 뭔가 중요한 이야기를 진지하게 나누었고, 어른들은 둘씩, 또는 서너씩 모여서 술이나 음료를 홀짝이며 한가로이 담소를 나누었다.

아니는 존과 함께 미술학과를 마쳤고, 이후 존과 나처럼 줄곧 애크런에 남아서 생활했다. 그는 애크런 미술관에서 경력을 쌓아왔고, 지금은 그곳에서 미술품 수집 업무를 총괄한다. 우리는 시원한 맥주를 홀짝이며 존에 관한 옛이야기를 나누면서 장례식을 치르고 난 오후의 무거운 마음을 어색한 웃음으로 달랬다.

"우린 전시회를 열어야 해." 아니가 말했다.

"딕 태편 회고전을 열 수도 있겠군."

그가 웃었다.

우리의 친구 앤드루 보로윅이 천막 아래로 들어와 우리 자리에 합석했다. 앤드루는 사진가이자 애크런 대학 미술 교수였는데, 거기서 그는 존과 아니를 학생으로 맞았다. 존의 삶에 관한 신문 특집 기사에서 앤드루는 존을 '내가 30년 동안 가르치면서 만난 어느 학생보다도 더 많은 열정과 호기심과 상상력을 지녔던 학생'이라고 묘사했다. (왜곡된 자동 번역에서는 앤드루의 말이 '내가 30년 동안 가르치는 동안 훌륭했던 대충 어느 초심자보다도 더 많은 열정과 특이함과 상상력을 가졌던 사람'이 되었다.) 앤드루는 이미 존의 이름으로 애크런 대학 장학금을 수여하기 위한 일을 추진하기 시작했다. 장학 기금은 매년 한 학생을 선발하여 존이 그 오랜 세월 동안 찾아가곤 했던 것과 똑같이 뉴욕으로 견학 여행을 보내는 데 쓰일 예정이었다. 무엇보다도 존의 뉴욕 사랑뿐 아니라 존의 야망과 미의식을 확립해준 것이 바로 뉴욕 견학 여행이었으므로.

"전시회, 해야지." 전시회에 관한 생각을 듣고 나서 앤드루가
말했다.

"존도 그리했을 거예요." 내가 말했다.

3개월 후인 10월에 나는 존의 집 지하실에 있는 작업실에 있
었다. 그가 아주 많은 파티를 열었던 곳, 그가 이혼 후 다시 자신
의 삶을 추슬렀던 곳, 그리고 그가 죽었던 곳이었다. 존의 재산
을 살펴보다가 존의 모든 작품을 어떻게 정량화해야 할지 몰라
서 당황한 존의 가족은 아니와 앤드루에게 목록을 만드는 일을
도와주고 존의 작품 하나하나에 금전적 가치를 매겨달라고 부
탁했다. 나는 또 다른 친구인 로비 슈나이더와 함께 그 일에 합
류했다. 로비는 존과 협력해가며 작업을 한 존의 동료였다. 우리
네 사람은 재산을 평가하는 일을 넘어 어떤 작품을 사용할 수
있을 것인지, 그리고 어떤 성격의 전시회가 될 것인지에 대한 아
이디어를 얻게 되기를 바랐다. 유산 집행자인 존의 부모님과 동
생은 번잡한 마음이 만들어낸 이 어수선한 잡동사니 같은 작품
들을 평가할 어떤 방법이 나오기를 바라며 지켜볼 뿐이었다.

이것은 이상한 일이었다. 그 전해에 열린 전시회에서 그림
들은 200달러에 팔렸다. 그러나 존은 작품을 공짜로 주기도 했
다. 마이클 독스를 주제로 한 전시회가 열린 눈 오는 밤에 지나
와 나는 그림 한 점을 구입했다. 그런데 전시회가 끝났을 때 존

은 우리에게 두 점을 더 주었다. 그의 지하 작업실 넓은 선반에서 우리는 놀랍도록 많은 작품을 발견했다. 존은 내가 알고 있던 것보다 훨씬 더 많은 작품을 생산해왔던 것이다. 몇몇 작품은 다 완성되었거나 거의 마무리되어 있었다. 몇몇은 초기 스케치 형태로 남아 있었고, 몇몇은 좌절의 흔적이 뚜렷이 드러나 보였고, 몇몇은 같은 아이디어를 더 세련되게 표현한 작품에 뒤처진 탓에 포기해버린 작품인 것 같았다. 그중 많은 작품들이 생애 마지막 몇 년 동안 그의 스타일이 된 커다란 크기의 '모조 피지-잉크' 작품이었다.

나는 존이 죽은 이후로 그 작업실에 가지 않았다. 그런데 지금 그가 부재한 가운데 그곳에 있으니 아버지의 작업장에 혼자 있었던 그날 오후와 몹시 비슷한 기분이 들었다. 한 사람의 모든 영향, 자연스레 차곡차곡 쌓인 결과물들, 곧 쓰러질 것처럼 활동한 흔적, 한 사람이 남긴 이야기 등이 내 마음속에 스며들었다.

그가 8년 전에 CBGB 클럽 갤러리에서 구입했던 CBGB 메신저 백이 선반 옆면의 못에 걸려 있었다. 그의 작업 탁자에는 어느 날 밤 우리가 거기에 앉아 마셨던 캄파리¹ 병이 놓여 있었다. 그때 그는 초기에 작업했던 공장 그림들을 몇 점 내게 보여주었다. 1977년에 간행된 《다이너마이트》 잡지 43호에서 오려낸 배리 매닐로의 포스터가 화장실 벽에 부착되어 있었으며, 그

1 매우 쓴 맛이 나는 이탈리아산 붉은 술.

맞은편에는 너덜너덜해지고 찢어진, 손으로 그려 만든 광고지가 붙어 있었다. 그것은 차고 밴드였던 '제너릭스'의 공연을 알리는 광고지였는데, 그 밴드는 우리가 아무것도 몰랐으나 모든 것을 믿었던 열여덟 살이었을 때 존이 노래를 따라 불렀던 밴드였다. 그리고 그곳에는 냄새가 배어 있었다. 약간 퀴퀴한 양탄자 냄새가 종이 냄새, 잉크 냄새, 지하실 냄새와 뒤섞여 있었다. 존이 초대한 파티에 온 대부분의 사람들은 지하실에 화장실이 있다는 것을 몰랐으므로 나는 거기 있을 때면 언제나 사람들을 피해 이 화장실을 이용했다. 위층의 소음을 떠나와서 존이 자신과의 약속을 지키고자 부지런히 일했던, 푸르스름한 어둠이 고인 이 사적인 장소에 들어서면 이상하게도 내가 가장 좋아하는 그 밤들에 대한 기억이 피어오르곤 했다. 이곳에 있을 때 나는 그의 작품이 아메리카나Americana나 언더그라운드 밴드(그랜대디Grandaddy, 엉클 투펠로Uncle Tupelo, 더 마운틴 고츠The Mountain Goats, 모디스트 마우스Modest Mouse)와 기이하게 접선하며 피 흘리는 것을 들을 수 있었다.

내가 아는 한 (성인의 책임에 대한 사회적 표준이라 할 수 있는) 담보대출로 집을 구입한 거의 모든 남자들은 곧장 새로 산 집에 성인의 책임과 반대되는 특별한 일에 몰두할 수 있는 자신의 공간을 요구했다. 나는 헛간을 짓는 형을 도우며 여름의 일부를 보냈다(물론 설계자와 주요 일꾼은 아버지였다). 건설 과정 자체에서 우리는 마초적 쾌락에 흠뻑 빠져들었다. 전문적이지 못한 벽돌 쌓기, 맥주 마시기, 거리낌 없이 내뱉는 욕설, 옥상에서 오줌 누기 같은 게 다 그랬다. 헛간이 완성됨에 따라 구식 트랙터와 모터보트와 드럼 세트를 넣어둘 수 있는 공간이 생겼으므로 그 최종 산물은 그런 짜릿한 기분을 증폭시켰다.

이 헛간에는 거의 한 세기 전에 마차 차고의 문으로 쓰였던 롤링 도어가 달려 있는데, 그것은 원래는 우리 집 차고의 문이었다. 나는 그 문을 형의 헛간에 쓰라고 내주었다. 우리 집 차고의 문은 아버지가 아버지 집 차고의 절반을 세탁실로 개조하면서 떼어낸 롤업 도어를 수거해 와서 그것으로 교체했기 때문이다. (물건들은 이처럼 늘 우리 가족 사이에서 돌고 돌았다.) 헛간에 지붕을 얹고 난 뒤 아버지는 문을 설치하는 시스템을 설계하여 형이 일하러 나간 동안 매일매일 맞춤형으로 문을 짜고 롤러를 준비하는 등 바지런히 일했다. 비가 내린 어느 날 오후, 아버지는 헛간 바깥쪽 뒷벽에 기대어 놓은 문짝을 옮기려 했다. 그 문이 아버지 쪽으로 넘어오는 바람에 아버지는 문을 피하려다가 진창에 미끄러졌고, 문은 아버지 위로 떨어져 내렸다. 문이 온전히 아버지를 덮친 것은 아니었지만 그럼에도 꼼짝없이 갇힌 상태가 되었다. 일흔여섯의 나이인 데다 부상을 입었을지도 모르고 옷은 온통 진흙투성이였다. 아버지는 거기 누워 생각했다. 죽을지도 모른다는 생각을 한 게 아니라 어머니한테서 엄청 혼나고 곤란을 겪을 거라는 생각을 한 것이었다. 어머니는 아버지가 자초한 그 같은 사고가 잦은 편이었음에도 그럴 때마다 아버지를 여간 못마땅히 여긴 게 아니었다. 아버지의 휴대전화는 뒷주머니에 들어 있었다. 아버지는 자유로운 한 손을 엉덩이 쪽으로 뻗으려 안간힘을 다했지만 그럴 수 있을 만큼 어깨를 돌릴 수가 없었다. 그래서 아버지는 좀 더 거기 누워서 생각했다. 그런 다음 천천히, 그리고 조심스럽게 진창 속에서 꼼지락거리기 시작했다. 아버지는 꼼지락거리며 나아가고, 다시 꼼지락거리며 나아가기를 계속했다. 그렇게 한 시간 정도 지난 뒤, 아버지는 간신히 문에서 빠져나올 수 있었다. 그러고 나서 곧바로 다시 하던 일로 돌아갔다. 몸이 무척 더럽다고 생각했지만, 그러면 어떤가? 새 헛간에는 이야기가 필요한 법이다.

나는 이러한 공간 가운데 최고는 불완전한 공간, 목적을 위해 존재하는 것이 아닌 공간, 모든 것을 다 수용하고자 하는 공간이라는 것을 알았다. 나는 나의 최초의 공간을 어렸을 때 우리 집 지하실에 뒷골목의 대형 폐기물 수거함 옆에서 끌고 온 판자들을 가지고 만들었다. 존은 사춘기 때 부모님으로부터 낡은 지하 식료품 저장실을 사용해도 좋다는 허락을 받아 그곳에 스테레오를 설치하고 아직은 빈약하지만 점점 늘어나게 될 음반들을 차곡차곡 모았다(더 스위트The Sweet, 데보Devo, 「몬티 파이튼 비행 서커스」 등이 있었다). 그와 더불어 슈퍼에이트 카메라 장비와 필름을 감는 릴도 있었는데, 그것은 그의 영화 작품이 점점 늘어나는 것을 상징적으로 보여주었다. 그의 영화는 주로 스톱모션 애니메이션이었고, 그중에는 플라스틱 공룡들이 나오는 작품도 있었다. 공룡들은 불가피하게 휘발유를 흠뻑 뒤집어쓴 채 불이 붙어 그들 자신의 타오르는 악의 구렁텅이 속에서 죽어갔다.

각자 집을 소유하게 되자마자 나는 우리 집 다락방을 차지했고, 존은 자기 집 지하실을 차지했다. 이들 공간을 통해 우리는 계속해서 우리 식으로 살아갔고, 우리가 상상해온 장래 모습 그대로의 우리가 되기 위해 별것이 아니라 할지라도 나름대로 진지한 노력을 기울였다.

존이 처음 구입한 그 집의 지하실은 조명이 형편없었고 배수가 잘 안 되었다. 그래서 그의 작품에서는 대개 낡고 찌든 습한 콘크리트와 나무뿌리 냄새가 났다. 그 동네 모퉁이에 있던 지저분한 선술집이 철거되었을 때는 존의 '스튜디오'에 일시적으로 쥐가 득실거렸다. 그러나 예리한 눈으로 약삭빠르고 작은 생물체를 지켜보면서 옆에 공기총을 둔 채로 작품을 만들 수 없다고 한다면 그 사람은 예술에 적합한 사람이 아닐 것이다.

한편 3층에 있는 내 공간은 난방도 안 되고 에어컨도 없었다. 나는 새 브라더 '전동' 타자기로 타이핑을 했는데, 이 타자기에는 키보드 위에 조그만 창이 있어서 데이지 휠이 글자를 종이에 찍기 전에 매번 일곱 단어 정도를 이 창을 통해 미리 보여주었다. 겨울이면 내 문학적 자아는 장발을 한 채 두꺼운 파카와 털모자로 몸을 감싸고서 내 입김 사이로 새어 나오는 산문을 분석하곤 했다. 여름이면 나는 웃통을 벗고 글을 썼다. 그럴 때면 땀에 젖은 등이 (쓰레기를 버리러 나간 어느 날 밤에 길가에 버려져 있던 것을 주워 온) 사무실용 의자의 청록색 플라스틱 등받이에 달라붙곤 했다.

지나와 내가 이사 간, 다음 집은 무너져 내릴 것만 같은 집으로, 평생을 얼마간 무질서한 상태로 살아가야 할 듯했다. 시도 때도 없이 계속 문제가 불거지는 집이었다. 나는 즉시 다람쥐와 박쥐가 득시글거리고 창문이 깨졌으며 등나무가 안으로 침범해 들어오는 3층의 하인 주거 구역을 내가 쓰겠다고 우겼고, 지나는 기꺼이 받아들였다. 한편 존은 결혼 생활이 급격히 악화되고 정상 궤도를 이탈함에 따라 계속해서 불안정한 상황으로 빠져들었으며, 그 때문에 한 아파트에서 다른 아파트로 이사를 가고, 다시 집으로 들어가 아내와 함께 살고, 그러다가 다시 그곳을 나오는 생활을 반복했다. (그로부터 몇 년 뒤 어느 날 밤에 우리는 그의 집 옥외 테라스에 앉아서 그가 부모님 집을 나온 이후 살았던 집이 몇 개나 되는지 세어보았다. 그는 일곱까지 생각해냈다. 나는 여덟 개까지 생각해냈다. 내가 옳았다. 그가 하나를 잊어버렸다.)

존은 각각의 거처에서 자신만의 방을 찾았고, 그 각각의 경우에 그는 무(無)에서 이 같은 공간을 만들어내야 했다. 우리 자신이 만든 이 공간, 우리가 기어이 만들어내서 들어가야 할 이 공간이 우리가 가장 소중히 여기는 공간이다. 우리는 창조를 위해 위에는 알전구가 매달려 있고 아래 바닥은 합판으로 되어 있는 지하 창고나 좁은 다락방의 초대받지 않은 외계인이 되고, 그렇게 우리는 우리의 작은 깃발을 꽂을 수 있었다.

앤드루와 아니가 목록을 작성하는 힘겨운 작업을 끝낸 후 우리는 존의 집을 나와 오래된 술집에서 다시 모였다. 존이 자주 방문한, 리틀 리그 야구단에서 존과 함께 야구를 했던 사람이 주인이자 바텐더인 술집이었다.

흐릿한 분위기의 술집에서 우리는 전시회 기획 아이디어를 계속 논의하여 결론을 내렸다. 존의 작품 회고전인 이 전시회를 그의 사망 1주기인 2014년 7월 14일에 열기로 했다. 이제 우리에게는 목표와 데드라인이 생겼다. 전시회 준비를 하는 데까지 9개월. 앤드루는 애크런 대학의 미술학과 갤러리를 전시 장소로 제안했다.

"존의 작품이 내가 생각했던 것보다 훨씬 더 많은데." 아니가 말했다.

"그의 집에 있는 것보다 엄청 더 많겠지." 내가 말했다. "존의 친구들은 거의 모두 그의 작품을 가지고 있을 거야. 나도 몇 점 가지고 있거든."

갤러리는 두 층을 사용하기로 했다. 우리는 두 부분으로 이루어진 전시회를 계획했다. 한 층은 존의 작품만으로 꾸미고 다른 층은 존과 함께 작품 활동을 했던 모든 사람들의 작품으로, 즉 존의 예술가 친구들의 작품으로 채우기로 했다. 또한 장학 기금을 모으기 위한 경매 행사를 포함할 생각이었다.

그날 밤 우리는 종이쪽지에 해야 할 일의 목록을 적기 시작했다. 갤러리 계약하기, 존의 작품 전시 원칙 결정하기, 계약할 다른 예술가(존이 집에서 수작업으로 만든 잡지에 실린 사람들과 존이 기획한 갤러리 전시회에 참여한 사람들) 목록 작성하기…. 이 목록에는 전국 각지 사람들이 포함되어 있었다. 그중 몇몇은 유명 인사(마크 마더스바우Mark Mothersbaugh[2]와 게리 베이스맨Gary Baseman[3])이고, 몇몇은 약간 유명했다(피셔스푸너의 보컬인 신디 그린, 그랜대디의 드럼 연주자인 아론 버치, 콘스탄틴스의 베이스 기타 연주자인 댈러스 웰러가 그런 사람들이었다). 존은 시각예술을 만들어내는 음악가에 대한 특별한 탐지 능력을 지녔고, 그런 음악가들은 이런 식으로 자기들을 알아봐주는 사람에게 특별한 친밀감을 갖는 것 같았다.

우리는 몇 가지 예비 목표를 세우고, 몇몇 사항에 대해 마감 날짜를 정하고, 또 다른 회의 일정을 짰으며, 각자 자신이 할 일을 했다.

그동안 내 관 짜기 작업은 중단되었다. 그것은 마감 날짜가 없었다. 내가 죽기 전에만 끝내면 됐다. 급하게 해야 할 이유가 별로 없었다.

---

2 미국의 싱어송라이터. 1970년대에 뉴웨이브 밴드 데보를 이끌었다. 코미디와 애니메이션 영화의 사운드트랙도 작업했다.

3 순수 미술, 일러스트, 캐릭터 디자인, 애니메이션 등 다양한 장르에서 활발히 활동하는 미국의 현대 예술가.

그렇지만 좀 더 절박한 마감 날짜가 있었다. 자신의 작업장 공간에 대한 통제권을 회복하고자 하는 아버지의 욕구에는 마감 날짜가 있었던 것이다. 이건 진짜였다. 아버지는 이 일을 마치고 관을 거기서 내보내는 것에 관해 계속해서 보채며 신경 쓰이게 했다. 그러나 그것을 접착제로 다 붙여서 상자 형태로 만들기 전까지는 그리 많은 공간을 차지하지 않았다.

그리고 내 마음을 심란하게 만드는 마감 날짜도 있었다. 생각만으로도 뇌의 작동을 정지시켜버리는 진짜 마감 날짜로, 늘 내 마음속에 아른거리는 아버지의 죽음의 유령이 그것이었다. 나는 미니애폴리스에서 열린 회의에 참석했다가 친구인 한 작가를 만나 점심을 함께하다가 관 프로젝트에 대해 얘기하고 그 일에 시간이 얼마나 많이 드는지 말해주었다.

"데이비드, 만약 아버지가 어떻게 되시면 어떡하려고? 그러니까 내 말은… 그분은 이제 80대시니…."

"알아." 나는 한숨을 내쉬었다. "물론 나도 그 생각을 하고 있어. 그런데 솔직히 말해서 난 모르겠어. 그땐 어떻게 해야 할지 모르겠어."

그리고 봄이 왔다. 어느 이른 저녁에 나는 달리기를 하러 나갔다. 그러다가 계획에 없었지만 아직 팔리지 않은 존의 집 쪽으로 방향을 틀었다. 그가 살았던 계곡 쪽을 향해 가파른 언덕길을 달려 내려가다가 그의 집이 시야에 들어오자 속도를 줄였다. 기억 속의 별자리가 머리 위에서 하나둘 모습을 드러냈다.

'집 판매함'이라고 쓰인 표지판이 앞마당에 서 있고, 진입로에는 차가 없었다. 존의 아들들이 지금 거기서 살고 있는지는 확실치 않았다. 모든 것이 불확실한 상태였고, 집과 관련이 있는 모든 사람들이 그 집의 주인이 바뀌어서 집 문제가 깨끗이 끝나기를 바랐다. 나는 진입로를 지나 옥외 테라스까지 걸어가서 의자에 앉았다. 내가 마지막으로 여기서 존을 보았던 날에 앉은 자리였다. 그때 존은 가쁘게 숨을 쉬면서 조그만 뒷마당을 한 걸음 한 걸음 걸어왔었다. 나는 눈을 감고 두 손을 무릎 위에 올려놓은 채 지금이 이곳에서의 마지막 시간이리라는 것을 알고서 오랫동안 거기 앉아 있었다. 두 손을 무릎 위에 모으고 머리를 뒤로 기울인 채 눈을 감았다. 눈에서 눈물이 차오르기 시작했지만 나는 웃고 있었다. 이곳에 남아 있는 다른 모든 것들에 짙게 배어 있는 감정은 웃음이었다.

나는 숨을 깊게 쉬고 나서 봄날 저녁의 공기에 대고 그의 이름을 불러보았다.

눈을 떴을 때 내가 몇 년 전에 그에게 크리스마스 선물로 주었던 조그만 조각상이 정원에 놓여 있는 것을 보았다. 폐품을 이용해 조각하는 이 지역 예술가가 철판으로 만든 것으로 녹이 슬어 갈색빛을 띠었는데, 어딘지 모르게 짖어대는 코요테를 연상시키는 작품이었다. 나는 이 집에서 존의 개인 물품이 다 비워지고 대신 가구들이 그 자리를 차지했다는 것을 알고 있었다.

이 조각상은 잊어버리고 방치해둔 것이었다. 나는 그걸 움켜잡았다.

그 조각상의 무게는 5파운드 정도 되었다. 그것을 들고 달리며 집으로 돌아가는 일은 그리 힘들지 않았는데, 언덕길을 오르기 전까지만 그랬다. 가파른 언덕길을 오르고 급격히 굽은 길을 지나 다시 언덕길을 조금 더 오르면서 달리다 보니 처음 생각과는 크게 달랐다. 1.5마일 거리를 달리는 내내 허벅지가 녹슨 쇳덩이에 부딪혀서 멍이 생겼는데, 바로 그때 나는 존이 깔깔 웃고 있다는 것을 알았다.

결코 일을 멈추지 마라

그날 아침 눈을 떴을 때 나는 그 순간을 의식했다. 그 순간 말고 다른 것은 아무것도 의식하지 않았다.

365일 전, 나는 이곳에서 눈을 떴고 그는 아직 세상을 뜨지 않았다. 나는 우리가 마지막으로 했던 것들을 머리에 떠올리며 시원한 시트에 누워 있었다. 마지막으로 함께 간 콘서트, 마지막으로 함께 마신 술, 내가 마지막으로 그를 미소 짓게 한 때…. 존을 마지막으로 미소 짓게 한 때는 내가 그에게, 그의 병실로 들어가고 나오는 행렬이 「피위의 플레이하우스Pee-wee's Playhouse」[1]의 한 에피소드처럼 보인다고 말했을 때였다.

1 미국의 어린이 텔레비전 프로그램.

습한 7월 아침은 1년 전 오늘을 또렷이 상기시켜주었다. 1년 전의 그날 아침 눈을 떴을 때 나는 조만간에 전화벨이 울릴 것이며 예상한 소식이 들려오리라는 것을 알고 있었다. 나는 기념일은 무릇 수학적으로 제멋대로 찾아온다는 증거가 있다고 확신하지만, 아무튼 오늘만큼은 1년이라는 시간을 독특하고도 완벽하고 정확하게 마무리해준 듯한 확신이 들었다.

지나는 할머니가 남편이 세상을 뜬 후 12개월 동안 날마다 검은 옷을 입었던 것처럼 1년 동안 망자를 애도하는 시칠리아의 전통에 대해 틈만 나면 얘기했고, 그런 뒤에는 자신의 평상복으로 눈길을 돌리곤 했다. 그것은 매우 깔끔하면서도 감당할 수 있을 만한 풍습으로 보인다. 나의 경우, 슬픔은 파도처럼 다소 주기적인 것이었다. 밀려왔다 밀려가고, 다시 밀려왔다 밀려가는 패턴을 띠었다. 진행은 있었지만 꾸준하지는 않았다. 뫼비우스의 띠 위를 나아가는 것 같은 느낌이어서 내가 슬픔의 주기 중 어느 면을 나아가고 있는지 명확하지 않았다.

그러나 오늘은 명확한 이정표가 되는 날이고, 한 걸음 확고히 나아가는 날이었다. 오늘 저녁 우리는 전시회를 개막함으로써 존을 기념할 것이다. 우리가 존의 친구들에게 전시회에 참여해달라고 요청했을 때 그들의 반응은 엄청나게 호의적이었다. 많은 이들이 전시회 중에 열리는 경매를 위해 새 작품을 만들었다. 어떤 이들은 수백 달러, 심지어 수천 달러의 가치가 있는 작품을 기부했다. 존의 이탈리아계 미국인 가족들은 결혼식 기획

자와도 같은 부지런한 태도로 그들의 전통인 '환영 연회'를 준비했다. 그들은 전시장에 탁자들을 마련해놓고 집에서 만든 피젤²과 케이크와 피자, 그리고 대각선으로 자른 조그만 샌드위치를 대접할 계획이었다. 존의 한 음악가 친구는 현관에서 디스크 자키가 되어 음악을 들려주기로 했다. 많은 사람들이 올 것이다.

나는 전날 오후, 갤러리에서 작품을 전시하는 일을 도와주며 시간을 보냈다. 작품을 거는 작업을 반쯤 끝낸 어수선한 때에 갤러리에 도착했을 때 수석 큐레이터인 아니가 나에게 미술관용 특수 천과 클리너를 건네며 하얀 벽에 걸려 있는 작품들은 전부 다 조심스럽게 닦아달라고 부탁했다. 나는 천에 클리너를 뿌려서 부드럽게 액자 유리를 닦으며 두어 시간을 보냈다. 존의 손이 빚어낸 작품과 내 손가락을 가로막고 있는 것은 얇은 유리판뿐이었다. 우그러지고 주름진 질감이 인상적인 커다란 모조 피지에 잉크로 그린 그림들은 자신의 재료에 긴밀히 상호 작용하던 존의 작업 방식을 지니고 있었다. 존의 붓은 어떤 곳에서는 빨간 잉크가 흠뻑 고이도록 오랫동안 머물렀고, 다른 어떤 곳에서는 거의 스치듯이 지나가곤 했다.

나는 존이 이 작품들을 그리고 있을 때, 그리고 다른 작품들을 그리고 있을 때도 헤아릴 수 없을 만큼 자주 그의 작업실에 있었다. 존의 타고난 부지런함 덕분에 우리는 전시회의 제목을

2 이탈리아의 전통 쿠키.

만장일치로 선택할 수 있었다. 그것은 바로 거트루드 스타인의 시에 나오는 문구인 '결코 일을 멈추지 마라'였다.

그날 오후 집에 돌아와서 내 이메일을 열었을 때 '딩' 하는 소리와 함께 여전히 작동하는 아웃룩 캘린더 미리알림이 떴다.

월리 와플 만남
6일 지남

나는 우리가 마지막으로 함께 먹었던 아침 식사를 기억했다. 그가 어떤 복장을 하고 있었는지도 기억했다. 검정색과 붉은색으로 이루어진 격자무늬에다 똑딱단추가 달린 웨스턴 셔츠, 검정색 청바지, 그리고 푸른빛이 도는 회색 하이탑 운동화. 그는 달걀흰자 오믈렛과 홈프라이[3]를 시켰지만 다 먹지는 않았다. 우리가 거기 앉아 있을 때 오래전 고등학교 때 알고 지냈던 사람이 우연히 그곳에 들어왔다. 예전에 운동선수였던 그는 지금 트레이닝복 차림으로 겨드랑이에 조간신문을 끼고 있었는데, 머리는 반백이었다.

"어이, 친구들." 그가 말했다. "요즘 일 열심히 하나, 아니면 하나도 열심히 안 하나?"

---

3 살짝 삶은 감자 조각을 버터에 튀긴 것.

우리는 오랜만이네, 하고 인사했고, 그는 다른 쪽 자리로 가서 신문을 읽었다. 존과 나는 꽤 오래 서로를 쳐다보며 이심전심의 웃음을 날렸다.

"그래, 맞아." 내가 말했다. "우린 노인이 되었어."

갤러리는 생동감 넘치고 분주했으며, 사람과 소음과 끊임없는 움직임으로 가득했다. 끝까지 이것저것 챙기며 일을 한 아니는 갤러리 입구에 걸린 전시회 포스터 액자를 반듯하게 바로잡으며 긴장감이 밴 숨을 내쉬었다. 준비한 피자가 너무 많아서 우리는 그 밤의 마지막에 누가 남은 음식을 챙겨서 노숙자 쉼터로 가지고 갈 것인지 미리부터 논의했다. (쓸데없는 걱정이었다. 우리는 길가의 비둘기처럼 음식 탁자에 끌리게 되는 미술학과 학생들의 식욕을 간파하지 못한 것이었다.) 존의 맵시 있는 사촌 로코가 밝은 노란색 바지를 입고서 (노란색 바지를 입은 로코라는 이름의 사내라니!) 도착했고, 이어 존의 부모가 도착한 다음 존의 누이와 남동생과 그들의 가족들이 도착했다. 존의 두 아들, 샘과 조녀선이 사람들 사이를 헤치고 나아갔다. 문신을 했으며 머리도 특이하게 깎았고 담배를 피우는 낌새가 엿보였지만, 그럼에도 젊음의 후광이 느껴지는 청년들이었다.

갤러리 입구 너머의 첫 세 작품은 오래전의 존을 담은 흑백 인물 사진으로, 30년 전 바로 이 건물에서 사진반 과제로 만들어졌다. 첫 두 작품은 급우들이 존을 주제로 삼아 제작한 것이었다. 세 번째 작품은 내가 동경하고 따르던 혈기 왕성한 열아홉 살 청년이 제작한 자신의 초상으로, 아디다스 티셔츠 차림으로 두 팔을 활짝 벌린 채 교활한 미소를 머금고 있는 더없이 행복한 모습의 존이었다. 그 작품의 한쪽 귀퉁이에는 일부러 뿌린 스프레이 페인트가 튀어 있었다. 이 이미지들은 이제는 거의 존재하지 않는 매체인 필름으로 찍은 것들이었다. 그것은 한편으로는 보존된 역사 같은 효과를 주었다. 마치 이 장면들이 매튜 브래디Mathew Brady[4]에 의해 앤티텀[5]에서 찍힌 것처럼 말이다. 다른 한편으로, 대단히 물리적이면서도 수공예의 방식으로 만들어진 이 이미지들은 나로 하여금, 마치 내가 시간과 죽음과 환상의 경계를 가로질러 도달할 수 있을 것처럼 그의 흐릿한 어깨를 향해 손가락을 들어 올리도록 부추겼다. 존의 급우가 찍은 한 사진에서 존은 후드 달린 스웨터를 입었는데, 나는 그걸 본 즉시 그 옷을 기억해냈다. 흑인들의 풍성한 곱슬머리를 넘볼 정도로 숱 많은 존의 머리털이 커다란 둥근 안경과 잘 어울리는 사진이었다. 세 번째 초상은 액자에 말끔히 담긴 실물 크기의 존의 얼굴 사진이었다. 그 사진은 예술적 효과를 위해 일부러 흐리게 처리되긴 했지만, 내 눈에는 당시의 존의 모습에 가장 가까워 보였다. 호기심과 좋은 아이디어, 그리고 두려움 없이 그것들을 추구했던 용기가 깃든, 약간 건방져 보이는 둥근 얼굴이었다. 그의

---

[4] 미국의 남북전쟁을 최초로 기록한 사진가.
[5] 미국 남북전쟁의 주요 격전지.

눈은 부드럽고 사려 깊었으며, 입술은 도톰하고 느슨했다. 고개를 한쪽으로 약간 기울이고 있는 모습은 평온하면서도 사색적이었다.

존의 얼굴은 나이가 들어감에 따라 홀쭉해졌고 마지막 남은 젖살이 빠짐에 따라 둥근 형태가 많이 퇴색되었다. 머리가 벗겨지기 시작했으며 턱에 염소수염이 자랐다. 안경은 각진 모양의 것으로 바뀌었고, 그의 몸의 모든 가장자리가 조금씩 더 각이 지고 날카로워졌다. 그러다가 중년이 되었을 때는 적당량의 운동과 달콤한 생활로 모난 부분을 다시 채웠다. 하지만 첫 번째 수술과 암 치료, 그리고 뒤이어 그가 의도적으로 모색해나간 강렬한 생활 방식의 변화 이후 그는 다시 야위어갔다. 때로는 일생이 한순간에 일어난 것처럼 보인다. 때로는 일생이 억겁에 해당하는 것처럼, 존재의 모든 바다만큼의 세월에 걸쳐 있는 것처럼 보인다. 존과 내 어머니의 죽음에 대해 진정한 의미를 알아내려 하면 할수록 불꽃이 스스로를 태워 연기로 피어오르듯 존재와 부재, 두 개념이 점점 가까워지다가 결국엔 하나가 되는 것 같다는 생각이 들었다.

전시회는 가을 학기 초까지 계속 열렸다. 미술학과 학과장은 학생들이 이 전시회를 보고, 이것들은 한때 자신들과 똑같았던 사람의 작품이라는 것을 알기를 원했다.

기금 모금은 우리의 기대를 능가했다. 미술품 경매와 장학 기금 기부금을 합쳐 1만 2,500달러 이상이 모였다. 그 정도면 장학금이 자립해나가기 충분했다. 8개월 뒤, '미술학도를 위한 존 M. 풀리아 기부 뉴욕시 여행 기금(존이 낄낄 웃으며 '기부'라는 말을 반복할 것 같은 지나치게 경직된 명칭이었다)'의 최초 수혜자들이 미술학과 학생 시상식에서 영예롭게 호명되었다. 존의 가족도 거기 참석했다. 그 조그만 강당에서 계단을 올라가면 존이 학생이었을 때 처음으로 선보인 대규모 전시회에서 공장 문화에 대한 설치 미술을 연출하고 전시하기 위해 대여했던 관리인실이 있었다. 그 관리인실은 이후 애초의 용도로 결코 돌아가지 못했다. 30년 후인 오늘날에도 여전히 학생들의 전시장으로 쓰이고 있었다.

전시회 마감일이 다가오자 지역 신문의 예술 비평가가 나와 앤드루와 함께 갤러리 탐방 계획을 잡았다. 우리는 그녀와 함께 활짝 트인 커다란 전시실을 천천히 걸으며 존과 존의 친구들의 작품들을 이해하기 위한 배경과 맥락을 설명해주었다. 그녀의 특집 기사는 일요일 자 예술 면에서 가장 중요하게 취급될 이야기였다. 그 기사에는 존이 간행한 잡지인 《M-80》에 관해 내가 쓴 보도 자료에서 직접 인용한 글도 한 줄 포함되었다. "이 잡지는 전국적으로 저명한 예술가들뿐만 아니라 새롭거나 확고히 자리 잡은 지역 예술가들의 이미지와 글도 싣는다는 점이 특징인데, 그러한 예술가들에는 마크 마더스바우, 게리 베이스맨, 신디 그린, 딕 태펀 같은 이들이 포함된다."

기다란 집

연례 가족 행사인 크리스마스 선물 교환은 실은 아버지가 우리 중 누구의 차례인지 알려주기를 기다리는 동안 우리 네 자식들이 무료함을 달래고자 습관처럼 외식 상품권을 교환하는 절차일 뿐이었다. 아버지에게 선택되는 일은 NBA 드래프트 로터리와 비슷했다. 1순위로 선택되기 위해서는 몇 년 동안 패자가 되어야 했다. 그 로테이션에서 자신의 차례가 되었다는 것은 아버지의 작업장에서 뭔가를 받게 된다는 것을 의미했다. 그 전해에 아버지는 그해 여름에 우리 집 옥외 테라스 옆에 지어줄 조그만 석굴에 대한 계획을 나와 지나에게 선물했다. 아버지는 올해는 랠프 형 가족에게 선물할 새집을 만들고, 실제 형네 집을 엄청 세밀하게 복제한 모형을 만들고, 바비큐 그릴과 그 양옆에 딸린 공구 상자를 만들고, 정원에 격자 구조물을 세우고, 지루한 수작업으로 창문 셔터 등을 만드느라 무척 열심히 일해왔다. 아버지는 지난 세월 동안 우리에게는 도자기류를 넣어두는 장식장, 부엌에서 쓰는 서랍 달린 작은 탁자, 기념품 트렁크 등을 만들어주었다. 트렁크 뚜껑은 우리가 처음 장만했던 집이 담긴 적갈색 색조의 사진으로 장식했다. 해마다 가을이면 아버지는 자신의 마법의 작업장에서 무언가를 뚝딱뚝딱 만지작거리면서 오하이오의 요정처럼 일하며 시간을 보냈고, 그리하여 이 모든 것들이 아버지의 헛간에서 나왔다. 오랫동안 지나와 내가 소유한 모든 가구는 다음 세 가지 가운데 하나에 해당되었다. 1) 물려받은 낡은 것. 2) 길에 내버린 것을 주워온 것. 3) 아버지가 만들어준 것. 드디어 우리가 적당한 부엌용 식탁을 '구입'했을 때, 아버지는 그것을 도전으로 여겼다고 나는 믿는다. 아버지가 이후 몇 해 사이에 그 식탁과 어울리는 서랍 달린 작은 탁자와 도자기류 장식장을 만들어서 우리에게 크리스마스 선물로 주었으니까 말이다.

한편 이번 해에는 우리가 아버지에게 선물을 사드릴 차례였다. 아버지는 그리 모호하지 않게 암시를 던졌다. 자신은 진입로에 쓸 57번 석회암 자갈 0.5톤이나 '트림 라우터(포터 케이블 모델 PCE6430 또는 디월트 모델 DWE6000)' 중에서 하나를 원한다는 이메일을 보낸 것이었다. 이 말은 아버지가 트림 라우터를 원한다는 뜻이었다. 나는 조사를 시작했다.

아버지에게는 이미 아주 좋은 고급 라우터가 있었다. 아버지의 작업대에는 장비가 다 갖추어져 있었다. 아버지가 요구한 이 도구가 온라인 설명서에는 단일한 속도의 합판 트리머[1]로 설명되어 있었는데, 나로서는 잘 이해가 되지 않았다. 이 라우터는 라우터가 아닌가? 그리고 아버지는 어떤 합판 작업을 염두에 두고 있는 것일까? 그렇지만 그 가격은 통상적으로 합의된 지출 한도인 약 100달러에 딱 알맞은 금액이었다. 그래서 나는 차를 몰고 주택 개량 대형 슈퍼로 가서 디월트 모델 DWE6000을 구입한 뒤 가족 크리스마스이브 모임을 위해 포장을 했다.

우리는 모두 랠프 형네 집에 모여 가족 만찬을 했고, 그러고 나서 포장지를 뜯어서 어지럽게 널브러뜨리며 선물을 교환하기 시작했다. 아버지는 내가 작지만 무거운 직사각형 상자를 선물하자 빙그레 웃었다. 아버지가 그걸 들고서 무게를 가늠해보았다. "버번위스키?" 아버지는 그렇게 물어보면서 그것을 들어 올려 입을 맞추는 시늉을 하고 나서야 포장을 뜯었다. 상자를 보자마자 아버지가 곧장 말했다. "콘센트 어디 있니? 한번 켜보자꾸나."

나는 크리스마스 다음 날 찾아갔다. 진공청소기 소리 때문에 아버지가 내 노크 소리를 듣지 못했으므로 그냥 문을 열고 안으

---

1 라우터보다 크기가 작으며, 주로 합판을 다듬는 데 쓰인다.

로 들어가야 했다. 잡동사니와 톱밥이 어지러이 널려 있었으므로 맨 먼저 해야 할 일이 작업장을 청소하는 것이었다. 아버지는 나를 보자 진공청소기를 껐다.

"저 왔어요." 내가 말했다. 나는 어느 부분이 청소가 되었고 어느 부분이 아직 안 됐는지 알아보려고 실내를 둘러보았다. 아버지의 기분을 상하게 하고 싶지 않아서 아버지께 물어보지는 않았다. 나는 연장들이 흩어져 있는 작업대 위에 가져간 커피 보온병을 내려놓았다. 보온병 맞은편에는 노란색, 검은색으로 디자인된 트림 라우터 상자가 아직 개봉하지 않은 채로 놓여 있었다. "난 뭘 하는 게 좋을까요?"

"아무거나 해. 이거 받아." 아버지는 그렇게 말하며 판지 상자의 덮개를 잡고서 상자를 내게 건넸다. "널브러져 있는 목재 쪼가리들을 주워 담는 게 좋겠다."

아버지는 다시 진공청소기의 전원을 켰고, 나는 작업의 잔해가 널린 테이블 톱 주변에서 잘린 나무토막과 널빤지 조각들을 판지 상자에 주워 담기 시작했다. 아버지는 작업장의 한쪽 끝에서 일하고 나는 반대쪽 끝에서 일했는데, 그렇게 한두 시간이 흐르자 서서히 작업장이 정돈되어 간다는 느낌이 들기 시작했다. 나는 널따란 한쪽 구역을 청소한 뒤 라우터 테이블에 쌓인 먼지를 털어내고, 다리가 네 개인 무거운 기계 장치인 그 테이블을 끌어당겨서 깨끗한 곳으로 옮긴 다음 테이블이 있던 구역을 청소했다. 작업장 청소는 언제나 이처럼 단조로운 단계로 이루어진다. 한쪽 구역을 청소하고, 모든 물건들을 그 청소한 자리로 옮기고, 물건이 있었던 자리를 청소하고, 그런 다음 물건들을 다시 제자리에 옮기면 된다.

내가 진공청소기를 넘겨받았고, 아버지는 흩어져 있는 연장들을 모아서 다시 원래의 자기 자리에 걸었다. 진공청소기를 바닥에 대고 천천히 앞뒤로 밀고 가자 바닥에 회색 콘크리트 줄과 끈끈한 노란색 먼지의 줄이 번갈아가며 나타났다. 바닥과 테이블 위를 모두 진공청소기로 청소한 다음, 벽을 청소하기 시작했다. 벽은 톱밥이 엉긴 거미줄이 꼰 실처럼 걸려 있어서 무척 지저분했다. 벽을 청소하며 작업장의 뒤쪽까지 나아갔을 때, 그곳에는 만들다가 중단한 관이 그대로 놓여 있었다. 널빤지 앞면에는 오래된 도면이 여전히 테이프로 부착되어 있었는데, 삶이 계속해서 우리의 작업을 방해해온 탓에 16개월 동안이나 방치된 상태였다.

오후 중반 무렵이 되자 작업장은 어느 때보다도 더 깨끗해졌다. 그윽한 톱밥 냄새, 가스히터에서 나는 노릿하고 싸한 냄새, 그리고 아마인유의 은은한 시럽 냄새가 났다. 방은 열심히 일한 데다 히터의 온기 덕에 따뜻했고 형광등 불빛은 밝았다.

우리는 일이 다 끝난 것인지, 아니면 일할 준비가 된 것인지 확신이 서지 않았기에 잠시 허공을 바라보며 서 있었다.

"어때?" 아버지가 말했다. "일을 끝내긴 이른 시간이잖아. 관이 여전히 잘 맞추어져 있는지 좀 볼까?"

"예. 그래요."

우리는 작업장 뒤쪽으로 갔다. 커다란 널빤지들이 서로 기댄 형태로 놓여 있었다. 우리는 기억을 떠올려야 했다. 아버지는 널빤지 앞면에 테이프로 부착된 모눈종이를 떼어내서 띠톱 기계의 평평한 금속판에 올려놓고 반듯하게 폈다. 아버지는 어떤 식으로 도면을 보아야 할지 생각해내기 위해 그 모눈종이를 두어번 거꾸로 돌려보아야 했다. 일단 생각이 떠오르자 아버지는 거칠고 누런 손톱으로 모눈종이의 도면을 따라가면서 한 널빤지가 어떻게 다른 널빤지와 포개져야 형태가 잡히는지 설명하기 시작했다. 그러던 중, 어느 특정한 세부 사항을 설명하려다가 말을 멈추었다. "잠깐…. 우리가 이렇게 하기로 한 거 맞아?"

"아버지." 내가 말했다. "난 5분 전부터 아버지 말이 이해가 되지 않았어요."

"흠, 그게 더 마음 편할지도 모르겠다." 아버지가 대꾸했다. "우선 큰 것부터 처리하고 세부적인 것은 나중에 걱정하자꾸나."

나는 헛간의 바깥쪽 방에 보관해두었던 톱질 모탕 세트를 작업장 안으로 옮겼다. 아버지와 나는 밑면이 되는 합판을 그 톱질 모탕 위에 내려놓았다. 그런 다음 관의 옆면과 끝면 널빤지를 가져왔다. 우리는 그것들에 어느 모서리가 서로 맞닿는지를 보여주는 표시를 해두었다. 그러나 그것은 1년도 훨씬 더 된 오래전의 일이었고, 지금은 그것들이 다른 어떤 문화의 상형문자처럼 보였다.

널빤지들을 뒤집어보고 돌려보면서 우리는 결국 우리가 처음 생각했던 방식대로 배열했다. 우리는 여러 개의 다양한 널빤지들을 상자 형태로 맞추었다. 모든 것이 자리를 잡았을 때 우리는 각자 두 팔로 상자의 한쪽 끝을 안은 자세로 서서 서로를 마주 보았다. 상자의 모양이 우리의 네 손과 네 팔꿈치를 다 필요로 했다. 만약 우리가 손을 놓으면 그것은 낱낱이 다 떨어져나갈 것이다. 우리 중 한 사람이 손을 놓친다면 다른 사람이 어떻게든 수습을 해야 할 터였다. 그러나 모든 게 균형을 이룬 상태에서 상자는 우리 사이에 놓인 기다란 열린 공간의 형태로 자신의 모습을 드러냈다.

무덤에 대한 고대의 용어로 '기다란 집the long home'이라는 게 있다. 성경 전도서에 나오는 용어다. "살구나무가 꽃이 필 것이며 메뚜기도 짐이 될 것이며 정욕이 그치리니 이는 사람이 자기의 영원한 집[2]으로 돌아가고 조문객들이 거리로 왕래하게 됨이니라."[3]

정욕이 그치리니. 죽음이 정말 그런 것일까, 나는 궁금하다. 욕망의 종말.

지금 이 상자는, 이 기다란 집은 우리 없이는 설 수 없는, 나와 아빠 사이의 어설픈 목제품이다. 나무 먼지 냄새, 함께하는 노

---

2   영어로는 'long home', 한글 성경에는 보통 '영원한 집'으로 번역된다.
3   전도서 12장 5절.

동, 따뜻한 방. 그리고 신뢰감. 무엇보다도, 적어도 지금으로서는 이 일에는 어떤 목적이 있으며, 우리 중 누군가가, 어쩌면 우리 둘 다 그 진실을 깨닫게 되리라는 신뢰감이 있었다.

우리는 서로를 쳐다보며 우리가 어려운 문제에 처해 있는 것을 보고 낄낄거렸다. 우리는 일종의 덫에 빠져버렸다. 우리 둘 다 손을 놓을 수가 없었다.

"이제 어떻게 하죠?" 내가 말했다.

"손을 앞으로 움직이면서 옆면을 단단히 조이도록 해." 아버지가 오랫동안 생각하고 나서 말했다. "내가 죔쇠를 사용해서 이걸 고정할 테니까."

나는 두 팔로 연한 갈색 목재 상자를 꽉 옥쥔 채 중심을 향해 힘껏 누르며 서 있었다. 아버지는 길쭉한 가구용 죔쇠를 몇 개 집어 든 다음 그것들을 조정하기 시작했다. "이제 손을 떼도 돼." 아버지가 말했다. 나는 뒤로 물러서서 그걸 바라보았다. 아버지가 내 옆으로 다가왔다. "이제 좀 그럴듯해 보이기 시작하는구나." 아버지가 말했다.

"그런 것 같아요." 내가 말했다.

상자는 컸다. 상상했던 것보다 더 컸다. 그리고 더 깊었다. 무엇 때문인지는 모르겠지만 그게 나의 주된 인상이었다. 그래서 만약 내가 그 안에 있다면 그 깊이에 빠져 길을 잃을 것 같았다. 내가 물에 빠지는 심상이 잠깐 동안 뇌리에 떠올랐다. 어찌어찌해서 내가 그 안에 있는데 내 머리가 거기에 뚫려 있는 구멍 아래로 들어가게 되면 물이 나를 삼켜버릴 거라는 심상이었다.

"이젠 뭘 해야 하죠?" 내가 말했다.

"이젠 되돌릴 수 없지. 다음 단계는 모든 걸 다 맞춰서 붙이는 일이야. 그런데 접착제가 떨어졌어. 접착제가 많이 필요할 텐데 말이다."

"지금으로선 이건 이대로 놔두고 그냥 여기서 나가야 할 것 같아요."

"그래야지. 집으로 가는 길에 가게에 들러 큰 병에 든 것으로 접착제 두 개를 사 가지고 가렴."

나는 커피 보온병을 집어 든 뒤 묵직한 유리 패널로 된 문을 밀고 나가서 바로 바깥의 옷걸이에 걸어둔 외투를 챙겼다.

"좋은 걸로 사라." 아버지가 말했다. "바닥이 몸체에서 떨어져 나가면 안 되니까."

내가 진실이라고 믿는 한 가지 이론이 있다. 인간이 새로운 지평을 계속해서 탐험하는 유일한 이유는 새로운 도구를 구입하기 위한 핑곗거리가 되기 때문이라는 것이다. 루이스와 클라크가 미국 서부를 탐험한 주된 이유는 그래야 자기들이 멋진 새 망원경과 등산지팡이를 살 수 있었기 때문이 아니었을까 하고 나는 생각한다. 우주 탐험은 내게는 늘 나사의 임무 가운데 이차적인 것처럼 보였다. 진짜 목적은, 굉장한 하드웨어를 개발하고 중력을 이겨낼 수 있는 혁신적인 방법을 찾아내고 액상 햄버거를 소화계에 전달하는 기발한 체계를 개발했기에 이를 적용해 보려는 것처럼 보였던 것이다. 여덟 살 소년 때 아폴로 15호의 월면 주행차가 처음으로 등장한 것을 목격한 사람이라면 누구나 그때 정확히 무슨 일이 일어나고 있었는지 아주 잘 안다. 정부 소속 고위급 과학자가 바로 얼마 전에 우주 경주차를 개발했다는 사실을.

아버지와 내가 관을 조립하고 있던 때와 똑같은 시기에 우리 시의 시장은 대담한 제안을 하고 있었다. 14억 달러 규모 하수도 정비 프로젝트의 절실한 필요성에 직면한 시장은 이 지역의 고용을 촉진하기 위해 시에서 자체 건설 회사를 설립할 것을 제안했다. 이 안의 시동을 걸기 위한 방법으로 시장은 우선 여섯 대의 콘크리트 트럭과 네 대의 덤프트럭을 구입했다. 그 계획은 실패했지만, 나는 그걸 완전히 이해했다. 실은 언젠가 나 자신도 하마터면 덤프트럭을 살 뻔한 적이 있었으니까 말이다.

아버지가 트림 라우터를 크리스마스 선물로 요청한 이유가 드러나는 것은 시간문제였을 뿐이었다. 아버지는 관의 모서리를 설계할 때, 한 널빤지에 홈을 내고 다른 널빤지에는 그 홈에 맞게 길게 돌기를 내어 두 널빤지를 마주 잇는 은촉붙임으로 설계했다. 그러므로 그것들이 서로 이어진 뒤에는 정확히 다듬은 다음 매끄럽고 평평하게 사포질할 수 있어야 했다. 우리는 드디어 네 면을 접착제로 다 붙였다. 바닥면이 없는 채로 틀이 만들어진 것이었다. 상자가 조립되고 나서 보니 그 은촉붙임의 기다란 돌기가 약 4분의 1인치쯤 튀어나와 있었다. 나는 그 돌기들 가운데 하나를 엄지손가락으로 쓸어보면서, 이 여분의 돌기를 어떻게 잘라낼 것인지 물었다.

"그래서 트림 라우터가 있는 거란다." 아버지가 말했다.

그제야 나는 이해했다. 이 100달러짜리 특별한 도구는 내 프로젝트의 한 단계에 필요해서 아버지가 손에 넣고자 했던 것이었다.

아버지는 작업대로 가서 노란색 판지 상자 뚜껑을 열고 트림 라우터와 투명 비닐봉지에 든 부속품들을 꺼냈다. 이어 설명서를 옆으로 치운 뒤 라우터를 거꾸로 돌려서 척을 푸는 방법을 알아냈다. 그런 다음 벽에 설치된 먼지 낀 선반으로 가서 나무로 된 낡은 버번위스키 상자를 꺼냈다. 아버지가 라우터 날들을 보관해두는 상자였다. 아버지는 원하는 날을 찾아서 물림쇠에 끼운 뒤 스위치를 켰다.

위이이이이이잉!

트림 라우터가 빠르고 힘차게 회전하면서 윙 하는 소리를 내며 경쾌하게 진동했다. 아버지는 한 손으로 라우터의 조그만 덮개를 쥐고서 가장 가까운 관 모서리로 다가간 다음 적당한 자리에 섰다. 이어 눈높이가 관의 모서리와 평행하도록 약간 몸을 낮춘 뒤, 라우터의 가이드 판을 풀고 관의 가장자리에 나란하도록 맞추었다. 아버지는 포개진 소나무 널빤지에 조심스럽게 회전하는 날을 갖다 댔다. 거친 톱밥이 뭉클뭉클 위로 날아올랐고,

날카로운 강철이 목재를 씹어대면서 고음으로 울부짖는 소리가 실내 공기를 가득 채웠다. 아버지는 그 연장을 천천히, 그러나 확실한 손놀림으로 위로 움직였고, 나는 그 모습을 지켜보았다.

"올바른 연장을 가지고 있는 것만큼 좋은 건 없어." 아버지가 회전하는 강철의 높은 소리를 뚫고 내 귀에 전달되도록 크게 소리쳐 말했다. 그러고 나서 히죽 웃었다.

트림 라우터를 몇 차례 움직여서 작업을 끝냈을 때 아버지는 스위치를 끄고 날이 회전을 멈출 때까지 기다렸다.

"네가 해보겠니?" 아버지가 제안했다.

"아버지가 나한테 해보라고 하실 줄은 몰랐어요."

"천천히 해라." 아버지가 주의를 주었다. "가이드 판을 끝에 단단히 붙여야 한다는 걸 명심하고. 그게 안정되어 있지 않으면 모서리를 망치게 될 테니까."

나는 스위치를 눌렀고, 회전력이 라우터를 장악하는 것을 느꼈다. 나는 그 트림 라우터를 두 손으로 잡고 시험적으로 제자리로 가져간 다음 첫 번째 잘라내야 할 것으로 조금씩 움직여나갔다. 투명 플라스틱 가이드 판의 중앙에 있는 구멍에서 뜨거운 먼지가 뿜어 나왔다. 그렇게 6인치 정도 작업을 하고 나자 자신감이 생기는 것을 느꼈다. 새삼 나와 이 도구 사이의 균형과 짜릿하고 신선한 재미를 발견한 나는 자세를 조정했다. 아버지는 뒤로 물러나 문 가까이에 서서 내 모습을 지켜보았다. 내가 아버지를 흘깃 보았다. 아버지는 고개를 끄덕였다. 나는 작업을 계속했다. 어느 순간에 너무 세게 밀었고, 그러자 날이 저항하며 낑낑거렸다. 나는 압력을 누그러뜨렸다. 라우터는 다시 정상적으로 작동했다.

작업이 끝났을 때 나는 스위치를 끈 뒤 새로 다듬어진 가장자리를 엄지손가락으로 죽 만져보았다. 나는 흡족해하며 아버지를 쳐다보았다. 아버지가 또 다른 작업을 준비하고 있는 것은 아닌지 궁금해서였다. 아버지가 팔짱을 끼고 있다가 한 손으로 내게 손짓하며 말했다.

"그건 네 관이야. 계속해."

시간의 이정표

처음으로 내 관 속에 들어가본 경험은 상상했던 것과는 많이 달랐다.

나는 작업장의 차가운 콘크리트 바닥에 쪼그려 앉아 톱질 모탕 위에 거꾸로 놓인 미완성 목재 관 속으로 목을 길게 빼고 얼굴을 들이밀었다. 못 박는 기계의 방아쇠를 위에서 아래로 당겨 합판으로 된 관의 바닥면을 틀에 고정시키는 일을 하다가 못 몇 개를 잘못 조준하는 바람에 그것들이 합판을 뚫고 관 바닥으로 돌출되었기 때문이다. 나는 못뽑이를 들고 밑으로 기어들어가 잘못 박힌 못들을 뽑아냈다. 자기 자신의 관을 짠다는 것도 섬뜩한 일이겠지만, 미래의 어느 날 자신이 엉성하게 박은 못들이 튀어나와 있는 침대로 들어가 눕는 것은 훨씬 더 섬뜩한 일일 테니까.

내가 머리와 어깨를 옴짝달싹하지 못하는 상태에서 실눈을 뜨고 소나무 향이 배어 있는 관 내부를 올려다보는 동안, 아버지는 밖에서 작업을 계속했다. 아버지가 나무에 못을 '따쿵!' 하고 쏠 때마다 소리가 압축되었다가 증폭되어, 농밀하게 진동하는 '따쿵!' 소리에 내 몸이 움츠러들곤 했다. '따쿵!' 하고 못이 박힐 때마다 그 못에 맞아 죽을 것 같은 불안감이 번졌다. 못이 4분의 3인치 두께의 합판을 뚫고 들어와 내 두개골에 박힘으로써 나를 상상할 수 있는 가장 아이러니한 죽음으로 몰고 갈 것 같은 기분이 들었다. 내 오래된 목표 가운데 하나는 아이러니한 죽음을 맞지 않는 것이었다.

합판에 대해서도 할 얘기가 있다. 일의 태반이 목재의 선택과 관련이 있는 이번 프로젝트에서 아버지는 압력 처리가 된 방부 목재, 즉 흰개미와 부패 등을 방지할 목적으로 화학 약품 처리를 한 푸르스름한 목재를 구입해야 한다고 주장했었다. 나는 아버지에게 부패는 피할 수 없는 일이고 그걸 늦추어봤자 이득이 거의 없다는 점을 거듭 얘기했다. 게다가 압력 처리된 방부 목재는 더 비쌌다. 결국 나는 일반적인 합판을 구입했다.

못 박는 기계가 위에서 융단 폭격을 가하는 것 같은 느낌 속에서 못을 빼는 일에 온전히 몰입했을 때에야 내가 처음으로 정말 내 관 속에 들어와 있다는 생각이 떠올랐다. 밑에서 들어갈 때는 그 사실을 나 자신도 의식하지 못했는데, 나중에야 그런 느낌이 든 것이었다. 나는 그 느낌이 좋았다. 친근하고 은밀한 느낌이었다. 작업장의 나머지 공간보다 더 따뜻했다. 냄새도 좋았다. 못을 박는 소리도 익숙해지고 나니 전혀 신경 쓰이지 않았다. 나는 로큰롤을 좋아해서 그 음색과 크게 증폭된 소리를 감상하는 걸 즐기는데, 이 관 안에서는 AC/DC의 드럼 리프가 깊게 공명하는 듯한 소리가 났다.

마침내 내가 배를 바닥에 대고 정강이로 기어서 관 밖으로 나왔을 때 나는 아버지에게 호기롭게 말했다. "다 끝났어요." 나는 계속해서 요란스럽게 작동하는 공기 압축기 소리 너머로 목청을 돋우어 말하면서 셔츠 앞자락에 묻은 톱밥을 털어냈다. "내 관 속에 들어가봤어요."

"그래? 그 안은 어떻든."

"요란했어요." 내가 말했다.

"죽은 사람도 깨울 만큼?"

"거의 그 정도로요."

관의 밑바닥이 부착되었다. 접합부에서 스며 나온 여분의 접착제를 닦아낸 우리는 관을 톱질 모탕에서 내려 세로로 세웠다. 나는 뒤로 물러서서 그것을 바라보았다. 거기 수직으로 서 있는 것은 관이 아닌 것처럼 보였다. 뜻하지 않게, 갑자기, 그것은 내 눈에 책장으로 보였다. 아주 무겁고 적절히 균형 잡히고 호사스럽게 꾸민 바로크식 책장 같았다.

나는 재빨리 계산했다. 손잡이 고정 장치를 달려는 자리에 조그만 구멍들만 낸다면 나중에 제거할 수 있는 방식으로 선반들을 만들어 넣을 수 있을 것이다. 그 구멍들은 메울 수도 있고, 이야기의 일부로 그냥 그대로 놓아둘 수도 있을 것이다. 그리고 내가 살아 있는 동안 그 선반에는 무엇이든 올려놓을 수 있을 것이다.

"아버지," 내가 말했다. "내가 멋진 해결책을 찾아낸 것 같아요."

겨울이 되면서 추위가 맹위를 떨쳤다. 진입로의 눈 더미는 점점 더 커졌고, 그렇게 쌓인 눈은 녹을 줄 몰랐다. 일반적으로 오하이오의 날씨는 돌발적인 결빙과 해빙을 반복하며, 그 결과 곳곳에 웅덩이가 생겨난다. 하지만 이번 겨울은 오롯이 북극 같은 날씨가 이어졌다. 북부 오하이오에서 살아가자면 당연히 부닥치게 되는 다른 문제들을 대할 때와 마찬가지로 나는 기꺼이 싸우기로 마음먹고 분연히 일어섰다. 나는 삽질만큼은 꼼꼼하게 잘하는 사람이고 (나에게 제설기 따위는 필요 없다!) 그리하여 1월 하순이 되자 우리 집의 긴 진입로 가장자리를 따라 늘어선 눈의 벽은 국제 우주 정거장에서도 보일 정도가 되었다. 이 하얀 구조물은 나의 자랑스러운 업적이었다. 그렇기에 이제 막 운전면허를 딴 딸아이가 후진을 하다가 눈 벽에 부딪혀 커다란 눈덩이가 떨어져 나가며 범퍼 자국이 났을 때, 나는 필요 이상으로 심하게 잔소리를 했다. 어떤 날은 종일 끊임없이 눈이 내렸고, 그럴 때면 새벽부터 저녁까지, 때로는 어두워진 이후까지 하루에 두세 차례씩 미리미리 삽으로 눈을 치우곤 했다. 나는 개가 밖으로 나갈 수 있도록 삽으로 길을 내주었다. 뒷마당의 나머지 공간에는 눈이 너무 깊게 쌓여 비글의 짧은 다리로는 돌아다닐 수 없었기 때문이다. 2월이 되었을 때, 개가 다니던 길은 아이스 쇼(개똥이 둥글게 원을 이루고 있는 얼음판에서 벌어지는 아이스 쇼)를 위한 무대 장치 통로처럼 보였다.

새로운 학기가 시작되었고, 그 때문에 아버지 집 헛간을 찾는 횟수도 점점 줄어들었다. 겨울 동안 나는 몇 차례 그곳을 드나들었다. 아버지가 본채에서 헛간까지 제설기로 눈을 치우며 줄곧 유지해온 좁은 길을 걷는 동안 내 장화에서는 뽀드득뽀드득하는 소리가 났다. 그동안 우리의 작업에 몇 가지 사소한 진척이 있었지만, 그러나 전과 마찬가지로 내가 방학 때 부산하게 벌여 놓은 일들은 이제 더 시급하고 중요한 일들에 치여 뒷전으로 밀려났다. 아버지는 언제나처럼 많은 일들로 쉴 틈 없이 바빴다.

나는 아버지의 작업장에서 시간을 보내지 못해 아쉬웠지만, 어쨌든 아버지는 매주 일요일마다 우리 집에 와서 저녁 식사를 했다. 내 주변에는 연로한 부모님이 감정적이거나 금전적이거나 육체적인 문제로 짐이 되는 경우가 있었다. 노인성 치매라는 지옥을 겪어야 했던 사람들도 많이 알고 있었다. 병에 의해서든, 노화로 불편해짐에 따라 점점 심해지는 심술과 변덕에 의해서든, 아니면 오랜 세월 지켜온 위엄과 매력이 무너져 내리는 인생의 쇠락에서 온 것이든 간에 부모의 행동이 극단적으로 변할 때가 가장 힘든 상황일 것이라고 생각한다. 그렇게 아이가 된 어른은 자신이 다른 누구보다도 오래 알아왔던 사람과 이야기를 나누지만, 그 사람은 이제 더 이상 같은 사람이 아니다. 어머니의 말년에도 이런 일이 나타났었다. 어머니의 태평스럽고 모험적인 정신은 육체의 고통과 점점 가까이 다가오는 죽음의 위력에 굴복했으며, 어머니와의 대화는 건강 상태와 불편함에 대한 주제들로 범위가 좁혀졌다. 어머니는 여전히 너그럽게 사랑을 베풀긴 했지만, 음울하고 고요한 고통의 시간에 비해 그런 순간들은 그리 자주 찾아오지 않았다.

그렇지만 아버지는 여전히 유쾌하고 반가운 존재였다. 아버지는 루이스와 함께 표를 구입하여 애크런 대학 미식축구와 농구 경기를 보러 다녔으며, 주말은 물론이고 주중에도 적잖이 저녁 식사 초대를 받았다. 내 형제들과 아버지와 나는 단골 레스토랑에서 매월 개최되는 맥주 시음회에 참석하기 시작했고, 얼마 지나지 않아 아버지는 이 행사의 비공식 마스코트가 되었다. 아버지는 주방장과 사장으로부터 늘 특별한 환대를 받았다. 그들은 아버지에게 '몬시뇨르'[1]라는 별명을 붙였으며, 아버지의 잔이 비지 않도록 신경 쓰면서 살뜰히 보살폈다. 그해 겨울, 나는 존의 말년에 우리가 사교적 활동을 추구하며 함께했던 것보다

---

1 고위 성직자에 대한 존칭.

더 많은 시간을 여든둘의 아버지와 함께 보내고 있다는 사실을 깨달았다. 그리고 아버지는 종종 나보다도 강한 체력을 자랑했다. 일요일 저녁이면 가끔 아버지와 지나와 나와 우리 딸 리아가 마름모꼴로 마주 보고 앉아 유커 카드놀이를 하곤 했다. 늘 나 자신의 지구력을 자랑해왔던 나였지만, 이번이 마지막 판이라고 선언하는 사람은 늘 나였다. 그러지 않으면 아버지가 자정이 훨씬 지난 시간까지 우리 모두를 재우지 않고 붙잡아둘 것 같았기 때문이다.

어느 일요일, 나는 아버지에게 다른 때보다 일찍 집에 오라고 연락했다. 막 DVD로 출시된 리처드 링클레이터 감독의 영화 「보이후드」를 친구에게서 빌려놓았기 때문이었다. 그 영화는 많은 사람들에게 흥미를 불러일으킨 것과 같은 이유로 나에게도 흥미를 불러일으켰다. 영화는 한 소년(배우 엘라 콜트레인이자 극 중 인물인 메이슨 에반스 주니어)이 여섯 살부터 열여덟 살까지 가족들과 더불어 실시간으로 성장해가는 과정을 12년이라는 세월에 걸쳐 매년 일정 분량씩 촬영한 작품이었다. 그런데 영화가 내 흥미를 자극한 데에는 훨씬 더 개인적인 이유가 있었다. 주인공은 내 아들 에번보다 고작 한 살 어렸으며 영화는 주로 그와 아버지의 관계에 초점을 맞추었는데, 아버지와 아들의 관계는 언제나 나를 강력하게 끌어당기는 주제였다. 나는 아버지와 아들의 관계가 점점 더 복잡해지는 이유에 커다란 흥미를 가지고 있었다. 이 영화는 하이 콘셉트[2] 이야기에 대한 나의 욕구에 딱 들어맞았고, 나는 우리 3대 남자들이 소파에 나란히 앉아 이 영화를 함께 보는 자리를 마련함으로써 영화 감상의 격조를 한 단계 높이고 싶었다.

물론 이 계획은 실패로 돌아갔다. 그 한 가지 이유는 영화의 상영 시간이 길고 전개가 느렸기 때문이다. 아버지나 에번이 영화를 생각 없이 빈둥빈둥 보기만 하면 된다거나 필요할 경우엔 딴짓을 해도 괜찮다는 느낌을 갖지 않도록 미리 환경을 조성해 놓았음에도 불구하고 계획대로 되지 않았다. 감성적 인간인 나는 명백히 비감성적인 두 사람(아이젠하워가 통치하던 때에 성년이 된 토목 기사와 아직 성년에 이르지 못한, 자의식 충만한 10대 청소년)을 인질로 잡고 있었던 셈이었다. 우리는 어두컴컴한 거실의 소파에 무릎을 맞댄 채 나란히 앉아 화면을 응시했다. 모두가 서서히 늙어갔다.

그래도 두 사람이 그 영화를 꼭 싫어한 것은 아니었다고 생각한다. 에번은 한두 차례 특정한 팝 문화의 조각(게임보이 어드밴스 SP,[3] 솔자 보이Soulja Boy[4])이 메이슨의 삶과 교차하는 지점에서 자기도 그 나이에 그랬었다며 약간 기뻐하는 어조로 반응을 보였다. 거의 세 시간 뒤에 영화가 끝나고 자막이 올라갈 때 아버

2 서로 관계없어 보이는 아이디어를 결합해 창조적인 새 개념을 창조해내는 것.
3 닌텐도가 발매한 휴대용 게임기.
4 미국의 래퍼이자 프로듀서. 「Crank That」으로 최연소 미국 빌보드 핫 100 차트 1위에 올랐다.

지는 무릎에 손바닥을 짚고 몸을 일으켜서 기지개를 켜더니 이제 맨해튼 칵테일을 마실 시간이라고 선포했다. 우리는 부엌으로 걸음을 옮겨 자연스럽게 정해진 각자의 자리에 앉았다. 그곳에서는 지나가 맛있는 냄새가 나는 뭔가를 요리하고 있었다.

날짜: 2015년 2월 24일
제목: 클리블랜드 병원
발신인: 〔아버지〕

오늘 9개월 차 후속 검사를 받았다. 내용은 크게 세 가지.

1. 만성적 기침은 치료와 관련된 것이란다. 커져가는 흉터 조직이 왼쪽 폐의 공기 흐름을 약간 방해하는 것 같다는구나. 의사가 일시적 안정을 위해 독한 기침약과 함께 기침을 완화시키는 약한 스테로이드를 처방해주었다. 이건 자연의 치료법이래. 이게 듣지 않는다면 바로잡기 위한 절차가 있긴 하지만, 그것은 최후의 수단이란다.
2. CT 스캔 결과 종양이 완전히 줄어들어서 재발 흔적을 찾아볼 수 없단다. 말벌에게 말벌 스프레이를 뿌린 것처럼.
3. CT 스캔 결과 오른쪽 폐에 새로운 종양이 하나 발견되었는데, 지금은 작지만 커질 가능성이 있다는구나. 새로 생긴 작은 종양들이 숨어 있을 수도 있는데, 의사는 모조리

찾아내서 치료하길 원해. 의사가 다음 주로 PT 스캔 일정을 잡고 있어. 난 여기서 PT 스캔을 해본 적이 없는데 말이지. 시간이 나면 좀 더 자세히 알려주마. 이제 난 스웬슨에 가서 갤리보이 버거와 초콜릿 밀크셰이크를 먹을 거야. 그리고 나서 St-V 비디오 게임을 하러 갈 생각이다.

이 이메일은 상당히 혼란스러운 기시감을 불러일으켰다. 폐종양 진단이 내려진 지 정확히 1년 만에 또 다른 폐종양 진단이 내려진 것이었다. 진단, 치료 방법, 일주일 동안 날마다 방사선 치료를 받기로 한 결정, 그리고 다른 일들이 일어났던 그 시기가 되면 연례적으로 새로운 일이 벌어지는 것 등등 모든 것이 한데 엉겨 혼돈스러울 지경이었다. 나의 뇌리에 지난 몇 년이 질병과 죽음의 이정표처럼 줄지어 늘어서기 시작했다. 나는 다시 한번 머릿속으로 셈을 하며 그동안 일어난 일들을 순서대로 정리해 보았다.

2011: 존과 아버지 암 진단.
2012: 존과 아버지 좋아짐. 어머니 사망.
2013: 존 사망. 아버지, 왼쪽 폐에 새로운 암 진단.
2014: 아버지 좋아짐. 사망자 없음.
2015: 아버지, 오른쪽 폐에 새로운 암 진단.
이런 논리 과정은 내 사무실의 책장을 닮아가기 시작했다. 내 책들은 내가 그것들을 읽은 순서에 따라 시간순으로 정리되어 있으며, 나는 거의 광적으로 그 순서를 고수한다. 책이 옮겨진 경우 나는 순서가 틀어졌을 때 벌어질 일을 두려워하며 매번 그것들을 원래의 순서대로 꼼꼼하게 되돌려놓았다. 시간이 흐름에 따라 그리고 그에 비례하여 책장에 꽂힌 책의 숫자가 늘어남에 따라 순서의 중요성은 커져만 갔다.

서가에 꽂힌 아무 책이든 손만 대면 나는 언제 어디서 그 책을 읽었는지 즉각 정확하게 기억해낼 수 있다. 예를 들어 집안의 결혼식을 위해 버지니아를 방문한 때가 몇 년도인지를 내게 묻는다면 대답을 못 할 수도 있다. 아마 1997년이었을 것 같다. 하지만 나는 자동차로 그곳까지 가는 동안 T. C. 보일의 『쪼개진 바위』를 읽었다는 사실을 알고 있으며, 지금 이렇게 책장에 가까이 다가서니 손에 잡힐 듯 생생한 연대기에서 그 시점을 알아낼 수 있고, 그리하여 외과 수술과도 같은 정확성으로 그것은 1998년 12월이었다고 단언할 수 있다. 이 책들은 단지 연대기적 순서만을 알려주는 게 아니다. 책의 장정과 페이지들은 내 삶의 길을 따라 걸었던 각각의 단계에서 내가 어떤 사람이었는지를 거슬러 올라가 보여준다. 그것들은 내가 거쳐 왔던 곳들을 통해 지금의 내가 누구인지 말해준다.

마찬가지로 지난 몇 년 동안의 질병과 고통과 죽음의 어지러운 혼돈은 암과 종양의 연대기(어머니의 인후, 존의 식도, 아버지의 인후, 존의 폐, 아버지의 왼쪽 폐, 아버지의 오른쪽 폐)를 통해 순차적인 연속성을 형성한다. 이것들은 일종의 이정표이며, 나는 이것들을 통해 다른 사건들이 언제 일어났는지를 파악한다. 그런데 그 순차적인 연속성은 사실 죽음이나 질병과 관련 없는 인생의 다른 사건들을 관통하는 것이기도 하다. 아버지의 새로운 종양 진단이 이 연대기에 새로운 페이지를 덧붙이는 시점에도 이 연표를 따라 다른 긍정적인 일들이 새로이 자리 잡음으로써 내 안에서는 보다 큰 차원의 균형이 계속해서 유지되고 있었다. 예를 들어, 아버지의 폐종양이 발견된 시점은 존의 추모 전시회 개막 시점과 일치했으며, 존이 급격히 쇠약해지던 시점은 에번이 성인으로 들어서는 상징적 통과의례를 거치던 시기와 일치했다.

"내가 삶에 관해 배운 모든 것을 나는 다음과 같은 세 단어로 요약할 수 있다." 로버트 프로스트는 말한다. "삶은 여전히 계속된다."

아버지는 어느 주에 치료를 받을 것인지 결정하고 나서 곧장 전략적으로 홀리스모커 II 권총을 예약 주문했다. 6월 중 어느 하루 날을 잡아 사격을 할 심산이었다.

아버지는 치료를 받았다. 몇 주 뒤 후속 면담을 하는 자리에서 의사가 말했다. "제가 처음 선생님을 진단했을 때보다 암세포 숫자가 현저히 줄었는걸요."

골칫덩이 관 문제

비껴갈 방법은 없었다. 내 관은 눈엣가시가 되었다. 우리는 수 개월 동안 손을 놓고 있었고, 그러는 사이 관은 아버지가 계속해서 뭔가를 만들어내는 먼지 쌓인 작업장의 중앙부를 차지하는 커다란 장애물로 전락했다.

그 몇 개월 동안 아버지는 랠프 형의 크리스마스 선물을 만들었다.

또한 재미있는 얼굴들을 새긴 삼나무 새집을 여러 개 만들어서 자선 경매에 기부했다.

아버지는 또 형의 바 안벽에 대형 맥주잔들을 진열하기 위한 장식용 선반도 만들었다.

그리고 형의 바에 장난감 기차 세트를 진열할 선반도 하나 만들었다.

아버지는 한 조카에게 선물하려고 낡은 호두나무 기둥을 이용하여 정원용 받침대를 만들고, 거기에 여러 가지 특이한 나뭇조각들(내가 탐을 냈지만 나한테는 주지 않았던 것들이었다)로 팔각 지붕까지 얹었다.

차고용 퍼걸러와 헛간 출입용 경사로, 지하실 계단도 만들었다. 누나 집 문틀을 다시 짰고, 나를 도와서 우리 집 수도관의 터진 곳을 수리해주었으며, 당신의 집과 마당을 손보는 일을 멈추지 않고 계속했다.

어느 날 아침 나는 잠에서 깼다. 한밤중에 불쑥 찾아온 불면증에 시달리고 난 다음이었는데, 잠을 못 이루는 동안 내 상상력은 기이하면서도 파괴적인 공상을 불러일으켰다.

"어젯밤 백일몽을 꾼 것 같아." 내가 지나에게 말했다. 우리는 머리가 헝클어진 채로 침대를 사이에 두고 서로 맞은편에 파자마 차림으로 서서 시트를 잡아당겨 반듯하게 펴고 있었다.

"무슨 꿈이었는데?" 지나가 베개를 제자리에 놓으며 말했다.

"이 골칫덩이 관 문제를 끝낼 수 있는 꽤 괜찮은 해결책." 나는 이 상자를 책장으로 사용하겠다는 아이디어를 아직 지나에게 얘기하지 않았다. 지나가 이 계획을 거부할지도 모르며, 그렇게 되면 또다시 내가 죽을 때까지 이 상자를 어떻게 처리해야 할지 모르게 될 거라는 걱정 때문이었다.

"그게 뭔데?" 지나가 이불을 반듯하게 펴면서 물었다. "자살?"

나는 베개를 떨어뜨리며 지나를 쏘아보았다. "음, 그걸까? 아니야. 내 아이디어는 일종의 행위 예술처럼 그걸 산산조각으로 부숴버린다는 거야. 비디오에서 보았던, 피아노를 부수는 '소음의 예술'처럼. 그러면 난 그 목재를 다른 데 사용할 수 있겠지."

"오." 지나가 말했다. "난 그저 당신의 예기치 않은 죽음이 흥미로운 반전이 될 거라고 생각했을 뿐이야."

"그러면 당신은 관을 보관할 필요가 없을 테고."

"그렇지. 난 관을 보관할 필요가 없겠지."

"당신은 가끔 괴상한 구석이 있어."

"그래도 난 관 같은 걸 만드는 사람은 아니잖아."

안타깝게도 내가 이 관과 유사한 상황에 처했던 것은 이번이 처음은 아니었다. 오래전에 나는 버려진 1977년형 MG 미지트 스포츠카를 거의 고철 값과 견인비만으로 구입할 수 있는 기회를 잡았었다. 그 차는 5년간 우리 집 차고에 처박혀 있었다. 당시의 나에게 통찰력 같은 건 없었다. 단지 영국제 소형 스포츠카를 소유한다는 것은 멋진 일이라는 걸 알고 있었을 뿐이었다. 그리고 그걸 사실상 공짜로 얻었다는 생각에 영웅이 된 듯한 기분이었다. 나는 한두 차례 미지트의 수동 크랭크를 맹렬히 돌려서 시동을 걸어보려 했지만 시동은 결코 걸리지 않았다. 그럼에도 그 차는 여전히 기대감을 불러일으켰다. 내가 햇볕에 바랜 지저분한 밤색 외장을 반짝반짝하게 광내고, 내 힘으로 시동을 거는 데 성공하여 보닛 아래 엔진이 부르릉거리는 소리를 듣게 되리라는 꿈을 버리지 않았기 때문이다. 결국 나는 포기했고, 그걸 100달러에 팔아 치웠다.

그 일이 있은 후 어느 날 밤, 나는 길가에서 낡은 고리버들 가구 한 세트를 발견하고 한껏 욕심을 내서 지하실로 옮겨왔다. 그 가구 세트는 실은 내가 기억하는 것보다 훨씬 더 오랫동안 내 작업장 공간의 상당 부분을 차지한 채 내 치료의 손길을 기다리고 있었다. 나는 고리버들을 휘는 방법(이 가구는 거의 치명적인 수준으로 낡았다)에 관한 책을 도서관에서 빌렸으며, 나 스스로 커버 씌우는 기술을 익혀서 언젠가는 이 공짜 가구가 옥외 테라스의 중앙에 떡하니 자리 잡도록 하겠다는 계산을 하고 있었다. 그 테라스도 아직 만들어지지 않았을 때였지만 말이다. 결국 나는 이 계획을 포기하고 그 가구들을 우리 집 길가에 내놓았고, 그러자 어느 욕심 많은 고물 수집꾼이 그걸 잽싸게 가져갔다. 그에게(혹은 그녀에게) 신의 가호가 있기를.

이런 일도 있었다. 어느 날 아버지가 흥분된 목소리로 전화를 걸어와, 자기가 지금 어떤 공사 현장에 있는데 낡은 인도 포장용 붉은 벽돌 수천 개가 버려져서 누군가 가져가지 않으면 땅속에 묻히게 될 거라는 얘기를 했다. 아버지의 이야기에 나는 미친 듯이 분주하게 움직였고 (이때가 바로 덤프트럭을 한 대 살지 말지 진

지하게 고려했던 순간이었는데, 만약 그걸 샀더라면 지금의 관과 흡사한 문제를 안겨주었을 것이다) 그 결과 우리 집 뒷마당에는 위압적인 거대한 포장용 붉은 벽돌 더미가 쌓이게 되었으며, 나는 다시 아버지에게 전화하여 진입로는 어떻게 설계하고 만들어야 하는지 물어봐야 했다.

내가 이런 성격을 타고난 데는 아버지 못지않게 어머니의 영향도 크다. 어머니는 대책 없는 상상력의 유전자와 비현실적 충동을 구현하고자 하는 본능의 유전자를 내게 물려주었다. 언젠가 어머니가 아버지에게 앵무새가 필요하다는 결론을 내렸을 때(그것은 완전히 일방적인 결론이었다), 어머니는 애완동물 가게에서 앵무새 한 마리를 사서 2주 동안 '하얀 침실'에 숨겨놓았다가 크리스마스 선물로 아버지에게 주었다. 그렇게 해서 아버지는 애완 앵무새를 갖게 되었는데, 그것은 전적으로 아무리 있을 법하지 않은 일이라도 해낼 수 있다는 어머니의 신념이 빚어낸 결과였다. (아무리 불합리한 일이라도 꾹 참고 넘기는 아버지의 무던함도 한몫 거들었다.)

여기서 가장 중요한 단어는 '해낼 수 있다'이다. 앵무새 미스터 블리필은 예전에 우리 가족이 살았던 집을 거쳐 간 동물 중에서 가장 유별났던 동물이라고 할 수도 없었다. 특이한 상황에서 우리 집에 오게 된 특이한 애완동물의 역사는 오래되었다. 어느 해 부활절에 부모님은 우리들 각자에게 새끼 병아리를 한 마리씩 나누어주었는데, 그 같은 일은 당시의 가톨릭 집안에서는 그다지 특이한 일이 아니었다. 하지만 나는 자기가 받은 병아리가 다 자라 닭이 될 때까지 길러야 했다는 애들은 본 적이 없었다. 우리는 길러야 했다. 내가 키운 것은 수탉이었다.

이듬해, 우리 집에 오리가 한 마리 들어왔다. 우리는 오리에게 와들Waddle[1]이라는 이름을 지어주었다. 그것은 이름 짓기의 달인인 어머니가 존재하는 우리 집에서 오리의 이름으로 부르기에는 너무 어울리지 않는, 사람에게나 어울릴 법한 이름 같아 보였다. 하지만 그 이름은 단순히 오리의 걸음걸이에서 나온 게 아니었다. 와들이라는 이름은 올림픽 달리기 경주에서 금메달을 딴 뒤 야구 모자를 쓰고 시상대에 올랐던 우리 지역 출신 달리기 선수 데이브 워틀의 성을 따서 지은 이름이었다. 봄과 여름을 보내면서 무럭무럭 자란 와들-워틀은 우리를 따라 뒷마당을 돌아다녔으며, 오렌지색 플라스틱 같은 부리로 우리의 손가락이나 바짓가랑이를 물곤 했다. 날씨가 쌀쌀해지자 아버지는 지하실에 오리 우리를 하나 만들었는데, 오리와 지하실 고양이인 베티 데이비스 아이스 사이에 영역 다툼이 벌어졌다. 결국 우리의 오리는 얼마 지나지 않아 연못이 있는 인근의 요양원으로 옮겨가야 했다.

어느 부활절에 어머니는 드디어 종교적 상징성이라는 것에 전부를 건 듯이 목줄을 맨 어린 양을 데리고 거실을 어슬렁어슬

---

1 뒤뚱뒤뚱 걷는다는 뜻.

렁 돌아다녔다. 우리는 여름 내내 '알리바바'와 함께 지냈다. 양
은 거동과 냄새가 어엿한 가축으로서 손색이 없을 만큼 자랐다.
남동생은 망아지를 타듯 알리바바 위에 올라탔고, 우리 네 형제
는 목줄을 한 채 양을 데리고 나가 동네를 산책시켰다. 부모님은
혹시라도 경찰이 우리를 불러 세워 물어보면, 이것은 우리의 양
치기 개라고 대답해야 한다고 했다. 그 말은 농담이었을 거라고
생각하지만, 그러나 누가 알겠는가?

　가을이 되자 알리바바가 떠나야 한다는 사실이 분명해졌고,
부모님은 한 목양업자와 접촉했다. 그 목양업자는 알리바바를
절대 도살장에 보내지 않겠다는 확언과 함께 자기도 이 양을 애
완동물로 키우겠다고 약속했다. 그는 아내와 딸과 함께 낡은 승
용차를 몰고 왔다. 내 나이쯤 되어 보이는 목양업자의 딸은 왠지
좀 어리숙해 보였는데, 어렸을 때 양에게 받히는 바람에 머리에
약간 손상을 입었다는 목양업자의 설명에 그 인상이 그럭저럭
납득이 되었다. 차를 세워둔 곳으로 돌아간 목양업자와 아내는
우리 양을 딸과 함께 뒷자리에 태운 다음 자기들은 앞자리에 올
라앉았다. 양에게 공격당한 적이 있다는 딸을 양과 함께 태운 것
이었다.

　어머니의 충동적 기질은 당신이 구입한 새가 앵무새라는 사
실 말고는 다른 아무것도 알지 못했다는 것을 의미했다. 사실 그
앵무새는 오렌지색 날개를 가진 아마존 앵무새로, 야생에서 포
획한 것이었다. 그 같은 앵무새는 시끄럽고 더럽고 심술궂다. 더

구나 기대수명이 백 살 가까이 된다. 그 얘기는 곧, 어머니가 돌아가신 지 한참이 지난 지금까지도 여전히 아버지는 어머니의 오래전 변덕의 산물인 앵무새를 매일같이 보살피고 먹이를 줄 책임을 지고 있다는 의미였다.

가구처럼 보이다

새해가 시작되면서 아버지와 나는 일할 시간이 조금 더 생겼다. 관 뚜껑은 네 개의 직사각형 오크 틀을 나직한 피라미드 형태로 쌓아 올려 만들 작정이었다. 그 과정은 기술적으로 매우 까다로웠다. 각각의 층을 연귀이음[1]으로 자르고 귀퉁이는 45도 각도로 맞추어야 했다. 우리는 형의 전기 절단기를 사용했다. 전기 절단기의 커다란 둥근 날은 아버지의 수동식 연귀 톱을 사용하는 것보다 자르기 작업을 훨씬 더 쉽게 해주었다. 하지만 네 귀퉁이 이음매가 모두 깔끔하게 들어맞도록 하는 것은 불가능했다.

---

1 두 목재를 맞추기 위해 나무 마무리가 보이지 않게 귀를 45도 각도로 비스듬히 잘라 맞추는 것.

"이건 정말 대단한 연장이야." 아버지가 나와 함께 몸을 기울여 절망스럽게도 8인치나 간격이 벌어진 귀퉁이 연결 부위를 뚫어져라 쳐다보면서 말했다. "그렇지만 이건 집을 짓는 데 쓰는 연장이지 가구를 만들 때 필요한 연장은 아냐."

아버지는 작업물의 불완전함을 감추기 위해 귀퉁이에 오크 쪽매를 삽입하는 계획을 내놓았다. 각각의 쪽매를 만들기 위해서는 라우터를 쓸 수 있게 하기 위해 지그²를 설치하고, 열다섯 개 혹은 그 이상의 죔쇠를 이용하여 모든 것을 제자리에 붙들어 두는 까다로운 작업이 필요했다. 이윽고 모든 것이 제대로 준비되자 아버지는 라우터를 앞으로 당겼다. 한 번에 한 칸씩만 꾸준히 움직였다. 둔버기³의 타이어에서 솟구치는 모래처럼 노란색 가루 먼지 기둥이 튀어 올랐다. 우리는 그 일을 스물네 번이나 했다.

새로운 일과에 돌입한 지 3일째가 되자 다시 작업이 즐거워지기 시작했다. 나는 저녁까지 긴 시간 동안 작업장의 텁텁한 공기를 음미할 수 있었다. 구운 육두구 향이 감도는 작업장 공간은 냄새와 상상력이 만나는 공간이었다. 매일 오후 작업장을 빠져나와 겨울의 찬 공기 속으로 발을 내디딜 때마다 마음속에서는 자잘한 문제들이 떠나지 않았다. 3일 연속으로 작업을 하고 난 뒤 한밤중에 잠에서 깨어 어떻게 하면 관 뚜껑의 각각의 층

2 절삭 공구를 정해진 위치로 유도하는 장치.
3 모래언덕 주행용 소형차.

이 딱 들어맞을 것인지, 그리고 마지막으로 맨 윗부분은 무엇으로 치장할 것인지 생각해보았다. 나는 어머니의 수많은 묵주를 떠올렸다. 묵주 가운데 하나에서 십자가를 떼어내, 그걸 뚜껑에 삽입하면 어떨까? 이건 존이 생각해냈을 법한 아이디어야, 나는 속으로 중얼거렸다. 장식적인 동시에 의식적인 거잖아. 그렇지만 그것은 존의 아이디어가 아니었다. 아버지의 아이디어도 아니었다. 사소한 것이긴 하지만 그건 내 아이디어였다.

이 귀퉁이는 특히 난감했다. 45도로 자른 부분은 깨끗하지 않고 (내 잘못이었다) 경미하긴 하지만 그래도 넘어갈 수 없을 만큼 불룩 튀어나왔다. 우리는 두 번째 자르기 작업을 하고, 이어 사포질을 하고 쐐기를 박아 넣었지만 두 널빤지는 반듯하게 만나기를 거부했다. 나는 한쪽에 서 있고, 아버지는 반대편에 서 있었다. 우리는 낙담한 채 그걸 바라보았다.

"아버지가 라우터를 당기는 동안 내가 라우터 상단을 눌러주면 어떨까요?" 내가 제안했다. 나는 아버지가 서 있는 쪽을 향해 테이블 위로 몸을 기울이며 노란색 라우터 덮개 위에 두 손바닥을 교차해서 얹었다. "이렇게요. 그리고 아버지가 당기는 동안 내가 이걸 누를게요."

아버지가 고개를 끄덕였다. "그게 효과가 있을 수도 있겠구나. 내가 다른 방법을 알고 있는 것도 아니니까."

아버지가 모터의 시동을 걸었다. 나는 손을 라우터 위에 올려놓았고, 우리는 천천히 움직이며 자르기 시작했다. 1인치 정도 움직였을 때, 나는 라우터가 내 손의 압력을 지탱하지 못하고 가라앉는 것을 느꼈다. 마치 내 손이 갑자기 쿠키 반죽 속으로 쑥 빠져드는 듯한 느낌이었다.

"멈춰!" 아버지가 신음 소리를 내며 더듬더듬 스위치를 찾아 껐다. "망쳤어." 아버지가 모터 소리가 잦아들기도 전에 말했다.

우리는 그 공구가 제 위치에 고정되지 않은 부분에 나의 힘이 가해지고 있다는 사실을 계산에 넣지 못했다. 내 손의 압력으로 인해 라우터 날이 4분의 1인치 널빤지 세트를 관통하여 반대편까지 뚫고 나와버렸다.

우리는 한동안 그걸 빤히 쳐다보았다. 내가 뚜껑을 관통하는 구멍을 낸 것이었다.

"쪽매로 이걸 감출 수 있을까요?" 내가 물었다.

쪽매는 이미 우리에게 마법의 해결책이 되어 있었다. 하지만 이건 너무 심한 경우였다.

"글쎄. 운이 좋다면 그럴 수도 있겠지. 나도 잘 모르겠다."

"감출 순 없다 해도 어쨌든 보기 흉한 부분은 뚜껑 안쪽이 될 거잖아요." 내가 말했다.

"한번 생각해보렴." 아버지가 말했다. "사람들은 뚜껑 바깥쪽보다 안쪽을 보면서 더 많은 시간을 보낼 거야."

"나를 포함해서요." 내가 말했다.

나는 또 하루의 작업을 위해 아버지의 작업장으로 돌아갔다. 관 작업에서 벗어나 있는 시간은 우리 두 사람에게 내가 일으킨 피해에 대해 더 나은 반응을 보일 수 있게 해주었다.

우리는 한차례 평가와 토론을 한 뒤 조심스럽게 나뭇조각을 잘라서 미리 라우터로 작업해놓은 홈에 끼워 넣었다. 그것은 효과가 있었다. 우리는 눈에 거슬리는 구멍을 숨길 수 있었다.

다른 귀퉁이의 라우터 작업을 준비하기 시작했을 때, 아버지가 전기 요금 고지서가 나왔다는 얘기를 꺼냈다. 300달러였다.

"다 이것들 때문이야." 아버지가 전동 공구들과 집진용 모터를 가리키며 말했다. "정말이지 전기를 엄청나게 잡아먹어."

나는 모든 영수증을 보관하며 비용을 빠짐없이 기록해왔다. 그러나 영수증에 적힌 건 단지 내가 쓴 지출 내역일 뿐이었다. 아버지가 기여한 부분(전기료, 공구의 마모나 손상, 접착제, 나사, 못 등)은 계산하지 않았다. 물론 아버지의 노동도 계산에 넣지 않았다. 유전적으로 쉼 없이 일하는 인자를 타고난 아버지와 형제들이 노동력을 보탤 때, 그것을 경제적 이득으로 여기는 것은 당연한 결론이다. 내가 나무를 자르고 장작을 패면서 주말을 보낸다면 나는 벌목비와 땔나무 비용을 아끼게 된 것인데, 그것은 돈을 번 것과 똑같다고 할 수 있을 것이다. 나는 그렇게 생각하면서도, 아버지가 관을 만드는 데에 많은 것을 쏟아붓고 있는데도 그걸 비용 계산에 넣지 않은 것이었다.

관 뚜껑 작업은 계속되었다. 층지게 쌓아 올린 널빤지 귀퉁이에 소용돌이무늬를 넣기 위해 아버지가 라우터를 설정하는 동안 나는 틀 하나를 톱질 모탕에 쇰쇠로 고정했다. 아버지가 자투리 나뭇조각을 가지고 시험을 해본 뒤 됐다는 뜻으로 고개를 끄덕였다. 아버지는 라우터를 나에게 건넸다. "자, 네가 하렴."

나는 공구를 받아들었다. 아버지는 뒤로 물러서서 지켜보았다. 나는 가장자리를 따라서 조심조심 움직이기 시작했다.

"한 번에 너무 많이 나가지 마라." 아버지가 말했다. "여러 번으로 나눠서 해. 한 번 할 때마다 조금씩 늘리도록 하고. 서두르지 마. 그리고 라우터를 네 쪽으로 기울이면 안 돼. 널빤지랑 같은 높이를 유지해야 해."

서서히 감이 잡히기 시작했다. 오크 목재를 씹어대며 윙윙거리는 강철 소리를 통해 내가 얼마나 깊이 목재를 자르고 있는지 알아차릴 수 있었다. 주형으로 찍어내서 만든 두 개의 검은 손잡이를 단단히 붙잡고 작업해야 했으므로 이 일은 육체적으로 많은 노력과 통제를 필요로 했다. 기계는 뜨거운 톱밥을 끊임없이 내 얼굴에 뱉어댔다. 톱밥이 플란넬 셔츠 속으로 날려 들어가는 것을 느낄 수 있었다. 첫 번째 모서리 작업이 끝났을 때 나는 모터를 끄고 셔츠 자락을 털어낸 다음, 안경을 닦고 원뿔 모양의 털모자를 털었다. 그리고 나서 다음번 모서리 작업에 착수했다. 그 시간 내내 아버지는 팔짱을 끼고 문에 몸을 기댄 채 내가 일하는 모습을 지켜보았다.

나는 라우터 날을 교체한 뒤 내부 모서리 작업에 돌입했다. 느낌이 달랐고, 목재의 결도 달랐다. 나는 두 시간 동안 그 작업에 매달렸다. 마치 내가 목재 펄프를 헤치며 수상스키를 타는 것 같은 기분이었다. 콧구멍은 먼지로 막히고, 덩굴손 같은 오크 톱밥 때문에 가슴은 가렵고, 팔뚝은 단단히 힘이 들어가 있고, 입은 앙다물고 있고, 눈은 따끔따끔하고, 안경 렌즈는 뿌옜다.

라우터 작업이 끝나자 우리는 관의 몸체 위에 임시로 뚜껑을 씌워보았다. 아버지가 톱질 모탕에서 뚜껑을 끌어와 제자리에 올려놓았다. 아버지는 그 위에 손바닥을 얹고 몸을 숙이더니 선들을 유심히 살펴보았다.

아버지는 눈을 상자에서 떼지 않은 채 한 걸음 뒤로 물러섰다. 아버지가 싱글벙글 웃었다. "오호 이것 봐라, 꽤 근사한걸."

셔츠 자락에 안경을 닦고 있던 나는 안경을 다시 쓰고 뒤로 물러섰다. 그것은 예상과는 다른 모습이었다. 완벽해 보였다. 우아해 보이기까지 했다. 하나의 가구처럼 보였다.

200달러짜리 실수

"문제가 있는 것 같은데요." 폴 허멜이 줄자를 아래에서 위로
세 번째로 재면서 말했다.

그는 아버지의 작업장을 비추는 밝은 형광등 아래 서 있었다.
짙은 남색 콤비의 소매에는 톱밥이 달라붙어 있고, 빳빳한 회색
바지에도 톱밥이 묻어 있었다. 그의 푸른 눈동자가 임시로 뚜껑
을 얹은 채 톱질 모탕 위에 놓아둔 관을 내려다보고 있었다.

"너무 높아요. 관실에 맞지 않을 거예요."

나는 그가 농담을 하고 있다고 생각했다. 그는 도착한 지 5분
도 안 돼서 뚜껑 안쪽을 킨들[1]로 장식했느냐고 물었고, 이 상자

---

1 미국 전자 상거래 기업인 아마존의 전자책 전용 단말기.

를 옆으로 눕혀서 작은 맥주 통을 보관하는 용도로 사용하면 어떻겠느냐고 말했으며, 이것을 그의 화장장 소각로에 넣으면 온도가 몇 도까지 올라갈 것인지에 대해 생각해보기도 했다. 그의 말은 장의사의 유머이자 그가 상투적으로 하는 얘기였다. 그럼에도 나는 그의 말을 계속해서 우리를 놀려대기 위한 농담으로만 여겼다.

하지만 그때 아버지에게 눈을 돌리니, 아버지는 웃고 있지 않았다. 아버지는 내가 미처 따라잡지 못한 무언가를 이미 계산하고 있는 중이었다. 여러 널빤지를 층지게 덧붙이며 만들어온 뚜껑의 진화 과정이 마무리된 지금, 이 관은 차분한 고전미를 보였으며 폴 자신도 처음에는 아름답다고 말했다. 하지만 이 관은 또한 4년 전 내가 폴의 안내로 그의 장례 회관의 관 진열실을 둘러보았을 때 공책에 급히 메모해둔 치수를 고수하고자 했던 애초의 자세에서 벗어나도록 우리를 유혹했던 것이다.

나는 우리가 작업한 것에 대한 폴의 의견을 들어볼 생각으로 그를 이곳으로 초대했으며, 이메일을 통해 농담 삼아 말했듯이 "혹시 우리가 중대한 실수를 범하지는 않았는지 봐달라"고 요청했었다. 그는 바쁜 일정 사이에 짬을 내서 이곳에 들른 것이었다. 그의 첫 반응은 고무적이었다. 폴은 오래된 베벨 유리문[2] 바로 안쪽에서 걸음을 멈추고 경탄의 눈으로 관을 바라보면서 인

---

2 유리를 정밀 가공하여 만든, 빛의 굴절에 따라 색채가 변하는 유리문.

정한다는 듯이 만족스러운 웃음을 지었다. "정말 멋진걸요."

폴은 관 주위를 천천히 한 바퀴 돌면서 귀퉁이를 살피고, 목재에 대해서 묻고, 설계와 구성 같은 좀 더 세부적인 사항들에 대해 질문을 던졌다. 그러면서 그는 경사지게 만든 뚜껑 가장자리를 손으로 죽 훑으며 다시 한번 칭찬했다. "정말 너무 멋져요."

그런 다음 그 재치 있는 농담들을 꺼냈고, 이어 눈을 가늘게 뜨고 그 질문을 던진 것이었다. "깊이는 얼마나 되죠?"

우리는 깊이를 쟀다. 24.25인치였다.

"이런 이런. 22인치여야 하는데. 22.25인치까지는 괜찮을 수도 있겠지만."

그는 농담을 하고 있는 게 아니었다.

작업을 하는 동안 아버지와 내가 늘 염두에 두고 있었던 것 한 가지는 관의 바깥치수가 표준 관실의 안치수보다 더 작기만 하다면 우리가 원하는 대로 관을 만들 수 있을 거라는 점이었다. 우리는 손잡이를 달았을 경우의 추가적인 너비를 고려할 만큼 신중했다. 물론 운구하는 사람이 손잡이를 놓칠 경우에 대비하여 밑바닥 가장자리에 손으로 잡을 수 있는 여분의 길이를 추가한 아버지의 조심스러운 방식 탓에 약간 더 깊어지긴 했지만, 그것은 대수로운 게 아니었다.

그러나 마지막 과정인 뚜껑을 만드는 일이 아버지가 밤에 침대에 누워 열심히 궁리하고 우리가 복잡한 목공 작업에 집착하게 되면서 너무 나가고 말았다. 매번 개선책이 나올 때마다 관은 오크 널빤지 한 장 두께만큼, 또는 두 장 두께만큼 높아졌다.

"전화 좀 해볼게요." 폴이 재킷 호주머니에서 스마트폰을 꺼내며 말했다. 그는 관실 제조 회사의 접수원에게 표준 관실의 안치수에 대해 물었다. 접수원은 폴에게 잠시 기다려달라고 했다.

"있잖아요." 기다리는 동안 폴이 내게 말했다. "청동 관실은 언제든 구할 수 있어요. 그건 더 크거든요." 그가 찡긋 윙크했다. "가격은 2만 2,000달러."

나는 농담할 기분이 아니었다.

"늘 관이 깊어 보인다는 생각이 들긴 했어." 아버지가 말했다.

"확실히 깊어요." 폴이 딱 잘라 말했다. 그는 관 쪽으로 다가서며 손바닥 옆면을 아래에서 위로 약 3분의 2 정도 되는 지점의 관의 측면에 댔다. "관의 상자 부분은 보통 여기서 끝나죠. 그 위로는 뚜껑이 굽은 모양으로 시작되고요."

우리는 상자의 넓이가 내 팔꿈치에서 팔꿈치까지의 거리를 수용하기에 충분할 정도가 되게 하는 데는 많은 주의를 기울였지만, 깊이에 대해서는 거의 신경 쓰지 않았다. 그 순간, 그 점에 무심했던 이유는 내가 직접 관 널빤지를 넘어 그 안으로 들어가 본 적이 없기 때문이라는 생각이 언뜻 떠올랐다. 만약 관에 들어가 누웠더라면 아마도 내가 얼마나 깊은 관 속에 누워 있는지 깨달았을 것이다. 등을 대고 누울 때 내 몸의 높이는 1피트도 되지 않으니까 말이다. 하지만 실제로 이런 것들을 생각하는 사람이 어디 있겠는가?

최근 나는 영국의 시인이자 성직자였으며 얼마간 괴짜이기도 했던 존 던John Dunn이 피할 수 없는 자신의 죽음을 껴안고, 그 맥락을 삶과 연결 짓고자 자신의 관 속에서 잠을 잤다는 것을 알게 되었다. 나는 뻔뻔스러워 보이는 이 관을 통해 피할 수 없는 죽음과 대면하면서 중간 지대 같은 어딘가로 나아가고 있는 나 자신을 발견했다. 비록 내적으로는 그 같은 대면에 대해 사적인 저항감을 품고 있었지만 말이다. 관은 거의 마무리되었지만, 그럼에도 나는 아직 그 안에 자리 잡고 누운 나를 상상할 수 없었다.

폴의 통화가 계속되었다. 그는 고개를 끄덕이며 귀 기울여 듣더니 나에게 숫자를 적어보라는 뜻의 손짓을 했다. "폭은 30, 예. 길이는 80. 그리고 깊이는 22.25. 음. 철제 관실은 어떤가요?"

폴은 잠시 더 얘기를 나누고 나서 통화를 끝냈다.

"접수원이 좀 더 알아보고 다시 전화를 주겠대요."

다시 관 쪽으로 몸을 돌린 폴은, 판매용 관들은 뚜껑 윗부분이 굽은 모양으로 되어 있는 데 반해 우리가 만든 관은 직사각형에다 뚜껑 윗부분이 평평하다는 사실 때문에 문제가 더 심각해졌다고 설명했다. 관실이 아치 형태라면 아치가 시작되는 부분은 꼭대기 부분의 높이 허용치인 22.25인치보다 훨씬 더 낮다는 것을 의미했다.

폴이 관 뚜껑을 살펴보았다. "이걸 거꾸로 돌릴 수도 있지 않을까요? 윗부분이 아래를 향하도록 말입니다."

아버지가 얼굴을 찡그렸다. 폴은 여전히 관에서 눈을 떼지 않았다. "다른 방법도 있긴 해요." 그가 뚜껑의 맨 윗부분에 손을 얹었다. "이걸 잘라내는 거예요."

무릎에서 힘이 빠지는 것을 느꼈다. 이 관에 톱을 댄다는 생각만으로도 속이 메스꺼웠다. 그러나 나는 이미 실제 현실에 대해 생각하고 있었다. 그동안 작업해온 것을 톱으로 잘라내고 다시 출발점에 서서 새로 작업할 가능성은 전혀 없었다. 나는 각 널빤지의 치수가 균일하지 않다는 것을 이미 알고 있었다. 따라서 그 같은 근본적인 수정은 지금으로서는 재앙을 초래할 처방일 뿐이었다.

"또 다른 방법은," 폴이 말했다. "화장을 하는 거예요. 화장은 언제든 가능하죠." 그는 싱긋 웃었다. 그러나 그것은 농담과는 다른 차원의 웃음이었다. 상술에 더 가까운 웃음이었다.

"지나는 절대 화장하려 하지 않을 거야." 내가 말했다. 「법의학 파일」의 열렬한 시청자인 지나는 언젠가 내 시신을 파내야할 일이 생길지도 모른다는 생각에 집착하고 있다. "게다가 화장을 하면 이 모든 일에 관한 내 생각이 틀렸다는 걸 증명하는 꼴이 되고 말잖아."

폴의 휴대전화가 울렸다. "안녕, 밥." 그가 전화를 받으며 말했다. 관실 제조회사 사장이었다. 폴은 얘기를 들으며 고개를 끄덕이고, 질문을 던지고, 치수를 다시 불러주고, 고개를 젓고, 몇 가지 것들을 더 물어보았다. 이윽고 그가 스피커폰을 켰다.

육체에서 분리되어 흘러나오는 밥의 목소리는 우리가 만든 관은 기본 콘크리트 관실보다 약간 더 큰 '합성 관실'에나 들어갈 수 있을 거라고 알려주었다.

"그게 더 비싸?" 내가 물었다.

"200달러 더 비싸요. 1,395달러." 폴이 말했다.

나는 아버지를 바라보았다. "그러니까 우린 200달러어치 실수를 한 셈이네요."

"사실상 그런 셈이지."

폴이 스피커 기능을 끄고 밥과 몇 마디 농담을 주고받은 뒤그에게 고맙다는 말을 하고 나서 전화를 끊었다.

"그럼," 내가 물었다. "내가 앞으로 40년은 더 살 거라고 가정해보세. 지금의 관실 치수가 그때도 여전히 표준 치수일 거라는 걸 어떻게 알지?"

"장의업은 보수적인 업종이에요. 변화가 거의 없어요." 폴이 말했다.

이 관에 어떤 문제가 있든, 그게 실제로 문제가 되는 시점에는 내 문제가 아닐 거라는 사실에서 나는 이기적인 안도감을 느꼈다(그 같은 안도감을 느낀 게 처음은 아니었다). 이 관이 관실에 들어맞지 않는다 해도, 관 뚜껑이 휘었다 해도, 관의 밑바닥이 떨어져 나갔다 해도, 그 같은 문제를 처리할 입장에 놓인 사람은 당연히 내가 아닐 것이다. 무슨 영문인지 이런 생각에 잠길 때마다 나는 언제나 장례를 책임지고 맡아 치를 사람은 지나일 거라고 단정하고서 복잡미묘한 안도감을 느끼며 (가장 믿을 만한 사람은 지나이니까) 동시에 애당초 이 관 문제를 야기한 것은 우리 두 사람 사이에 현재 진행 중인 논쟁이며 이 관의 궁극적인 결과물을 처리할 사람은 지나일 거라는 사실에서 아이러니를 느끼기도 한다. 어느 면에서는 내가 이겼다고 말할 수 있으리라.

창 고

다음 날 아침 아버지와 나는 손잡이를 구하기 위해 아미시 마을을 찾아갔다. 폴은 우리가 자기 장례 회관에 필요한 관을 대부분 납품하는 작은 규모의 목공장을 찾아가면 그곳의 주니어 요더라는 이름의 남자 사장이 관의 측면에 부착할 손잡이 한 쌍을 구해줄 것이라고 장담했다. "내가 보내서 왔다고만 얘기하세요." 폴은 그렇게 말했다.

나는 제작 과정의 초기부터 측면 손잡이를 부착하는 데 필요한 고정 장치를 비롯하여 관에 들어가는 모든 철물을 주문해놓았다. 우편 주문 목공 회사로부터 배달된 물품의 판지 상자는 뚜껑이 열린 채로 아버지의 작업장 바닥에 놓여 있었다. 작업하는 동안 내내 먼지를 잔뜩 뒤집어쓴 그 판지 상자 안에는 아직도 많은 부품들이 개별 비닐 포장 봉지에 싸인 채 들어 있었다. 지금 아버지의 SUV 차량의 두 앞좌석 사이 콘솔에는 경첩 달린 고정 장치 하나가 놓여 있었다. 우리는 고정 장치의 구멍에 들어 맞을 기다란 나무 손잡이 한 쌍을 구할 수 있기를 바랐다.

거의 7만 명에 이르는 아미시 교도들이 있는 오하이오는 미국에서 아미시 사람들이 가장 많이 모여 사는 곳이다. 그들 대부분은 애크런에서 남쪽으로 한 시간쯤 되는 거리에 위치한 시골인 홈스 카운티에 거주한다. 아버지와 나는 둘이 함께 여러 번 그 지역을 방문했다. 우리는 가는 길을 웬만큼 알고 있었다. 맞다고 생각한 길을 달리다가 막다른 길을 만나서 길을 잃는다 해도 당황하지 말아야 한다는 것도 알고 있었다. 어느 쪽으로 가야 할지 모르는 난감한 상황에 직면했을 때, 우리는 둘이 협력하여 왼쪽으로 가는 게 대부분 옳다는 결정을 내렸다. 여기서 '협력'이라 함은 실은 나는 오른쪽으로 가자고 제안했지만 아버지가 왼쪽으로 가야 한다고 확신했다는 것을 뜻한다. 그래서 우리는 왼쪽으로 갔다. 잠시 후 우리는 회반죽을 바른 집들을 지나고, 빨랫줄에 널려 펄럭이는 푸른색 셔츠와 바지들을 지나고, 두세 마리 말이 쟁기를 끌며 밭을 가는 농장들을 지나서 던디라는 작은 마을로 들어섰다. 우리는 잡화점에서 점심을 먹은 다음 다시 차에 올라 '비홀트 관 제조 회사'로 가는 길을 달렸다. 아미시 지역에서 만난 거의 모든 정식 상업 회사들과 마찬가지로 이 집합 건물은 아무런 치장도 없이 말쑥했다.

우리는 주차를 하고 (주차장에는 우리 차밖에 없었다) 정문을 통해 건물 안으로 들어갔다. 커다란 사무실은 휑뎅그렁하고 아무런 장식도 없었지만, 정면에는 고급스러워 보이는 목재로 짠 기다랗고 튼튼한 안내 데스크와 카운터가 떡하니 놓여 있었다. 흰색 보닛을 쓴 여자가 앞치마를 걸치고 안내 데스크에 앉아 전화 통화를 하고 있었다. 그녀는 미소를 지으며 손가락 하나를 치켜들어 우리에게 기다리라는 신호를 보냈다. 아버지는 한 손을 카운터 위에 올려놓으며 감탄의 눈길로 카운터를 바라보았다.

여자가 통화를 끝내고 우리에게로 주의를 돌렸다. "안녕하세요. 뭘 도와드릴까요?"

"주니어 요더 씨를 뵈러 왔습니다." 내가 말했다. "폴 허멜 씨가 소개해주었어요."

"아." 그녀가 말했다. "그런데 사장님은 오늘이 쉬는 날인데요."

나는 우리가 여기 온 목적을 설명했다. 그녀는 다시 전화기를 들고 미리엄이라는 사람과 통화하여, 이곳으로 와서 우리를 만나보라고 부탁했다.

"아름다운 작품이군요." 아버지가 손으로 카운터를 매만지며 말했다. "곧은결³ 오크죠?"

"예." 여자가 대답했다. "통짜 곧은결 오크예요. 여기서 직접

---

3 나이테와 직각이 되게 자른 목재.

만들었어요."

잠시 후 역시 앞치마를 두르고 머리에 모자를 쓴 젊은 여자가 카운터 끄트머리에 있는 문간에 모습을 드러냈다. "안녕하세요." 그녀가 조용한 목소리로 말했다. "저는 미리엄이라고 합니다. 주니어 사장님은 오늘 안 나오십니다. 제가 뭘 도와 드릴 수 있을까요?"

"저," 내가 말했다. "우리는 관을 만들고 있어요. 우린 이것에 맞는 6피트짜리 손잡이 한 쌍을 찾을 수 있지 않을까 해서 여기 온 겁니다." 나는 그녀에게 가져온 고정 장치를 건넸다.

그녀는 그걸 손에 들고 들여다보더니 천천히 뒤집어 보며 구멍을 살펴보았다. "음, 글쎄요. 저희는 보통…" 그녀는 카운터의 여자에게 눈을 돌렸다.

"위층에 이걸 아는 사람이 있지 않을까?" 카운터의 여자가 말했다.

미리엄이 고개를 끄덕이고 나서 문 뒤로 사라졌다. 나는 열린 문 너머로 창고가 시작되는 지점을 볼 수 있었다. 선반에 관들이 가지런히 쌓여 있었다. 나는 카운터의 여자에게 고개를 돌렸다. "기다리는 동안 저곳을 좀 둘러봐도 될까요?"

"아, 그럼요." 그녀가 말했다. "얼마든지 구경하세요."

아버지와 나는 출입문을 지나 엄청나게 넓은 창고로 들어섰다. 창고 안에는 우리밖에 없었다. 실내는 조용하고 흐릿했다. 반대편 끝 쪽의 열려 있는 차고 구역을 통해 저 멀리 흐린 봄 하늘이 눈에 들어왔다. 내가 본 선반에는 깨끗한 비닐로 감싼 철제 관들이 쌓여 있었는데, 끝부분에는 라벨이 붙어 있었다. 우리 왼쪽에는 마치 도서관의 서가처럼 세로로 세워진 목재 관들이 길게 멀리까지 줄줄이 늘어서 있었다. 셀 수도 없을 만큼 많았다.

관을 향해 천천히 다가간 우리는 여러 개의 줄 가운데 하나를 택해 안으로 들어섰다. 그늘진 통로를 점점 더 깊숙이 걸어가면서 관의 다양한 형태와 꼼꼼한 만듦새, 반들반들한 마감, 목재의 다채로운 빛깔(갈색, 빨강, 금색)에 연신 감탄했다.

"이처럼 굽은 형태를 어떻게 만드는 거지?" 아버지가 세로로 세워진 관의 뚜껑을 감탄 어린 손길로 쓰다듬으며 말했다.

"모르겠어요." 내가 말했다. "정말 어떻게 이렇게 만들 수 있을까요?"

우리는 한 줄을 다 보고 나서 다른 줄로 들어갔다. 내가 장례 절차(관 선택, 조문객을 위한 안치, 예배, 묘지)와 무관한 곳에서 관을 본 것은 이번이 처음이었다. 우리는 대량 생산된 파일 캐비닛이나 트럭 범퍼처럼 하나의 상품으로서 주문과 선적을 기다리며 창고에 보관된 관들을 감상하고 있었다. 이 관들은 정서적으로 중립적인 장소에 놓여 있음에도 예기치 못한 깊은 인간미를 드러냈다. 무엇보다도 훌륭한 솜씨가 그러했다. 제조 과정에서 자동화가 어느 정도의 역할을 했는지는 모르지만, 그 우수한 품질과 세밀함은 오직 세심한 수작업을 통해서만 빚어질 수 있다는 것을 즉각 알아차릴 수 있었다. 아버지와 나는 관 하나를 만들기 위해 작업을 하다 말다 하면서 3년 동안 일해왔고, 그래서 나는 그 일이 얼마나 수고스럽고 복잡한지 잘 알고 있었다. 이 각각의 관들은 누군가에 의해 만들어졌다. 하나하나의 관들은 누군가 설계를 하고 짜 맞추고 사포질을 하고 윤을 낸 것이었다.

그런데 이보다 더한 인간적인 느낌은 이 관들이 어떤 존재가 될 것인가, 하는 것에 대한 느낌이었다. 이 하나하나의 관들은 (나로서는 셀 수도 없을 만큼 관이 많았다) 짧지만 강렬한 며칠간의 시간 동안 어떤 가족의 슬픔의 중심이 될 것이라는 사실, 그리고 관 자체가 쓰고 버리는 하찮은 물건이 아니라는 사실에서 비롯된 느낌이었다. 이 낱낱의 관들은 개별적으로 선택을 받아 무언가를 담아내는 그릇 역할을 할 것이다. 그것은 위안일 수도 있고, 고통일 수도 있고, 그 둘 다일 수도 있을 것이다.

줄을 따라 계속 걸어가던 우리는 작은 관 하나와 마주쳤다. 다른 관들과 같은 비율로 제작되고 마감되었지만, 아이를 위한 관인 게 틀림없었다. 아버지와 나는 한참 동안 그것을 바라보았다.

우리는 또 다른 줄이 시작되는 곳에서 어디론가 옮기려는 듯 카트에 반듯하게 내려놓은 관 하나를 보았다.

이것은 다른 관들과 달랐다. 아름답지만 한결 소박했다. 윗부분이 평평하고 무광으로 마감 처리한 단순한 직사각형 형태의 관이었다. 윗부분은 경첩 달린 뚜껑이 아니라 나무못을 사용하여 고정한 널빤지였다.

"난 이게 좋은걸." 아버지가 눈동자를 반짝이며 말했다. "이건 정말 깔끔해. 나는 바로 이런 관에 묻히고 싶어."

아버지는 몸을 기울여 나무못 하나를 빼내려 했다. 그때 카트가 굴러가기 시작했고, 나는 바로 그 너머에 줄줄이 늘어서 있는 관을 카트가 들이받아서 도미노처럼 관들을 쓰러뜨리기 전에 잽싸게 카트 앞으로 몸을 날려 두 손으로 멈춰 세웠다. 아버지는 이에 굴하지 않고 나무못들을 빼낸 다음 뚜껑을 열고 안을 들여다보았다. 안은 주름 천이나 넉넉하게 부풀린 천 같은 것으로 치장하는 일반적인 상업용 관과는 달리 맨살이 고스란히 드러나 있었다. 그저 단순한 상자 형태였지만, 그럼에도 다른 관들과 똑같은 솜씨와 정성이 깃든 관이었다.

그때 위에서 계단 쪽으로 움직이는 발소리가 들렸다.

"이크." 아버지가 허겁지겁 뚜껑을 다시 제자리에 얹고 나무못들을 되박기 시작했다. 그러나 아버지는 나무못을 제대로 박지 못하고 급히 서두르면서 억지로 욱여넣으려 했다. "도와줘!" 아버지는 반은 웃고 반은 찡그린 표정으로 황망히 말했다.

아버지가 한쪽 귀퉁이의 나무못을 되박는 동안 나는 몸을 숙여 다른 쪽 귀퉁이에서 작업했다. 아버지의 머리에서 야구 모자가 벗겨져 뚜껑 위를 구르다가 바닥에 떨어졌다. 뚜껑은 원래 상태로 돌아갔다. 나는 모자를 주워서 아버지에게 건넸다. 아버지는 모자를 눌러쓴 다음 매만지면서 매무새를 바로잡았다. 우리는 줄지어 늘어선 관 사이를 빠져나왔다. 바로 그때 미리엄이 계단을 내려왔다. 그녀의 손에는 마무리되지 않은 타원형의 기다란 붉은오크 손잡이 한 쌍이 들려 있었다.

"우리 회사의 관에는 대부분 이걸 사용해요." 그녀가 말했다. "가져오신 고정 장치에 맞을 것 같네요."

우리는 그녀를 따라 카운터가 놓인 사무 공간 안으로 들어갔다. 나는 고정 장치의 구멍에 손잡이 하나를 넣어보았다. 손잡이는 구멍에 잘 들어맞았다. 미리엄은 카운터 뒤에 앉아 있는 여자와 상의했고, 카운터의 여자는 그 손잡이 한 쌍의 가격이 40달러라고 말했다. 아버지가 전에 우리 지역의 목재 저장소에서 구입했던 가격보다 훨씬 싼 금액이었다.

나는 그들에게 고맙다고 말하며 비용을 지불했다. 우리는 그곳을 떠나 파손된 도로를 달렸다. 고랑이 진 긴 밭을 지나고 '달걀 팝니다'라고 쓰인 세움 간판을 지난 다음 고속도로를 달려 집으로 향했다.

모든 것이 남아 있어

나는 어머니의 죽음, 친구의 죽음, 그리고 내 젊음의 죽음(어떤 점에서는 이것도 죽음이랄 수 있을 것이다)이 내게 뭔가를 가르쳐줄 것이라고 생각했다. 사실 나는 그걸 기대했다. 나는 세상사를 정리할 수 있는 정신의 능력을 믿는다. 어떤 사람들이 유령의 존재를 믿는 것처럼 나 역시 정신의 능력을 믿는다.

지금 내게 가장 진실하게 다가오는 것은 죽음은 산산이 부서지는 것이라는 깨달음인 듯싶다. 슬픔은 부서진 잔해의 혼돈 상태다. 오직 삶만이 패턴을 찾을 수 있고, 그것도 나름대로 좋은 시절에만 가능하다. 그 오랜 상실의 계절로부터 내가 기억하는 것은 하루하루가 가능한 한 빨리 지나가기를, 상실의 시기가 지나가기를 바랐다는 것이다. 이런 바람 때문에 나 자신의 삶도 마구 흘러간다는 사실을 나는 간과했던 것 같다. 나는 결코 상실감을 넘어설 수 없을 것이다. 그것은 패턴의 일부가 될 뿐이다.

이제 마감 칠만 한 번 하면 끝나는 오랜 관 제작 과정에 대해 생각하다가 나는 아버지의 헛간에서 혼자 보냈던 그 긴 여름날 오후에 대한 기억으로 돌아갔다. 존이 떠난 지 한 달이 되고, 어머니가 떠난 지는 1년이 되었던 때였다. 내 어깨는 사포질로 뻐근했고, 내 마음은 자유로이 배회했다.

인생은 짧아.

그 말이 늘 존의 목소리로, 우린 함께 뉴욕에 갈 거라고 그가 내게 말했던 그날 밤의 어투 그대로 내 귓가를 맴돌곤 했다.

나는 그 말에 거부감을 느꼈었다. 너무 진부하고 노골적인 데다 새로운 통찰을 제공하지도 않는 것 같았기 때문이다. 그것은 존과 나 둘 다 더 나은 무언가를 기대하면서 거부했을 법한 그런 말이었다. 그렇지만 그 말이 계속해서 뇌리에 떠올랐다. 그날 오후 늦은 시간에 그 헛간에서 '인생은 짧아'가 주문처럼 거듭 뇌리에 떠올랐고, 그러면서 그 말은 감추어져 있던 냉혹한 진실을 드러내기 시작했다. 나는 먼저 죽음은 내게 뭔가를 가르치는 일에 관심이 없다는 사실을 깨달았다. 죽음은 이미 내 안에 있는 것들을 드러낼 수 있을 뿐이었다. 또한 나는 시간을 낭비해서는 안 되지만, 그렇다고 쉬지 않고 일하는 것이 시간의 가치를 높여주는 것은 아니라는 것을 깨달았고, 오랜 친구가 최고의 친구라는 것, 지혜라는 것은 평생 저지른 실수에 다름 아니라는 것, 살면 살수록 세상일에 대해, 특히 우리 자신에 대해 점점 더 잘 모르게 된다는 것, 어떤 목소리가 내게 말을 걸어올 것이라 생각하면서 침묵을 응시하는 것은 실은 침묵을 응시하는 연습일 뿐이라는 것, 그리고 어떤 노래들의 경우, 그 노래들을 듣는 게 너무 마음 아파서 듣지 않는다고 해서 그 노래들이 마음을 덜 아프게 하는 것은 아니라는 것 등을 깨달았다.

일종의 슬픔을 피하는 전략으로서 라디오헤드와 클래시의 음악과 윌코의 몇몇 앨범들과 라이언 애덤스의 곡 대부분, 그리고 '쿵푸 파이팅' 노래(이유는 묻지 마시라)를 오랫동안 듣지 않은 것은 순전히 자기기만에 불과했다. 어머니의 충고 '외로워지지 마'는 슬픔이라는 것이 흔히들 생각하는 것보다 더 괜찮은 친구라는 사실을 깨닫게 해주었다. 그래서 나는 음악을 다시 들으면서 우리가 공유했던 노래에서 제기되었던 질문들을 피하지 않고 떠올렸다.

왜 내 가슴은 온통 구멍이 뚫려 있는 걸까?

당신이 아는 모든 사람이 언젠가는 죽을 거라는 걸 당신은 알아?

그리고 당신은 자문하겠지―나는 어떻게 여기 오게 되었을까?

존이 마지막으로 내게 준 것 가운데 하나는 새로운 밴드를 소개해준 것이었다. 그 밴드의 시디는 그가 이승에서의 마지막 몇 주를 보냈던 안락의자 옆에 놓여 있었다. 그 록 밴드의 이름은 파케이 코츠Parquet Courts였다. 나는 그들의 음악을 들어본 적이 없었다. 하지만 나는 시내로 나가 그들의 레코드를 구입했고, 이후 즐겨 들었다. 그 이유는 한편으로는 그들의 음악이 존과 내가 흔쾌히 받아들였던 뉴욕의 신화를 구현했기(그들은 브루클린에서 활동하는 밴드로 어수룩하면서도 똑똑했고, 한껏 도회적인 티를 냈으며, 진지한 태도의 과잉행동으로 충만했다) 때문이지만, 더 큰 이유는 서서히 숨이 꺼져가고 있는 시점에서도 지속된 존의 발견에 대한 열정을 존경했기 때문이다. 그는 그 상황에서도 여전히 나를 가르칠 수 있었다. 그 뒤 얼마 지나지 않아서 파케이 코츠는 '결코 일을 멈추지 마라'라는 식으로 왕성하게 활동하는 밴드임을 보여주었다. 존이 죽은 이후 3년 동안 그들은 두 장의 앨범과 한 장의 EP 음반을 냈고, 파케이 쿼츠Parkay Quarts라는 또 다른 그들의 이름으로 두 장의 음반을 추가로 발표했다. 그들의 2016년 앨범인 「휴먼 퍼포먼스」에 수록된 노래 「베를린 갓 블러리Berlin Got Blurry」에서 보컬인 앤드루 새비지는 내가 아직도 그리워하는 존과의 대화에서 직접 따왔을 것만 같은 가사를 읊조린다.

아무것도 영원하진 않지. 하지만 거의 모든 것이 삶에 남아 있어.

존이 노래와 아이디어의 별자리로 머물렀다면, 어머니는 인공적인 물건들의 별자리로 머물렀다. 어머니의 존재는 수많은 묵주와 9일 기도 양초에 의해, 그리고 스웨터와 스커트가 가득한 옷장과 십자말풀이 책자에 의해 정의되었다. 어머니가 돌아가신 뒤로 아주 오랫동안(1년이나 2년 동안) 나는 주로 다음과 같은 방식으로 어머니와 나를 다시 연결하곤 했다. 정신적 유산에 의해서가 아니라 실제 감촉에 의한 연결이었다. 내 집필 공간에 늘 가까이 두고 있던 성 패트릭 묵주의 녹색 보석이 박힌 황금 십자가를 엄지손가락으로 굴리면서, 어머니의 옥스퍼드 영어사전 한 권을 꺼내면서, 어머니가 나만을 위해 남겨두었으리라고 생각하고 싶은 단어들을 찾아보면서, 장례식을 치른 후에 남겨진 기도 카드들을 책갈피로 사용하면서 어머니와 접촉한 것이었다. 아버지는 어머니가 아침 기도를 올리던 방의 작은 컵 안에 어머니의 결혼반지를 보관했다. 나는 이따금 그 방에 들어가 순전히 어머니를 느끼기 위해 반지를 새끼손가락에 끼어보곤 했다. 아버지를 찾아갔던 어느 날 나는 책장에서 『아홉 가지 이야기』를 발견하고 아버지에게 내가 가져도 되겠냐고 물었다. 아버지는 책을 꺼내서 내게 주었다.

이 물건들에는 어머니가 생생히 담겨 있었다. 어머니를 고스란히 간직하고 있었다. 어머니가 희미해지지 않도록 지켜주었다. 책 속의 단어와 이야기는 언제나 변함이 없었다. 묵주는 언제나 다섯 개의 단으로 이루어져 있고, 각각의 구슬은 단단하고 둥글었다. 안타까운 것은 빠져 달아나고 형태가 바뀌는 어머니에 대한 기억이었다. 나는 생각이 짧아서 바람직하지 않은 기억을 고수하고 있었다. 오랫동안 나는 어머니의 말년의 비참한 모습, 무너지고 쇠잔해진 모습에만 매달려 있었고, 내 마음속에서는 이것이 어머니의 이야기가 되어버렸다. 어머니의 나머지 본디 모습은 마음 한구석 어딘가에 방치되어 있었던 것이다. 어쩌면 이것은 내가 가장 그리워하는 것들로부터 나 자신을 보호하려는 방법이었을지도 모른다. 어쩌면 왜 돌아가셨느냐고 어머니를 책망하는 하나의 방법이었을지도 모른다. 그렇지만 마침내 (일요일마다 계속되는 아버지와의 저녁 식사 자리 대화가 큰 역할을 했다) 어머니의 나머지 본디 모습이 되돌아오기 시작했다.

"마지막 두 해를 제외하곤 네 어머니와 나는 엄청 재미있게 지냈단다." 어느 날 밤 우리가 함께 맨해튼 칵테일을 마시며 부엌 식탁에 앉아 있을 때 아버지가 말했다. 아버지는 내가 잊고 지낸 부엌의 모든 것을 '엄청'이라는 말에 다 채워 넣으려는 것처럼 '엄청'이라는 단어를 길게 끌며 말했다.

이윽고 잃어버렸던 조각들이 다시 돌아와 제자리를 찾았다. 나는 어머니가 싸주곤 했던 점심 도시락을 기억해냈다. 어머니는 도시락을 갈색 종이봉투에 담아주었는데, 봉지의 앞면에는 어머니의 교사다운 필기체로 내 이름이 쓰여 있었다. 흰 빵에 살라미와 치즈를 넣고 노란 겨자 소스를 뿌린 점심은 왁스를 입힌 종이에 싸여 있었고, 곁들여 타코 맛이 나는 도리토스 한 봉지도 들어 있었다. 나는 장거리 자동차 여행도 떠올렸다. 어머니는 조수석에 앉아 『티파니에서 아침을』을 읽다가 불쑥 "담뱃불 좀 붙여줄래요?"라는 홀리 고라이틀리의 대사를 읊었다. 책을 읽던 중에 고개를 들고 그 대사를 무척 달콤하고 침착하게 큰 소리로 읊은 것인데, 만약 차가 목적지를 향해 아주 빠른 속도로 달리고 있지만 않았더라면 어머니는 분명 차를 세워달라고 우겨서 피카윤 담배 한 갑을 산 뒤 당신한테 어울리는지 피워보았을 거라고 확신한다. 저녁 TV 영화 시리즈에서 클루소 경사가 실수를 저지르는 것을 보면서, 또는 「새터데이 나이트 라이브」쇼 프로에서 스티브 마틴과 빌 머레이가 펼치는 촌극을 보면서 깔깔깔 웃어대던 어머니의 웃음소리를 기억해냈다. 나는 또 어머니가 토킹 헤즈Talking Heads[1]의 뮤직비디오 「원스 인 어 라이프 타임 Once In A Life Time」에 나오는 데이비드 번의 내리치는 손동작을 흉내 내곤 하던 모습을 떠올렸다. 그리고 어느 새해 첫날 오후에 부모님을 따라 한 술집에 갔던 일을 기억해냈다. 부모님은 그 전날 밤 그곳에서 열린 송년 파티에 참석했는데 어머니가 귀고리를 잃어버렸고, 그래서 귀고리를 찾으러 거기 간 것이었다. 술집 주인은 풍성한 수염과 건장한 팔뚝으로 부모님을 반갑게 맞아주었고, 나에게는 마라스키노 체리 한 알을 넣어서 세븐업을 공짜로 따라주었다.

1 미국의 뉴웨이브 밴드.

나 자신의 관을 만든다는 것은 한때는 매우 매혹적인 은유처럼 보였지만, 다 만들어진 관의 모습은 자신의 진실을 가식 없이 드러내 보였다. 아버지는 처음부터 알고 있었던 진실이었다.

그것은 하나의 상자일 뿐이었다.

이제는 그것과 함께 살아야 할 때였다.

관이 거의 다 마무리되어가던 어느 날 오후, 나는 연한 녹색 페인트로 관 내부를 칠하면서 이 관을 어떻게 할 것인가에 대한 이전의 생각을 확실히 굳혔다. 관을 집으로 가져가서 세로로 세운 다음 선반을 짜 넣어 유용하게 사용할 작정이었다. 거기에 『아홉 가지 이야기』를 꽂아둘 수도 있고, 존의 어릴 적 친구였던 사람이 내게 준 존의 리틀 리그 야구단 사진도 놓아둘 수 있을 것이다. 나의 삶이 변화함에 따라 거기에 넣어둘 내용물을 바꿀 수도 있을 것이다. 나는 관의 내부 귀퉁이에 붓질을 하면서 지나친 생각으로 지나치게 제작하고 지나치게 미화한, 선반을 달아 사용할 이 물건을 어디에 두면 좋을지 생각해보았다. 거실에? 그건 안 돼. 지나가 절대 허락하지 않을 거야. 현관에 두면 좋을 텐데, 그러려면 피아노를 옮겨야 하잖아. 그렇다고 지하실에 두는 일은 있을 수 없어. 이건 아마도 우리 집에서 가장 멋진 가구일 테니까. 그러니 눈에 띄는 곳에 있어야 해.

마침내 나는 유일하게 가능할 법한 곳을 찾아냈다. 2층 현관 벽 앞이었다. 지금 그곳에는 빅랏츠 매장에서 구매한 무척 볼품없고 약간 흠이 있는 '버들고리'(실은 플라스틱이다) 벤치가 놓여 있었다.

가구의 관점에서 보면 이것은 양쪽 가구 모두에 좋은 일일 터였다. 그러나 문제가 하나 있었다. 그 버들고리 벤치 위에는 아주 커다란 그림 두 점이 걸려 있었다. 하나는 권투 선수 마이클 독스를 그린 그림이었고, 다른 하나는 클리블랜드 인근의 오래된 리치필드 경기장 그림이었다. 그 경기장에서 한때 우리 지역의 영웅이었던 마이클은 장렬한 케이오 패를 당하면서 챔피언 타이틀을 잃어버렸다. 두 그림은 하나의 쌍을 이루면서 위대한 상승과 몰락이라는 담대하면서도 매혹적인 시각적 이야기를 만들어냈다. 하지만 이제 그 그림들은 사라져야 하리라.

사는 게 만만치 않아, 존.

페인트칠을 끝내고 나서 나는 지나에게 어떻게 얘기를 꺼낼 것인지 궁리하기 시작했다. 그동안 나는 이 물건을 어디에 보관할 거냐고 묻는 지나의 말에 계속 대답을 회피해왔지만, 이제 내 뜻을 전달하기 위해서는 설득력 있게 얘기해야 할 것이다. 나는 내가 (그저 마음속으로만) 막 깨달은 것을 지나 역시 깨닫고서 신중히 고려하기 전에 우선 동의부터 해주기를 바랐다. 내가 깨달은 것은, 2층 현관 벽 앞 그곳이 관이 놓일 최종 장소(아니, 최종 장소는 무덤일 테니 최종 바로 전 장소라고 하는 게 옳을 듯싶다)가 된다면 매일 아침 우리가 침실에서 나오자마자 맨 먼저 보게 되는 것이 바로 열려 있는 내 관이 된다는 사실이었다.

그 주에 나는 애크런 대학 미술학과의 장학금 수여식에 참석했다. 존이 자신의 재능을 발견했으며 그의 회고전이 열렸던 바로 그 건물이었다. 두 명의 학생이 풀리아 장학금 수상자로 선정되었다. 나는 사람들이 빽빽이 들어찬 조그만 강당에서 존의 부모님과 형 옆에 앉았다. 젊은 남학생과 여학생이 앞으로 나오라는 호명을 받았고, 한 교수가 애크런 대학에 남겨진 존의 유산과 평생을 열심히 일하는 예술가로서의 삶을 살다 간 그에 대해 짤막하게 소개했다. 수상자들은 자리에서 일어나 어색하게 강당 앞으로 걸어가며 멋쩍은 표정으로 박수갈채를 받았다. 그들의 얼굴은 무척 앳돼 보였다.

나는 존이 그 학생들을 어떻게 생각할지 궁금했다. 그들은 몇 주 전 봄 방학 기간에 이미 여행을 다녀온 터였다. 그들이 무엇을 보았는지, 자신들에게서 무엇을 발견했는지, 그리하여 어떻게 변화했을지 궁금했다. 그들 역시 존이 방문했으며 나중에는 존이 나를 데리고 갔던 곳들과 동일한 장소들을 찾아갔는지 궁금했다. 나는 그들이 장차 어떤 사람이 될지 궁금했다.

달이 집까지 우리를 따라오다

아버지 집까지 가는 길에는 공원의 그늘진 숲길이 구불구불 길게 나 있다. 도중에 그 길을 가로지르는 자전거 도로와 사슴 통행로가 있으며, 개울과 나란히 뻗은 구간이 잠깐 나오기도 한다. 이 개울은 큰비가 지나간 뒤에는 범람하여 곳곳을 움푹움푹 침식하기 때문에 마을 사람들에게는 적잖은 골칫거리다. 나는 이따금 어둠 속에서 여우와 스컹크들이 살금살금 돌아다니는 것을 보았다. 여름에는 나뭇잎이 두툼한 차양을 만들어주기 때문에 그 길은 은밀하고 밀폐된 듯한 기분을 느끼게 해준다. 겨울이면 나뭇가지들이 상실의 기하학을 이룬 채 부르르 몸을 떨곤 했다. 숲길이 끝나고 탁 트인 들판과 목초지와 길게 이어진 가로장 울타리가 나오면서 길은 오르락내리락 기복을 이루는데, 나는 어디서 액셀러레이터를 밟으면 심장이 덜컹 내려앉는 느낌이 드는지 안다. 나는 평생 이 길을 지나다녔다. 내가 어렸을 적엔 할아버지가 이 동네에 살았다. 그리고 아버지가 지금의 나처럼 차가 붕 날았다가 떨어지도록 운전하여 우리 모두의 심장이 기쁨으로 쫄밋거리도록 만들었던 것을 나는 기억한다. 어머니는 예외였다. 어머니는 아버지가 그렇게 운전할 때마다 매번 야단을 쳤다. 황혼 무렵에 그곳을 떠나올 때마다 나는 늘 달이 집까지 우리를 따라오는 것을 보며 경이로워했다. 지금도 여전히 경이롭다.

숲속 깊은 곳인 이 근처 어디쯤인가에 연못이 하나 있었다. 가족 모임이 있을 때면 내 형제들과 사촌들과 나는 종종 떼 지어 그곳을 찾아가곤 했다. 내가 기억하기에 그건 모험심과 발견으로 가득 찬 긴 트래킹이었다. 우리는 그곳까지 가는 동안 제네시 맥주 깡통 더미와 새의 시체들을 만났고, 때로는 잔뜩 물에 젖은《펜트하우스》잡지를 발견하기도 했다. 우리는 돌멩이와 병들을 던져 연못 수면에 파문을 일으키거나 블루길을 잡으며 놀았다. 늙은 영감이 그 연못의 주인이라고 가정하고서 우리가 그 영감과 그가 기르는 상상 속의 개들보다 더 빨리 달릴 수 있을까, 하는 이야기들을 지어냈다. 내 기억이 옳다면 (난 그렇다고 생각한다) 그 연못은 지금 내가 지나가고 있는 바로 이 연못이었다. 연못은 도로에서 몇 야드밖에 떨어지지 않은 곳에 있는데, 나무들은 사라지고 없었다. 크기는 어린이 물놀이장 정도밖에 되지 않아서 새들이 미역 감기에 좋은 연못일 듯싶었다.

아버지는 이사하는 것에 대해 점점 더 구체적으로 얘기하기 시작했다. 관리해야 하는 땅이 좀 있고, 또 언젠가는 아버지에게 필요할 수 있는 치료 시설이나 편의 시설에서 상대적으로 멀리 떨어져 있다는 점이 아버지에게 스스로 '2개년 계획'이라 이름 붙인 계획을 구상하게 만들었다. 그 계획이란 것은 자식들이 셋이나 살고 있는 시내 근처에 관리하기 쉬운 집을 하나 구하는 것이었다. 아버지는 작업장을 지하실이나 차고 정도의 규모로 줄이고자 했고, 생활도 방 두서너 개 정도에 맞도록 단순하게 살고 싶어 했다. 아버지는 딱 들어맞는다 싶은 집을 하나 찾아냈다. 특이한 각도로 도로에서 물러나 앉았기 때문에 은밀하면서도 매력적인 느낌을 주는 벽돌 방갈로였다. 계속해서 조사해온 아버지의 태도로 보건대, 그 집은 이미 아버지의 상상 속에 굳게 자리 잡고 있어서 쉽사리 마음속에서 떠나지 않으리라는 것을 나는 알았다.

임박한 일은 아니었으나 우리는 일요일 저녁 식사 시간의 대화에서 이 문제에 대해 충분히 얘기를 나눈 뒤였으므로 이 길로 차를 몰고 가는 동안 언젠가는, 아니 조만간에, 이 길이 다른 누군가의 것이 되리라는 생각을 떨칠 수 없었다. 연못을 지나갈 때 이것이 일종의 끝이 아닐까 하는 생각이 또렷해지기 시작했다. 나는 관에 마지막으로 니스를 칠하러 가는 길이었고, 니스가 마르고 나면 남은 일이라곤 아버지의 작업장에서 관을 끄집어내서 그 공간을 아버지에게 돌려주는 일뿐이었다. 컨버터블 자동차의 덮개는 내려져 있었다. 나는 속도를 올려 솟구쳤다가 떨어져 내린 다음 마지막 커브를 돌았다. 이어 아버지가 만든 우편함에서 차를 돌려 아버지의 집 진입로에 들어섰다.

"저 왔어요"라고 인사하며 뒷문으로 들어섰을 때, 아버지는 조그만 부엌 식탁에 앉아 목공인을 위한 물품 목록 책자의 주문 양식 위로 몸을 숙이고 있었다. 나와 함께 아미시에 있는 공장을 다녀온 지 얼마 지나지 않아서 아버지는 당신도 자신의 관을 만들 거라고 선언했다. 나무못을 사용하여 고정한 평평한 뚜껑을 씌운 소나무 관의 단순함이 아버지의 마음에 불을 붙였고, 그 생각이 서서히 아버지의 마음속에 똬리를 튼 것이었다. 아버지는 밤늦게까지 눈을 뜬 채 누워서 마음속으로 모서리의 열장이음에 관한 난제와 씨름했으며, 지금은 펜과 물품 목록 책자를 앞에 두고 앉아 공구를 정해진 위치로 유도하는 지그와 특수 라우터 날, 경첩, 손잡이용 철물, 걸쇠 등을 주문하고 있었다.

"우린 네 관을 만들면서 온갖 실수를 다 해봤잖아." 아버지는 얼마 전에 그렇게 말했었다. "이제 내 것은 제대로 만들 수 있어."

나는 내가 저지르는 실수에 대해 어렴풋이만 인식하고 있을 때의 인생이 가장 좋은 거라고 생각하곤 했으며, 자신이 얼마나 무지한지 알지 못하는 젊은이의 위태로운 자신감으로 내가 남들보다 더 낫다고 믿었다. 그렇지 않았더라면 나는 사람들 앞에서 기타를 연주하지도 않았을 것이고, 소설을 쓰려고 시도하지도 않았을 것이며, 허물어져가는 집으로 이사하지도 않았을 것이고, 아버지가 된다는 것이 안겨주는 두려움의 문턱에 들어서지도 못했을 것이다. 무지했던 내 존재는 나에게 올바른 정신으로는 감히 시도조차 할 수 없었을 다양한 경험들을 허락해주었다. 우리는 더듬거리면서 무계획적으로, 무모하게 세상을 알아가고 우리 자신을 알아간다. 하지만 인생을 오래 살다 보니 나는 내가 저지른 실수들을 알아가는 일에, 그리고 그 실수들을 이해하려고 노력하며 밝은 빛 속에서 고민에 빠지는 일에 갈수록 커다란 흥미를 느꼈다. 그 실수들에는 정보가 가득했다.

"오늘은 '카임 럼버' 목재소에 들를 생각이었다." 아버지가 평소에 자주 가는 곳 하나를 언급하며 말했다. "그런데 문득 생각난 게 있었어. 헛간으로 가자. 너한테 보여줄 게 있다."

우리는 함께 뒷마당을 가로질러 걸어갔다. 온도가 37도쯤 되는 늦여름이었다. 공기가 너무 습해서 숨쉬기도 힘들 지경이었다. 이런 날씨에는 헛간의 노출된 천장 구조물에 매달린 형광등도 심술을 부렸다. 미리 스위치를 켜두고 한참을 기다려야 불이 들어왔으며, 끝까지 불이 켜지지 않는 형광등도 몇 개 있었다. 내가 오리라는 것을 안 아버지는 늘 그렇듯이 그 전에 밖으로 나가 헛간으로 간 다음 미리 스위치를 켜서 불이 들어오게 해두었다.

우리는 헛간으로 들어갔다. 헛간의 공기는 바깥보다 더 시원했다. 우리는 작업장으로 통하는 바깥쪽 방을 지나고, 먼지를 뒤집어쓴 채 아버지의 손길을 기다리며 널려 있는 부서진 가구들을 지나고, 녹색의 낡아빠진 잔디깎이 트랙터와 정원용 도구들을 담아놓은 양동이들과 낡은 장화 한 켤레를 지나갔다. 아버지는 작업장 문 가까이에 놓인 뚜껑이 열려 있는 판지 상자로 나를 데려갔다. 판지 상자 안에는 다양한 크기의 어둡고 짙은 빛깔 나뭇조각들이 뒤죽박죽으로 들어 있었다. 길이가 18인치가 넘는 것은 없었다.

"이건 네 할아버지 것이었어." 아버지가 말했다. "난 이것들을 계속 보관해왔지. 검은호두나무야. 예전에 시내에 있었던 오하이오 에디슨 빌딩의 징두리널로 사용된 것이란다. 네 할아버지가 거기서 일할 때 이걸 회수해왔어."

오하이오에 있는 많은 물건들과 마찬가지로 검은호두나무는 흔한 동시에 품질이 뛰어났다. 하지만 성가신 문제도 있었는데, 당구공만 한 크기의 녹색 호두들이 잇따라 지붕으로 떨어질 때 그 충격으로 껍데기가 깨진 호두에서는 끈끈한 검은 액체가 배어 나왔다. 하지만 나무 중심부의 심재는 여느 나무 못지않게 우수했다.

상자 안의 나뭇조각들은 먼지가 낀 데다 거친 톱밥이 매달린 거미줄이 어지러이 들러붙어 있었다. 나는 12인치 정도 길이의 판자 하나를 꺼내어 표면을 깨끗이 닦았다. 이 판자는 다른 나뭇조각들과 마찬가지로 0.5인치 두께에 커피콩 색깔이었으며 표면은 매끄러웠다. 한때 다른 판자에 끼워 맞춰져 있었던 가장자리 부분은 비스듬히 잘려 있었다. 나뭇결은 탄탄했다. 손에서 느껴지는 무게감만으로도 밀도를 짐작할 수 있었다. 목재의 품질은 거짓말을 하지 않는다.

제재소를 거친 목재는 하나하나가 자연을 가공하여 질서를 부여받는다는 점에서, 그리고 하나하나가 패턴과 변주에 의존한다는 점에서 음악과 아주 비슷하다. 목재와 음악 모두 끝이 없는, 포착하기 어렵지만 친숙한 내적 울림을 지니고 있다. 나는 차를 몰고 여기 오는 동안 존이 예전에 즐겨 들었던 라이언 애덤스Ryan Adams의 앨범 「하트브레이커Heartbreaker」를 들었고, 특히 「셰이크다운 온 나인스 스트리트Shakedown on 9th Street」가 나올 때는 볼륨을 높였다. 보 디들리Bo Diddley[1]의 셔플 리듬[2]과 대담하고 거칠게 삐걱거리는 소리는 이 호두나무 목재와 무척 흡사하게 느껴졌다.

나는 이 상자를 알고 있었다. 그것은 옛날 우리 가족이 살았던 집 지하실의 비좁은 공간에 놓여 있었다. 아버지가 증축한 구조물의 기초 벽들 사이 빈 공간에 보관되어 있었다. 내가 기억하는 바로는, 그것은 소중히 여기는 나뭇조각들이 대수롭지 않은 잡동사니들과 뒤섞인 채 들어 있는 대여섯 개쯤 되는 상자 가운데 하나였다. 나도 우리 집 작업실의 컴컴한 구석에 놓인 양동이

---

1 미국의 로큰롤 및 블루스 가수.
2 미국 남부의 흑인들 사이에서 만들어진 독특한 댄스 리듬.

와 상자들 안에 비슷한 수집품들을 보관하고 있다. 나는 그 모든 나뭇조각들의 내력을 알고 있다. 나는 약 40년 전에 결국 비참한 운명으로 끝났던 내 지하실 방을 만들기 위해 집으로 가져왔던, 녹색 칠이 된 합판 몇 장을 아직도 간직하고 있다. 나는 이 검은 호두나무 나뭇조각을 할아버지의 작업장에서 분명히 보았다고 확신했다. 할아버지의 작업장은 아버지의 수많은 연장과 내 연장들이 유래한 곳이었다. 이 나뭇조각들은 할아버지의 옛 작업장이 전설 같은 얘기로 떠다니거나 심지어 기억에서 사라져버린 장소가 되지 않도록 지켜주는, 눈앞에 실재하는 유물이었다. 큰아버지가 돌아가셨을 때 큰어머니는 같은 나무가 들어 있는 또 다른 상자 하나를 아버지에게 주었다. 아버지는 자신의 관에 새겨 넣을 무늬를 스케치하면서 소중히 보관해온 이 나뭇조각들을 떠올렸고, 그리하여 그것들을 자세히 살펴보면서 자신의 것과 원래는 형의 것이었던 것을 합치면 당신이 생각하는 목적에 충분히 부합할 정도로 나뭇조각들이 많다는 사실을 알아차렸다.

내가 할아버지에게서 물려받은 '전미 목재업 협회'의 목재 표본 상자에는 검은호두나무 직사각형 블록도 들어 있다. 그것은 46번 흑호두나무로, 라벨에는 이렇게 적혀 있다. '용도: 주택 및 사무실용 가구, 인테리어 마감재 및 패널, 라디오, 악기, 상업용 비품, 개머리판, 자동차 장식재, 운전대, 관, 재봉틀, 바닥재, 비행기 프로펠러, 시계 등등.'

상자는 오랜 세월 이때를 기다려왔다.

아버지는 따로 할 일이 있어서 헛간을 나갔다. 헛간에 홀로 남은 나는 지저분한 유리문을 통해 아버지의 작업장으로 들어갔다. 조용했다. 배기 송풍기가 나직이 윙윙거렸다. 뒷벽 너머로 고속도로를 오가는 차량 소리가 커졌다 작아졌다 하는 것을 들을 수 있었다. 나는 아버지 없이 혼자 여기 있는데도 아버지에게 둘러싸인 것 같은 이상한 기분을 다시 한번 느꼈다.

여든 넷의 나이에도 건강이 양호한 아버지는 이 축복을 하루도 낭비하지 않는 삶을 사는 것으로써 되갚는다. 아버지의 삶은 작기도 하고 크기도 하다. 때로는 작은 것과 큰 것의 차이를 구분하기가 쉽지 않다. 아버지는 자신의 리듬과 자신의 일 처리 방식이 있고, 어머니가 돌아가신 뒤로는 새로운 생활 방식을 구축했다. 하지만 그것들은 아주 오래된 패턴 안에서 이루어진다. 헛간 뒷벽 바로 너머에는 끝이 뾰족하고 기다란 널빤지를 나란히 붙여 만든 울타리의 모서리 기둥이 세워져 있다. 아버지는 수년 동안 겨울이면 거기에 높다란 플라스틱 크리스마스 촛불을 올려놓고 겨우내 불을 밝혔는데, 그 불빛은 고속도로에서도 보였다. 1년 전 한 신문의 칼럼니스트가 그 촛불을 발견하고는 아버지를 찾아내서 아버지가 불을 밝히게 된 사연에 대해 기사를 썼다. 기사는 촛불 아래서 자세를 취한 아버지의 사진과 함께 게재되었는데, 사진은 그 같은 구도로 인해 아버지의 머리 꼭대기에서 플라스틱 크리스마스 촛불이 자라는 것만 같은 묘한 환상을 자아냈다.

그 촛불을 보고 칼럼니스트가 매료되었던 것과 비슷한 감정을 느낀 다른 사람들로부터 많은 반응이 뒤따랐다. 한 여성은 신문의 온라인 의견란에서 아버지에게 고마움을 표하며, 매일 아침 일찍 클리블랜드로 출근하면서 그곳을 지나칠 때마다 그걸 보며 빙그레 미소 짓게 된다고 밝혔다. 어떤 사람은 아버지에게 감사의 편지를 보냈다. 누군가는 쿠키를 보냈다. 우리는 아버지를 유명 인사라고 불렀다. 아버지가 그런 것을 기대한 것은 절대 아니었지만, 그러나 아버지도 그런 관심을 좋아하긴 했다. 아버지가 여전히 플라스틱 촛불을 거기에 올려놓는 이유는 어머니가 언제나 그러자고 고집을 부렸기 때문이다. 어머니가 부엌 식탁 맞은편에 앉아 있지 않다고 해서 어머니의 소망까지 사라진 것은 아니다. 그것은 좋은 교훈이었다. 내가 여전히 어머니와 함께 웃음을 나눌 수 있는 것도 바로 그 때문이다.

나는 톱질 모탕 끄트머리에 걸린 니스 칠 헝겊을 집어 들었다. 이틀 전 작업을 마치고 나서 젖은 상태로 거기에 걸어둔 것이었다. 헝겊은 딱딱해져서 걸려 있었던 모양 그대로 굳었다. 위로 들어 올려진 관 아래 빈 공간으로 밀어 넣은 알루미늄 쓰레기통 속에 헝겊을 툭 던지자 액체 상태였을 때의 니스 냄새가 풍겼다. 오늘의 작업을 본격적으로 시작하기 전에 나는 톱질 모탕 위에 얹힌 기다란 관 주위를 천천히 걸으면서 니스 칠 마감 작업이 나뭇결에 부여한 새로운 깊이감을 점검했다. 마감 작업의 결과 오크와 소나무가 어떻게 달라 보이는지도 살펴보았다.

나는 관 속으로 들어가보기로 마음먹었다. 그것은 언젠가는 꼭 해야 할 일이라는 것을 알고 있었고, 의미 있는 순간이라고 생각되는 때가 오기만을 기다리고 있었다. 하지만 똑같은 이유로 그 욕구에 저항해온 것도 사실이었다. 관에 들어가는 행위가 지나치게 상징적인 의식처럼 보였던 것이다. 마치 핑크 플로이드의 앨범 「달의 이면The Dark Side Of The Moon」을 영화 「오즈의 마법사」에 연결시킴으로써 초월성을 발견하게 된다고 여기는 것처럼 말이다.

하지만 나는 지금 여기 있고, 게다가 혼자였다. 나는 관이 가장 관다운 모습으로 존재하는 곳일 이곳 아버지의 작업장에서 그 안에 들어가볼 기회가 앞으로는 거의 없으리라는 것을 알고 있었다. 그리고 나는 이제 진실을 직관적으로 깨닫는 순간이 온다는 현현의 약속을 믿을 만큼 어리지도 않았다. 나는 나지막한 계단식 발판을 끌어당겨 알맞은 위치에 놓은 다음, 그것을 밟고 올라가 한쪽 다리를 관의 가장자리 너머로 뻗은 뒤 조심스럽게 발을 디뎠다. 민트색 페인트를 칠한 관 바닥에 내 장화 발자국이 지저분하게 찍혔다. 나는 더 조심스럽게 다른 쪽 다리를 끌어왔다. 이어 자세를 낮추고 몸을 움츠리며 자리를 잡은 다음 뒤로 누웠다.

폴의 말이 옳았다. 관 속 공간이 내가 상상했던 것보다 훨씬 더 깊다는 느낌이 들었고, 머리 위쪽과 다리 아래쪽으로도 필요한 길이보다 꽤나 더 긴 길이의 공간이 있었다. 엄마나 아빠의 외투를 걸친 어린아이 같은 기분이 들었다. 천장의 형광등은 밝았고, 나무는 딱딱하고 차가운 느낌이었다. 나는 눈을 감고 팔짱을 꼈다. 몇 차례 명상을 시도한 적이 있는데, 그럴 때면 나는 이런 기분을 느꼈었다. 뭔가 차분하지 못하고 기우뚱대는 듯한 느낌 속에서 내 의식이 싸구려 모페드[3]처럼 내달렸던 것이다. 마지막 갈무리가 중요했다. 잊지 않는 게 중요했다.

나는 훗날 마지막 조각들을 어떻게 조립해야 하는지, 뚜껑과 손잡이를 어떻게 부착해야 하는지, 어떤 철물 부품이 어디에 들어가야 하는지 등등에 관한 설명서를 작성해왔다. 지나는 관 내부에 천을 입히기를 원했지만, 나는 누비이불 하나와 베개 하나면 충분하다고 고집을 부렸다. 늘 그래왔듯이 나는 마지막 준비는 지나의 몫이 될 것이며, 마지막 순간에도 지나가 곁에 있을 거라고 생각했다. 설명서를 작성하는 과정 중에 내가 늘 하고 싶었던 것을 해보고자 하는 욕구가 일었다. 그것은 존의 추도식과 어머니의 추도식 때 내가 했던 것처럼 나 자신의 장례식에서 들려줄 곡들을 골라서 한데 묶는 일이었다. 곡을 더하고 변경하면서 내가 발견한 것은 목록에 들어간 곡들이 지나와 나, 우리 부부 사이에 특별한 의미를 지닌 뜻깊은 노래들이라는 사실이었다. 리플레이스먼츠가 부른 「버스에서 키스해줘요Kiss Me on the

---

3 모터와 페달을 갖춘 자전거.

Bus」는 신혼여행을 떠나던 밤에 차를 몰면서 있는 힘을 다해 소리 지르며 불렀던 노래이고… 화이트 스트라입스의 「우린 친구가 될 거야 We're Going to be Friends」는 해마다 개학을 앞둔 여름 방학 마지막 날 밤에 우리 아이들을 위해 지나와 내가 함께 연주하며 들려주었던 노래이고… 밥 딜런의 「당신이 떠나면 난 외로울 거야 You're Gonna Make Me Lonesome When You Go」는… 나는 지나가 딜런을 은근히 싫어한다는 것을 모르지 않지만 아무튼 요점은 그런 것이었다.

이 일은 지나와 얘기를 나누며 시작되었고, 아버지와 함께하며 계속되었으며, 이제 그것은 시작도 없고 끝도 없는 대화 속에 자리를 잡았다.

거기 누워 있으니 나 자신이 왜소하게 느껴졌다. 그래도 나는 괜찮았다.

후기

아버지의 여든여섯 번째 해(결국 그게 아버지의 마지막 해가 되고 말았다)의 삶이 그리니치빌리지에 있는 워싱턴스퀘어 호텔에서 시작되었다. 존의 친구였던 현관 안내원이 우리를 맞았다. 눈치 빠르고 적당한 유머 감각이 있는, 집에서 직접 만든 매운 소스 한 병을 존에게 주었던 그 안내원이었다. 아버지와 나는 프런트 데스크로 조심스럽게 다가가, 뭔가 음모를 꾸미는 듯한 태도로 체크인 했다. 우리는 내 아들 에번을 워싱턴스퀘어 공원에서 기다리게 했으므로 호텔 직원은 일인용 침대가 두 개뿐인 방으로 성인 세 사람이 살그머니 들어가려 한다는 사실을 알아채지 못했다. 이것은 대도시에서 즐기는 오하이오 남자 세 사람의 봄 방학이었다.

은밀히 조그만 방에 다시 모였을 때 나는 내 침대 위에 깔린 이불을 끌어 내려 바닥에 깔고 벽장에서 여분의 베개와 담요를 꺼내 에번에게 주었다. 스물한 살의 에번이 침대 옆 바닥에 마련한 자리에서 자는 사람이 될 것이다. 나는 아버지니까 침대에서 잘 특권이 있었다. 그래 봤자 비좁은 침대에서 이불도 없이 담요만 덮고 자는, 약간 업그레이드된 잠자리에 불과했지만.

우리는 일정을 시작했다. 아버지에게 일정표가 있었다. 맥솔리스올드에일하우스에서 맥주 한 잔(실제로는 두 잔 마셨다). 리틀이탈리아에 있는 풀리아 식당에서 스파게티. 성 패트릭 대성당에서의 미사. 내가 거래하는 출판사 방문. 우리가 간 모든 식당과 술집에서 나는 전략상 그날이 아버지의 예순다섯 번째 생일이라고 말했다. 엄밀히 말하면 우리가 그 도시에서 보낸 나흘 중 단 하루만 사실이었지만 말이다. 내가 그렇게 말한 것은 아버지를 축하하려는 뜻 못지않게 공짜 술을 얻기 위한 목적이 더 강했다. 그렇게 해서 얻은 것이라곤 아버지 생일날 저녁 식사 때 아버지가 받은 리몬첼로[1] 한 잔이 전부였다.

지금은 이 책을 만드는 일이 다 끝났지만 2017년 3월은 출간되기 9개월 전이었다. 아버지는 이 책의 내용에 대해 얼마간 양가감정을 가졌다. 우리의 작업이 진행되는 동안 아버지는 수시로 물었다. 그걸 내가 언제 읽을 수 있니?

---

1 이탈리아 남부 지방의 레몬으로 만든 알코올성 음료.

기다려요, 내가 말했다. 원고가 대충 완성되었다는 생각이 들 때까지 기다려줘요.

마침내 원고가 거의 다 마무리되었을 때 나는 한 부를 복사하여 3공 링 바인더에 끼워서 아버지에게 읽어보라고 드렸다. 며칠 뒤 일요일, 저녁 식사를 함께하기 위해 집에 온 아버지는 그 바인더를 내게 돌려주면서 심드렁하게 말했다. "내가 가장 두려워한 여러 가지 것들이 확인되었다." 그게 전부였다. 가슴이 철렁했다. 나는 아버지에게 그 원고에 대해 얘기하고 싶은지 물어보았다. 아버지는 아니라고 했다. 나는 내 일에 아버지처럼 사적으로 참견할 자격을 갖춘 독자가 별로 없으니 아버지는 얼마든지 얘기해도 된다는 말로 당신의 우려를 누그러뜨리려 했다. 아버지는 예의 그 장난꾸러기 미소를 지으며 고개를 젓더니 당신을 맨해튼에 보내 달라고 부탁했다. 아버지는 더 말하고 싶지도 않고 더 말할 필요도 없었던 것이다. 나는 다시 한번 아버지를 이해해야 했다. 아버지는 관심받는 것을 좋아하는 은밀한 사람이었다. 이 말은 모순적인 것처럼 들릴지 모르나 아버지는 그런 사람 아니었던가? 모든 아버지들이 다 그렇지 않은가? 이 세상 아버지들의 작은 세계에 거듭 되풀이되는 특이한 수수께끼다.

우리 세 사람은 평일 오전에 사이먼 앤드 슈스터 출판사 건물에 도착하여 경비 담당자의 안내를 받아 스크리브너 출판사 사무실로 가는 엘리베이터를 탔다.

"기펄스 일가가 행차하셨네요." 우리가 안쪽 사무실로 들어갔을 때 활기차고 세련된 여성인 낸 그레이엄 발행인이 말했다. 짧은 대화만으로도 나는 그녀가 아버지와의 만남을 즐거워한다는 것을 알 수 있었다. 아버지 또한 그녀가 당신과의 만남을 즐거워하는 것을 즐기고 있다는 것도 알 수 있었다. 우리는 조그만 회의실로 들어가 앉아 내 담당 편집자인 존 글린과 약 한 시간 동안 이야기를 나누었다. 아버지는 출판 과정에 호기심을 보였다. 아버지의 손자뻘 정도 되는 젊은이인 존은 아버지의 이야기를 듣고 싶어 했다. 존은 아버지에게 자기는 목공 기술이 전혀 없다고 말했다. 여태껏 해본 목공 작업이라곤 자기 아버지와 함께 비어퐁² 테이블을 만들어본 것이 유일하다고 했다. 아버지를 만나는 사람들은 노상 존경심에서든 아니면 고백하고 싶어서든 자신이 목공 연장을 다루는 데 서툴다는 사실을 아버지에게 얘기하고 싶어 하는 것처럼 보였다. (아버지는 나중에 존이 '래커'를 '니스'로 잘못 알고 있더라고 가볍게 언급했다.) 얘기를 마치고 함께 엘리베이터를 향해 걸어갈 때 존은 아버지에게 최근에 출시된 신간들을 상자에 담아 보내드리겠다고 약속했다.

우리의 주요 목적지가 기다리고 있었다. 브루클린 다리. 아버지는 이 다리를 걸으며 가장 좋아하는 책 가운데 하나인 『위대한 다리』에서 저자 데이비드 매컬러프가 묘사한 것의 경이를 보고 느끼는 것을 오랫동안 버킷리스트에 올려두었다. 아버지의

---

2 탁구공을 던져 넣어 맥주 마시기 놀이를 하는 술자리 게임.

상의 호주머니에는 여러 장에 걸쳐 메모해놓은 수첩이 있었다. 아버지는 이 다리를 건설한 엔지니어들, 뒷소문, 철선을 꼰 방식 등과 같은 온갖 것들을 알고 있었다. 케이슨[3], 굽은 형태, 다리 위에 둥지를 튼 매에 대해서도 알았다. 상쾌하고 화창한 봄날 아침이었다. 우리는 다른 수많은 사람들 사이에 끼여 걷기 시작했고, 도중에 멈춰 서서 경치를 감상하고, 포즈를 취하며 사진을 찍고, 황동판에 새겨진 글을 읽었다. 중간의 어느 한 지점에서는 가방에서 펜을 꺼내 아이 빔[4]에 그려진 그라피티에 '기펠스 남자들, 2017. 3. 29'라는 낙서를 보태기도 했다. 우리는 그 모든 것을 받아들이며 천천히 오랫동안 걸었다. 브루클린 쪽에 도착했을 때 맥줏집을 발견하고 거기 들어가 맥주를 한 잔씩 시켰다. 우리는 자리에 앉아 오랫동안 얘기를 나누었다.

집으로 돌아온 후 아버지는 헛간에서 당신의 관을 만들고, 정원을 가꾸고, 당신 스스로 처방한 집 근처 공원 2마일 걷기 운동을 계속했다. 아버지는 가족 규모를 더 확대하여 미시건 호수로 휴가를 떠날 계획을 세웠다. 자식, 손주, 조카를 망라하여 갈 수 있는 사람은 다 가자는 것이었다. 뉴욕에 간 것이 아버지의 우려를 누그러뜨린 듯했다. 책의 출간일이 다가올수록 나는 아버지가 (보통 묻지도 않은 사람들에게) 자기 아들이 쓴 이 책과 당신

---

3 교량 등의 기초 공사에 사용되는 철근 콘크리트로 만든 상자.
4 단면이 'I'자 모양으로 된 보.

자신의 관에 대해서 언급한다는 사실을 알아차렸다.

가을로 접어들었을 무렵 우리는 뭔가 이상이 있다는 것을 알았다. 아버지는 옆구리에서 통증을 느끼고 병세를 느꼈으나 그러한 것들을 계속 무시하려 했다. 집 밖으로 나가는 일이 줄어들었지만 여전히 집 안에서의 생활을 즐겼다. 존 글린이 큰 상자에 담아 보내준 책들을 하나씩 하나씩 다 읽어나갔다. 아버지는 나에게 『신발에 미친 사람Shoe Dog』[5]의 결말 부분에서 울음을 터뜨렸다고 말했는데, 그것은 이상한 일이었다. 왜냐하면 나는 아버지가 우는 것을 딱 한 번 보았을 뿐이고, 그것도 운동화로 억만장자가 된 사람보다 훨씬 중요한 사람 때문에 운 것이었다.

지나와 나는 해마다 우리 집에서 열리는 추수감사절 모임을 계획했다. 그것은 30명 남짓 되는 손님들thirty-odd guests이 모이는 품이 많이 드는 일이었다(우리 가족의 경우 하이픈을 없애고 '30명의 특이한 손님들thirty odd guests'이라고 써도 될 듯싶다. 왜냐하면 적잖은 손님들이 정말로 특이하기 때문이다.) 아버지는 두 번째 칠면조를 요리해야 한다고 고집을 피웠다. 추수감사절이 가까워지면서 아버지의 상태는 점점 더 걱정스러워졌고, 따라서 우리는 두 번째 칠면조 요리는 하지 마시라고 설득했다. 그러나 흔들리지 않았다. 아버지는 칠면조 요리 준비를 해두었다. 이미 냉동실 안에 있어, 하고 아버지가 말했다. 아버지는 소금물[6]을 연

---

5   나이키 창업자 필 나이트의 회고록.
6   추수감사절의 칠면조 요리는 보통 소금물에 절여두었다가 요리한다.

구하여 준비해놓았다. 당신이 양보한 것이라곤 소금물과 칠면조가 든 무거운 플라스틱 상자를 냉장고 안에 넣고 빼는 일을 도와주려 했을 때 그걸 받아들인 것뿐이었다. 그 일은 아버지가 할 수 있는 범위를 넘어서는 일이었다. 그렇지만 그것은 아버지가 할 수 없는 유일한 것일 뿐이었다.

아버지는 여느 때와 마찬가지로 맨 처음 도착했다. 뒷문으로 와서 김이 자욱하고 허브 냄새가 나는 부엌으로 들어가서는 구이용 팬을 스토브에 올려놓은 다음 식탁으로 걸어가 당신의 자리에 털썩 앉았다. 아버지는 포스트잇 두 장과 매직펜을 부탁했다. 한 장에는 '나는'이라고 썼고, 다른 한 장에는 '괜찮아요'라고 썼다. 그것을 당신의 가슴에 붙였다. 단체 문자나 이메일을 통해서만 당신의 건강이 좋지 않다는 소식을 접한 가족들로부터 쏟아질 피치 못할 질문들을 사전에 차단하려는 아버지의 넉살맞은 처방이었다.

'나는, 괜찮아요.'

넓은 안목으로 보면 아버지는 괜찮았다. 생애 말기에 우리와 함께한 어느 일요일 저녁 식사 자리에서 아버지는 병세가 어디를 향해 가고 있는지 알고 있으며, 그 점에 대해서는 마음이 평화롭다고 했다. "다만 다른 사람들이 슬퍼할 거라는 걸 알기 때문에," 아버지는 말했다. "그게 좀 슬플 뿐이다."

이 책의 하드커버 판은 2018년 1월 2일에 출시되었다.

그 3일 뒤에 아버지는 돌아가셨다. 우리 모두가 지켜보는 가운데 호스피스 병원에서 평온하게.

아버지가 읽은 마지막 책은 이 책이었다.

아버지가 당신의 작업장에서 끝마친 마지막 작업물은 당신 자신의 관이었다.

아버지가 마지막으로 쓴 것은 작업용 모눈종이에 밝은 녹색 잉크로 쓴 시 한 편이었다. 그 시는 봉투에 담긴 채 아버지의 책상 위에 놓였는데, 봉투에는 장례식 때 개봉하라는 당부가 쓰여 있었다.

   나는 가을날 떡갈나무 같다

   떡갈나무 이파리 죽어서 땅에 떨어진다
   내 몸 죽어서 땅으로 돌아가듯이

   그러나 떡갈나무 여전히 살아서 봄을 기다린다
   내 영혼도 그렇게 살아남아
   영원한 봄을 손꼽아 기다린다!

2018년 5월

후기

옮긴이의 말

　언젠가, 꽤 오래전에, 인터넷 서핑을 하다가 《뉴욕 타임스》에서 재미있는 동영상 하나를 보게 되었다. 사람 좋아 보이는 유쾌한 노인이 어눌한 발음으로 "안녕, 나는 아트 버크월드야. 난 방금 전에 죽었다네." 하고 말하는 내용이었다. 미국의 유명한 해학가이자 칼럼니스트가 죽기 전에 미리 찍어놓은 이 영상은 그의 사망 소식이 나온 지 몇 분 후에 전파를 탔다. 자신의 죽음까지도 익살스럽게 받아들인 그의 태도가 담대하고 멋져 보였던 기억이 난다.

　이 책의 저자 데이비드 기펄스가 자신의 관을 만들어보겠다는 엉뚱한 착상을 하는 것을 보았을 때 문득 떠오른 사람이 바로 그 칼럼니스트였다. 익살스러우면서도 품위 있게 살아온 모습 그대로 죽음을 전혀 꺼리지 않고 자신의 죽음조차 해학 거리로 삼는 노(老)칼럼니스트의 유쾌한 태도가 자신이 죽은 뒤에 누울 자리인 관을 자기 손으로 직접 만들어보겠다는 저자의 엉뚱한 발상과 일맥상통해 보였기 때문일 것이다.

나는 경험이 없지만, 우리 사회에서도 미리 죽음을 체험해보는 입관 체험이나 가상 유언장 쓰기 같은 활동이 종교 단체를 비롯한 여러 기관들 주관으로 행해지는 모양이다. 죽음을 간접적으로 체험하면서 스스로 죽음과 이야기를 나누어보는 시간을 갖는 행위는 사실 죽음을 더 잘 이해하기 위한 것이라기보다는 삶이 완결되는 지점인 죽음을 통해 살아온 삶과 살아갈 삶을 성찰하기 위한 적극적인 삶의 행위일 것이다. 버나드 쇼의 묘비명 같은 "우물쭈물하다가 내 이럴 줄 알았다"고 넋두리하는 삶이 아닌 주체적인 삶을 살아보고자 하는 태도일 테니까 말이다.

그러므로 죽음을 사유하는 좋은 글에는 가식 없는 진솔한 목소리가 담겨 있기 마련인데, 이 책 역시 가족과 친구의 삶과 병과 죽음 이야기를 때로는 아프게, 때로는 유머러스하게, 그리고 한결같이 과장 없이 솔직하게 우리에게 들려준다. 그러한 저자의 목소리에서 느껴지는 품격과 공감과 잔잔한 여운이 이 책의 가장 큰 미덕일 듯싶다.

저자가 자신의 관을 만들 결심을 하게 된 데는, 관을 설계하고 제작하기 위해서는 은퇴한 토목 기사로서 목공 일에 일가견이 있는 아버지의 도움을 받을 수밖에 없으므로 그 일을 해나가면서 아버지와 많은 시간을 함께할 수 있으리라는 생각이 큰 영향을 미쳤다. 그런 만큼 아버지는 이 책에서 가장 비중 있게 다루어진다. 저자가 직접적으로 표현하지는 않았지만 아버지는 저자의 롤 모델이자 영웅이라는 것을 우리는 아버지를 묘사한 소박하고 애정 어린 숱한 문장에서 어렵지 않게 알 수 있다.

저자는 어머니와 친구의 죽음을 거치면서 얼마간 죽음에 대한 생각에 사로잡혀 있는 편인 데 반해 아버지는 죽음에 얽매이지 않는다. 언제나 바쁘게, 열심히, 낙천적으로 사는 아버지는 죽는다는 것을 두려워하지 않고 담담히 받아들이는 태도를 보인다. 병과 죽음의 이야기가 많은 부분을 차지하고 있음에도 이 책이 크게 어둡지 않은 이유는 자신의 병이나 죽음에 대한 생각에 빠지는 대신 일상의 삶에 에너지를 쏟아붓는 아버지의 담대한 자세에 많이 빚지고 있다.

저자가 만든 그 관은 지금 어찌 되었을까? 번역을 마쳤을 때 그런 작은 궁금증이 일었다. 아직 중년의 나이랄 수 있는 저자는 앞으로 한참 동안은 관을 관 아닌 다른 용도로 써야 할 것이다. 아마 그가 계획한 대로 2층 현관 벽 앞에 수직으로 세우고 선반을 달아서 책장으로 사용하고 있지 않을까 싶다. 그러고 보니 원제 'Furnishing Eternity'를 『영혼의 집 짓기』로 정한 이 책의 제목이 상당히 그럴듯해 보인다. 책은 우리의 정신과 영혼의 자양분이니 책의 집인 책장은 일종의 영혼의 집이라 할 수 있으니까 말이다. 또한 그가 죽어 누우면 자연스레 영혼의 집이 될 테니,

책장으로 쓰여도 관으로 쓰여도 그는 결국 영혼의 집을 지은 셈이 된다.

음악에 관심 있는 독자라면 저자가 선정한 '장례식에서 재생할 곡 목록 20'과, 편집자와 역자가 뽑아본 우리 음악인 '상실을 위로하는 곡 목록 20'을 틈틈이 들어보는 것도 이 책과의 인연으로 얻을 수 있는 소소한 기쁨이 아닐까 싶다.

장례식에서 재생할 곡 목록 20

1. 「Streets of Laredo러레이도 거리」 텍스 리터

2. 「This Must Be the Place여기가 바로 그 장소일 거야」 토킹 헤즈

3. 「If I Should Fall from Grace with God내가 만약 신의 은총을 잃는 다면」 포그스

4. 「New Day Rising새날이 밝아온다」 허스커 두

5. 「I'm in Love with a Girl나는 한 소녀와 사랑에 빠졌네」 빅 스타

6. 「Kiss Me on the Bus버스에서 키스해줘요」 리플레이스먼츠

7. 「Moon River달빛이 흐르는 강」 오드리 헵번

8. 「Do You Realize??당신, 알아요??」 플레이밍 립스

9. 「Beautiful Boy아름다운 소년」 존 레넌

10. 「Can't Help Falling in Love사랑에 빠지지 않을 수 없어」 엘비스 프레슬리

11. 「We're Going to Be Friends우린 친구가 될 거야」 화이트 스트라입스

12. 「The Jackson Song잭슨을 위한 노래」 패티 스미스

13. 「Jesus, Etc.예수, 기타」 윌코

14. 「1952 Vincent Black Lightning1952년산 빈센트 블랙 라이트닝 오토바이」 리처드 톰슨

15. 「We Will Become Silhouettes우린 실루엣이 될 거예요」 포스털 서비스

16. 「You're Gonna Make Me Lonesome When You Go당신이 떠나면 난 외로울 거야」 밥 딜런

17. 「Time시간」 톰 웨이츠

18. 「If You See Her, Say Hello그녀를 만나거든 안부를 전해줘」 제프 버클리(카페 시네 라이브 공연 버전)

19. 「Monkey Gone to Heaven원숭이가 하늘로 떠났네」 더 픽시스

20. 「It's a Beautiful Day아름다운 날」 피치카토 파이브

QR 코드를 휴내폰으로 스캔하여 연결되는 다산북스 유튜브 채널 재생 목록을 통해, 부록에 실린 '장례식에서 재생할 곡 목록 20'을 감상하실 수 있습니다.

상실을 위로하는 곡 목록 20

1. 「안녕」 생각의 여름

2. 「그때 그 노래」 장기하와 얼굴들

3. 「봄날은 간다」 김윤아

4. 「인연」 이선희

5. 「서쪽 하늘」 이승철

6. 「가족사진」 김진호

7. 「아버지」 인순이

8. 「1991年, 찬바람이 불던 밤…」 박효신

9. 「시간이 흐른 뒤As Time Goes By」 윤미래

10. 「걱정말아요 그대」 이적

11. 「반허공」 이병우

12. 「1995년 여름」 이승윤

13. 「천천히」 브로콜리너마저

14. 「일상으로의 초대」 신해철

15. 「있지」 자우림

16. 「7월 7일」 레드벨벳

17. 「서울살이는」 오지은

18. 「한숨」 이하이

19. 「의연한 악수」 카더가든

20. 「Love Poem」 아이유

 한국 독자를 위해 역자와 편집자가 선정한 곡들로
꾸린 재생 목록입니다. QR 코드를 휴대폰으로 스캔
하여 연결되는 다산북스 유튜브 채널을 통해 감상
해보세요.

옮긴이 **서창렬**

연세대학교 영어영문학과를 졸업했다. 옮긴 책으로『소설을 쓰고 싶다면』,『아메리칸 급행열차』,『보르헤스의 말』,『축복받은 집』,『저지대』,『모스크바의 신사』,『밤에 들린 목소리들』,『그레이엄 그린』,『에브리데이』,『엄마가 날 죽였고, 아빠가 날 먹었네』,『토미노커』,『이곳이 아니라면 어디라도』,『제3의 바이러스』,『암스테르담』,『촘스키』,『벡터』,『쇼잉 오프』,『마틴과 존』,『구원』 등이 있다.

영혼의 집짓기

초판 1쇄 인쇄 2020년 3월 6일
초판 1쇄 발행 2020년 3월 13일

지은이 데이비드 기펄스
옮긴이 서창렬
펴낸이 김선식

경영총괄 김은영
기획편집 박화수 디자인 심아경 크로스교정 조세현 책임마케터 박지수
콘텐츠개발3팀장 한나비 콘텐츠개발3팀 심아경, 한나비, 박화수
마케팅본부 이주화, 정명찬, 권장규, 최혜령, 이고은, 허윤선, 김은지, 박태준, 박지수, 배시영, 기명리
저작권팀 한승빈, 이시은
경영관리본부 허대우, 박상민, 윤이경, 김민아, 권송이, 김재경, 최완규, 손영은, 이우철, 이정현

펴낸곳 다산북스 출판등록 2005년 12월 23일 제313-2005-00277호.
주소 경기도 파주시 회동길 357 3층
전화 02-704-1724 팩스 02-703-2219 이메일 dasanbooks@dasanbooks.com
홈페이지 www.dasanbooks.com 블로그 blog.naver.com/dasan_books
종이 한솔피엔에스 출력·인쇄 갑우문화사

ISBN 979-11-306-2882-0(03840)

다산북스(DASANBOOKS)는 독자 여러분의 책에 관한 아이디어와 원고 투고를 기쁜 마음으로 기다리고 있습니다. 책 출간을 원하는 분은 다산북스 홈페이지 '투고원고'란으로 간단한 개요와 취지, 연락처 등을 보내주세요. 머뭇거리지 말고 문을 두드리세요.